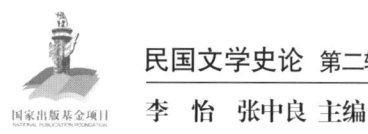

民国文学史论 第二辑

李 怡 张中良 主编

文史对话与大文学史观

李 怡 著

南方出版传媒
花城出版社
中国·广州

图书在版编目（CIP）数据

文史对话与大文学史观 / 李怡著. -- 广州：花城出版社，2019.6
（民国文学史论 / 李怡，张中良主编. 第二辑）
ISBN 978-7-5360-8834-4

Ⅰ. ①文… Ⅱ. ①李… Ⅲ. ①文学史－研究－中国－现代 Ⅳ. ①I209.6

中国版本图书馆CIP数据核字(2019)第001175号

出 版 人：肖延兵
专业审读：罗执廷
特邀编辑：张灵舒
策划编辑：张　瑛
责任编辑：张　瑛
技术编辑：凌春梅
装帧设计：杨亚丽　贡日亮

书　　名	文史对话与大文学史观
	WENSHI DUIHUA YU DAWENXUE SHIGUAN
出版发行	花城出版社
	（广州市环市东路水荫路11号）
经　　销	全国新华书店
印　　刷	佛山市浩文彩色印刷有限公司
	（广东省佛山市南海区狮山科技工业园A区）
开　　本	787毫米×1092毫米　16开
印　　张	22　1插页
字　　数	410,000字
版　　次	2019年6月第1版　2019年6月第1次印刷
定　　价	86.00元

如发现印装质量问题，请直接与印刷厂联系调换。
购书热线：020 - 37604658　37602954
花城出版社网站：http://www.fcph.com.cn

总序一：文学研究与历史意识

李怡

在相对平静的中国现代文学研究领域，最近几年出现的"民国文学"研究的设想似乎是值得注意的动向，面对这样一种动向，有人认为是打破某种学术停滞的契机，但也有人提出了自己的质疑，表达了自己的担忧，但无论如何，有关民国的话题已经成为我们无法绕开的存在，即使质疑，也有必要理解它生成的理由。

在我看来，借助"民国社会历史"这一视角研究中国现代文学，最重要的其实并不是提出了"民国"这一概念，更大的价值是它提示我们，文学的研究必须回到历史的语境之中。既然中国史已经可以清晰地划分为古代史与近现代史，又有什么必要独立出一个"民国史"呢？这当然是为了进一步关注和描述民国特有的社会、政治与文化情态。一般说来，古代、近现代，这都是世界通行的普泛性概念，这些概念的意义在于昭示了一种共同的人类历史进程，其意义自不待言。但是普泛性的概括并不能代替各个国家和民族的具体遭遇和问题，共同的历史进程之中，依然掺杂千差万别的"民族史""区域史"，特别是像中国这样的独特的东方"现代"国家，许多历史的细节都不是西方话语体系的"近现代"所能够涵盖的，中国的"现代"就集中发展于"民国"，所以研讨"民国"也就是真正落实中国的"现代"历史是什么。近些年来，民国史研究是中国史学界取得显著成果的一个领域，可以说，在尊重、回到历史的取向上，历史学家已经走在了学术的前列。中国现代文学研究开始重视"民国"历史种种,从根本上讲就是得益于历史学界的启示。

因为这样的启示,我们的文学研究也才开始摆脱了"理论的焦虑",在新的领域找到了自我充实的可能。中国现代文学研究其实一直存在着某种理论的焦虑症。先是有中国式的马克思主义理论"武装头脑",继而又用西方的各种文学理论来框架我们的现象,到头来发现它们都难以准确描述现象的丰富和复杂,这才出现了几乎是众口一词的"回到历史现场"、体察具体历史情境之类的倡议。

当然,所谓"回到历史现场"也并不是一件那么容易的事情,它关乎我们对待历史的态度,也牵涉我们自己的思维能力,并且在某种意义上也不应当成为"非理论""去理论"的简单借口,在更深的地方,"理论"依然有其不可替代的价值,并且将可能恰到好处地推进我们的认知。"回到现场"不是绝圣弃智,不是排斥理论思维能力,而是让我们的理性的能力更妥当地敞开事实呈现的广阔空间,或者说理性思辨的节奏和方向与丰富的历史事实两厢贴合。自然,这样的历史考察就不是那么容易的,至少不是我们表述学术态度时那么容易。文学研究最终依靠的不是一种"表态"而是更为深邃的能够破解精神秘密的"意识",这就是我们所谓的"历史意识"。历史意识是在尊重历史现象中产生的,但又不是对历史现象的乱七八糟的堆砌,其中深含着我们自身思维能力的发展和成熟,所以,"回到历史现场"不会是一次性完成的,也不会只有哪一家的"现场",它同样值得讨论、辨别、清理和驳诘。

这样,我们的"民国文学史论"就有了第二辑,也许还会有第三辑。连续性的发展表达的是不同认知的结果,重要的在于,随着我们对"民国"特定历史的逐步"返回",我们对于文学的理解也逐步加深了,观点也日益丰富了。

感谢那些多年来一直关心我们研究的同行、朋友和广大的读者,我们都在不断充实着自己,在越来越深入的历史考察中解读现代的中国，在越来越广阔的视野中丰富我们的思想意识。当然，也要感谢花城出版社，这些有理想有坚守的优秀编辑，没有你们的策划、督促和鞭策，也绝不会有这连续数年的学术工程。

2018 年 8 月于成都江安花园

总序二：还原民国文学史

张中良

不止一次听到质疑：既然中国现代文学史的概念早已获得公认，20世纪中国文学史的概念也逐渐为人们所接受，为什么还要另起炉灶提出民国文学史？

尽管存在着质疑，而且对民国文学史的理解也不尽相同，但这个概念总算引起了人们的注意，这就扩大了探讨的空间。

民国文学史的概念，1994年见之于一套"中国全史"时，只是参照历代文学史的分法，标志着一个时段，并没有涉及多少民国赋予文学的意义。现在，仍有学者持同样的理解。2006年，秦弓提出"从民国史视角看现代文学"，意在把现代文学还原到民国史的历史语境中去重新审视。2009年，李怡阐述现代文学的"民国机制"，将问题的讨论向前推进了一步。几年来，民国文学乃至民国文学史的概念逐渐凸显出来，中国现代文学研究会、北京师范大学文学院等举办的学术会议都曾就民国文学问题展开过讨论，《文学评论》《中国现代文学研究丛刊》《学术月刊》《文艺争鸣》《广东社会科学》《湖南社会科学》《厦门大学学报》《湖南大学学报》《郑州大学学报》《重庆师范大学学报》《衡阳师范学院学报》《金陵科技学院学报》《兰州学刊》《当代文坛》《江汉学术》等刊物发表相关论文。从讨论来看，民国文学史确有新民主主义文学史、现代文学史、20世纪文学史所不能表征的独特而丰富的意涵，既然如此，"民国文学史"的梳理、叙述与阐释又有何不可？

在相当长的时期，民国是一个禁忌。人们每每把民国简化为一个败亡的政府，如果作为一个历史时期来表述的话，通常是"解放前""旧社会"。一个简单的逻辑就是：政府如果不腐败，怎么会被推翻？旧社会如果不黑暗，怎么会结束？在这样的背景下，有谁还敢"冒天下之大不韪"去探讨民国问题呢？

然而，问题在于：民国在推翻了清朝政权、结束了两千余年的封建帝制的基础上建成，是辛亥革命的胜利成果，而非历史的耻辱；民国作为亚洲第一个共和国，曾经寄托了中华民族走向现代化的希望；民国是一个国家实体，而国家从来就不等同于政府，民国有多种势力对峙、冲突、交错、并存的政治，有虽然地区之间并不平衡，但毕竟曾经几度繁荣的经济，有由弱到强的外交，有终于赶走侵略者的抗日战争胜利，有大踏步发展的新式教育，有束缚与自由交织的新闻出版，有丰富多彩的文学艺术，等等，怎么能够因为民国政府的最后败亡而抹杀民国的一切？民国是一个历史过程，从诞生到成长再到衰败，怎么可以由其结局否定此前的所有历史？

即使为了总结历史经验教训，也不能无视民国的存在。中国向来有后世修史的传统，1956年，国家制定十二年科学发展规划时，中华民国史研究被列入其中，然而，1957年的"反右"使规划搁浅，在接下来阶级斗争之弦越绷越紧的政治形势下，民国史研究没有人敢于问津。关于民国时期政治史、经济史、口述史等资料经过整理面世一批，但没有一种以"民国"冠名。1971年9月13日三叉戟折戟温都尔汗之后，"文革"狂潮呈现衰势。1972年，周恩来总理再次号召编写中华民国史，中国科学院近代史研究所成立了中华民国史研究室，开始启动研究与编写工作。但在"文革"后期，学术研究步履维艰。直到改革开放以来，才恢复了实事求是的优良传统，民国史研究逐渐步入正轨。① 史料的发

---

① 参照张宪文等：《中华民国史》第1卷，南京：南京大学出版社，2005年，"导论"，第2—5页。

掘、整理与出版，敏感问题的探索，均有可喜的成绩。在此基础上，张宪文等著《中华民国史》（4卷本）、李新担任总编的《中华民国史》（12卷本）①等代表性成果先后问世，引领读者走近民国史的真实。

比较而言，中国现代文学研究在民国文学的历史还原方面要落伍很远。人们已经习惯于在原来的思维框架中思考问题，怯于拓展新的学术视野。直到今天，还有人担心研究民国文学会不会有什么风险？历史已经走到21世纪，多少惨痛的教训才换来了新时期以来的改革开放，走回头路的可能固然并没有完全杜绝，但我们应该相信社会的进步、民族的良知、人民的觉醒，如果有谁再敢倒行逆施，很难得逞。民国文学史研究的指归，小则是要呈现真实的民国文学史风貌，丰富人们的历史认知，大则是要普及实事求是的历史主义精神，保障社会稳步前进。

以新民主主义观点、现代性或20世纪眼光来梳理与阐释文学史，自然各有所长，但是民国文学在民国的背景下诞生、成长，打上了深刻的民国烙印，表现了独特的民国风貌，而从20世纪50年代以来的学术史来看，从迄今出版的近600种现代文学史著作来看，回避民国文学概念，便无法揭示文学的民国基因，因而，很难准确地画出这一历史时期的中国文学全图，无法解释文学发展的复杂动因，也无法理解民国文学的多元内涵与艺术个性。

民国政治自始至终是一种多元化的政治。北洋政府时期，南北对峙自不必说，北洋政府内部派系林立，你方唱罢我登场，客观上给新文学提供了一个相当宽松的发展空间。1927年4月18日南京国民政府成立，到1937年卢沟桥事变，这期间不仅存在着尖锐的国共冲突，而且两党之外还有活跃的自由主义阵营、根基深广的民主主

---

① 李新总编：《中华民国史》（12卷16册），北京：中华书局，2011年。

义力量，国民党内部也有各种错综复杂的派系。全面抗战爆发之后，各派政治力量团结在民族统一战线的旗帜下共同抗日，但又各自保留着相对独立的空间，不仅有陕甘宁边区、新辟的敌后根据地与广义的国统区之别，而且在国统区内部，也有桂、粤、滇、晋等具有一定独立性的区域。这种多元化的政治是民国文学形成多样形态的重要原因。民国的法律，有其自身的缺陷，也存在着法律层面与实践层面的巨大反差，但作家的生活与创作还是有一定的法律保障。若不然，鲁迅怎么能够在对教育总长的诉讼中胜诉、恢复了被免去的教育部佥事职务？在他成为左翼作家之后，怎么能够躲得了牢狱之灾，继续他的著译事业？在"白色恐怖"之外，还有广阔的空间，于是，才会有色彩斑斓的民国文学。民国时期，尽管确有政治压迫与文化管制，但民国文学却能在错杂的空间中得以发展，不仅内蕴丰盈复杂，而且审美风格也是千姿百态。

民国文学应是民国时期文学的总称，就文体而言，不仅有五四文学革命开创的新文学，也有传统形式的旧体诗词、戏曲、文言小说、文言散文，还有介乎二者之间的改良体；就政治倾向而言，不仅有官方属意甚深而命途蹇涩的三民主义文学，官方倡导且得到广泛呼应的民族主义文学，也有左翼倡导的革命文学、左翼文学，还有"五四"以来脉息不绝的自由主义文学、民主主义文学；就创作方法而言，不仅有现实主义，也有浪漫主义、古典主义，还有形形色色的现代主义，以及各种方法的杂糅重构；就审美格调而言，有《凤凰涅槃》式的豪迈弘放，也有《义勇军进行曲》式的慷慨悲壮，还有《再别康桥》式的缠绵悱恻；从喜剧风格来看，有鲁迅浙东式的冷隽幽默，也有李劼人式的麻辣川味，有老舍杂糅着京味儿与英国风的月色幽默，还有张天翼式的湖南辛辣讽刺；就城乡文明倾向来看，有新感觉派式的斑驳陆离的都市色彩，也有沈从文式粗犷与清新交织的湘西风光，还有赵树理最为典型、叙事偏于传统的乡土通俗，等等。气象万千的文学风景，无论是其内蕴，还是其形式，都在民国的历史进程中形成，都与民国的机制息息相关，因而民国文学研究不是单纯的外部研究，而且含有审美机理的内部研究。

民国文学史研究还是刚刚起步，要做的工作有许多。我与李怡教授曾经交流过，我们都认为，一部成熟的文学史著作应该有扎实的研究作基础，与其现在匆匆忙忙地"凑"一部民国文学史，毋宁脚踏实地地考察民国文学与民国政治、经济、法律、战争、外交、民族、宗教、文化、教育、艺术、新闻出版、自然环境及灾变诸多方面的关联，考察文学所表现的民国风貌，考察民国文化生态对文学风格的影响（或曰民国文学审美建构不同于前后时代的特色），然后再进行民国文学史的整合性的叙述与分析。我们不去奢望将来关于20世纪上半叶的文学史叙述仅由民国文学史来承担，那样既无必要，也不可能，大一统式的构想本来就是与学术自由相背离的。但我们相信，民国文学史的叙述必定会在中国文学史的总体框架中占有不可或缺的一席之地。

我们的构想与努力有幸得到花城出版社乃至上级管理部门的认同与支持，"民国文学史论"第一辑六卷列入"'十二五'国家重点图书出版规划项目"与"国家出版基金项目"，于2014年出版，并在"国家出版基金项目"2015年绩效考评中获得"优秀项目"。丛书问世以来，有学者在海内外发表评论，予以积极的肯定。这对我们来说，无疑是巨大的鼓舞。民国文学话题也遇到一些质疑，但探索并未中止，视野与深度反而不断拓展，曾经一度持有尖锐意见的学者也加入了推进民国文学研究的队伍，这正是我们所希冀的良性学术生态。花城出版社张瑛副编审在成功策划了"民国文学史论"丛书第一辑之后，又积极策划第二辑、第三辑。如果说第一辑主要是在观念与宏观方面打下基础的话，那么，第二辑则较多在语言、审美品格、文学教育、经典作家、形象和刊物等典型个案等方面做出新的拓展，第二辑的问世将会进一步丰富读者对民国文学的认识。第二辑 11 卷同样被列入国家出版基金项目，感激自在不言之中！这无疑也增强了我们将民国文学研究不断引向深入的信心。

2018 年 8 月 19 日修订于上海

目录

引论　"方法"为什么重要 / 001

第一编　文史对话与大文学观

第一章　文史对话与现代中国文学研究 / 007

一、从"文学审美"到"文史对话" / 007
二、两种不同的文史对话 / 013
三、文史对话的中国道路与问题意识 / 017

第二章　"文学本身"、民国文学机制与大文学观 / 024

一、"回到文学本身" / 024
二、民国文学机制的提出 / 028
三、大文学史观 / 033

第三章　文史对话中的"文学"
　　　　——以《狂人日记》为例 / 039

一、作为社会历史文献与作为文学文字 / 040
二、在"知识考古"之外的文学写作 / 047

三、幽暗人性的探秘与现代主义的形式 / 051

第二编　文学与国家、革命

第一章　大文学视野与现代"革命文学"研究 / 057

一、"革命世纪"的文学主题 / 057
二、多重"革命文化"的存在 / 060
三、"大文学"与新方法 / 065
四、问题与对策 / 068

第二章　重审五四文学运动的"革命"话语 / 071

一、被质疑的"革命" / 071
二、"革命"与"复兴" / 077
三、"革命"的多重声音 / 081

第三章　被忽略了的现代问题
　　　　——民族意识与国家观念的冲突融合 / 087

一、分裂的国家与民族意识 / 087
二、构建国家：民族意识研究的新图景 / 088
三、历史事实与历史态度 / 090

第四章　国家与革命
　　　　——大文学视野下的郭沫若思想转变 / 092

一、"政治经济学"的认同与歧路 / 093
二、"国家主义"的殊途与同归 / 097
三、从旧制度的批判到新国家的皈依 / 101

第五章 难以回避的尴尬：国家主义时代的民族情怀
　　——陈铨的文学追求及历史命运 / 104

一、"自由主义"的民族情怀？ / 104
二、民族关怀和国家理想的缠绕与龃龉 / 109
三、国家主义：陷阱般的存在 / 115

第三编　文学的多重文化资源

第一章　中国新诗：多种书写语言的交融冲突
　　——再审中国新诗的诞生 / 121

一、晚清"新诗"诞生的多重背景 / 122
二、"新派诗"与"五四"的尝试 / 125
三、问题的堆叠与追求的反复 / 128

第二章　大众传媒与新诗的生成 / 136

一、现代传媒与诗歌的载体及功能 / 136
二、报章杂志对新诗形态的塑造 / 138

第三章　鲁迅的新语文：如何在传统与现代之间"拿来" / 144

一、当代语文之争中的鲁迅 / 144
二、鲁迅的语文意识 / 145
三、鲁迅丰富的语文实践 / 147

第四章　复兴什么，为什么复兴？
　　——郭沫若的民族复兴思想一瞥 / 150

一、郭沫若的"复兴"思想 / 150
二、"三代以前"与郭沫若的终极追溯 / 153

三、文化复兴与历史批判 / 157

第五章 "农村人进城"与《骆驼祥子》的当代意义 / 161

一、版本问题：老舍在哪里更自由地敞开了自己？/ 161
二、祥子：农村人进城的故事 / 162
三、祥子与"革命" / 163

第四编 文学的体式

第一章 开拓近现代私人日记研究的新领域 / 169

一、中国私人日记的关注史 / 169
二、亟待开辟的学术领域 / 172
三、私人日记研究的思路、方法与可能 / 176

第二章 《从军日记》与民国"大文学"写作 / 179

一、"不成文学"的《从军日记》/ 179
二、《从军日记》中人生关切 / 181
三、何谓"日记" / 184

第三章 旧体诗词进入中国现当代文学史的问题 / 188

一、一个持续争论的问题 / 188
二、诗歌史是什么史？/ 190
三、精神史意义上的旧体诗词创作 / 191

第五编　巴金三题

第一章　巴金，反什么"封建"与如何"反封建"
　　　　——重述《家》到《寒夜》的精神脉络 / 197

　一、巴金"反封建"的特殊意蕴 / 198
　二、从《家》到《寒夜》：伦理探索的深化 / 202
　三、走向成熟的"反封建" / 205

第二章　大文学视野下的巴金 / 208

　一、"真"与"无技巧"的争论 / 208
　二、真：历史与文学的目标 / 209
　三、"无技巧"的人生意味 / 213
　四、"大文学"与中国现当代文学 / 216

第三章　《随想录》的"重复"与"唠叨" / 220

　一、"重复"与"唠叨" / 221
　二、沉迷性述说与焦虑的纾解 / 226
　三、有意识建构的文学 / 229

第六编　在"民国"发现文学史料

第一章　发现现代中国文学史料的意义与限度 / 237

　一、"史料"与"思想意识" / 237
　二、"学术规范"与史料的边界 / 239
　三、文献史料的"限度"问题 / 243

第二章 在"民国"发现"史料" / 245

一、"民国"理念与"史料"问题 / 245
二、"大文学"需要"大史料" / 246

第三章 百年中国新文学史料的保存、整理与研究 / 250

一、新文学史料工作的兴起 / 250
二、民国时期新文学史料工作的特点 / 254
三、新中国文献工作的国家制度化 / 255
四、新时期以来的新文学文献工作 / 258

第七编 "民国机制"再辨析

第一章 "五四"的"选边站"与历史"机制"问题 / 267

一、五四时期的社会历史"机制" / 267
二、帝国终结之后的几种机制 / 271
三、"机制"的效应与人的精神状况 / 276

第二章 中国现代文学史研究中的"民国文学"概念 / 282

一、与政治意识形态渊源深厚的文学学科 / 282
二、可疑的"现代性" / 284
三、"民国文学"研究的几种可能 / 288

附　录

"民国机制"与"大文学"视野
　　——李怡教授访谈 / 李俊杰 / 294

重新发现文学研究的复杂与张力
　　——李怡教授学术访谈录/教鹤然 / 307

学术与历史：我们今天如何阅读王富仁？
　　——从"大文学"的立场看/李怡 / 317

参考文献 / 327

后　记 / 331

引论 "方法"为什么重要

我曾经以"作为方法的民国"为题讨论过中国现代文学研究的"方法"问题,最近几年,"作为方法"的讨论连同这样的竹内好—沟口雄三式的表述都流行一时,这在客观上容易让我们误解:莫非又是一种学术术语的时髦?属于"各领风骚三五年"的概念游戏?

但"方法"的确重要,尽管人们对它也可能误解重重。

在汉语传统中,"方"与"法"都是指行事的办法和技术,《康熙字典》释义:"又术也,法也。《易·系辞》:方以类聚。《疏》:方谓法术性行。《左传·昭二十九年》:官修其方。《注》:方,法术。""法"字在汉语中多用来表示"法律""刑法"等义,它的含义古今变化不大。后来由"法律"义引申出"标准""方法"等义。这与拉丁语系 method 或 way 的来源含义大同小异——据说古希腊文中有"沿着"和"道路"的意思,表示人们活动所选择的正确途径或道路。在我们后来熟悉的马克思主义哲学中,"世界观"与"方法论"的相互关系更得到了反复的阐述:人们关于世界是什么、怎么样的根本观点是"世界观",而借助这种观点作指导去认识世界和改造世界的具体理论表述,就是所谓的"方法论"。

在我们的传统认知中,关于世界之"观"是基础,是指导,方法之"论"则是这一基本观念的运用和落实。因而虽然它们紧密结合,但是究竟还是以"世界观"为依托,所以在"改造世界观"的社会主潮中,我们对于"世界观"的阐述和强调远远多于对"方法"的讨论,在新中国改革开放前的国家思想主流中,"方法"常常被搁置在一边,满眼皆是"世界观"应当如何端正的问题。这到新时期之初,终于有了反弹,史称"1985方法论热",一时间,文艺方法论迭出,西方文艺社会学、心理学、语言学、原型批评、接受美学、结构主义、解构主义、新批评、现象学、存在主义、解释学、以及借鉴的自然科学方法（系统论、控制论、信息论、模糊数学、耗散结构、熵定律、测不准原理等等），这些令人眼花缭乱的"新方法"冲破了单一的庸俗社会学的"旧方法"，开辟了新的文学研究的空间。不过，在今天看来，却又因为没有进一步推动"世界观"的深入变革而常常流于批评概念的僵硬引入，以致令有的理论家颇感遗憾："仅仅强调'方法论革命'，这主要是针对'感悟式印象式批评'和过去的'庸俗社会学'而来的，主要是针对我们把握世界的'方式'而言的。'方法论革命'没有也不能够关注到'批评主体自身素质'的革命。"①

平心而论，这也怪不得1985，在那个刚刚"解冻"的年代，所有的探索都还在悄悄进行，关于世界和人的整体认知——更深的"观念"——尚是禁区处处，一切的新论都还在小心翼翼中展开，就包括对"反映论"的质疑都还在躲躲闪闪、欲言又止中进行，遑论其他？②

1960年1月25日，日本的中国研究专家竹内好发表演讲《作为方法的亚洲》。数十年后，他已经不在人世，但思想的影响却日益扩大，2011年7月，沟口雄三《作为方法的中国》在三联书店出版。③ 此前，中文译本已经在台湾推出，题为《做为"方法"的中国》，林右崇译，国立编译馆1999年出版。而有的中国学者（如孙歌、李冬木、汪晖、陈光兴、葛兆光等）也早在1990年代就注意到了《方法としての中国》，并陆续加以介绍和评述。最近10年的中国思想文化与文学批评界，则可以说出现了一股"作为方法"的表述潮流，"作为方法的日本""作为方法的竹内好""亚洲"作为方法，以及"作为方法的80年代"等等都在我们学术话语中流行开来，从1985年至1990年直到2011年，"方法"再次引人注目，进入了学界的视野。

这里的变化当然是显著的。

虽然名为"方法"，但是竹内好、沟口雄三思考的起点却是研究者的立场和研究对象的特殊性。中国何以值得成为日本学者的"方法"总结？归根结底，是竹内好、沟口雄三这样的日本学者在反思他们自己的学术立场，中国恰好可以充当这种反省的参照和借镜。日本学人通过中国这样一个"他者"的来参照进行自我的批判，实现从"西方"话语突围，重新确立自己的主体性。竹内好所谓中国"回心型"近现代化历程，迥异于日本式的近代化"转向型"，

---

① 吴炫：《批评科学化与方法论崇拜》，《文艺理论研究》1990年5期。
② 参见夏中义：《反映论与"1985"方法论年》，《社会科学辑刊》2015年3期。
③ 沟口雄三：《作为方法的中国》，孙军悦译，北京：三联书店，2011年。

比较中被审判的是日本文化自己。沟口雄三批评那种"没有中国的中国学"，其实也是通过这样一个案例来反驳欧洲中心的观念，寻找和包括日本在内的建立非欧洲区域的学术主体性，换句话说，无论是竹内好还是沟口雄三都试图借助"中国"独特性这一问题突破欧洲观念中心的束缚，重建自身的思想主体性。如果套用我们多年来习惯的说法，那就是竹内好—沟口雄三的"方法之论"既是"方法论"，又是"世界观"，是"世界观"与"方法论"有机结合下的对世界与人的整体认知。

事实上，这也是"作为方法"之所以成为"思潮"的重要原因。在告别了1980年代浮躁的"方法热"之后，在历经了1990年代波诡云谲的"现代—后现代"翻转之后，中国学术也步入了一个反省自我、定义自我的时期，日本学人作为先行者的反省姿态当然格外引人注目。

如果我们承认中国当代学术需要重新厘定的立场和观念实在很多，那么"作为方法"的思潮就还会在一定时期内延续下去，并由"方法"的检讨深入到对一系列人与世界基本问题的探索。

在中国现当代文学的领域中，我坚持认为考察具体的国家社会形态是清理文学之根的必要，在这个意义上，"民国作为方法"或"共和国作为方法"比来自日本的"中国作为方法"更为切实和有效。同时，"民国作为方法"与"共和国作为方法"本身也不是一劳永逸的学术概念，它们都只是提醒我们一种尊重历史事实的基本学术态度，至于在这样一个态度的前提下我们究竟可以获得哪些主要认知，又以何种角度进入文学史的阐述，则是一些需要具体处理、不断回答的问题，比如具体国家体制下形成的文学机制问题，国家观念与民族意识的互动与冲突，适应于民国与共和国语境的文学阐述方法，以及具体历史环境中现代中国作家的文学选择等等，严格说来，继续沿用过去一些大而无当的概念已经不能令人满意了，因为它没有办法抵近这些具体历史真相，抚摸这些历史的细节。

"民国作为方法"是对陈旧的庸俗社会学理论及时髦无根的西方批评理论的整体突破，而突破之后的我们则需要更自觉更主动地沉入历史，进入事实，在具体的事实解读的基础上发现更多的"方法"，完成连续不断的观念与技术的突破。如此一来，"民国作为方法"就是一个需要持续展开的未竟的工程。

作为《作为方法的民国》的续编，我们将在这里继续探索中国现代文学的学术方法，为中国现代学术主体性的建立持续努力。

第一编
文史对话与大文学观

从对"文学审美"的追寻到在更广大领域的"文史对话",表面上看,这就是现代中国文学研究在近20多年来的基本变化,这样的变化固然具有值得注意的学术背景,但它本身的一些特点和价值态度却更需要加以深入剖析。严格追究,现代中国文学研究的1980年代与1990年代,其差异并不在表面意义的"历史性"有无上,而是各自在"历史性"的旗帜下存在着的内在思想状态的微妙的分歧,或者说,这里存在着两种不同的"文史对话"方式;现代中国文学研究"文史互动"依然存在许多可供进一步开掘的理论空间。在文化研究得以展开的时候,如何处理好文学与其他文化研究的关系,如何让一般历史问题的研究最终有利于文学的自我解释,都亟待我们做出认真的思考。

第一章　文史对话与现代中国文学研究

一般认为，1990年代以后的现代中国文学（包括中国现代文学与中国当代文学）研究，最明显的变化便是从对"文学审美"的追寻逐渐转移到将文学研究置于更大的历史文化的场景之中，在文学与社会历史的广泛对话当中发掘各种"文化意味"，有人将之称作"文化研究"。考虑到具体的文学研究更多涉及历史文化的问题，我们在这里姑且将这一倾向概括为"文史对话"。这样的学术转移有着深刻的国际学术背景，但更与中国学术近20多年的"历史场景"本身直接相关。在今天，如此方兴未艾的学术动向已经取得了一系列引人注目的成就，值得我们及时加以总结，也需要做出某些反思：对这种学术转移本身的描述是否就那么准确？新的文化研究是否存在种种的问题和困扰？期待我们加以辨析、反思。这样的辨析、总结和反思，将有可能推进我们对现代中国文学自身性质的深入认知，从而产生更重要的方法论层面上的启示。

一、从"文学审美"到"文史对话"

中国现当代文学研究在新时期复苏之始就深深地烙上了"文化"的印迹。"回归五四"是新时期之初的一面旗帜，而"五四"首先就属于更大的思想文化而非单纯的文学，所以"五四"所开启的东西方文化的讨论几乎是直接为新时期所承袭并导致了一轮持续的"文化热"，紧接着1980年代中后期的"寻根"思潮也为这样的热度推波助澜。不过，今天学界普遍认为，所有这些对"文化"的关注都没有影响"文学审美"稳居学术"中心"的地位，那时，我们对于"回到文学本身"表现出了特别强烈的需要，希望通过"回到文学"，而各种涉足"文化"问题不过是帮助清理"文学"周边环境的方式，或者说是要借助丰富的"文化"论述来打破某种垄断。用当时"二十世纪中国文学"

概念的倡导者陈平原的话来说，就是："第一，不能将'政治学'庸俗化，变成庸俗社会学；第二，不能局限于政治学的角度。一个作品的思想内容，不仅指它的政治倾向性，还有哲学的、伦理学的、心理学……的多种内涵，因此，在理论上用'文化'这个概念来概括，路子就会宽得多。"① 至于"文化"本身却没有更专门的深入，"强调从文化角度研究文学，可我们本身对文化没有多少研究，这是很可悲的"。"整个文化史研究的落后，与当代作家、评论家日益强烈的文化意识，形成了一个令人惶惑不安的'逆差'。我们现在来谈文化，是一件相当危险的事情，随时都可能犯'常识性错误'。""现在谈文化的人多，谈什么是文化的人少。文化似乎成了一个无所不包的大口袋，什么都可以往里面装。装是装进去了，可口袋也给胀破了。"② 当事学者的反省道出了历史的实情。

于是，我们很容易得出这样的结论：归根结底，热衷于谈论"文化问题"的1980年代学术还是以"文学审美"为中心的。

的确，真正自觉追问"文化"的意蕴并对文学中的历史文化本身加以挖掘、剖析，形成深入的"文史对话"还是1990年代、特别是1990年代中期的事情。在这种学术的转换当中，新时期后半段现代文学学科的重要学者汪晖是一个标志性的人物。1994年，汪晖与美国加州大学洛杉矶分校教授李欧梵在《读书》杂志发表连续对话，从西方学术史的追溯出发，追问"什么是文化研究"，"文化研究与地区研究"③，这在今天已经被视作是新一轮"文化研究"的重要开端。迄今为止，现代中国文学与历史文化的广泛对话都与这样一种"文化研究"的思潮紧密相关。

汪晖、李欧梵所介绍和追问的"文化研究"不同于1980年代部分借助某种文化观点分析文学的研究（后者可以称作"文化视角"的文学研究），在导源于英国学者雷蒙·威廉姆斯（Raymond Williams）、霍加特（Richard Hoggart）的"文化研究"这里，历史文化本身各种元素不再是论述文学意义的简单的背景，它们各自都已经成为研究、考察的对象，或者说，那种以文学文本的研究为中心、其他社会文化都作为理解文本意义的辅助这一模式被超越、被突破，整个社会文化都被视作一个"文本"纳入到我们解读的范围。对此，敏锐把握并积极推动这种转变的汪晖有过清晰的表述：

---

① 陈平原、钱理群、黄子平：《文化角度》，《读书》1986年第1期。
② 同上。
③ 《读书》1994年第7、8期。

非常明显的是，今天所讨论的文化已经不仅仅是经典的文本及其所寓含的价值观，参与讨论的学者也没有用传统概念来命名他们所讨论的文化。当代文化研究讨论的问题涉及的是整个的当代生活方式及其各种因素间的关系，远远超出了文本的范围。但是，这个陈述句可以用另一种方式来表述：在这个意义上所进行的文化研究已经将整个社会生活的诸领域文本化了。换句话说，在这样的文化研究中，人们正在用阅读文本的方式诊断那些并非文字写成的"文本"，那么，"文本"范围的扩大对"文本"的阅读方式势必产生深刻的影响：原有的学术分科对于解读这样的文本已经力不从心。于是，文化研究成为科际整合的契机，成为政治、经济、社会、文化等等领域的学者共同的课题。①

就如同英美的"文化研究"本身就不属于某一时段的文学史研究一样，汪晖所描述的这种学术动向自然就超出了现代中国文学的研究领域，属于文学研究的总体潮流，所以在1990年代，介入并体现了这种转变的是以中国的文艺学为中心的广泛的学术领域。除了雷蒙·威廉姆斯与霍加特，法国哲学家罗兰·巴特（Roland Barthes）、德国的法兰克福学派（the Frankfurt School）等也成为中国学界"文化研究"的重要资源，1990年代中期以后，先后致力于文化研究的代表性学者——如李陀、罗钢、刘象愚、陶东风、金元浦、戴锦华、王岳川、陈晓明、王晓明、南帆、王德胜、孟繁华、赵勇等——也以文艺理论的学者为主体，有学者甚至据此将文化研究的兴起联系到中国文艺学学科试图超越自身"缺陷"的努力："客观地说，因意识到文艺学的自身缺陷而走向文化研究，或因文化研究而进一步看清了文艺学自身的缺陷，其思路具有很大程度的合理性。"② 当然，既然中国文化研究的首倡者之一的汪晖也具有标准的现代文学研究出身，我们也不妨将这一学术动向看作是现代中国文学自我调整的努力。

我曾经以"中国现代文学，文化""中国当代文学，文化""新文学，文化"为组合型关键词对中国知网进行期刊论文标题统计，其结果如下：

---

① 汪晖：《九十年代中国大陆文化研究与文化批评》，《电影艺术》1995年第1期。
② 赵勇：《关于文化研究的历史考察及其反思》，《中国社会科学》2005年第2期。

论文标题关键词	1979—1989 年	1990—2014 年
中国现代文学，文化	10（篇）	201（篇）
中国当代文学，文化	6（篇）	140（篇）
新文学，文化	5（篇）	93（篇）

这样的统计并不严格，至少不能反映现代中国文学从"文化视角"到"文化研究"的细部，比如在标题关键词之外显然还有更多的实际研究未能反映；不过，如果我们仅仅为了对这一学术动向做粗略的一瞥，它还是能够透露出研究历史的基本走向：显而易见，正是在 1990 年代以后，人们对现代中国文学"文化意义"的关注才大幅度提高了。

1990 年代中期以后，现代中国文学研究的最具有影响力的动向都来自对历史文化方法的重视，从 1980 年代的东西文化讨论层面的"文化视角"到 1990 年代的"历史化"诉求与"文史对话"模式的出现，我们的文学史研究已经越来越深入地嵌进了"文化研究"的内部。

重视批评理论更新的中国当代文学研究与文艺学的动态密切呼应。在 1990 年代后期，其历史化的转换相当有声势，也格外引人注目。除了前述文化研究的方法外，新历史主义的历史阐释学与福柯的知识考古学也得到了充分的运用。李杨是"历史化"理论最早的倡导者，洪子诚的《中国当代文学史》则被公认为是中国当代文学的学术化与知识化研究的开创之作。这样的观点从根本上改变了当代文学的研究格局："本书的着重点不是对这些现象的评判，即不是将创作和文学问题从特定的历史情境中抽取出来，按照编写者所信奉的价值尺度（政治的、伦理的、审美的）做出臧否，而是努力将问题'放回'到'历史情境'中去审察。"① 紧接着，吴秀明的《中国当代文学史写真》也强调了这种历史还原法，② 孟繁华、程光炜的《中国当代文学发展史》开篇就定调："当代文学的发生是一个'历史化'的过程。"③ 在具体的研究中，则形成了"80 年代研究"及"十七年文学研究——左翼传统研究"等几个热点。张旭东最早提出"重返 80 年代"的设想，④ 贺桂梅，特别是程光炜和他领导下

---

① 洪子诚：《中国当代文学史》，北京：北京大学出版社，1999 年，"前言"，第 5 页。
② 吴秀明：《中国当代文学史写真》，杭州：浙江大学出版社，2002 年，第 12 页。
③ 孟繁华、程光炜：《中国当代文学发展史》，北京：人民文学出版社，2004 年，第 1 页。
④ 张旭东：《重返 80 年代》，《读书》1998 年第 2 期。

的人民大学博士生群体则展示了这一研究的最重要的成果。继"重返 80 年代"后,程光炜继续探索,将目光锁定到"70 年代文学",体现出他试图对当代文学展开全面"历史化"研究的雄心。蔡翔、李杨、董之林、唐小兵、贺桂梅、罗岗等关于"十七年"与左翼传统研究虽各不相同,但都侧重于在各种历史文化关系中勘定文学意义,形成过去单纯的"文学性"诉求之外的"再解读"。

相对而言,中国现代文学研究从"文化视角"转入"文化研究",重视文学与社会历史语境的对话则比较谨慎,它更多地体现在一些具体现象的考察、研究中。陈平原 90 年代初探讨晚清小说的意义,除了考察内容与形式上的变革,也涉及生产方式、文学制度的变化,到新世纪则提出"触摸历史",清理"文学的周边","借助细节,重建现场;借助文本,钩沉思想;借助个案,呈现思想"。① 钱理群也早已从 1980 年代对鲁迅的"心灵的探索"转入对中国现代文学丰富场景的描述——例如大学教育与文学、文学史叙述的"年代学"问题,2014 年最新推出的《中国现代文学编年史》"以文学广告为中心","把现代文学的文本还原到历史中,还原到书写、发表、传播、结集、出版、典藏、整理的不断变动的过程中,去把握文学生产与流通的历史性及其与时代政治、经济、思想、文化、教育、学术的复杂"。② 在此之前,吴福辉关于海派文化与文学关系的梳理已经产生了广泛的影响,他独力撰写的《中国现代文学发展史(插图本)》③ 力图"把过去线性的视点转化为立体的、开放的、网状的文学图景",在考察现代文学创作与出版、教育、学术、思想的相互关系方面取得了诸多的成果。其他如赵园对北京文化与文学的探究,刘纳的《创造社与泰东书局》细腻描绘出版商与文学社团的互动④,王晓明通过"杂志社团"重识"五四"⑤,这些曾活跃于 1980 年代的"第三代"学人代表,都以自己的方式深度介入到文学与历史文化的对话场域。而这样的学术取向也在其他学者中获得了比较广泛的认同,如鲁湘元研究了市场经济的文学意义⑥,陈方竟在

---

① 陈平原:《触摸历史与进入五四》,北京:北京大学出版社,2005 年,第 6、7 页。
② 钱理群:《中国现代文学编年史总序》,《中国现代文学编年史——以文学广告为中心(1915—1927)》,北京:北京大学出版社,2013 年,第 2 页。
③ 吴福辉:《中国现代文学发展史》,北京:北京大学出版社,2010 年。
④ 刘纳:《创造社与泰东书局》,南宁:广西教育出版社,1999 年。
⑤ 王晓明:《一份杂志与一个"社团"——重评"五四"文学传统》,《上海文学》1993 年 4 期。
⑥ 鲁湘元:《稿酬怎样搅动文坛——市场经济与中国近代文学》,北京:红旗出版社,1998 年。

复杂的对话关系中重新考察新文学的发生①，栾梅健从"前工业文明"的经济、社会诸因素梳理近现代文学的演变，包括文学的物质材料——造纸工业、印刷条件等②，李今对海派文化的研究③，倪伟对国民党文艺政策的总结、剖析④，王本朝提出"中国现代文学制度"问题⑤。应当说，进入社会文化广阔领域后，"文史对话"增加了文学研究这一感性事业某种史学的坚韧和扎实，因而推动着学科走向成熟，正如解志熙所说："如果我们在工作中有意加强一点史学的品格、理性的节制、客观精神和传统的学术规范，而不是一味地追求批评性的激情、当代性的兴趣和主体性的发挥——也就是说'古典化'一些，倒可能有助于学科的成熟。"⑥

值得一提的还有两大现象，一是在新世纪中后期经由张福贵、张中良、李怡等人先后倡导并逐渐发展起来的"民国文学"的研究思路，不仅将"民国史"的考察与文学史的梳理相融合，还试图对学科概念与方法展开进一步的提炼和总结。围绕这一思路，毕业于吉林大学、中国社科院文学所、北京师范大学、四川大学的一批青年学人和博士生持续耕耘，如冷川、张堂会、赵伟、洪亮、周维东、姜飞、张武军、杨丹丹、张丛皞等；二是"文史对话"的研究方式在70后、80后青年学人中的影响不断扩大，这势将改变现代中国文学研究的未来。严家炎先生1995年、2000年主编"二十世纪中国文学与区域文化丛书""二十世纪中国文学研究丛书"，钱理群先生1999年主编"二十世纪中国文学与大学文化丛书"⑦，参与者主要是50后、60后学人，基本论述都还带有更多的1980年代提出的"文化视角"的色彩；将近10年后，陈平原先生主编的"都市想象与文化记忆"丛书，参与者则以70后、80后为主，在此，"历史"已不再是"视角"，它与文学叙述更紧密地结合在一起，"文化研究"的

---

① 陈方竞：《多重对话：中国新文学的发生》，北京：人民文学出版社，2003年。
② 参见栾梅健：《二十世纪中国文学发生论》，广西师范大学出版社，2006年，《前工业文明与中国文学》，复旦大学出版社，2008年。
③ 《海派文化与都市文化》，合肥：安徽教育出版社，2000年。
④ 倪伟：《"民族"想象与"国家"统制：1928～1948年南京政府的文艺政策及文艺运动》，上海：上海教育出版社，2003年。
⑤ 王本朝：《中国现代文学制度研究》，重庆：西南师范大学出版社，2002年。
⑥ 解志熙：《"古典化"与"平常心"——关于中国现代文学研究的若干断想》，《中国现代文学研究丛刊》1997年第1期。
⑦ 钱理群主编："二十世纪中国文学与大学文化丛书"，桂林：广西师范大学出版社，1999年。

色彩相当鲜明。① 此外，中国社会科学院文学研究所以 70 后为主体的青年读书沙龙着力于"社会史与文学史"的专题研究，将文学文本的阐释与社会调查、历史研究相结合，尝试着一种全新的学术方式。

二、两种不同的文史对话

同 1980 年代的"人性复归"与"回到文学本身"相比，1990 年代文学研究的核心表述是"回到历史现场"，显然，前者洋溢着道德的激情，但是激情裹挟中的文学研究的确常常忽略对我们学术背景与知识基础的理性追问和反思，包括何谓"人性"，何谓"文学本身"，"拨乱反正"的急迫也不时妨碍着我们对历史细节的追问、辨析。这都属于当今"回到历史现场"的学术研究需努力克服的重大缺陷。洪子诚先生提出："（回到现场）可以理解为对已知的现象的发生、存在状况的进一步探究，也意味着对未掌握的材料、细节的挖掘，关注那些因种种原因（道德、宗教、文学派别、政党意识形态禁忌）而出现的各种涂抹、删除、扭曲的状况。也就是说，从已有叙述的清晰秩序中，释放那些因各种原因被压抑的事物，关注那些在既往的叙述中被非连续化、被取消进入历史资格的'非法的'的事实、知识。"② 也就是说，回到历史现场的文学研究，更准确地呈现了文学事实的丰富与复杂，极大地拓展了文学研究的空间。

然而，历史的转折变化之道可能还不是这么简单。在 1980 年代，所谓的"回到文学本身"果真就是为了回到纯粹的文学艺术么？回到鲁迅那里，回到"五四"，真的就是迷信文学性吗？经过长时期极"左"政治的压抑和封锁，中国学者的艺术欣赏能力实际上大幅下降，对单纯艺术性、文学性的需求远远不是我们今天所想象的那样强烈，就如同王富仁在回顾新时期鲁迅研究历史时所指出的："迄今为止，鲁迅作品之得到中国读者的重视，仍然不在于它们在艺术上的成功……中国读者重视鲁迅的原因在可见的将来依然是由于他的思想

---

① 2008 年北京大学出版社出版，其中杨早的《清末民初北京舆论环境与新文化的登场》、凌云岚的《五四前后湖南的文化氛围与新文学》、颜浩的《北京的舆论环境与文人团体：1920—1928》、葛飞的《戏剧、革命与都市漩涡——1930 年代左翼剧运、剧人在上海》等，都具有相当的分量。

② 洪子诚：《"文学史热"及相关问题》，《韩山师范学院学报》2009 年第 2 期。

和文化批判。"① 也就是说,"回到鲁迅那里"这一口号更多的还是反映出人们试图借助鲁迅获得独立思想的渴望,"这时期鲁迅研究中的启蒙派的根本特征是:努力摆脱凌驾于自我以及凌驾于鲁迅之上的另一种权威性语言的干扰,用自我的现实人生体验直接与鲁迅及其作品实现思想和感情的沟通"。② 同理,所谓"回到文学本身"不过就是努力摆脱政治意识形态束缚的笼统的意愿,原本就不涉及对"文学""文学本身""文学性"这些更具有艺术趣味和形式意义的目标的特别指认。"二十世纪中国文学"的倡导者提出将"文学自身发生发展的阶段完整性作为研究的主要对象",这里的"文学"当然也不仅仅是艺术的形式,其主要的内涵还是各种思想的综合。③ 钱理群先生当时就提出:"我觉得'二十世纪中国文学'这个概念还要求一种综合研究的方法,这是由我们的研究对象所决定的。现代中国很少'为艺术而艺术'的纯文学家,很少作家把自己的探索集中于纯文学的领域,他们涉及的领域是十分广阔的,不仅文学,更包括了哲学、历史学、伦理学、宗教学、经济学、人类学、社会学、民俗学、语言学、心理学,几乎是现代社会科学的一切领域。不少人对现代自然科学也同样有很深的造诣。这一切必然或多或少、或隐或显地体现到他们的思想、创作活动和文学作品中来。就像我们刚才讲到的,是一个四面八方撞击而产生的一个文学浪潮。只有综合研究的方法,才能把握这个浪潮的具体的总貌是为了回到应该有的文学认识的基本点,回到我们应该有的属于文学的阐释权之中。"④ 这一大段的"方法",就是放在 1990 年代的"文化研究"之中,也没有什么不妥!

阅读 1980 年代的现代中国文学研究,我们发现,"历史"已经是一个反复被强调的词语,"历史感""历史作用""历史意义"都一再被人提及,正是在那时,人们公开提出要反对"以论代史",强调对历史事实的尊重。早在 1985 年,许志英先生就提出:应该在"基本的历史联系"中考察文学,"如果仅仅从文学本身的继往开来关系加以探讨与考察,虽能说明一些问题,但还是远远

---

① 王富仁:《中国鲁迅研究的历史与现状(连载十一)》,《鲁迅研究月刊》1994 年第 12 期。

② 王富仁:《中国鲁迅研究的历史与现状(连载十)》,《鲁迅研究月刊》1994 年第 11 期。

③ 黄子平、陈平原、钱理群:《论"二十世纪中国文学"》,《文学评论》1985 年第 5 期。

④ 陈平原、钱理群、黄子平:《"二十世纪中国文学"三人谈·方法》,《读书》1986 年第 3 期。

不够的，还应当从现代中国的社会性质、经济基础和阶级关系的变动以及变动后的中国革命和中国文化的特点等等方面，加以综合考察与研究，才能准确地揭示与把握现代文学的历史特征"①。这也是一种将文学置放于"历史文化联系"的研究思路，但是与后来英美学术的新动态却没有什么关系；就像人们误以为重视史料是1990年代"学术规范"的产物，殊不知"中国现代文学史料汇编"这一列为国家"六五"重点社科项目的庞大工程也是在新时期之初就全面启动的，计划分甲、乙、丙三大系列总计200多种著作，倒是1990年代的到来让这一计划中止了。可以说，现代中国文学研究对"文学回归"的重视是与对史料的重视、对历史的重视一同苏醒的。

如果说1980年代的中国文学研究并不如人们在今天所想象的那样一味追逐"文学本身"而置"历史文化"于不顾，那么，1990年代文学研究中自觉的"文史对话"又是不是因为"回到历史现场"，因为追求真正"客观""中立"而与1980年代判然有别呢？仅从一些学者的自我表述似乎是这样，但是，作为这一时期文学史写作"历史化"追求重要代表的洪子诚先生却并没有放弃对价值立场的追问："我对于'价值中立'或'价值无涉'的历史叙述存有怀疑的原因。在这里，要作一点解释的是，我在《文学史》中讲到的对价值判断的搁置和抑制，并不是说历史叙述可以完全离开价值尺度，而是针对那种'将创作和文学问题从特定的历史情境中抽取出来，按照编写者所信奉的价值尺度做出臧否'的方式。"② 至于1990年代以后学术界的左翼文化倾向重新出现，并通过对"十七年"倾向乃至延安文学的梳理"重述"历史，彰显"反现代的现代性"的"中国道路"与"中国立场"，其价值当然就更不是"中立"的了。

由此看来，现代中国文学研究的1980年代与1990年代，其差异并不在表面意义的"历史性"上，而在各自在"历史性"的旗帜下实际的思想状态存在内在的微妙的分歧，或者说，这里存在着两种不同的"文史对话"方式。

一种是从1980年代逐步发展、摸索、深化而来，基本上属于中国学者对现当代文学实际研究经验的总结，这些研究经验在一开始可能比较幼稚或粗糙，理论能力与国际视野都有不足，一路磕磕碰碰，有时表述不够周延，时有矛盾之处，但是却相当紧密地联系着中国现当代文学研究本身的探索轨迹，反映着中国学者自我思想塑形的真切诉求。在学术研究中完成自我的成熟和发展

---

① 许志英：《增强现代文学研究的历史感》，《文学评论》1985年第2期。
② 洪子诚：《"文学史热"及相关问题》，《韩山师范学院学报》2009年第2期。

是这些学者的根本目标，引入西方思潮对于他们而言主要是一种自我开放的要求，而不是为了呈现外来理论形态本身的完整性，或者世代交替的先进性，所以即便"文化研究"对"历史文化"的理解更具有时代的魅力，但是在他们那里也只是诸多"尊重历史"的声音之一，在更多的时候，他们对"历史"的选择还是从最基本的史料发掘和整理开始的，在视史料的丰富与完整为"历史"的主体的同时，适当汲取文化研究的理论资源。在1990年代的学术"国际化"浪潮中，他们也能够对新时期以来本学科艰难探求的"历史"本身怀抱着一种深深的理解和同情，不愿刻意呈现两个世代的鸿沟，无意突出1990年代的"进步"和优越，时时抱有学术的警戒与审慎，洋溢着自我反思意识。这样一种"文史对话"的探索常常体现在自1980年代过来的学人身上，但也同时影响着1990年代以后起来的一部分青年学人。例如考查早期新诗生产的姜涛、探究国民革命文学的陈凯、独立发现"白俄叙事"问题的杨慧、考证抗战文学史实的段从学、辨析土改文学的张钧等等，如姜涛这样的反思就是真诚而深刻的："'年轻人'在选题上往往很是精巧，非常重视方法论和操作性，对于历史的耕耘也会尽量细腻、深透，这大概是一个值得嘉许的倾向。但无论怎样开疆扩土、精耕细作，年轻一代似乎普遍缺少前辈学者元气淋漓的学术气象，也缺乏突破既有框架提出新问题的动力。这当然与不同的时代处境、历史经验和个体性情有关，简单、抽象的'代际'比较，并无多大意义，不过由学科成熟所带来的专业稳定，以及这种稳定背后实际的松懈、封闭，其实仍然值得注意。如果只是在既有的学科框架下安全工作，缺乏一种内在紧张感，那么年轻一代即使能不断拿出'水平线上'的成果，但能否在研究中走得更为深远，现代文学学科是否也会在持续扩容中自我稀释，模糊了面对时代及历史命题时的主体性，也是应该关注的问题。"① 这样的反思显然基于对1980年代学术的深切的理解，也有助于当今学术对既往经验的有益借鉴。

另外一种则主要来自1990年代的学术变动，尤其是国际学术思潮的引入。在1990年代之交国家意识形态的严厉要求之下，中国学术开始了一轮对新时期的反省和批判，吊诡的在于，这种对新时期"西化"风潮的批判恰恰较多地利用了西方后现代主义"反资本主义现代性"的资源，于是，原本是反对西化的潮流反倒为广泛引入西方后现代主义思潮打开了闸门，"文化研究"理论因此得以充分进入。充分汲取外来理论的资源，同时与1980年代的学术方式自觉区隔，就这样"合流"而行了。在这里，我们可以明显感到一种求新求变的

---

① 姜涛：《"大文学史"与历史分析视野的内在化》，《文学评论》2013年第6期。

雄心，和刻意开创学术新世代的强烈愿望。与前者比较，它更愿意强调自己的学术活动与国际学术动态的一致性，突出自己理论批评的西方资源的完整性与及时性；也更娴熟地运用西方理论的概念、术语与论证逻辑，更"纯正"地反映着西方"文化研究"的论证方式。当然，这样的研究更多地强调着与过去（1980年代）的差异，并通过自觉确认这样的差异来树立自身的价值。这种学术倾向在1990年代以后成长起来的学者中多有表现，但亦为自觉反省新时期学术的一些"第三代"学人所接受和倡导。

平心而论，正是这两类取向奠定了当今整个现代中国文学研究的坚实的基础。前者让我们感知到现代中国文学研究如何在自我反省的基础上稳步发展和深化，证明中国文学学术具有自我调整的可能，而这样的调整可能正是我们最终形成中国学术特色的力量所在；后者表现了中国学术不断向外部世界开放的价值，不断为我们带来激活灵感的信息的刺激，显然，也构成中国学术发展生生不息的能量源泉。

三、文史对话的中国道路与问题意识

然而，将迄今为止文学研究的差异仅仅概括为"文史对话"的不同方式，这依然只是对问题最粗略的分类，重要的是，它们各自的表现都包含了中国学术深化发展的诸多症结，值得我们进一步反思和清理。亟待反思的包括：同样的文史对话，其内在差异的究竟何在？这种差异又会对我们的学术发展形成怎样的影响？对于文学研究而言，文史对话的落脚点应该在哪里？如果说借助历史讨论文学已经成了大家都可以接受的事实，那么，这些理所当然的学术选择，又是否暗含着重要的遗漏？总之，步入历史文化广阔领域的文学研究，如何才能扎实有力地推动中国学术的发展，文史对话如何更加有效，我们尚可继续追问。

从1980年代到1990年代，中国现当代文学研究的分野来自他们在构建"中国道路"上的深刻差异。

自新时期以来，中国现当代文学研究的发展，一直都肩负着一个巨大的学术使命，那就是如何在与世界学术的交流中，探索和形成我们自己的道路，包括思想追求和话语模式。但是，实际的困难却在于：在"拨乱反正"的荒漠中起步的"中国特色"之路，在一开始却不得不大量学习和借鉴西方学术的理论和语言，既要效法西方，又要自我摸索，这里的平衡取舍之途就不得不充满矛盾，时有自我的绞缠和悖论，加之国家意识形态在经济开放与政治坚守方面的多重影响，使得"历史"的面目和真相有时也模糊不清，所谓"文史对话"的目的和路径常常也暧昧混沌，让人误读不断。

比如1980年代开启的中国现代文学研究，从最初的"文化视角"的运用到对近期对"文化研究"的部分借鉴，一路艰难探索前行，我认为是清晰折射出了中国学术在外来理论输入相当不完整的前提下自我摸索的基本过程，那种从"原始"的史料搜集整理、作品阅读、概念提取开始的艰辛的学术过程，然而，这一历史过程却伴随着当时中国学术走出国门、引入西方思潮的强烈声浪，在今天一些人眼中，它恰恰很像是剧烈"西化"的产物，新世纪的人们往往会因为当时某些"西化"的声势而忽略了原本质朴而坎坷的"中国道路"，就像在"国学热"的今天非常不容易理解五四新文化运动中那些激进言辞的策略性意义，而一股脑地将"五四"认定为"全盘西化""全盘反传统"一样；相反，较之于1980年代那些相当不完整的西方知识系统的引入，1990年代的中国现当代文学研究无论是在"反现代性"理论还是在"文化研究"理论方面都更准确、系统的运用了西方学说，也更频繁地流露出以"西方理论"代替中国实际问题的趋向，但是吊诡的却在于，就是这些学术常常举起批判"西化"的旗帜，又理直气壮地表达着"中国道路"的自信。

这些混沌、悖论与误读究竟缘何而生？我认为，其根本的症结就在于，我们怎么理解中国学术建构"中国特色""中国道路"的真正意义。在这里，可能出现两种本来可以相互支持但实际上却可能相互分裂的认识，其一，一切学术的真正起点应当是对"问题"的发现和解决，也就是说，所谓的"中国特色"与"中国道路"的必要性归根结底来自我们（文学）所遭遇的现象是外来的思想不能概括，也是外来的话语不能传达的，为了准确地挖掘和分析我们自己的独特问题，我们迫切需要形成自己的思想概念，恰如其分地运用自己的语言形式，在这样的过程中，我们创造了学术的"中国道路"，也显示了自己的"中国特色"，这些道路和特色就是我们对于世界学术的创造性的贡献；其二，我们的学术发展已经置身于世界学术的各类思想与话语之中，不得不承受到种种的外来思想的形式，这些形式有可能形成对我们的挤压和干扰，我们有必要借助"中国特色"与"中国道路"的崇高目标自我强化，以目标的崇高性巩固营造某种形式的独立性。显然，前者致力于质朴的实践，属于学术真正的基础，后者也因为目标的崇高而洋溢着动人的道德力量，我们应当以对实际问题的坚实探求为根本，将道德的崇高内化于精神的深处。但问题在于，一旦客观社会形势发生种种的变化，当道德性的诉求在某种力量（包括政治力量）的推动下更能激荡人心的时候，对"道路"与"特色"的追求就会陡然崛起，并急不可耐地对其他实践形态（包括那些质朴而艰难的问题探索）予以排斥。

1990年代以后的中国现当代文学研究，常常伴随对1980年代的质疑和批评，其中就包含着这样的悖论：道德目标化的"中国道路"对实践层面的"中国道路"的误读与排斥。我们急切地标举中国道路的意义，而对1980年代坚实探索的成果估价不足。

1980年代开始的现代中国文学研究，是刚刚走出"文革"政治高压时代的蹒跚学步，一路歪歪斜斜，词不逮意，但这却是中国学术最真实的起点，生命的丰裕体验、感性表达的冲动、对理论方法的焦渴，如潮水般喷涌而出，那时的学人在并不熟悉西方世界复杂性的时候对西方的思想与文化有过较多的激情肯定，但是这些肯定却同时伴随着一个更加重要的事实：那就是他们深深地体验过中国文学研究曾经的被压抑和被扭曲，借助外来文化输入的力量最终不过是达成对问题的发现和强化自我批判的力度，这里至关紧要的是他们对问题本身的正视和发现。沿着这个方向发展，其学术基础就是稳固的，其着力之处就是可信赖的，其成效也具有某种可预期性，如前所述，其道路本身可能无不曲折、坎坷，但是不断走向真正的成熟，却有着较大的把握，包括我们所谓的"第三代"学人其实从来没有停止过自我调整，从"并不熟悉文化问题"到"无不欠缺的文化视角"再到对"文化研究"方法的深入借鉴，就是一个明证。

相反，如果"中国道路"主要是一种克服的自我焦虑的精神需要，如果我们的迫切任务是依靠它来重建某种道德上的优势，那么，那些繁复的实际问题却可能被搁置起来，或者说中国文学"研究道路"上所遭遇的真问题反而就被掩盖了起来，过去那些文学研究的坚实传统反而被质疑和批判；为了自我证明的需要，我们甚至转而将西方文化论证的问题（包括西方后现代文化与后殖民批判理论）、设立的问题当作我们自己的问题，并在对此不加反思的前提下加以运用和论证，用秦晖的话来说就是陷入某种"问题殖民"的思维而不自知。① 在这个时候，一个值得警惕的局面就会出现：我们论证的理论前提是西方思想，我们运用的概念、术语及论证逻辑来自西方，但是却自以为是证明的"中国道路"，具有了"中国特色"。

仅仅着力于焦虑的解决，这样的文化研究将产生两大新的问题，一是以理论的新锐掩盖了实际问题的发现，二是以理论的磅礴无边转移了我们对文学自身的考察。

---

① http://www.360doc.com/content/10/0626/01/875791_35273755.shtml.

文化的研究应该恰如其分地呈现中国文化自身的种种问题，但是，今天我们读到的某些文化研究，却让置身于中国文化现实的人颇觉陌生、诧异乃至困惑，如学者所言"到处只见某种谶纬式的政治暗示与政治想象的话语大流行，文学研究重新成为翻烙饼式的一个阶段对另一个阶段的简单否定，其自身的根基与连续性荡然无存"①。或如类似的感受："90年代以后，我们懂得了福柯，动不动往权力、往阴谋、往宰制方面靠，每个人都是火眼金睛，看穿你冠冕堂皇的发言背后，肯定蕴藏着见不得人的心思。不看事情对错，先问动机如何，很深刻，但也很无聊。"②

文学的文化研究也理应让其他文化领域的人们为之信服，并获得有益的启示，但今天的问题是，好像我们研究文学的理论、我们讨论的范围早已经远远跨越了文学，但是，却不容易令其他领域的学人认可，正如温儒敏所指出的那样："人家原来干本行的可能并不认同外来的闯入者，在他们专业训练标尺的检验下，文学出身的思想史写作总是难于得到行家的喝彩。这已经是近年来学界的一种景观。"③

在过去，我们倾向于认为这是一个"文化研究"中容易产生的跨界问题，因为借助其他社会文化现象来解释文学，所以不断跨越文学的边界进入别的领域，最终却根本上逾越了边界而无法返回我们学科，就像我们常常说"文史互证"来自史学家陈寅恪，而陈寅恪的文史互证严格说来是以文学现象来论证历史，这与我们作为文学研究者的任务其实有着很大的不同，再遥远的文化跨界终究需要返回到文学文本自身，因为，文学研究最终需要解释的还是文学作品的独特性。为什么需要跨越？因为，中国现代文学创作所摄取、关注的的确就不是纯文学的艺术性，而是包含了我们各自现实需要和人生经验的东西，跨出文学进入复杂的社会文化，是可以帮助我们更清晰更细致更复杂地把握最佳的人生经验，是为了更深入地解读文学创作现象，一句话，跨出文学的边界，最终是为了回到文学之内，或者说，跨出与回返应当成为持续互动的过程，绝非绝尘而去，不见踪迹。问题就在于，为什么一些文学的"文化研究"最终真的意味着跨界而一去不复返了呢？表面上看，这是学者自己视野的不断扩大而难以收束的学术选择问题，其实认真追究下去，可能还是存在一个规避现实问题

---

① 郜元宝：《"价值"的大小与"白心"的有无——也谈现代文学研究新空间的开创》，《中国现代文学研究丛刊》2004年第1期。
② 查建英：《八十年代：访谈录》，北京：三联书店，2006年，第132页。
③ 温儒敏：《谈谈困扰现代文学研究的几个问题》，《文学评论》2007年第2期。

而以理论的推演代替之的选择，在某种意义上，不断进入现实的问题（包括中国文学问题）本身就进入了诸多的纠缠和困扰之中，而能够部分跳脱出来，以其他的文化理论（尤其是业已成熟的西方的文化理论）框定之则多少给人解释的方便。切近令人纠结，遥远给人轻松。

相反，如果我们能够以中国实际面临的问题为基础，也就不一定局限在西方文化理论所设定的种种社会历史领域，对历史文化这一概念也能够提出自己更多的理解，而这些理解也可能就更接近中国文学事实的所在。比如，一般认为，1980年代的文化热衷所讨论的"文化"大多空泛、大而化之，集中于抽象的精神信仰方面，1990年代"文史对话"的文化研究倡导从具体的文化领域（政治、经济、法律、教育等等制度性的文化现象）入手剖解文学的环境，正是弥补了1980年代的空疏。这当然没有问题，然而，除了这些文化制度的细部，其实重大的精神信仰追求同样也是影响我们文学追求的重要方面。关于林毓生所谓"思想文化解决问题"的"五四"思维，不管你怎么评价，事实上它究竟还是对中国知识分子有着深远的影响。① 中国知识分子而言，的确生存在各种具体的"制度"细节之中，在"制度文化"的组织构造中塑造自己的思想与行为，但与之同时，他们还是各种超越"制度"的更高层次的精神文化与思想信仰的创造者，换句话说，中国现代文学与制度的细节有关，也与制度之上的"宏大"的精神文化现象有关。如今的"文化研究"几乎是无一例外地质疑和批判了"宏大叙事"，对"宏大"的精神文化现象的讨论不再是学术的主要话题了，这是不是存在一种严重的学术疏漏呢？在此，我们有必要注意第三代学人王富仁新时期以来的学术走向。虽然他当年的《〈呐喊〉〈彷徨〉综论》第一次发出了"回到鲁迅那里"的倡导，成为新时期"文学回归"的重要代表，然而30来年的学术走向却大体上与现代文学研究的"主流"若即若离，他既没有汇入"二十世纪中国文学""重写文学史"的大潮，也没有转向1990年代以后的"文化研究"，对于绝大多数流行的学术热潮——包括新文学主流的扩容要求、对史料的高调重视、对学术规范的严肃推重等等——都抱有自己特有的警惕。就是在最近10年，在新的文化研究渐成主流，思想文化的宏大问题讨论日趋消歇的时候，他依然坚持通过一系列精神文化现象的总体把握来解读中国现代文学，包括左翼文学、京派文学、海派文学、东北作家群等等，也包括对鲁迅的时空意识、鲁迅之于中国文化传统（儒、释、道、法、

---

① 林毓生：《中国意识的危机——五四时期激烈的反传统主义》，贵阳：贵州人民出版社，1986年。

墨等等各家）的独特连接与超越问题，这些讨论一般都从大处着手，与当今流行的"小处操作"的方式判然有别。但是你却不得不承认，王富仁对中国现代文学的若干精神现象具有十分敏锐和独到的把捉能力，他剖析的问题绝非旧话重提，而是对一系列重要精神现象的极具独创性的揭示和开拓。这样的对重大文化现象的考察可能并不切合相当多的学者的选择，当然更与西方的"文化研究"无关，但是却往往很好地解决了别人尚未解决甚至触及的现代文学本身的问题。难道这就不是我们今天应该重视的学术方向吗？难道这样的研究就不属于是中国特有的文化研究么？

现代中国文学研究"文史互动"依然存在许多可供进一步开掘的理论空间。在文化研究得以展开的时候，如何处理好文学与其他文化研究的关系，如何让一般历史问题的研究最终有利于文学的自我解释，都应当加以认真的思考。在这里，中国文学研究中存在已久的"大文学"观念可资借鉴。"大文学"一词，最早出现在文学史著里的是谢无量1918年的《中国大文学史》[①]，"大"是针对近代西方"纯文学"意义上的相对的外延窄小而言，虽然我们的现代中国文学研究深受"纯文学"概念的影响，但是这不能完全涵盖中国作家根深蒂固的杂文学观念，也不便于我们在历史文化的广阔领域中发掘现代文学的文化意味。"大文学"之于学术研究的意义有二：其一是在西方纯文学的文体写作之外，继续发掘中国作家的文体追求与多样化写作，例如日记、书信及其他思想随笔，包括像现代杂文这种富有争议的形式也因此可以获得理所当然的存在理由；其二是对文学与历史文化相互对话的根据与研究思路有自觉的理论把握，特别是"大文学"这一思维本身的中国本土内涵将为我们"跨界"解释中国文学现象提供更多的理论支持。与过去人们一味在后现代主义、新历史主义、知识考古学、谱系学等西方背景上寻找资源不同，大文学—杂文学的意识本来就属于中国传统，文史不分家本来就属于中国知识分子的基本观念，即便到了融入国际文化的现代社会，这些源远流长的思想意识依然还在发挥作用，依然对中国现代作家产生着内在的影响，决定着他们的思维特点和思想底蕴。从古代史官采风到孔子"诗可以观"，从西汉《毛诗序》对"后妃之德"的发掘到现代学者陈寅恪的"诗史互证"，中国知识分子自觉不自觉地在"大文学"的视野中沟通文学与政治、社会与历史，以诗证史、以史说诗，诗史不分。现代中国作家鲜有艺术性的痴迷，倒是理直气壮地不断借此启蒙、发动革命，身在江湖，心在社稷，虽然因此而饱受灾祸，却依然乐此不疲、前仆后

[①] 谢无量：《中国大文学史》，北京：中华书局，1918年。

继，如鲁迅所言："我们活在这样的地方，我们活在这样的时代。"① "在现在这'可怜'的时代，能杀才能生，能憎才能爱，能生与爱，才能文。"② 面对这些的精神现象、这样的文学，值得挖掘、揭示基本的事实的绝对不仅限于知识/权力的关系，或者"反现代性的现代性"意图，中国经验的展开将为现代中国文学的研究增添丰富的内容。更重要的则在于，"大文学"本身也是中国知识分子的基本写作方式，是他们内心深处的名山事业，这些如此政治、如此社会、如此文化的写作属于传世的"文学"而不是其他。弄明白了这个道理，我们的"文史对话"也就不至于与"文学"擦身而过，一切跨界的思考最终都有必要落实到"文本解释"的层面。这样的"中国理论"或许就是解决当前现代中国文学研究分歧与争议的一种途径。沿着这条道路，当代批判家陈晓明先生的理想可望实现："文学史叙事，根本方法还是回到对文学作品文本的解释，'历史化'还是要还原到文学文本可理解的具体的美学层面。终归我们要回到文本。"③

总之，"文史对话"一方面的确推动现代中国文学研究逐渐走向成熟，但是在另外一方面，它本身也令人困惑不已。各种学术的经验和教训都一再告诉我们，越是成熟的学术越应该展示出清晰的问题意识，它不是以某种理论为信奉的前提，而是以对当下问题的发现为己任；中国现当代文学的学术归根到底也是为了传达我们对于"文学"的理解和认识，再宽泛的讨论都最终是为了解决"文学"的问题，再丰富的"文化研究"也可以在"文学"的取向上确定最基本的范围；所谓学术的中国道路与中国特色都只能立足于我们对于中国文学问题的切实的感悟和发掘，是问题本身的真实而不是我们的亟待克服的焦虑推动着学术的发展。

---

① 鲁迅：《且介亭杂文·附记》，《鲁迅全集》第 6 卷，北京：人民文学出版社，2005 年，第 213 页。
② 鲁迅：《且介亭杂文二集·七论"文人相轻"——两伤》，《鲁迅全集》第 6 卷，第 405 页。
③ 陈晓明：《中国当代文学主潮》，北京：北京大学出版社，2009 年，第 21 页。

第二章 "文学本身"、民国文学机制与大文学观

前面是从纯粹学术史的角度追溯我们观念的演变,如果我们将这一演变置放在社会文化发展的更广大的领域,则可以发掘出另外几个关键词:文学本身、文学机制,并在此基础上再一次理解"大文学观"的特殊价值。

新时期之初,我们的时代关键词是"文学本身",最近20来年,则转换为"体制""制度"或者我所谓的"机制",这样,从"文学本身"到"民国文学机制"再到"大文学观",我们经历过的演变折射的既是学界范式的转变,又是整个社会文化的曲折发展。这个变化的确值得总结。

一、"回到文学本身"

近30多年的中国社会以及现代文学研究大体有这么一个值得注意的规律,就是从新时期之初的对文学性的一种渴望,到1990年代以后直到今天的从不同的角度对于文学性的一种"突围"(或者"突破")这样一个过程。大家知道,在中华人民共和国成立以后很长的一段时间直到"文化大革命",实质上是政治意识形态替代了一切,尽管在这个过程当中,当代文学史也不断地出现所谓小的"春天",冒出一些异样的"声音",但很快就被整合掉了。从整体上来说,这是一个政治意识形态控制一切、主宰一切的这样一个时代,这是没有疑问的。那个时候当然也有文学批评,但批评主要是为了阐发政治意识形态的观念,所以你们今天,在一些老学校的图书馆里,有时候我们都能够看到文学史书籍出版的一个规律:从个人学术著作到集体的政论性的合著,到了"文革",那种著作就不叫做现代文学史了,一般都叫作"中国现代文艺斗争史",也当然不是某一个作者个人来为这个书负责了,署名的都什么呢?一律 xxx 大学工农兵战斗小组,工农兵战斗小组写的"中国现代文艺斗争史",也就是说,

到了那个时期已经完全被政治意识形态所替代了。所以新时期的文学研究，显然就有一个突破这个束缚的要求，因为这个突破，才导致了我们现在看到的新时期文学研究和文学批评的繁荣。咱们的现代文学那个时候真的几乎就是领军性的一个学科。今天，我们现代文学好像再也不会有这么大的作用了，但那时候真的是不一样的，现代文学是走在最前头的。这个印象至今还很深刻，我自己从中学开始喜欢文学，觉得自己将来要走这个文学之路，但是到了大学里边，刚看到这些出版的教材，那还是以阶级斗争，以政治意识形态为主要叙述框架的，当时很有挫败感，那么，我的文学兴趣是怎样又被唤回来的呢？现在回过头去想，就始于这种对"文学本身"的新思潮。我还清楚地记得，那就是1980年代中期的一个秋天的晚上，我在北师大图书馆里面翻阅《文学评论》杂志，当时本科生谈不上多了解这个杂志，也不知道这是什么权威核心期刊，没这个概念，反正拿过来随便翻嘛，一翻，就机缘巧合地读到了一篇《〈呐喊〉、〈彷徨〉综论》，作者王富仁。一读下去就被它紧紧地抓住了，王富仁说从1950年代中期开始，围绕着政治领袖的论述逐渐地形成了关于鲁迅的小说《呐喊》《彷徨》的一个解释系统，这就是把它作为反帝反封建的政治运动的一面镜子，这样一来，我们的认知逐渐就带偏，我们对鲁迅小说的阐述与鲁迅本身就因此形成了一个偏离角。这里的每一句话当时就觉得打到自己心上一样，好像一下子把心中阅读的文学的激情和渴望给照亮了！噢，原来，我不喜欢的那些教材和论述都存在偏离角！那么，没有偏离角的文学研究应该是什么样子呢？这真让人浮想联翩、心潮澎湃……那天晚上我几乎是一口气就读完了王富仁的文章，而且读了还不满足，继续拿个本来抄，抄其中的那些激动人心的话，抄《〈呐喊〉、〈彷徨〉综论》里面的那些论述。现在想起来，这个行为似乎有点不可理喻，抄什么呢，我可以用复印机复印嘛，像我们现在的同学查资料，查到了马上拿个复印机就复印了。当然那时候复印比现在贵，对于我们每个月的生活费而言真的有点负担不起，但即便如此，抄却是十分费事的，你得拿笔一点一点地抄，一晚上还抄不完，但现在我想这个抄的行为本身是值得解读的，抄好像就是要和这些文字拥抱在一块儿，想占有这些文字背后的思想，抄的过程中能带给人的那样一种快感，一种回归文学的快感，回归到我自己阅读文学的那样一种真切的情感滋养的状态。总之在那个时候你就能觉得那就是一个方向，一个令人神往的方向。

现在回过头来看我们现代文学的80年代的研究，其实都是这样的。王富仁的鲁迅研究当时就是把政治革命和作家自己的文学思想（当时还叫"思想革命"）区分开来了。这种区分实际上推动了我们对鲁迅的理解，用王富仁的话来说就是"回到鲁迅那去",回到鲁迅的文学作品中去,这就大大地推动了我们对"文学性"的重视。回头来看别的现代文学研究,其实同样走在了这样一个过程中:钱理群、陈平原、黄子平这几个北京大学学者提出"二十世纪中国文学史",那么为什么要提出"二十世纪中国文学史"呢,不是有"现代文学史"这个概念吗?有人说是为了把时间往前靠,从五四新文化运动推进到20世纪之初前后,将这个时候作为新文学的起点;往后也可以延,从现代,一直延到1949年之后构成一个整体。其实那仅仅只是一种时间上的问题。这显然只是一种表面上的理解。关键在于这么往前一挪,就根本上把现代文学从一个政治革命的一个框架当中解救了出来,因为我们中国对于这个"近代""现代""当代"的划分追根溯源它其实完全是一个政治革命的产物。

史学界划分这个"现代"与我们中国现代文学是不同的,从西方史学的主流观点来说,"现代"是指从16世纪以后随着新大陆的发现的这个历史时期,在这时,世界越来越成为一个整体,也就是一个资本主义时代、全球化时代的到来,由此所谓的"现代"就区别于古代那种国家与国家彼此之间分裂的状态,这是"现代"的开始。但实际上我们今天用的这个"现代",却往往不是这个意义上的。那么它是来自哪里呢,它是来自苏联。苏维埃社会主义国家建立以后,一个非常重要的任务就是意识形态的建构,苏联的出现并不仅仅是新政权的一种建构,它需要非常完整地就要完成一个对历史的新表述,这就产生了著名的《联共(布)党史教程》(以下简称《教程》),《教程》首先解释的是苏联的历史,但是对中国影响也很大。后来苏联进一步组织历史学家编写出版了《世界史纲》,这些都被及时地翻译到了我们中国,影响到了我们的历史观的。苏联的"近代"定义就从英国资产阶级革命开始的,它的"现代"史是什么呢,就是"十月社会主义革命","十月社会主义革命"后,人类历史从此进入新纪元,这个叫"现代"。我们过去所谓的"中国现代史",就是参照了苏联的这样一个概念和思维,它有"十月社会主义革命",那我们有什么呢?我们有"五四",这就是学生游行的那个"五四",这个"五四"有什么意义呢?在五四运动期间,共产主义思想、马克思主义思想在中国进行传播了,虽然这个时候中国共产党还没有成立。这个"五四"非常重要,这就是"中国现代史"的开端,这样一种描绘显然属于是一种革命史的描绘,这还不是我们今天所说的五四新文化运动的"五四",1919年就是我们现代史的开端。当然到了后来中国现代文学史中,它被暗暗往前挪了两年,到了1917的新文化运动,但总的来说,这段历史还是依附于我们现代革命史的叙述当中。那后来怎么又出了"当代"了呢?那因为我们的情况究竟与苏联不一样啊,

"五四"的时候我们中国共产党还没有掌权,那应当怎么标志,怎么证明中国共产党执掌全党政权,这又一个里程碑呢,怎么能够说明这是一次人类历史的新纪元呢,我们肯定要有一个新的命名啊?后来我们就把1949年10月1日以后的历史称为"当代",这个概念就是我们独有的了,不但西方史学界没有,苏联也没有,这就是我们为了证明我们的新政权形态所独创的一个概念。所以我们以后就有了"中国现代文学史","中国当代文学史",这就又分开了。

追溯这段历史,你可以看到,这样一个"现代文学史","当代文学史",那真的就是跟革命史紧密地联系在一起的。尽管到后来我们几乎有点忘了,以为"五四"就是指1917年的五四白话文运动,以为它指的就是这个,其实它背后的东西,是一个完整革命史的表述系统。回过来说,当时的"二十世纪文学史"的提出的意义在哪里呢?这当然不仅仅是一个把"近代","现代"与"当代"从时间上拉通的问题,不是说从过去的"中国现代文学三十年"变为一百年来描述整个世纪,它其实是为了寻找我们中国现代文学的自主性。重新提出中国文学自己的一个规律问题。就革命史而言,它的任务就是反帝反封建,那么我们文学的任务呢?是追求现代。我们什么时候开始追求这个现代化的呢,这就由来已久了。我们过去常常说到鸦片战争以后,知识分子如何觉醒,对我们文学而言则至少可以追溯到20世纪前后,从这个时候开始,我们的文学出现了一种变化,而且这种变化的趋势一直延续了一百年。因此,"二十世纪中国文学史"这个概念的提出,其意义就在这里,它是为了让我们文学的叙述从政治的框架里边解脱出来,找到我们文学自己的叙述。北京学界出现了"二十世纪中国文学史"的概念,上海呢,大家都知道,就是陈思和、王晓明他们提出这个"重写文学史",为什么要重写?也是因为我们过去的文学史过多地笼罩在政治意识形态的框架里边,文学没有我们自己的声音。

总之,在这些动向中,你都可以看到他们所代表的"80年代"改革开放以后中国现代文学围绕"文学"所提出的一个基本倾向,这就是从政治意识形态的绑架中把自己给解救出来,回归文学,那个时候特别强调文学本身。所以,回到什么什么本身,是那时候几乎所有领域的一个为自己正名的口号、旗帜,王富仁说的是"回到鲁迅本身,回到鲁迅那里去",而那时候其他人说"我们要回到现代文学本身,回到五四本身。"每一个作家都要回到他本身。为什么需要回到本身呢,因为我们过去贴在它身上的标签,实在是太多了,都不属于它的,都属于政治,例如把新文学的分作主流、逆流、支流等等,贴好多标签,那我们今天就得把这些标签一一地取下来,让文学呈现出自身的魅力。我觉得这就是80年代的重大意义,这个意义直到今天也应该加以肯定,没有这一天，就没有我们今天看到的现代文学一个崭新的格局的出现，那现在就只能看图书馆里那些"文艺斗争史"，把文学当成是政治斗争的工具，所以1980年代非常重要，在这一天开始，我们现代文学的研究的确是向着文学方向在重新启动了。

二、民国文学机制的提出

到了1990年代以后，情况却又发生了变化。首先是这个学科的一些重要人物，他们的研究逐渐开始有一个转向。举个例子，我们刚才从鲁迅开始入题，这里还是以鲁迅为例，例如汪晖，大家都知道的，他就有一个重要的转向。汪晖在王富仁的鲁迅研究之后不久就提出了进一步推进鲁迅研究的一个设想，他的《鲁迅研究的历史批判》文章里就说得很清楚，包括王富仁在内的他们的鲁迅研究虽然极大地推动了鲁迅研究的学术发展，但是却依然将鲁迅小说作为一面"镜子"，这都还属于是反映论的思维。汪晖提出我们更应该回到鲁迅精神本身，去寻找鲁迅精神自身的结构形态，这就和王富仁那个时代不一样了。汪晖在写他的《反抗绝望》之时，的确是更加深入到了对鲁迅精神的细致的辨析当中，他非常注重对文本的仔细阅读。在回到文学的道路上，汪晖曾经大大提高了我们关注文学文本的能力。但是就是这样一个研究鲁迅的学者，我们知道他在1990年代后，其学术趣味和他的研究思路都逐渐发生了变化，逐渐转向关注中国现代思想史，也逐渐关注中国的一些社会问题，一些重要与国家战略相关的重大问题。老一代的学人好像也有这样的变化，比如说中国社科院的赵园老师，这也是我非常敬重的一位学人，赵园老师的艺术感悟力是相当好的，你们要是有机会听她的讲座，她的文本分析真的是光芒四射，那是非常打动你的，1990年代以后，她转向了明清之际士大夫研究，关于历史与知识分子的研究。无论是像赵园老师这老一辈的，还是如汪晖这更年轻的一代，都不约而同出现这样一些变化：他们的研究逐渐从文学里面解脱出来转向对一般社会、历史的关注，这是非常值得注意的。同时，我们也看到，中国现代文学研究，1990年代以后，中国现代文学研究本身也出现很多新的话题，这些话题大体上都是从文学之外的其他社会领域里边来观察文学，比如说中国现代文学与政治文化的关系，中国现代文学与教育的关系，现代文学与传媒的关系等等，就是说我们发现，要把现代文学说清楚，就要了解我们的教育情况是怎么样的，我们的政治文化是怎么样的，我们的传媒情况是怎么样的，诸如此类的，这些都涉及了现代文学之外的其他文化领域，我们通过观察其他文化领域的变化来看它和现代文学的关系，最后推进我们学术的发展，今天这类题目已经很多了，老师也很鼓励同学们做这样的题目，思路也可以打开。西方学术的动向也在支持和鼓励我们的这种研究方式。这里有两个动向值得注意，一个是文化研究，一个是解构主义。就"文化研究"而言，有人已经区别说，它不同于"文化的研究"，文化研究是专门发展起来的一个学科，最早大概在20世纪50年代英国的伯明翰大学就产生了，那里大概算是第一个正式成立的文化研究的机构。这样的研究主要是打破了文学与其他社会文化领域之间的界限，把文学看作一个大的文化现象的一个非常有机的组成部分，那么他们关注的是整体的文化态势，文学只是其中一个构成的因素而已，这个还不同于我们说的借助某一个角度来看文学，因为文学已经被重新作了组织了，被组织到一个大的文化结构里面去了。他们的关注点就是这个文化本身。不仅仅是我们现代文学，你看文艺理论研究也都是很多纷纷转向这个，他们都搞文化研究。那么解构主义，按照他们的一个主要的观点，一切的表述、思想都具有文学性，哲学的结构当中也包含着某种隐喻的色彩。其他的领域如文化人类学甚至古代的神话模式里边都可以看到类似于我们文学结构的很多元素，就是说，文学无处不在，文学性的边界被扩展了，我们在过去非文学的那些门类当中领域当中也看到一些近似于文学的特点。就这两个力量你可以看到，一个是把文学纳入了一个大的框架，一个是文学性自身的这种模糊的边界性在扩展，看着好像他们运动的方向不一样，其实是构成了一个合力，什么合力呢，就是我们过去所相信的那种为艺术而艺术的纯文学的东西受到了极大的冲击，80年代我们是要把文学从其他社会文化领域里解脱出来，让文学回归文学本身，我们要反对其他从政治意识形态对我们的干扰，而今天，就算是政治意识形态本身，也可以看作是一个大的文学文本，到了这个时候就发现我们过去说的界线就被打破了，这样一种思维从很大意义上构成了对我们过去相信文学有个"自身"的一种挑战，现在那有什么文学自身啊，我们在强调文学自身，文学自身是什么，就难以说清楚。同时，别的领域当中他又可以给你解释出一种类似文学的结构出来。在今天，不仅仅是中国现当代文学领域，整个文学研究里边它都成了非常重要的一种思维，所以到新世纪以后讨论过文学性问题，到底有没有"文学性"，"文学性"是什么，为什么到这个时候成了个问题。那就是说我们过去的一些观念面临了一个重新调整的过程，这个反映在我们，也包括你们这一代的学术、学位论文里面，其实也是非常清晰。最近几年读学位论文，好像很多都不是我们传统意义上讨论问题，有时候我们自己也感到很困惑，这是现当代文学研究么，研究的都是别的领域啊，包括学位论文都是一些文化问题，好像文学只是其中很少的一部分，我们甚至还一直很困惑，这样的能通过答辩么？出去能授予你文学博士、文学硕士学位么？但是它现在已经构成了一种很明显的趋势，实际上大家都跨出了这个边界。

到新世纪以后，我们注意到现代文学研究里边又提出的所谓的重新来看待文学史概念的问题，重新定义"现代文学""当代文学"，比如说提出了一个从国家历史形态的角度来进入文学研究的一种可能性。最早是上海外语学院的陈福康老师1997年在上海的《文学报》上发表了一篇文章，就是他觉得，"现代文学"这个名字可以退休了，为什么可以退休呢，他是做史料的，他发现，好多史料很复杂，不仅仅就是新文学这一块的，很多东西很难纳入到这个"现代性"里面来，应该回到复杂的历史当中去清理这个东西，他就提出一个"民国文学"的概念，这个想法后来他收入了一本叫作《民国文学探隐》的书中。到了新世纪以后，吉林大学的张福贵教授在我们现代文学的一次会议上提出这个"民国文学史"取代"现代文学史"设想，当时他的根据就是在这样一个时期，有很多的文学现象，如旧体诗词，通俗文学，等等新文学主流之外的东西无法纳入新文学的主流叙述之中，他提出用"民国"这个概念就可以回避关于文学性质的追问，张福贵老师的这个文章后来发表在香港的杂志《文学世纪》上。大概到了2007年、2008年，也有其他的学者陆续进一步探索了这个问题，包括张中良老师提出一个"民国史"视角问题，我个人也提出过"关注民国文学机制"的问题，我和张中良老师，我们大体的思路是一样的。我个人倒不太关心这个命名问题，"现代文学"也好，"民国文学"也好，我觉得这两个概念有不同的侧重，好像一时之间还很难统一，"现代"强调的一个世界范围内的一个大的历史的变动，"现代"的探讨直到今天都还是很有意义的，但是突出国家历史，用"民国"这个概念来强化我们对特定国家历史的关注，是对这样一个视角的强化，我认为也是有必要的，因为它可以进一步回到我们真正生存过的这样一个国家历史当中。我们现代文学，曾经就是生活在民国这样一个历史背景当中，通过对具体国家"历史情态"（这是我提的一个说法）的一种挖掘和分析，将会给我们现代文学研究带来好多新的启示。在我看来，比如说，民国时期所特有的一些东西，比如说经济方式给予我们现代文学的发展到底产生怎样的影响，以它的出版业为例，为什么民国那个时候文学一看到就觉得它很繁盛的景观呢，杂志为什么层出不穷呢，它有很多的原因在里边。在民国大部分时候，它是比较鼓励民营经济的，这和后来不太一样。民国时期从它的第一任掌管经济的最高领导张謇开始，它的整个经济鼓励措施都是偏向民营经济，只是在特定情况下，比如说在"抗战"时期，它需要发展一些军工。反映在我们的出版业当中，那就是这个经济政策，实际上是极大地鼓励了它的繁荣，这是文学发展的一个基础。特别在这个印刷界，当时采取那个结算方式也是值得我们注意的，这个结算方式呢，它是叫作"三节"结算制，一年中它根据那个中国古代的农历大体上划分为三个节日，春节，端午节，中秋节。这几个节日差不多就把一年划分为大体差不多的三段，那这个"三节"结算制什么意思呢，就是你交给他的活儿，印刷的业务，就是我春节交给他的，我不是说马上就要给钱的，我可以拖，允许你拖，就是欠款的时间拖到下一个节日，春节的业务我就可以拖到端午节去结算。这样有什么意义呢，这个意义就太大了，大家想象一下，实际上这个资金就有了一个周转的可能性，就是你看民国时期那些短命的刊物，出了一期两期的，几个朋友凑在一块儿就可以出，大概就是说很多比较薄的那个"诗刊"或者什么刊物，大概就是两百来块钱，一两百来块钱就可以出一期，但是印的数量不会太大，所以今天你甭管研究哪个期刊的，你到处去搜，大都是这一类，其实在当时实际上都是很短命的，它发行量也不一定很广，但它们的确成本很低，一百来块钱，一个教授，在抗战以前，他的那个正式的工资就可以达到一百到三百，其实它不是一个很沉重的负担。出了以后，他就可以拖这个印刷款，印刷完成以后他就可以拿到书店里边去代销，这样他就不断地在回款……最终有机会构成良性循环，换句话说，这个出版的门槛比较低，所以那个时候期刊品种数量远远大于我们后来的一些时期，虽然有些是短命的，只有几期，但是它就是很繁荣。当然民国时期有严苛的图书检查。但是它的检查制度却不少漏洞，从中央要到地方，关卡太多，层层叠叠的，有的地方本来就跟蒋介石矛盾重重，像抗战时候云南那个龙云，他就是要塑造自己地方的自主性，他就有意识笼络一些自由人士，显示他的开明。所以这里边的书报检查，检查来检查去，就留下很多很多的一些漏洞，这当然不是专制统治者愿意看到的漏洞，但是它就是客观上存在漏洞，所以漏来漏去，把好多书就漏出去了，你也就查不出。这些东西都非常有意思，很值得研究的文学生态，这里面好多好多东西。你们以后就去读那些历史材料，非常有趣，为什么它的文学这么成长起来的，为什么那些作家、知识分子是这么有点骨气的，他的个体意识是有什么东西在支撑着他，在保护它，在鼓励着他，所有这些，我觉得都是我们需要认真研究的"国家历史情境"，其中存在值得梳理的影响文学发展的"机制"。从民国历史文化的角度来研究我们现代文学的一些角度，就打开学术的空间。要把这些东西研究清楚，你的大把的精力需要花在什么地方呢，就是读这些历史材料。这样你就要走出文学了，要知道文学的生态环境是怎样的，作家生活在怎样一个环境里，包括他的日常起居，包括他的收入，他的人际关系，这些都是深深地影响着他。

所以我认为，今天提出"民国文学研究"就是它让我们把历史看得更清楚，这显然也是我所说从 80 年代的"纯文学"观念中的一种"突围"。

当然，这就带来一个疑问，有人说，你说这样的一个通过文学之外的研究，通过文学之外的其他社会文化领域知识来加以考察，我们以前也有啊，而且一直就没断过啊。我们古代也有"知人论世"啊，马克思主义实质上也是一种社会历史批评啊。是的，马克思主义也是强调社会历史批评，中国古代的也是强调"知人论世"，那你说我们今天中国现代文学出现这种倾向，那有什么不一样呢，还是说它就是过去那种说法的一个重复呢？我觉得它是有不一样的地方。你要笼统地说，那是"知人论世"，但是这个"知人论世"，这个是我们大家都知道的一个词，但如果严格地考察，我请教过他们古代文学批评的学者，我说你们说的那个"知人论世"到底什么意思？其实就是，在中国古代，所谓的"知人论世"，不是我们今天望文生义的理解，说要了解一个人，就要了解他的时代，我们一般都这么来理解"知人论世"，这个也是现代人的一种通过词本身推断出来的一个学术的法则，其实在中国古代社会，它的发展是不完备的，你不要以为在古代"知人论世"发展得很完备，实际上往往"知人论世"最后发展得结果就是很多的结果就是流于一个道德批评。所谓"知人论世"，就是强调对人的认识当中要注意观察它的一种道德取向，它是有前提的。

"前提"这个词可以给我们一个启发，同样我们也可以发现，我们过去所说的马克思主义的社会历史批评，与我们今天的文化研究，和我刚才所说的"跨出文学的边界"有什么不一样呢？好像大的方面差不多，都是强调社会历史背景，人类历史怎么发展啊，人只能在特定的历史状态下出来啊，但是，马克思主义的社会历史批评，并不强调你对材料的貌似客观的最丰富的占有，马克思主义更强调的是一个思想前提，就是你收集材料的时候不是随便收集的，实质上是带有明确的主观倾向性的。那么社会历史怎么发展的呢，马克思早就说清楚了，不是说你需要重新找材料来辨析这个社会历史的发展，原始社会，奴隶社会，封建社会，资本主义社会向社会主义社会，共产主义社会过渡，几大历史阶段其实已经相当清楚了。马克思主义的社会历史批评，一定是有态度有原则的，这个原则就是说，它是掌握了这个历史规律，相对而言，"文化研究"则试图打破若干的"前提"。

当然，我并不认为离开"文学"进入"文学之外"的文化研究就没有问题。我觉得 90 年代以后的这样的一个学术倾向，在今天的发展过程中也有值得注意的地方，这个地方是什么呢？依我的感受是，我们会看到一些现代文学的研究者，跨出文学的这个边界，进入到一个更广大的社会历史的范围里来讨论问题研究问题，逐渐地，他们的兴趣就会发生一些转移，就像我刚才说的一样，本来我是为了解决研究中国现代文学的问题，我就读了好多历史书，政治学的书，经济学的书，法律的书，我研究了好多问题，最后读来读去，我的兴趣就会迁移到很多的领域里面去，我们文学家好像自以为很聪明的，自以为无所不能似的，能够会产生这么一种感觉，就是我不仅可以研究文学，我也可以研究经济法律与政治，这样我们慢慢就从文学这个领域脱离出去了，就开始转而对其他的领域里发表越来越多的议论。我刚才说的文史互证，本来是通过社会历史的东西看文学，到后来就逐渐被这个历史牵着走了。脱离开我们最熟悉的领域，但是我们还在研究还在发言，而且还是运用文学的方式不自觉地运用文学的方式在发言，那这会导致一个什么问题呢大家想一下，就会导致某种潜在的危险性——当我们在非文学的领域直接回答文学的问题的时候，可能我们不自觉地说的是外行话，但是我们其实已经失去这种判断力了。

我理想当中的文史互证，还是离不开我们的文字所构成的那个文学的世界本身，不管你有进入到多少丰富的领域里边，最终我们的任务还是为了解释我们眼前的文字、作品。但是这个"文学"它不是80年代的那个"纯文学"，不是为了纯粹探讨一些艺术问题。

三、大文学史观

在这个意义上，就回到了我反复强调的"大文学"概念的问题。中国现代文学研究归根结底需要有一个"大文学"的意义框架。

"大文学"这个概念，它是有不同的说法。我查到它最早是一些民国时期的文学史家们在写文学史的时候自我命题。前文说过，早在1918年，谢无量就写了《中国大文学史》，但是这个"大文学史"里边并没有界定什么是"大文学"。我的理解就是这样的，通过谢无量追溯这个文学史的方式，我们能够初步理解他所谓的"大文学"是什么，他为什么要叫"大文学史"。我理解的就是，他认为中国古代是一个"杂文学"的概念，大家也知道，中国古代"文学"的概念、"文章"的概念是混在一块的，它并不是指的近代意义上的"纯文学"。今天这样一个文学形态，这样一个纯文学的这个含义实际上是近代以后我们在取法西方的这个知识系统的时候发展起来的。但是，问题在于，虽然我们发展了这么一个"纯文学"的形态，其实我们中国人面临的问题，却比"纯粹"这两个字要复杂得多。

进入到这个称之为"现代时期"或者"民国时期"以后中国的文学，我们每个人要关心的问题很多都是来自于文学之外的。你想到今天我们也是这样，我们首先要关注我们的身体，在座的每个人，我们想当硕士研究生也好，博士研究生也好，我们想到毕业以后找工作，能不能找到工作啊，出路在哪里啊，这些东西我们都非常关心，对吧，找个单位有房子没有啊，每个月月薪多少啊，还有我们会关心周围的社会环境，它是否清明啊，如何有一个公平的竞争环境啊，对不对？中国人为什么那么爱看国家新闻呢，我们的国家新闻曾经是全世界收视率最高的，因为我们的生存的确跟它有联系，它里边的每一个信息所传达的含义都直接影响到我们每个人的日常生活，我们真的很关心它。就是说实际上我们现代中国人的很多焦虑是在文学之外的，在广泛的社会范围之内，好多事情都在牵动着我们，但是我们又容易通过文学这个非常形象化的方式，通过它来达到我们关注的目的。就是说我们对社会问题的很多关注是借助于文学这个手段来进行的。所以，面对文学的时候，我觉得我们其实是很少有纯粹进入文学就是所谓过去说"为艺术而艺术"，所谓的"为艺术而艺术"在中国事实上是不会产生太大的一种回响和反应的，"文学研究会"的"为人生"，"创造社"的"为艺术"，这两个东西，甭管它们有多少争论，实质上并不是对立的，大家都知道，它真的不是对立的。因为"创造社"同样你可以看到他们也纠缠在"为人生"当中，"为人生"同样他们也"为艺术"，他们是"为人生而艺术"，说"为人生"是一个非常重要的绕不开的话题，我们的整个现代文学都处于那样一个状态。

这样一个状态实质上就是我说的那个"大文学"所生存的一个非常坚实的土壤。在文学当中，天然地，就渗透了太多太多的属于文学之外的社会历史的需求，我们就是要期待这些需求的一种满足，我们通过文学这个形式来满足我们这些需要。我们通过文学的形式关心社会问题，比如说我们对很多社会问题通过文学看作家怎么说啊，我们的作家也情不自禁地也有这样的要求啊，说你对某个社会问题的态度如何啊，看看你的这个当年八十年代的时那个报告文学热，谁把它当作文学呢，都把他当作专门揭示社会问题的方式，1980年代以后，凡是大家热衷于读的文学作品，往往都是这个样子。如农民工的问题，是敏感话题，其实是我们关心的。到21世纪以后，"非虚构文学"影响就非常大，为什么，为什么我们那么多人读那个"非虚构"，因为我们更关心周围的"非虚构"的人生，我们的人生本来就是非虚构的。这些真实的、非虚构的故事当中包含了我们关心的问题，所以到了当代，有的学者就曾说，这个文学啊，一味地靠想象你甚至都不行了，纯粹靠你的那点小的想象，人家读得都没意思，为什么呢？因为现实社会远远超过了文学的想象力。……现实很生动，文学很乏味，那么想象性的文学就不如这个非虚构文学。这一切都证明，在文学之外、生活当中，确实有太多值得关注的内容。

这构成了中国现代文学生存发展的一个非常重要的特点。现当代中国文学的存在本身就是一个超出"纯文学"的现象。我觉得，如果适当地调整我们的姿态，把它的这个特点在学术研究中给呈现出来，就能够深化我们学术的自觉性与独特性。在这个意义上，我们重新提醒这个"大文学观念"，就是有价值的。

如果我们对"大文学"这个观念引起重视之后，你会发现过去的好多一些文学问题，都可以得到一种新的解释。我这个地方举两个例子，举一个现代的，举一个当代的。比如说现代文学中的鲁迅杂文，这是有争论的，海外的学者，就是认为鲁迅最有创造力的是他的小说或者散文诗，说鲁迅进入到杂文阶段，就是创造力衰退了，不行了，写那个社会上那些事情，邋邋遢遢地写那么多，还陷入到人与人之间的怨气，争夺当中。如果说，你要从过去那种纯文学的观念来看，的确你会觉得这个杂文问题重重，但是你如果换一个角度，你要放到我说的那个"大文学"的那个角度，整个观感就发生一个改变，正因为它不是那种纯文学，这恰恰就是鲁迅在本来就要冲出了固有文学范围的一种新建构，它恰恰是鲁迅在中国现代历史条件下所给予文学的一大贡献，鲁迅创造了这个文体，这个文体就直接与我们的现实生活镶嵌在一起，就是跟生活取得一个切近的对话。你不得不承认，你读鲁迅杂文，他可能是跟我们过去的文学观念很不一样的，但是你同样是过瘾的，是痛快的，这个东西是引入情感性在其中的，它怎么不是文学？它只是不同于我们过去理解的那种"文学"，但却是鲁迅自己的具有创造性的文学，所以放在"大文学"的概念里边，我觉得鲁迅之于现代中国文学乃至之于世界文学史的相当大的一个贡献。鲁迅的伟大，不仅仅是因为他的那些小说，当然小说也是极优秀的，这些小说很好，但是，单说的小说很好，也有问题，别的外国的小说，那也好啊，那也很漂亮啊！反过来说，就这一个东西——杂文，却是鲁迅所有，别人所无的，体现了鲁迅的一个独创性的贡献。在这里，杂文就属于鲁迅，

在一个"大文学"的背景之下，鲁迅的杂文才呈现出它异样的一种光芒。放在一个"大文学"的概念当中，就可以很好地解释鲁迅杂文的意义。至于那些海外汉学家，他觉得鲁迅杂文不行，那就很简单了，因为他的文学观，是充满局限性的。他是透过一种有局限性的文学观当中，一种固定不变又来自西方文化的文学观，来看待一个充满创造性的，超出了自身的观念范围的东西，当

然就会觉得不能适应了。问题是，究竟是作家来适应你固定的规则呢，还是评论家应当不断调整自己的规则来适应新的文学现象呢，这里答案是不言而喻的。作为批评者评论家的你，本来就应该不断调整你自己的观念来适应新的文学现象，在这个时候鲁迅没有太多可指责的，他恰恰就是有独特价值的追求。

另外我再举一个当代的例子。我前段时间在读这个《吴宓日记》的续篇，就是这个1949年以后的日记，我的感受也很特别。大家都知道新文学里边，说到吴宓就想到学衡派，最近一些年也不断有人提出为学衡派平反什么的，说他们也是现代文学的文化的一支，为了给他们平反，我们说了他们好多好话，说他们也是古今交融，学贯中西。的确，这些人都是留学的，都不能是说是简单的守旧派，这些都是事实。但是我觉得，这种论断都不是很有力量，我们可以承认中国现代文化、现代文学的多元性这个事实，但是因为多元性，我们一定要承认学衡派他们的文化独创性吗？其实到现在为止，我也不认为学衡派有多少的文化独创性，特别在文学的问题上。我过去写过一篇文章《论学衡派与五四新文学运动》，那里边就说了一个观点，我现在还是坚持这一个观点：学衡派吴宓那批人，他们不大懂新文学的，他们与新文学是相当隔膜的，他们评新文学，你看他的语言，都是隔靴搔痒似的，他们好像不太能进入到新文学的这样一个独特的感受世界里边，他们是没法发言的，所以我不觉得他们当时说的那些东西有多少的价值。当然，作为一种现代文化的知识分子群体，作为文化姿态，他们是有生存的理由的，因为这个世界究竟是多元的，不能只允许一种声音，那肯定就是不行的。他们有生存的理由，但是这个生存的"理由"却不能自我证明他们有多少的独特性，这是两回事，不能因为我肯定他有生存的理由，我一定就得说他有多少独创性，包括吴宓，说他们那帮人呀，他们互相写的一些诗啊，旧体诗，包括吴宓出的《吴宓诗集》，现在又再版了，其实真的没有多少独创性的。但是这帮人互相吹，大家一定要注意到这个现象：诗歌互相吹，你的诗啊，赛李白啊，赛杜甫啊，当然文人都有这些习气，他们互相吹，自己吹的很好，其实很一般。不是说他们才能不行啊，就是中国古典诗歌这种方式，在唐宋以后就很难创作了，鲁迅就说过一切好诗到唐已经做完，他们真的想再达到一个高峰本来就很难。当然他们自我安慰，互相吹吹是可以理解的，但是我们觉得，不是因为要替他们说话，就一定要把学衡派说得很了不起，不是很多时候都很了不起，有一些学问这是事实，但他们缺乏学识，没有太多独创性，直到现在我也这么看。

但是，我今天要说的是《吴宓日记》，那就不一样了。尤其到了新中国以后，我觉得太独特了，我甚至觉得很可能多少年以后成为我们当代一个很伟大的作品。但是，过去这个日记却纳不进我们的研究里边，关于日记文学就是有争论的，一般认为借助日记来虚构人生故事属于日记文学，而就是自己记载的日记，可能就难以说成是"文学"。但是，阅读《吴宓日记》，你会发现这既是他私人的日常记录，却又有他的有意为之，是当作一大写作"工程"来完成的东西，他想通过日记干什么？他想制作一部记录历史的史诗！这就太厉害了，成了一种预备进入公共传播的"大制作"！这还不是文学吗？而且是极其有独创性的写作。吴宓有意记下整个新中国历史的演变，发展，大的历史转折了，书写了他这个知识分子的惶恐，不安，担忧，什么都写进去，写他家里边的不断来人，他就根据这个人，追踪他在社会上的见闻，发生了什么事情，比如说，在50年代初，他重点写了土改，是非常详细的（地）记录了农村里边土改的惊心动魄，怎么斗地主，怎么殃及一些普通的人，然后在学校里边如何政治学习。在政治学习记录当中，吴宓就像是一个旁观者一样来观察，他跟我们1949年以后的好多作家不一样啊，我也看过好多作家的体会，那全都是自觉的思想改造，但吴宓跟他们完全不一样，吴宓是一种完全跟这个时代充满距离的姿态在看这个时代。当代中国写作还缺乏这样的作家，缺乏这样的观察，他把那个时代整个的运动过程，发言，谁谁谁的发言，全部记下来，扼要式地记下来，后面还有议论，甚至很精彩的议论！这个时候，他过去的知识，他的留学时期那种见识就开始发生作用了。他们在学衡派时期的那些观点谈不上什么独特性，但到这个时候却意外地就有意义了，他觉得在这个人类的文明发展史当中，出现这样的故事非常扭曲、非常荒谬，面对这个荒谬的现实，吴宓变得非常自信，非常有精神的高度！他坚信为民族、为国家著史的意义，他一篇一篇地开始记下来，一篇一篇地追踪同时代的人们做了些什么事情，吴宓觉得自己是非常清醒的，他把这个社会的故事当作是笑话一样的，居高临下地俯瞰这些人，把这些芸芸众生，把这个颠倒的时代的种种表现给你记录下来，这就了不起，不断地记还不断地写诗，我就发现，当年民国时期他出了个《吴宓诗集》，我刚才说真的不怎么样，这个时候他的这个诗也是旧体诗，那就不一样了，为什么，他有了一个生命的真切的体验，这还不是文学吗？这还不是我说的大文学吗？他就这么一个本性，一直记载，一直到整个50年代的政治运动，一直到"文化大革命"，这个就成了一个中国当代的生活史非常重要的叙述。吴宓他非常看重他此时此刻这个写作，这个日记，他把它看得比他的命还重要，所以写了之后他东藏西躲，今天塞点给这个朋友，明天塞点给那个朋友，托付他们保存下去。他这就是有意的了，这是有意在为中国留一个东西，我认为他是知道自己这个东西的责任、价值，他用命来写啊。我觉得。我们今天的学衡派研究，吴宓研究，不应该集中于五四时期的吴宓，而应当是这个时候的吴宓，因为这个时候的吴宓才真正与我们的现代人生活连接了起来。他被打入底层，"虎落平阳遭犬欺"，他终于进入到了真实的生活状态，与我们的现代生活真的融在一起了，感受到最底层的喜怒哀乐，他什么都不是了，这个时候，就被人羞辱，被人打。他有一段日记写他在批斗会上腿被打成了三截，打断了，然后把他又扔了回来，回来之后，他醒来的第一件事情是做什么呢，还是写日记，我们一般人可能什么都不能干了，但他就用命在写啊，他把这个过程写得非常详细，谁怎么打，全用细节描写啊，不是笼统的，是细节描写，他写下来，这个文本太厉害了。

  过去，我们没有办法定义它，因为，我刚才说的，因为这里的日记文学好像不符合我们过去的日记文学，你最多就当作一个当代史的一个材料来看它，问题是如此丰富而充满情感性的文字好像又不是一堆材料可以概括的，作为历史学的一个材料可能也有问题，也并不好用。人家历史学家可能说，这里是真的假的我还要印证一下，谁知道他是不是故意这么说呢。但是如果说你把它当成一个我说的"大文学"著作来看，那它就变得如此的与众不同了，我们就可以认为，它就是吴宓反映自己真切的生活体验的这么一个东西，这是一个非常有价值的一个心灵的文本。从这里出发，我们对许多现象的认知都会豁然开朗，怎么认识学衡派，怎么认识他们与当代世界的关系，他们的心路历程，他们的精神史的演变，我们就可以说是找到了一个突破口，找到一个新的角度。

第三章　文史对话中的"文学"

——以《狂人日记》为例

重申文史对话的意义，将中国现代文学置放在社会历史的视野中加以解读，这就是我所谓的"大文学"的理念。但是，这样一来，是不是取消了文学与历史事件的差异，或者说将文学的表达完全混同于社会历史呢？在我看来又不是这样。

应当说，进入的文学研究与历史研究的确出现了某些趋同的现象，比如"大文学"视野容纳了社会历史的关怀，而"新史学"（或曰"新文化史研究"）则改变了我们熟悉的宏大历史考察、与个人无关的社会史研究，将个人的经验甚至思想情感也纳为历史观察的对象，文学研究与历史研究得以相互接近。但是，学科的接近和沟通（也就是我强调的"文史对话"）并不等于就是学科边界的取消，不等于各自独特优势的丧失与模糊。新史学介入个人经验世界，但归根结底它还是着眼于社会历史问题；大文学钟情于社会历史，但是它所要解决的根本问题还是作家创作的秘密，只不过在大文学视野之下，社会历史的内容成为理解作家内部精神的重要因素，是最终"内化"为思想与情感的"结构"。

历史研究与文学研究依然存在差异，这就如同历史学家陈寅恪的"文史互证"最终是借助文学信息补充历史研究一样，作为文学研究"文史对话"肯定是以历史信息启发我们对作家精神追求的认知。在这里，我们可以得出"大文学"研究方式的更深入的总结：大文学研究，最终还是以作家的语言文字的创作为根据，以破解写作者的精神追求——对世界的感受体验为目标的，任何社会历史的知识都为了帮助我们进一步"走进"作家的精神世界而存在的，而不是相反——将作家的文字表达直接等同于这些社会历史现象本身。丰富的社会历史信息都纳入我们的文学解读过程，但是，这里一定存在一个基本的认知前提：即作家到底不是直接的社会历史的书写者、记录着与学术呈现者，他不过是置身于社会历史之中的个人思想与情感的传达者，理解文学首先要理解个人的思想与情感，研究文学也最终是为了准确把握和说明这样的思想与情感。一位文学创作者，再丰富的历史知识都最终是为了他的情感表达服务的，再犀利的社会历史判断首先属于特殊的个人感受的一部分，而不是历史研究的成果，当然，更不适宜被我们当作历史事实的"原貌"。这里，存在着大文学研究与历史研究的微妙而重要的差异，因为微妙，有时我们的确难以把握，但毕竟重要，所以准确把握这个边界，十分必要，否则，我们很可能既扭曲了历史，又不足以深入窥探写作的奥妙与独特价值。

应当承认，在实际的中国现代文学研究中，我们不时混淆着两者的边界，以致陷入许多似是而非的结论当中，其中，对《狂人日记》的理解和阐释就是一个典型。下面，我们以此为例，加以讨论。

一、作为社会历史文献与作为文学文字

众所周知，《狂人日记》最惊世骇俗的判断就是"吃人"，这是"狂人"的重要发现，似乎也是鲁迅的重要发现。问题在于，"吃人"的结论基于什么的事实，又在何种层面上产生着自己的意义？在过去，我们常常将之置放在中国社会的概括层面之上，作为鲁迅洞穿历史真相——中国传统文化本质的一个基本表现，几乎就成了鲁迅作为"反封建"思想先驱的最富有战斗力的例证，进而也属于五四"反帝反封建"先进文化的体现。至于这部小说的"文学"意蕴，则相对退居其次，即便讨论，也不过就是保证这些"反封建"先进思想如何更艺术表达的特征，没有人会刻意揭示作为社会历史结论与作为文学性的表达到底有什么不同。

事实上，鲁迅《狂人日记》当作社会历史文献还是文学作品是两种不同的读法，前者将"吃人"视作是对中国传统文化性质的理性概括，而后者则是作家对人生与世界的直觉性的感受。在过去，大的社会环境让"反封建"不容置疑的时候，"传统文化吃人"是理所当然的正确判断，问题是，一旦时过境迁，例如"传统文化"身价陡增，满世界充满"文化复兴"之声的时候，再刻意突出"吃人"就有点不尴不尬了。同样是一部《狂人日记》，在不同的历史时期引发褒贬不一的议论，这本身倒也并不奇怪，但问题是颠来倒去的却不是小说的思想与艺术，不过就是外在环境与所谓主流价值观的变更，这与作为"文学"的《狂人日记》究竟有什么关系呢？众说纷纭的议论都有可能离开作品

真实的"文学"形态，而恰恰是后者才体现了鲁迅对世界的与众不同的观察、感受和文学形式的建构，是现代中国白话文学在起始之日就直接步入现代主义境界的典范，它昭示着鲁迅感知和表达人生的最独特思维的经久不衰的价值。

于是，我们极有必要重新讨论一个问题：作为文学的《狂人日记》，可能有什么独特意义？

《狂人日记》是文学作品。这个判断是不是没有意义呢？当然不是。因为，我们先前的阅读常常把它视作其他——比如"反封建"的战斗檄文，比如勘定"传统文化"的诊断书，那样的"读法"其实已经开始改变了它的"文学"属性，成为另外的需要——例如认定封建社会罪恶本质、揭示传统文化特征——的文字根据，虽然同为"文字"作品，但是作为社会文献特别是历史文化文献与作为"文学"文献，其形态却是大相径庭的。对于"文学"而言，那段历史的"事实"固然重要，但更为关键的却是写作者自身的情感态度和情绪反应，这里固然也有写作者对历史性质的判断，但这样的判断却与历史学家、社会学家的严格的学术结论不同，更属于个人直觉体悟的表达，文学的写作与情感的结论，不必以理性的周全取胜，不必求诸学术探讨的逻辑、文献使用的规范，它的主要价值还是体验的独特性，在这里，个体情绪的锐利乃至偏激是得益于体验的独特力量的。文学的表述自然也呈现为某种思想，但是这里的思想也不是以社会"公认"为最大诉求的理论自洽，而是以个人独创的启迪为目标的力量的传达。

提醒这样一种区别，乃是为了指出：我们过去对《狂人日记》的解释常常忽略了它的"文学"属性，匆忙地急切地将它作为社会历史判断的权威文献，而后来引发的种种质疑和批评其实也依然尊奉了这样的思维。也就是说，我们还是不够重视《狂人日记》的文学性，没有沿着文学的脉络来触摸鲁迅的情感独特性。

应当看到，在《狂人日记》的阅读史上，它首先还是被当作了社会历史文献。

众所周知，1918年《狂人日记》发表之后，最早评论的文字出现在1919年2月1日《新潮》第一卷第二号，这就是傅斯年署名为"记者"的《书报介绍》，它称《狂人日记》是"用写实笔法，达寄托的（Symbolism）旨趣"。在这里，《狂人日记》便被视作是"写实"了。两个月后，傅斯年再署名"孟真"，在《一段疯话》中将"狂人"的言行当作现实的指导，从而开启了从现实社会需要来认可"狂人"思想的道路："我们最当敬从的是疯子，最当亲爱的是孩子。疯子是我们的老师，孩子是我们的朋友。我们带着孩子，跟着疯子走，——走向光明去。"① 七个月后，吴虞《吃人与礼教》一文更将阅读的启示直接指向对"礼教"的批判。② 如果说，傅斯年、吴虞的随笔式评论分明还是对文学创作的激情体悟，那么越到后来，人们越倾向于从对现实的社会文化的"理性定性"中理解《狂人日记》，无论是对它"反封建"的高度肯定，还是如钱杏邨一般有所挑剔。

一个世纪以来，我们都不断从鲁迅的小说中汲取现实判断的资源，将狂人视作鲁迅考察中国现实与中国文化的代言人，以致在这位"代言人"的性质认定上也时有争论："狂人是谁？狂人是否真狂？回答不外四种，一是并未发狂或只是佯狂的战士，二是真的发了狂的战士，三是寄寓了作者思想的普通的精神病患者，四是同样寄寓着作者思想的具有初步民主主义思想的半狂半醒者。"③ 这些讨论固然反映了中国学界数十年在阅读《狂人日记》方面"读书之细、态度之诚、用功之深"，但平心而论，其中相当多的推测还是将"文学叙述"与现实判断混淆在一起了。回到文学的世界里，许多疑问其实并不存在：狂人当然是确确实实地"发狂"了，而非"佯狂"，否则，他就是一个"别有用心"的人！他"真的发了狂"，却不是刻意的"反封建反传统"的"战士"，"狂人"的"吃人"表现在文学的逻辑上就是一次疾病状态下的"洞见"，而不是现实层面的颠覆制度的文化反叛——尽管文学的"洞见"带给了我们深远的思想启示；至于称之为"民主主义思想""半狂半醒者"等等，都是将"洞见"的启示与现实的人物定位混为一谈了。

回到"文学"的《狂人日记》，我们恰恰可以获得理解的宽阔与自由。

《狂人日记》的核心判断是"吃人"，在小说中，这一"吃"的意象和词语一共出现了76次，包括咬、嚼、咽、食、舐等相关的表达。鲁迅几乎是调动各种情绪、取法各种角度、探入各种层面述说"吃人"的无所不在，整个《狂人日记》就是不断营造一个摆不脱、挣不开的严密的"吃人"氛围。如何理解这样的"吃人"呢？我们实际上存在着不同的"读法"。

作为历史文化文献的阅读，"吃人"就是鲁迅所要揭露的旧制度的本质，是他对中国传统文化基本特征的重要发现，而来自"中国现代伟大的思想家"

---

① 孟真：《一段疯话》，《新潮》1919年4月第一卷第四号。
② 吴虞：《吃人与礼教》，《新青年》1919年11月第六卷第六号。
③ 参见部元宝：《"与其防破绽，不如忘破绽"——围绕〈狂人日记〉的一段学术史回顾》，《现代中文学刊》2012年第6期，该文对中国学界围绕"狂人"的阐释之争作了相当清晰的概括。

的结论无疑便成了一切历史批评和思想斗争的有力支持,在这个时候,鲁迅判断的尖锐性也让我们无暇顾及情感的复杂性与文学表达的特殊性,几乎是径直吸取了鲁迅的结论,剩下的工作就成了努力佐证这一结论的正确性而不是剖析这一表述的复杂与多层意蕴。"文学"的《狂人日记》就这样被有意无意地忽略了,遮蔽了。

作为"文学"的《狂人日记》,则不是鲁迅的学术笔记,而是对自己感受的记录。感受自然也是立足于"事实"的,但是却不会是对所有历史事实的搜集和呈现,理所当然,它将筛选出那些最触目惊心最难以忘怀的事实,而筛选则与作家自身的人生观念密切相关。所以说,作为文学的《狂人日记》理所当然是对历史的某种选择,对这样的"文学"加以评价,依据就不应该是它所摄取的现实事实的比例,而是作家认知的真切性。

今天,一些学者特别是海外汉学家评价"吃人"一说,他们认为鲁迅对如此丰富的中国文化竟然做出了如此简单的判决,分明有"以偏概全"之嫌疑,至少也属于一种"不完全概括"。这就是将小说当作了学术文献。有意思的是,在中国大陆,一些深味于中国社会苦难的学者也答之以惊心动魄的"事实",其中,最有感染力的是北京大学钱理群教授的论述,他引证美籍韩国学者郑麒来《中国古代的食人》,结合现当代中国社会的生动事例,为我们讲述了一个个血淋淋的"吃人"的故事。……

……人生有各种现象,衣食住行,吃喝拉撒,但并不是每一种现象都能在我们的精神世界里占据着同等的分量,有一些可能会平淡如水,随风而散,有一些则可能会铭心刻骨,历久弥新,例如因为生命问题而引发的事实就会格外深刻地镌刻下来,因为我们本身也是一种生命现象,关注其他生命的遭遇就是关注我们自己。也就是说,并不是人生世界与人类社会的每一部分都可能在我们的主观感受中拥有同等的位置,那些联系着我们生存发展核心事实的东西理所当然地会被我们的心灵"放大",这是人类的天性使然,在我们的主观感受的世界里,为生命的遭遇保留了更多的位置,这当然不能视作人类的"偏心",而恰恰是最合理的"正常"。如果是这样的话,作为一个以表现主观感受为己任的作家,将人类的这一份正常的关注置于首位加以充分的表现,我们能够指责这一判断的"偏激"和"不完全"吗?阅读《狂人日记》之时,我们千万要牢记两个最重要的前提:其一,这是一个珍惜生命的人在珍惜我们共同的生命,其二,这是一部以表现人的主观感受为己任的"文学作品",而不是关于中国文化研究的学术论文。对于文学作品而言,深刻的独特的判断归根结底都是作家从某一角度感知人生的结果,这里已经无所谓了什么"偏激"!钱理群先生以"复原"作家鲁迅的精神体验的方式，为《狂人日记》的"吃人"宣判寻找了有力的说明。

作为"文学"的《狂人日记》，其感知的对象也不可能是古代中国的全部历史，甚至也不可能是古代中国的全部文化现象，而是鲁迅最关切的那一部分，这就是人的内在精神生活——我们的生存原则与精神人格。众所周知，早在日本留学时期，鲁迅就体现出了与一般知识分子全然不同的关切，他跨越了"器物文化"，迈过了"制度文明"，直接抵达对人精神情怀的拷问，所谓"掊物质而张灵明"①，所谓"盖科学发见，常受超科学之力，易语以释之，亦可曰非科学的理想之感动"②，所谓"内部之生活强，则人生之意义亦愈邃，个人尊严之旨趣亦愈明，二十世纪之新精神，殆将立狂风怒浪之间，恃意力以辟生路者也"③，始于留日时期的"立人"理想终于在五四新文化运动中汇入了陈独秀"吾人最后之觉悟"④，——伦理层面的反思和诉求，其实也就是对人的精神情怀与人伦态度的重建。

鲁迅说过，《狂人日记》"意在暴露家族制度和礼教的弊害"⑤。这里的"礼教"与其说是指称中国传统文化中的礼乐文化，所有行为处世的文化传统，毋宁说就是鲁迅感受中的人伦现实。此时此刻，作为文学家的鲁迅没有义务在表达自己的现实感受之前，必须完成一部理性的客观的《礼乐文化史》，他只需表达对现实中国人精神状况的评估。当他发现这里普遍存在着对个体精神的压榨与摧残，到处目睹人格的委顿和扭曲，又怎能不发出愤怒的声讨？《狂人日记》表达得很清楚，狂人，作为一个"精神病患者"，他无意也不可能对整个传统中国文化展开理性的考察，得出"科学"的判断，他所传递的就是人直觉状态下的敏锐感受，是在纯精神层面上对世界的把握。正如现代心理学家都高度重视精神病患者基于病理性直觉的"真实"一样，我们绝没有理由否定"狂人"在精神直觉中对世界的"偏激"认知。

在小说中，鲁迅一直在刻绘着这种特殊的精神感受的逻辑。"序"里说得很清楚："某君昆仲，今隐其名，皆余昔日在中学校时良友；分隔多年，消息

---

① 鲁迅：《坟·文化偏至论》，《鲁迅全集》第1卷，北京：人民文学出版社，1981年，第46页。
② 鲁迅：《坟·科学史教篇》，《鲁迅全集》第1卷，第29页。
③ 鲁迅：《坟·文化偏至论》，《鲁迅全集》第1卷，第55、56页。
④ 陈独秀：《吾人最后之觉悟》，原载1916年2月15日《青年杂志》1卷6号。
⑤ 鲁迅：《且介亭杂文二集·〈中国新文学大系〉小说二集序》，《鲁迅全集》第6卷，第239页。

渐阙。日前偶闻其一大病；适归故乡，迂道往访，则仅晤一人，言病者其弟也。劳君远道来视，然已早愈，赴某地候补矣。因大笑，出示日记二册，谓可见当日病状，不妨献诸旧友。持归阅一过，知所患盖'迫害狂'之类。语颇错杂无伦次，又多荒唐之言……"狂人既非作家本人，也非现实中的朋友，而是一"分隔多年，消息渐阙"，最终也未能谋面的故人，迷离模糊的身影，是鲁迅的叙事策略，意在通过这种"疏离当下"的讲述，将我们的注意力带入到朦胧的精神感知当中，这里其实已经表明，下面的文字不能寻求历史文化的"实证"，它本来就是一种精神的顿悟——是在人的特殊精神状态下对人的精神存在方式（生存原则、人格理想等等"礼教"内容）的体悟。小说一开头就不断强调着这一角度："我"同狼子村人的敌意原本就是"精神"层面的："我同赵贵翁有什么仇，同路上的人又有什么仇；只有廿年以前，把古久先生的陈年流水簿子，踹了一脚，古久先生很不高兴。"到了后来，"我"又悟到"我未必无意之中，不吃了我妹子的几片肉"，这就进一步从对现实生存的"直觉"转入到了对自我潜意识世界的"窥视"，这当然更不是在讨论"中国礼乐文化"的学术问题了。

"狂人"的发现反映的是鲁迅对中国式生存的诸多精神品质的顿悟，这些顿悟都是十分深刻、伟大的，但却不能说是对全部历史事实的全称判断，尽管它的表达形式很可能是全称式的，在这里，"全称"主要体现为一种道德激情的勇气而不是学术理性的力量。鲁迅的杂文同样具有这样的文学直觉，杂文的思维与结论常常与小说相互印证。在著名的《灯下漫笔》一文中，鲁迅清理的便是中国人在人格、心理等"精神"层面上的扭曲，其"吃人"一说便是在这个意义上提出来的："所谓中国的文明者，其实不过是安排给阔人享用的人肉的筵宴。所谓中国者，其实不过是安排这人肉的筵宴的厨房。不知道而赞颂者是可恕的，否则，此辈当得永远的诅咒！""这人肉的筵宴现在还排着，有许多人还想一直排下去。扫荡这些食人者，掀掉这筵席，毁坏这厨房，则是现在的青年的使命！"

鲁迅一生，都在思考中国人如何才能不"吃人"，也不"被人吃"，一句话，究竟如何争取到"做人"的资格与尊严。因为，在中国，从孩提时代开始，就在"娘老子"的教导下循着"被吃"与"吃人"的方向发展，"所以看十来岁的孩子，便可以逆料二十年后中国的情形；看二十多岁的青年，——他们大抵有了孩子，尊为爹爹了，——便可以推测他儿子孙子，晓得五十年后七十年后中国的情形。""小的时候,不把他当人,大了以后,也做不了人"①。中国未来的奴才都是在自小的"听话"教育中加以训育的:"终日给以冷遇或呵斥,甚而至于打扑,使他畏葸退缩,仿佛一个奴才,一个傀儡,然而父母却美其名曰'听话',自以为是教育的成功,待到放他到外面来,则如暂出樊笼的小禽,他决不会飞鸣,也不会跳跃。"②鲁迅多次斥责过如《郭巨埋儿》、《老莱娱亲》一类的"二十四孝图",在他看来,中国的"孝道"不过都是父母"福气"的需要,而不是"人"的成长的要求,他痛感于这样的现实:

中国娶妻早是福气,儿子多也是福气。所有小孩,只是他父母福气的材料,并非将来的"人"的萌芽,所以随便辗转,没人管他,因为无论如何,数目和材料的资格,总还存在。即使偶尔送进学堂,然而社会和家庭的习惯,尊长和伴侣的脾气,却多与教育反背,仍然使他与新时代不合。大了以后,幸而生存,也不过"仍旧贯如之何",照例是制造孩子的家伙,不是"人"的父亲,他生了孩子,便仍然不是"人"的萌芽。③

中国的"人"就这样一代又一代地被"吃"掉了!

既然鲁迅对于"人"的理解是如此突出了人独立的人格、理想与信仰等等精神性因素,那么,他对于"国民性"的批判也就自然集中于考察人的"自我意识"问题,所谓独立的人格、理想与信仰等等其实都集中表现在一个人的自我意识中,中国人"人"的精神性指向的动摇也就必然导致自我意识的丧失。所谓自我意识的丧失,即是不能以自己的独立思考的价值标准处理人生,我们只能在传统文化所设定的"等级制度"中定位自己,对待别人,文化所设定的"等级制度"最终将内化为我们自己的"等级意识"。"主子"与"奴才"就是我们观察和理解世界人生的标准。鲁迅说过:"中国人对于异族,历来只有两样称呼:一样是禽兽,一样是圣上。从没有称他朋友,说他也同我们一样的。"④我们的人生选择也永远就在"主"与"奴"之间交替:"专制者的反面就是奴才,有权时无所不为,失势时即奴性十足。……做主子时以一切

---

① 鲁迅:《热风·随感录二十五》,《鲁迅全集》第1卷,第295页。
② 鲁迅:《南腔北调集·上海的儿童》,《鲁迅全集》第4卷,第565页。
③ 鲁迅:《热风·随感录二十五》,《鲁迅全集》第1卷,第296页。
④ 鲁迅:《热风·随感录四十八》,《鲁迅全集》第1卷,第336页。

别人为奴才,则有了主子,一定以奴才自命:这是天经地义,无可动摇的。"①
"奴才做了主人,是决不肯废去'老爷'的称呼的,他的摆架子,恐怕比他的主人还十足,还可笑。这正如上海的工人赚了几文钱,开起小小的工厂来,对付工人反而凶到绝顶一样。"② 于是,在这个世界上,"是早已布置妥帖了,有贵贱,有大小,有上下。自己被人凌虐,但也可以凌虐别人;自己被人吃,但也可以吃别人。一级一级的制驭着,不能动弹,也不想动弹了"③。直到新世纪的今天,在清宫戏重新走红的时候,我们从普通观众对"帝王将相"的倾慕当中依然可以读出鲁迅所论及的等级崇拜来:

> 古时候,秦始皇帝很阔气,刘邦和项羽都看见了;邦说,"嗟乎!大丈夫当如此也!"羽说,"彼可取而代也!"羽要"取"什么呢?便是取邦所说的"如此"。"如此"的程度,虽有不同,可是谁也想取;被取的是"彼",取的是"丈夫"。所有"彼"与"丈夫"的心中,便都是这"圣武"的产生所,受纳所。
>
> 何谓"如此"?说起来话长;简单地说,便只是纯粹兽性方面的欲望的满足——威福,子女,玉帛,——罢了。然而在一切大小丈夫,却要算最高理想(?)了。我怕现在的人,还被这理想支配着。④

也就是说,只要中国人(特别是中国男性)的人生理想依然还是在这样的"等级崇拜"中誓做"大丈夫",那么"人"照旧也是被"吃"掉了!这当然也只能在精神概括的层面上加以理解。

二、在"知识考古"之外的文学写作

《狂人日记》的"吃人"惊呼是在五四思想革命的背景上出现的,当然也就属于五四思想的组成部分。但是,我们却不能套用"知识型"的新思想来定位鲁迅小说,不能借用五四新文化知识视野的传统文化"考古"来解释《狂人日记》,何况,在整个五四知识群体中,鲁迅从来都是甘居边缘的。

---

① 鲁迅:《南腔北调集·谚语》,《鲁迅全集》第4卷,第542页。
② 鲁迅:《二心集·上海文艺之一瞥》,《鲁迅全集》第4卷,第302页。
③ 鲁迅:《坟·灯下漫笔》,《鲁迅全集》第1卷,第215页。
④ 鲁迅:《热风·五十九"圣武"》,《鲁迅全集》第1卷,第355页。

五四新文化的思想内涵——理性的学说不能代替文学的感性抒发，知识性研究也不就是解读人生的结果。在具体的文学创作实践中，"思想"往往只是赋予作家写作愿望的模糊远景，或者提醒作家注意人生"意义"的一种尺度，文学创作自有其自我运动的感性形式。我们看到，不仅"思想"在"五四"以后的许多作家那里依然作为一种"学说"而浮动，出现了"思想"与"文学"相脱离的实际情形，出现了作家所公开的"思想"不等于其内在思绪与体验的尴尬。在像鲁迅这样并不依附于任何一种外在"思想"的作家那里，同时代思想者的很多思想形式与知识概念都不足以说明其内在的幽微，鲁迅的"思想"是真正与他的艺术体验的思绪相互融合的东西。理解了这一层，我们才不会将鲁迅作为"五四"思想的简单的代言人，也不会用其他人关于传统文化的知识性归纳来简单解释《狂人日记》的"吃人"。

中国文化"吃人"，这是鲁迅最惊世骇俗的宣判！其淋漓痛快，其摧枯拉朽，其无畏无惧，都曾经令多少卫道士愤愤不平，多少的学者蹙眉叹息，今天，又成了多少"现代性质疑"者的众矢之的！然而，所有貌似公正的辩解其实都来源于他们所掌握的"历史文化知识"，但问题在于，《狂人日记》本身就不是他们所熟悉的那种"知识的考证"，也不是他们在理智状态下所宣讲的"思想"。《狂人日记》是文学，文学是人生命的体验，它不是我们在日常社会惯性控制下瞻前顾后的"公平"之论，它是鲁迅在经历了日本这一现代文明洗礼后对中国人生的"洞见"。在日本经验的参照下，鲁迅的人生体验只能是遵从一个准则，这就是人的生命的价值。如果说中国文化在鲁迅的体察中的确是以各种各样的形式扼杀着人的基本权利，人的存在和发展并没有能够无条件地成为"天赋"，那么，在以自我感受为最大真实的文学创作中，"吃人"便无疑成了一个颠扑不破的真理。这毋庸讨论，因为它根本就不服从学院派学术的规则，也不是历史知识归纳的对象。很显然，"狂人"深夜读史并不是为了成为学院派学者，而是现实人生的忧患令他夜不能寐；他也不是在学术研究中归纳着中国文化的结构与性质，而是狼子村人的"青面獠牙"让他的实际体验与历史感触两相融合，最终升华为一种精神意义的"整体象征"，象征世界里的"世人真面目"是文学的"真"，是情绪的"真"。可以说，这种近似于西方现代主义思维的"真"正是鲁迅超乎常人的尖锐和深刻，是比知识性的历史更真的"历史"，也是比经验性的现实判断更准确的"现实"，但却又并不等同于关于历史与现实的任何学问性的知识归纳。"吃人"对于狂人而言不是"知识考古学"的结论（尽管这并不妨碍今天的研究者就"吃人"作中国文化上的"知识考古"），而是活脱脱的生存虐杀的体验。鲁迅创作的是文学作品的《狂人日记》而非通俗版的"中国传统文化论",这就是说,这部作品的意义是由它全部的文字、全部的生动丰富的人生图景所组成的。鲁迅与其说就是为了假借一个生动的形式来传达出一个惊人的知识,毋宁说就是为了揭示一个现实中人的重要人生体味——生存遭遇的全过程与精神炼狱的全过程:一个原本"正常"的人生被猛然间揭开伪饰、洞见真相的种种后果。洞见了真相的人是如何成了"另类",他又该如何来承受这弥天的恐惧?当然,人生总归还得回到他自我遮蔽的状态,人也只能在默认这一遮蔽之后继续求生,世界继续包裹着自己似是而非的"真相"运行——包括这人生的歧义、含混、矛盾和解读的艰难,包括我们对它的反抗和依赖,拒绝和认同,愤懑与无奈。当许多《新青年》的作者主要还是在知识概括与经验总结的意义上坚定他们的思想立场之时,鲁迅却自由地表达了自己的感性直觉,创造了他精神体验的形式。后来的人们已经习惯于将知识性、经验性的现象统计作为历史与现实的认识"标准",这就很难理解《狂人日记》的"体验之真"了,而学院派知识分子也常常将知识积累中的某一学说称作自己的"思想",这便更与艺术的思维判断有了很大的距离。今天的理论家似乎找到了许多认定鲁迅"偏激"的理由,但不幸的是,他们却由此丧失了进入一部伟大作品的独特体验的机会。今天,已经有学者提醒我们留意"思想史取替文学史"的不良后果,我以为这在客观上起码有两重指义,一是指那种以时代思想的分析"代替"作家个体的感性体验的现实,二是将作为认知对象的"思想"认作文学艺术内在思维的现实。

《狂人日记》当然不是对中国"吃人"历史的"知识考古",尽管学界一再引用鲁迅致许寿裳的信:"后以偶阅《通鉴》,乃悟中国人尚是食人民族,因成此篇。"① 然而,《狂人日记》中正在进行"考古"工作的狂人却"颇多语误",他把徐锡麟称为徐锡林,把唐代陈藏器的《本草拾遗》与明代李时珍的《本草纲目》相混淆,还对历史人物乱点鸳鸯谱,什么"易牙蒸了他儿子,给桀纣吃"等等,显然,鲁迅这是在提醒我们,不可将狂人的判断真正当作"知识考古",《狂人日记》归根结底还是小说,是特殊的文学创作,作家鲁迅是将自己在日常的"知识阅读"中获得的人生感悟,幻化成了笔下人物的"虚拟考古",从而更加自由地传达了作为文学的幻觉、想象和变形。这样的文学意象之中固然也沉淀着五四思想的光芒,但却不能直接引作是思想探索的"结论"。

当然,这并不是说"思想"本身就没有了意义。实际上,近代以来的中国

---

① 鲁迅:《书信·致许寿裳》,《鲁迅全集》第 11 卷,第 353 页。

文化转换首先便是一个思想信念的崩溃与重建问题，能够重新支撑和统摄全民族行为的新的思想信念将渗透到其他一切的精神文化活动当中，成为其他精神现象变迁发展的动力性因素，所以我们今天的中国现代文学常常需要结合"思想史"的考辨来加以说明。但必须注意的是，开辟了体验空间的新思想立场并不能代替体验本身，甚至作家自诩的社会思想观念也不一定就是他真实的内部思绪，更何况近现代思想并非是混沌的一体，从梁启超的"新民说"到《甲寅》月刊对"伪国家主义"的批判再到"五四"对个人独立自尊的阐发，这些带动了中国文学现代变迁的"思想"都各有不同。随着中国近现代社会的历史发展，中国知识分子的"思想"探求明显呈现为几个层面，每一个层面的实质意义与作用都不相同，对文学发展实际的开拓方向与深度也大相径庭，我们必须充分意识到中国近现代思想发展从梁启超到五四的这种"多层次"性。思想的发展归根结底是自我认知系统的一种调整，又与个体的感悟相互纠缠，其意义最终在于"开辟"，即对于文学感悟通道的疏浚、激活与推进，我们依靠新思想的力量击破旧的理性认知框架，为自由的感悟开辟宽敞的空间，最后创造文学的还是心灵的感悟；思想的开辟与疏浚也不是一次性完成的，不同层面的认知障碍需要不同阶段的多次疏通，每一次疏通之后都应给自由感悟留下生长的时间。梁启超的"新民说"展开的主要是近代政治小说的生长空间，五四对个人独立自尊的阐发则打开了文学通达个人人生世界的可能。在这一过程中，任何外来的"现代性"思想方案也不可能完整地在中国呈现和流传，它只能以启迪心智的意义被中国人"创造性"地读取其中的某一侧面，然后中国作家又按照自己的"思想"建构来发现和表现自己的人生体验。

从一开始，避居绍兴会馆抄古碑的鲁迅就自居于思想大潮的边缘，他默默地注视着这些勇猛的"新青年"，却并不以"前驱者"自命，他关怀着"猛士"的思想驰骋，希望对他们有所慰藉，但究竟还是保持了自己独立的姿态："至于我的喊声是勇猛或是悲哀，是可憎或是可笑，那倒是不暇顾及的"。① 从某种意义上讲，这里呈现的就是一种距离，是简明的"思想"判断与复杂的"文学"表述、情绪体悟之间的微妙差异，在个人化情绪感悟中，鲁迅抛开了思想理性运行的轨迹，径直抒发自己压抑已久的感受，他"不暇顾及"世人评说的得失，可能也是对"前驱者"的最好鼓励和慰藉！

---

① 鲁迅：《〈呐喊〉自序》，《鲁迅全集》第 1 卷，第 419 页。

三、幽暗人性的探秘与现代主义的形式

我们注意到，《狂人日记》阐释史上，那些愿意从鲁迅情绪世界深处来挖掘人物形象与精神内涵的研究，都比较重视这篇小说的特殊"艺术形态"。例如陈涌"狂人不过是象征"说，王富仁挖掘的"内在意识中另一个自我"，薛毅和钱理群的"常人世界自身的分裂"说，王晓明论及的抒情小说加政论杂文的叙事形式，汪晖所谓的"荒原"意象等等。①

的确，《狂人日记》的"吃人"表达也体现为一种独特的文学"形式"，那就是鲁迅刻意营造了一种浓郁而醇厚的氛围，无所不在、层层加深的"吃人"的梦魇，它引导我们不断向着精神的深处陷落，在那里一步一步发现意识世界、无意识世界的黑暗性。

"序"以旧友患病又无法面见求证的交代，为小说铺垫了一个通向迷离的精神感受而非现实世界的基础。

第一节起笔就是"今天晚上，很好的月光"，夜晚和月光都是特异精神状态的"带入"仪式。中外文化传统中，都有着月亮与人的身体状况的传说。在中国，月亮盈亏与女性关系密切，沈括的《梦溪笔谈》中曾谈及月相对于潮汐和女性"胎育"的影响；英文里面的疯子"lunatic"这个词，就是从拉丁文里面的月亮"luna"演变而来的，发疯是 loony，喜怒无常是 moonish，发狂是 moonstruck，意大利文有 lunatico（喜怒无常），西班牙文有 lunático（疯子），意大利文成语 avere la luna 的字面意思为"拥有月亮"，法文成语 avoir des lunes 的意思是精神崩溃，德文中代表"情绪"的 laune 源自 luna，意味不断改变的状态受月相影响。② 当代西方医学曾经研究过"满月"与癫痫症的关系，谙熟医学又游走于中外文化的鲁迅借助月亮将我们带入了文学所塑造的精神幻觉当中。

第一节到第四节，是狂人对周遭世界"吃人"现实的不断发现过程：从"赵家的狗""看我两眼"到赵贵翁身边"七八个人""似乎想害我"，从路上

---

① 陈涌的《鲁迅与五四文学运动的现实主义问题》（《文学评论》1979 年 3 期）、王富仁的《〈狂人日记〉细读》（广西师范大学出版社，1999 年）、薛毅和钱理群的《〈狂人日记〉细读》（《鲁迅研究月刊》1994 年 11 期）、王晓明的《潜流与漩涡》（中国社会科学出版社，1991 年）、汪晖的《反抗绝望》（河北教育出版社，2000 年）。

② ［德］贝恩德·布伦纳：《月亮：从神话诗歌到奇幻科学的人类探索史》，甘锡安译，北京：北京联合出版公司，2017 年。

行走的"脸色也铁青"的一伙小孩子到背后唆使的"娘老子"、古久先生,从陌生的"昨天街上的那个女人""那青面獠牙的一伙人"到相识的陈老五、"我"的家人,莫不透出了"吃人"的信息。"吃人"不仅存在当下的理由(踹了古久先生的簿子),更有过往的教诲(大哥教我做论)和源远流长的历史记载(没有年代、古已有之的历史中"满本都写着两个字是'吃人'"),有意思的还在于,凶险的"吃人"真相竟然还包装着"仁义道德"的外衣,假借"医生"的名义和"养育"的恩泽——"养肥了,他们是自然可以多吃"!最后,狂人发现:合伙吃我的人,便是我的哥哥!至此,世界的一切伪善、伦理都宣告破灭,"我"陷入到了吃人黑暗的无缝合围之中。

第五节到第十一节,是狂人为摆脱"吃人"梦魇的苦苦挣扎过程。他先是从历史文化的角度寻找"吃人"的来源,探究形成"吃人"传统的人格机制——狮子似的凶心,兔子的怯弱,狐狸的狡猾,进而试图用自己的方法说服、劝解那些继续"吃人"的人,改变这漫长的"吃人"传统。令人沮丧的是,这些努力不仅无效,而且反倒是让狂人加深了对"吃人"黑暗的认识:吃人者不仅有敌人,有陌生的路人,有同胞兄弟,其中也有"我"的母亲:"母亲想也知道;不过哭的时候,却并没有说明,大约也以为应当的了。"一番挣扎,最后落入了更深的绝望。

最后两节,狂人在真相的追问中直达了黑暗事实的中心——我也是吃人者(我未必无意之中,不吃了我妹子的几片肉),而且这吃人的传统已经很难结束:没有吃过人的孩子,或者还有?——这个问号满载着对未来的质疑。

透过温柔敦厚的道德传统,洞悉世界"吃人"的秘密,接着发现"吃人"的普遍事实,进而觉悟到拯救的绝望,最后体察到自我沉沦、未来绝望的困境,这是一种充满诱惑的精神探险,直到最后,我们发现了一个黑暗的自我,以及黑暗力量持续生长、难以断绝的趋势,至此,鲁迅算是完成了对中国人精神世界的一次前所未有的、惊心动魄的探测。

超越一般的物质现实层面、直接透入到对幽暗人性、人的内在精神世界的挖掘,这正是西方现代主义所展示的文学图景,当然现代主义并非西方文学的专利,大幅度跨入人的内在精神的关照,这同样是新文学开创者鲁迅的尝试,是他的洞察力与文学表现力在一开始就将我们的新文学推向了高峰。① 对于这

---

① 王富仁说,鲁迅"是'中国现代主义文学'的奠基者","他属于现代世界,但又属于现代中国"。"现代主义表现的就是现代人对世界、对人类、对自我整体存在及其存在命运的体验和感受"(《中国现代主义文学论(上)》,《天津社会科学》1996 年 4 期)。

样的文学，我们当有特殊的阅读准备与心理准备，对于一推窗便面对的时代高峰，当不至于以平庸的丘陵等闲视之，犹如20世纪的现代主义文学，只要我们不至于将现代主义文学的黑暗揭示简单等同于现实主义式的"社会记录"，就不应该将鲁迅忧愤深广的情怀对立于中国文化民族认同判断的逻辑之上，而忽略作为文学家的鲁迅在新文学创立伊始就直奔现代主义式精神探险的伟大探索，最终惊叹于这样的创造和这样的发现的勇气。

第二编
文学与国家、革命

民族意识的兴起、国家观念的强化，是中国现代文学的重要特征，值得注意的是，现代中国的民族意识与国家观念并不都是融为一体的，在有些历史阶段（如晚清、1930年代）还呈现出了某种紧张对抗的情形，"革命"的价值由此诞生，并与我们的家国情怀形成各种复杂的意义重叠、交叉以及碰撞。在文学与国家、与革命的融合冲突之中，我们可以深入挖掘现代知识分子的精神取向，呈现中国现代文学丰富的精神内涵。

第一章　大文学视野与现代"革命文学"研究

一、"革命世纪"的文学主题

中国的 20 世纪是"革命"的世纪，关于"革命"的理想、理论以及作为精神想象的重要载体——文学在绝大多数时间里一直居社会意识的主流，不仅 1928 年以后的无产阶级革命文学在发展壮大中日益成为中国现代文学的主流，并决定了 20 世纪下半叶中国文学的整体面貌，而且"革命"之于"文学"的思维更是渊源深厚，从梁启超以文学诸界"革命"拉开近代文学序幕到陈独秀以《文学革命论》、胡适以《建设的文学革命论》拉开现代文学序幕，"革命"常常就是"文学"变革、发展的旗帜和动力，20 世纪中国文学的几乎每一分变动都与"革命"紧密相关。即便在 90 年代在"告别革命"的诉求出现之后，"革命"依然成为我们绕不开的关键词，而新的对社会公平、正义的追求和对底层命运的关怀又一再将"革命文化"的价值凸显出来。

不能深刻理解这种精神现象与话语形式，就无法真正理解现代的中国。

现代中国对"革命文学"关注、阐释和批评最初出现在文学研究会同人在相关杂志的讨论中，也为邓中夏、萧楚女、沈泽民等早期共产党人所倡导，经过 1928 年创造社、太阳社发动的"论战"而影响日盛，30 年代的左翼文学使得革命文学的批评具有了完整的理论形态，而 40 年代的延安文学的发展则使得我们的革命文学批评有了新的标准和立场，这样的标准、立场到新中国成立后更有进一步的发展和完善，不仅对"革命文学"本身的批评形态开始固定，而且也成了对所有文学样式展开批评的标准。在这个时候，一方面是"革命文学"的历史价值获得了空前的肯定，但是另一方面也难免模式化和单一化，甚至充满了"以论代史"，或者说以"立场"代替文学研究的严重缺陷，到"文革"时期，出于政治斗争的需要，连左翼文学本身也陷入了被批判、被否定的冤狱。

对现代"革命文学"的科学研究是在新时期以后逐步走上正轨的，虽然中间一度因为"自由主义文学"的再评价、因为"保守主义"思潮的复苏而有所削弱，但从整体上看，其学术的发展还是稳定的、健康的。这一方面表现在包括左翼文学、延安文学的大量历史文献都不断获得整理、保存和出版，另外一方面，关于现代"革命文学"的发生发展的诸多方面都得以挖掘和阐述，例如"革命文学"演变的基本历史，"革命文学"发生的日本资源问题、俄苏资源问题，"革命文学"的基本理论主张的历史价值以及局限性等等。最近10年，随着国外"文化研究"方法的引入，学界又进一步注意到了"革命文学"与现代中国社会历史的各种复杂关系，从而为这一课题的研究打开了新的思路，例如早期革命文学、左翼文学与商业消费之间的关系，延安边区的各种社会关系、经济形态乃至军事斗争模式如何"内在地"影响了文学的细节等等，总之，到今天，无论是基础史料的整理还是理论方法的丰富都为我们进一步的研究奠定了较好的基础。

当然，对现代中国"革命文学"这样一个宏富、庞大而复杂的对象，目前依然还存在较多的盲区，其研究方法也存在进一步完善和改进之处。其表现有三：

1. 现代中国"革命文学"的家谱尚待进一步厘清。

我们习惯于将"革命文学"的起点定义在1928年，也就是无产阶级革命文学的兴起和论争，往前追溯早期的革命文学倡导，也主要突出了邓中夏、萧楚女、沈泽民等早期共产党人的作用，但是，认真清点，我们会发现这虽然呈现了"革命文学"的主流，但是却也忽略了这一文学理想的其他艺术形态，而且因为这样的忽略而对"革命文学"的理解陷入单一和简略。现在，可以继续追问的是：

其一，"政治革命"之外的知识分子群体（如文学研究会）同样是"革命文学"最早的倡导者，他们的主张和思路有何特点？

其二，作为近代以来在中国影响深远的概念与思维，"革命"并不为一个政治群体所独有，包括国民党在内的政治势力也以"革命"自我标榜，而且在国民革命当中，广州与武汉的国民党报刊也一度标举"革命文学"的旗帜，虽然这样的标举并不能最后改变它专制独裁的"非革命"乃至"反革命"的本质，但毕竟也构成了现代中国"革命"话语的一部分，这样的现象长期为我们所忽视，并不利于整理梳理现代中国"革命文化"的格局。

其三，鉴于近现代以来中国"革命"各自不同的阶段性，参与这些"革命"事件的文学家的理念也有差异，需要我们系统整理。从"革命史"的进程而言，现代中国的"辛亥革命文学""国民革命文学""早期无产阶级革命文学"、苏区文学、左联时期文学、抗战国统区的左翼文学、延安及解放区文学的理念和形态都值得我们重新梳理。在梳理中需要填补那些历史的盲区，完善我们的"革命文学"谱系。

2. "革命文学"自身组成及流变的情况有待深入剖析。

将"革命文学"描述为从左翼到延安不断发展壮大的历程，揭示苏俄革命文学理念之于中国的影响，进而总结中国"革命文学"最终在中国革命实践中如何成熟和定型，这是我们曾经的思路。现在看来，这样的思路有可能导致我们对于这一文学形态的各种复杂性、矛盾性的忽略，从而让阐释和研究都局限于一定的表层，失去了不断深入勘探的可能性与趣味性。在这方面，我们同样疑问重重：

首先，"革命文学"是不是一种本质固定的文学？显然不是，这正如中国革命活动本身就在不断探索、不断挫折又不断发展一样，作为现代中国文学现象之一种，也置身于现代社会的各种生存环境与生存理念的冲击、浸润和矛盾激荡之中，因应不同的国家历史情态而变化出不同的姿态。

其次，不同政治集团（特别是国共两党）的"革命文学"理念的差异与对抗，这对现代中国文学产生了怎样的内在影响。①

第三，同一政治方向上的"革命文学"在不同的历史时期的自我调整。例如左翼文学与苏区文学、延安文学的相通相异之处；左翼文学内部的差异性（作为左联领导意志的文学主张与左翼知识分子如鲁迅、胡风等的理念的差异，也包括后来抗战国统区的左翼文学与延安及解放区文学的差异），国民党文学政策从早期倡导"革命文学"到后来敌视和打压"革命文学"的根本转变。②

随着以上的疑问在研究中逐步解决，我们将有可能描绘出现代中国"革命文学"内在的思想与艺术的"结构"，从而推动学术研究走向深入。

---

① 深入到党派内部不预设结论的考察在近年来开始出现，例如姜飞：《国民党文学思想研究》，花城出版社，2014年。

② 近年新的研究开始出现，如张武军：《从阶级话语到民族话语——抗战与左翼文学的转型》，中华书局，2013年。

3. "革命文学"的研究方法需要进一步改进和完善。

"革命文学"的研究比较容易陷入一种矛盾的境地：如何在思想的正义性与艺术的丰富性之间取得很好的平衡？中国革命作为现代中国的进步与正义的事业，理所当然应该获得最多的肯定和褒扬，但是，众所周知，恰恰是这些"思想进步"的文字往往在艺术成就方面相对薄弱，从而令研究者不无踌躇。80年代，正是学界对"文学性"的渴求让"革命文学"的研究有所隐退，而到了90年代，又是学界对"社会正义"的关注而让"革命文学"再度升温，但是，在这个时候，我们究竟怎样来肯定其艺术的价值呢？是因为"社会正义"的需要而夸大其艺术的"现代性"吗？

新的研究方式又必要跳出这种"好/坏""肯定/否定"的二元对立思维，在一个更为宽大的视野中来确定其历史价值。

中国历史的特殊语境其实已经决定了中国读者对文学的特殊需要：我们既需要借助文学完成社会正义等生存问题的表达，当然也需要"文学"这种抚慰心灵、激扬理想的形式，这样的需要，本身就不是所谓的"纯文学"，因此，我们根本不必在"纯文学"的标准中自我束缚，而应该努力探索一种更具有社会历史包容性与涵盖力的学术评价方式，在这个方向上，所谓"知识社会学"的研究方法，在强调返回现代中国历史现场的基础上确定"大文学"的评价标准，可能是更有效力的阐释方式。

总之，我们对"革命文学"谱系与结构的再考察的设想就是试图在充分尊重现代中国历史丰富性的基础上，运用"知识社会学"的研究方法，在"大文学"的视野中凸显"革命文学"的丰厚及内在思想与艺术形态的多样性。

二、多重"革命文化"的存在

那么，在"大文学"的视野下，我们新的研究如何着手，又有哪些值得开拓的领域呢？

在我看来，新的研究应该适当扩大现代"革命文学"的研究范围，即我们所谓的现代中国的"革命文学"既要以无产阶级革命文学为主流，同时也必须兼及中国现代文学史上所有以"革命"自我命名的其他文学现象，包括文学创作、文学理论及文学批评。时间涵盖从辛亥革命文学、国民革命时期文学、早期无产阶级革命文学、左联时期文学、"早期无产阶级革命文学"、苏区文学、左联时期文学、抗战国统区的左翼文学、延安及解放区文学等等。除了文学运动和思潮的考察，我们也有必要在对所有这些"与革命相关"的文学现象中深入把握其内在的"革命"思维的种种形态。

最早将"革命"引入文学界的是梁启超，"诗界革命""文界革命""小说界革命"等等都是梁启超的发明。不过梁启超的"革命"一词却经历了一个"出口转内销"的复杂过程。作为词语的"革命"，在中国系属"古已有之"。一般认为其源自于《易经》"汤武革命，顺乎天而应乎人"，其基本意思是以武力改朝换代，"革其王命""王者易姓"。后来日本在译读了西方文明中代表历史前进的 revolution 之时，借用了中国《易经》中的"革命"一词，不过，日本固有的那种"万世一系"的天皇政治模式却排斥了中国固有的"武力"内涵，取而代之的是一种尊王改革的意义，"革命"也就是明治维新的"维新"。这样一来，日本"革命"的内涵不仅有别于中国《易经》的本义，而且也有别于西方文明 revolution 中应有的暴力激进的意指。梁启超所认可的就是被日本所改造了的"革命"："闻'革命'二字则骇，而不知其本义实变革而已。革命可骇，则变革其可骇耶？"[①]

但是，无论是就"文学"还是更为广大的社会历史而言，梁启超从日本引进的非暴力的"革命"都最终没有成为现代中国的思想主流。近代中国的忧患现实与改革挫折催使人们更多地容忍、理解乃至最终认同和激赏着改朝换代的"革命"概念，传统中国的"革其王命"与西方文明的激进式前进实际上构成了某种复杂的配合。就在梁启超以"维新"为"革命"的同时，中国的"革命党"也开始了对"革其王命"的认同："及乙未九月兴中会在广州失败，孙总理、陈少白、郑弼臣三人自香港东渡日本，舟过神户时，三人登岸购得日本报纸，中有新闻一则，题曰支那革命党首领孙逸仙抵日。总理语少白曰，革命二字出于《易经》'汤武革命顺乎天而应乎人'一语，日人称吾党为革命党，意义甚佳，吾党以后即称革命党可也。"[②] 激进"革命"的概念最终构成了留日中国学界与近现代思想界的主流，成为邹容所谓的 20 世纪中国社会变迁的"天演之公例"。从五四"文学革命"到国共两党所倡导的"革命文学"以至 30 年代的左翼文学、延安文学，中国文学长期在"革其王命"的思维中发展，当然，伴随着政治力量由"在野"逐步转为"执政"，"革命"一词也出现了从内涵到形式的复杂演化，"革命"之于"文学"的影响更加的繁复起来。

虽然"革命"和"革命文学"都经历了如此复杂的演化过程，实在一言

---

① 梁启超：《释革》，《梁启超全集》第 2 册，北京：北京出版社，1997 年，第 760 页。
② 冯自由：《革命逸史》上册，北京：新星出版社，2009 年，第 13 页。

难尽，但 20 世纪下半叶中国政权的稳定却导致人们常常在一种不变的模式中理解"革命"：人们理所当然地将现代中国文学的主流视作"革命文学"，而且是相对单一的左翼革命文学，也将自己的评判标准认定为"革命"，以国家政权承认的"革命"思想当作一切文学发展的最高境界，长此以往，不仅以"革命文学"遮蔽了现代中国文学自身的丰富形态，而且对"革命""革命思维""革命文学"等等一系列问题的丰富性、复杂性、曲折性也难以清晰把握和准确解读。

我们今天极有必要重新设计现代"革命文学"的谱系和结构。

所谓"谱系"就是指这些"革命文学"的品种和各个历史阶段的演变形态。它们构成了"革命文学"的存在系统。

所谓"结构"就是这些革命文学现象在思维方式上的主要特征，特别是彼此间的相互关系，既有相通相融的关系，也有彼此矛盾、对立的关系（以上可以称作"内结构"），也试图在此基础上分析现代革命文学现象与其他社会文化现象的互动关系，这可以称作"外结构"研究。

如果让我来重新设计现代"革命文学"的研究框架，我以为整个课题的研究可以设定三大目标：中国现代革命文学的谱系与历史研究、中国现代革命文学的结构形态研究（"内结构"研究）、中国现代革命文学与现代社会文化相互关系研究（"外结构"研究）。

这三大目标具体又分化为五个方面的课题予以展开：

1. 中国现代革命文学的谱系与历史

追踪、梳理中国现代革命文学的来源及在不同历史时期的表现形态。从辛亥革命时期的文学表现到国民革命时期国民党对"革命文学"的倡导，一直到"大革命"失败后无产阶级文学的兴起，左翼文学的出现以及苏区、解放区、延安文学的发展等等都作详尽的整理，重点思路是：

厘清所有这些革命文学的发生发展逻辑，特别是长期以来被我们严重忽略的部分：辛亥革命、国民革命时期以及苏区的革命文学状况。

在把握现代革命文学的显性力量——现代革命活动的同时，特别挖掘现代知识分子心态演变之于革命文学发生发展内部推动力量，这方面的研究长期被忽视，如何在中国现代知识分子精神流变的脉络中完成现代革命文学的真实谱系的绘制，迄今还是一个没有实现的目标。开展这样的研究将在几个大的方面突破现有的研究格局和结论：

一是"文学革命与革命文学的历史断裂"说，重新发现知识分子精神从

"五四"到 30 年代的内在演化和连接。①

二是"救亡压倒启蒙"说,发掘出抗战时期中国知识界在救亡与启蒙之间的一致性追求,丰富我们对现代文学精神传统的认识。

2. 现代革命文学与革命思维研究

"革命"思维在近现代中国渊源深厚,从梁启超的文学诸界革命到五四文学革命,莫不以"革命"相标榜,但是,随着现代革命内涵的变化发展,这些具体的"革命"指向又有所不同,如何辩证地分析现代中国的"革命"思维,是深入理解革命文学的关键。

新的研究试图从革命文学中一系列基本思想概念入手,深究其背后的理念与思维来源,从而对革命文学的深层价值取向做出切实的把握。这些概念包括"革命""阶级""民族""大众""人民""写实""革命文学"等等。

笔者曾经组织国内学界系统研讨近代以来影响中国文学发展的关键词,主编《词语的历史与思想的嬗变》,这是进一步研究"革命文学关键词"的重要基础。②

3. 国共革命与现代革命文学的矛盾对立

"革命文化"曾经是国共两党的共同精神财产,"革命文学"的倡导不仅是共产党人的事业,同样也曾是国民党人的旗帜,研究两党政治对于"革命文学"的标举和利用将揭示现代"革命文学"产生发展的重要规律,自然,国共两党的最终分裂和因此而形成的"革命文学"在 30 年代的命运也导致了这一文学追求的走向。

新的研究将揭示国共两党的政治理念赋予革命文学的不同内涵,以及这些内涵之间形成的矛盾冲突,最终对两个政治集团的文学取向的差异提出深入的解释:革命如何在国民党政治话语中逐渐异化沦陷,而革命的沦陷又如何最终导致文学的沦陷;相反,在相当长的时间内,革命如何赋予中国共产党以改变现实的力量,革命文学如何生机勃发。当然,两党"革命"理念的若干共同性也值得研究,政党"革命"之于"文学"的限制性也值得检讨。

---

① 近年来,始有学者对这一问题重新讨论,如程凯:《革命的张力》,北京大学出版社,2014 年。
② 李怡主编:《词语的历史与思想的嬗变》,成都:巴蜀书社,2013 年。

4. 40 年代国统区左翼文学的形态

这一子课题着重研讨 30 年代的左翼文学以及抗战时期在国统区的左翼文学（七月派文学等），与过去比较宏富的研究比较，我们新的研究力图在研究视野与研究方法上有大的突破，形成对相关问题的深入的认识。

强化文化研究视野，着重讨论这些革命文学形成发展的特殊历史语境，例如 30 年代左翼文学与上海文化场域的关系，40 年代抗战时期的左翼文学与大后方区域文学的关系。

丰富我们对历史复杂性的认识。避免对既有的文学现象采取简单的本质主义的定性，呈现不同历史阶段左翼文学的历史流变（如从 30 年代的阶级话语转向 40 年代的民族话语与阶级话语并存），也呈现同一历史阶段中内部的差异与分歧，例如 30 年代左翼文学内部的分野，鲁迅与左翼领导阶层的思想分歧，左翼领导阶层与左翼启蒙知识分子的思想差异等等。

5. 苏区文学—延安文学的形态

这一课题的研究既有"历史补缺"的意义，又具有"认识深化"的追求。

苏区文学因为史料的相对缺失，一直为学界关注不够，但它却是现代革命文学的重要环节，加强对这方面史料的搜集、整理和研究是我们的重要目标。

同时，对于学界长期以来的研究重镇——延安文学，我们也需要从以下几个方面加以深化：

一是加强延安文学与延安特殊政治、经济、军事形态关系研究，也就是说，不仅仅将延安文学作为党的方针政策的执行者加以观照，而是置放在延安特殊文化场域中进行综合性更为科学客观的剖析，包括政党活动方式之于文学的影响，经济形态之于文学的意义，军事斗争方式及策略所施加的影响等等，也包括延安社会关系、人际交流之于文学的特征组织作用等。

二是应该注意到从苏区文学到延安文学的内在发展变化，以及形成这些变化的内在原因。

三是延安文学内部的多样性以及在整个民国时代文学格局中的特殊地位，包括它与国统区左翼文学的联系和差别，与国统区自由主义文学的联系和区别，与国民党三民主义文学的比较等等。

总之，这样的研究将有可能在一个更为宽阔的视野中展示中国现代"革命文学"与"革命思维"的丰富性，当然也包括挖掘这一革命文化的正面价值以及某些深刻的历史教训；通过对"革命文学史"的尽力复原和爬梳，完成新的中国现代文学史史料的积累和整理，为将来进一步的细致研究奠定基础；通过引入现代中国的具体历史情境为视野（"民国视野"），又借助"大文学"的观察分析方式，可以为现代中国文学的研究，尝试新的学术方式。

三、"大文学"与新方法

要开拓现代中国"革命文学"研究的新空间，也有必要形成一系列方法论上的突破和创新。从总体上看，我觉得新的研究应该尽量避免先验的理论预设，尽可返回现代中国历史的现场，在充分爬梳、整理和分析原始文献与第一手材料的基础上对"革命文学"的来龙去脉、内部构成、历史谱系、思想艺术形态做出科学、客观的归纳和呈现。

文献整理和研究是我们研究的最重要的基础。

"知识社会学"的研究方法是我们的基本学术方法。

"大文学史观"是我们进入和评价中国现代文学作品的基本标准。

下面我对这些新的方法论运动略作说明。

1. 文献整理和分析之于现代文学研究的必然性

自近代以来的剧烈的动荡实际上让我们的诸多现代文献处于较古典文献更为糟糕的损毁状态，国内政治集团的殊死搏斗，国际军事斗争的惨烈，还包括了同一政治集团内部的倾轧，对历史材料的保存、焚毁与利用都带有更大的随意性，中国现代文学的史料也就不可能在一个"稳定连续"的制度之下获得有序的保存和整理。对于意识形态色彩强烈的"革命文学"更是如此，不仅有国民党独裁专制时期的查禁，也有中华人民共和国成立后政治运动年代的破坏，虽然新的整理工作在新时期以后持续进行且取得了相当大的成就，但是现代文献印刷质量的不良性（特别是战争年代纸张与印刷的严重缺陷）已经使得一大批文献接近生命的最后期限，不能借此获得最有价值的文献，不仅对课题研究十分不利，对未来学术的发展更造成无可弥补的损失。

动荡年代形成的区域分割也让我们的某些文献局限于特定的保存空间，对使用造成了诸多的不便。如苏区文学史料至今仍然相当匮乏，抗战国统区左翼文学的整理搜集也存在相当的局限。例如过去我们重视的仅仅是大后方"文协"周围的文学创作，至于大后方边缘的西南联大的文学活动却不够注意，这些年来西南联大引起了相当的关注，但对大后方其他左翼文学青年的创作也还是相当陌生，如当时重庆北碚受胡风影响的复旦大学青年作家群，成都"平原"作家群,他们在《诗垦地》《中国学生导报》《平原》上的作品到今天也无人问津,甚至根本就无法进入文学史研究的视野。

政治意识形态斗争的复杂性和特殊性也造成了"革命文学"版本问题,有时是为了规避独裁专制的封锁,有时是为了革命斗争策略的需要,一些左翼作家不得不在文字方面做多种调整和处理,而所有这些处理在新中国以后的出版文献中却很可能再次调整,不回到历史的现场,发现原始的文献,就不足以反映革命文学生存的原貌,体察这一文学追求所历经的种种艰难,洞悉历史存在的丰富。

2. "知识社会学"的研究方法的合理性

知识社会学,即 Wissenssoziologie,马克思·舍勒首先使用这一词汇,那是在1924年,从此,知识社会学作为一门独立的学科确立了起来。70年代以后,知识社会学问题再次成为西方社会科学研究中的焦点。其研究方法的要点在于:对研究对象的考察特别注意揭示它与各种社会文化的相互关系,着重分析研究对象所置身的复杂的社会文化力量是怎样从不同的方向上构成了对它的牵引和塑造。显然,现代中国的"革命文学"就是各种不同的社会力量推动、牵引和促进的结果,将"革命文学"置放于现代中国社会发展的综合性因素当中,可以更科学、客观、丰富地揭示问题,避免过去"以论代史"、结论预设的种种弊端。社会存在决定社会意识,事实上,在西方知识社会学的发生演变史上,马克思的确就是为知识社会学给出了一条基本原理,即所有知识都是由社会决定的。正如知识社会学代表人物曼海姆所指出的那样:"事实上,知识社会学是与马克思同时出现:马克思深奥的提示,直指问题的核心。"①

最近数年,笔者尝试借助知识社会学的研究方法,对民国历史文化之于中国现代文学的影响展开了系统研究,组织编写了大型丛书"民国文化与文学"两辑40多册在台湾出版,"民国历史文化与中国现代文学"丛书10种在山东文艺出版社出版。② 通过知识社会学式的场域研究、历史文化的考察,真切地发现了诸多为过去研究所严重忽略的现代文学的"真问题",例如民国的经济状况与中国现代文学的关系,民国著作权法与现代翻译文学的关系等等,实践

---

① [德]曼海姆:《知识社会学导论》,张名贵译,台北:风云论坛有限公司,1998年,第97页。
② "民国文化与文学论丛"由台湾花木兰文化出版社2012年开始陆续出版,迄今已经出版3辑,共50多种,"民国历史文化与中国现代文学"丛书2014年由山东文艺出版社出版。

证明，返回国家历史的具体情态，在文学现象背后的宽广的历史语境中分析问题，将深刻地揭示现代文学发生发展的诸多秘密。

当然，正如每一种研究方式都有它不可避免的局限一样，知识社会学的视野与方法也有它的限度。具体到中国现代"革命文学"的阐释，起码有两个方面的局限值得我们加以注意。

其一是"关系结构"与知识创造本身的能动性问题。知识社会学的长处在于分析一种知识现象与整个社会文化的"关系"，梳理它们彼此间的"结构"，这样的研究，有可能将一切分析的对象都认定为特定"结构"下"理所当然"的产物，从而有意无意地忽略了作为知识创造者的各种能动性与主动性，因此而陷入"文化决定论"的泥沼之中。因此，在实际的研究中，我们不能因此忽略现代中国知识分子面对种种文化关系之时的独立思考与独立选择，更不能忽视广大知识分子自身的生命体验。"革命文学"不仅仅是对历史的适应，更是对历史的反抗和突围，两者辩证关系需要认真对待。

其二是知识社会学本身的难题。知识社会学常常用一种对称的态度看待谬误和真理，从而容易模糊了价值的指向。作为一个现代的知识分子，必须为中国的现代历史的过程做出自己的贡献，尤其对"革命文学"这样充满真理性的追问，更不能回避我们的严肃态度，我们不能因为沉醉于各种"关系结构"的分析而认为所有的文化现象都没有历史价值的区别，在这里，"公共知识分子"的精神应该构成对"专业知识分子"角色的调整甚至批判，当然，这首先是一种自我的反省与批判。

3. "大文学史观"之于现代文学研究的特殊意义

所谓"大文学"就是突破对"纯文学""为艺术而艺术"的迷信，将文学的价值和意义定位在广泛的社会历史的联系当中，将文学的趣味的精神魅力与之承担的社会责任、历史使命有机结合。显然，在诸多社会问题亟待解决的现代中国，文学毫无疑问地承担了这样的义务，并且也在事实上以这样的塑造体现自己的历史形象，"革命文学"更是如此。考察这样的文学现象，我们理应自觉地秉持"大文学"视野，以此为标准衡量文学的价值。

秉持"大文学史观"，也就意味着我们的中国现代文学研究应该把对"文学"的关注融入对社会历史的总体发展格局之中，将文学的阐释之旅融通于寻找历史真相之旅，这里有现代中国政治理想的真相，经济生态的真相，也有社会文化整体发展的深刻烙印，与历史对话，将赋予文学以深度，与政治对话，将赋予文学以热度，与经济对话，将赋予文学以坚韧的现实生存品格。

当然，秉持"大文学史观"，我们最终关注的还是"作品"，也就是说，所有文学与社会历史的对话并不意味着我们要离弃文学作品，直接讨论现代中国的历史、政治与经济；恰恰相反，进入"文学之外"，是为了最终返回"文学之内"，这里的"内"不是抽象的本质化的事物，就是实实在在存在的文学作品本身，就是说，对所有历史文化的考察、分析并不是要确立我们新的历史学、社会学、政治学与经济学，而是深化和完善文学作品的"阐释学"。①

四、问题与对策

鉴于对现代革命文学的研究已经属于我们学术的重要传统，并且在若干方面取得了重要的成果，由此，我们新的研究就不应该再是面面俱到的文学史的建构，而且针对目前研究的薄弱环节加以重点深入，我们新研究的重点是在现代知识分子深度精神的层面上寻找"革命意识"发生发展和转化的内在逻辑，即不再把一个一个的革命文学现象作片段式的讲述，而是挖掘其内在的联通，也不再将现代政治革命与知识分子的自我拯救切割开来，将"革命"视作历史的另类或异常处境，而是在历史的统一逻辑中梳理中国精神的整体流变，也不夸大党派之争的绝对性，而是辩证地发现矛盾双方的另外的统一，当然也同样发见出统一体中的矛盾性，如此一来，对"革命文学"讨论也就进入到了精神世界的深层，需要我们新的历史材料的支撑，也期待一系列新的解释。这样的研究，最终将绘制出现代中国革命文学的全新图谱，勾勒新的历史变化的轨迹，对"革命文化""革命思维""革命艺术"在现代中国社会中位置和深厚渊源都做出崭新的说明。归纳起来，我们可以这样简略地表述：

（1）深究精神深层的革命思维、凝结在一系列基本革命思想（概念与观念）上的革命意识是我们研究的重点。

（2）剖析革命文化与现代中国其他社会文化的互动关系是我们的重点。

（3）以新的历史事实，填补革命文学发展线索中的盲区是我们的重点。

当然，在我看来，新的研究也存在若干难点，主要有两个方面：

1. 部分历史文献长期缺乏搜集整理，已经损毁湮灭，为进一步的研究制造了困难。

新的研究涉及大量原始文献的搜集整理，增加了研究的难度。如苏区革命

---

① 参见李怡：《回到大文学本身》，《名作欣赏》2014 年 10 期。

文献，因为战争的关系，许多当时的文宣材料已经难以获得；再如抗战时期的文学文献，在当时有限的印刷条件和保存条件下，已经难以见到，例如路翎早期创作及七月派作家在重庆报刊发表的一些创作，重庆复旦大学进步作家在当时创办的影响甚大的各种壁报等。

2. 学术研究中如何处理"还原历史"与"坚持历史正义"之间的关系。

这是一个不容回避的问题，通常我们通过历史材料的广泛搜集和呈现，达到最广泛地揭示历史丰富性和复杂性的目的，即所谓"还原历史"，这的确有利于排除"概念先行""以论代史"的弊端，但是所有的学术研究都不可能是"没有态度"的，尤其是面对"革命文学"这样一个本身就充满正义价值的历史现象，更不可能佯作"客观"，实则虚无的姿态，如何在尊重历史和把持价值间取得辩证的平衡，需要我们更为科学和严谨的学术态度。

当然，任何学术的新开拓都必然面临一个克服难题的过程，恰恰是随着这些难题的克服，我们的研究才可能产生自身的突破价值，新的学术空间因此而出现，这起码也有四个引人注目的方面：

1. 新的文献史料的发现和整理分析。

新的研究首先将尝试完成以下几个方面的文献搜集和整理，弥补目前现代文学文献的不足：

苏区革命文学文献。苏区的红色戏剧、歌谣及文艺宣传政策史料是第一次国内革命战争时期的重要文献，也理解中国共产党直接领导下文艺发展的珍贵遗产，因为战争和动乱，这一部分文献遗失甚多，需要进行抢救性搜集，新研究将努力在这方面有重要收获，为将来的苏区文学研究奠定重要的基础。

国民党"革命文学"宣传的相关文献。近年来，对于南京国民政府成立之后国民党推行的文学活动已经有较多的研究，包括民族主义文学运动、三民主义文学主张等，但是对于国民革命期间其最早的"革命文学"活动却很少触及，这不利于我们认识现代中国革命文学的丰富性与复杂性，也影响了我们对于国民党文艺思想发展演变的深入把握，对整个中国"革命思维"如何发生和变异的理解更有妨碍，我们的研究都通过历史文献的搜集再现这方面的基本面貌，例如广州《民国日报》副刊"学汇"，上海《民国日报》副刊"觉悟"，汉口《民国日报》副刊、《中央日报》及《中央副刊》等。

20年代前期其他中国作家的"革命文学"文献（如文学研究会）。

抗战时期大后方左翼文学史料补遗（如《诗垦地》（重庆）、《中国学生导

报》、《平原》（成都））

2. 开启"革命文学"研究的新课题与新方向

包括革命文学与其他社会文化现象的内在关系研究（1930年代左翼文学与上海文化的关系，与通俗文学、通俗文化的关系，与报刊传媒的关系等）革命文学研究也将获得更细致化的拓展：如革命文学基本概念与关键词研究。

第一次触及国民党"革命文学"思想研究，这一研究有助于我们对国民党文学思想的整体把握，认识它如何从"革命文学"到"民族主义文学""三民主义文学"的发展演变，并折射出现代政党集团与现代文学关系的诸多面相。

3. 新的文学史演变规律的发现，重新发现文学史的内在逻辑。

如从五四文学革命到革命文学的演进，从启蒙到救亡的过渡，以及启蒙与救亡之间的互通关系，延安文学与国统区文学的互动等等，在现代中国知识分子内在精神的流变中，发掘文学发展的更细微的线索。

4. 方法论的价值

新时期以来，外来文学批评方法的引入在很大程度上改变了我们固有的封闭状态，带给我们一个全新的文学景观，但是时至今日，我们也发现，大量西方术语和概念的流行在一定程度上遮蔽了我们对自身问题的深入发现，而中国文学研究的学术主体性更是无法建立。新的研究既然强调返回现代中国的历史情境，努力梳理包括词语概念在内的中国作家的思维形式和话语模式，那么，就有可能尝试一种突破，既从对外来批评研究方法的简单移用转为逐步探索我们自己的研究方法，包括理论表述形式。在研究中，我们首先将从追踪现代革命文学的实际使用基本概念入手（而不是从成熟的"革命理论"入手），进而考订文学谱系，发掘原始文献等工作，在最大的程度上呈现中国现代文学现象自身的存在方式及自我的理性表达方式，这样就有可能突破生搬硬套外来批评模式的研究习见模式，通过强调回到现代中国历史情境，探索属于中国历史自己的解释方法和叙述方法。

包括我们所引述的"知识社会学"的研究方法，也绝对避免生吞活剥，更多的属于视野上的启迪，作为我们认真阅读中国近现代史料的一种精神推动，而不是生硬搬用其某些结论。

第二章 重审五四文学运动的"革命"话语

一、被质疑的"革命"

"革命"是中国现代文学史对五四新文学运动的经典性的概括,也是五四新文学倡导者在当时的普遍认知和表述。我们的文学史一度将"革命"归功于陈独秀等政治革命家,而将"改良"的胡适排除出去,有过这样的论述:"(陈独秀)事实上是当时文学革命的领导者;而他的态度和胡适的不同处,也正像《文学革命论》和《文学改良刍议》两篇文章题目所表示的差异一样。"① 甚至将胡适对"文学革命"的回顾视作是"大言不惭的吹嘘",断定"这只能是对历史的歪曲和对'五四'文学革命传统有意的篡改和嘲弄"②。相反,也有海外学者肯定胡适改良文学的"实验主义"精神,却批评陈独秀的主张是"文字浮夸异常","以文学知识和立论态度来讲,真可谓集无知与不负责任之大成,其精神上和胡适那篇劝人不要用陈腔滥调、不要作无病呻吟的文章可说背道而驰"③。现在看来,这些褒此贬彼的"分割"式的认定实则削弱了五四文学革命的普遍性和丰富性,进而在"五四"遭遇质疑之时捉襟见肘、难以应对。

重审五四文学运动的"革命"话语,需要认真辨析历史当事人的话语逻

---

① 王瑶:《中国新文学史稿》上册,上海:上海文艺出版社,1982年,第16页
② 唐弢主编:《中国现代文学史》第一册,北京:人民文学出版社,1979年,第46页。
③ 夏志清:《中国现代小说史》,刘绍铭译,台北:传记文学出版社,1979年,第36页。

辑，也应该充分还原当时的历史语境。

五四文学的"革命"话语发生史告诉我们，"革命"之于五四文学，并不指涉任何现实的暴力行为，只不过就是对改革意志的一种"比喻"，意气风发的陈独秀高扬着"革命"，温和稳健的胡适同样一开始就召唤着"革命"。下列史实在今天已经为人们一再提及：

1915 年夏天，胡适与朋友们在伊萨卡（Ithaca）关于中国文学的讨论，已经触及到了"革命"的口号。"任叔永（鸿隽），梅觐庄（光迪），杨杏佛（铨），唐擘黄（钺）都在绮色佳（Ithaca）过夏，我们常常讨论中国文学的问题。……我那时常提到中国文学必须经过一场革命；'文学革命'的口号，就是那个夏天我们乱谈出来的"。① 当年 9 月 17 日，在送梅光迪往哈佛大学的一首诗中，胡适第一次启用"文学革命"概念：新潮之来不可止，文学革命其时矣。② 一年之后的 1916 年 8 月，胡适分别致信陈独秀与朱经农，通报了这一场"文学革命"的议论，并且将自己的主张归结概括为八点要义。再过一年，这八点要义就刊登在了《新青年》第 2 卷第 5 号之上，形成了彪炳史册的"八事"之论，虽然一度为了规避"美国的朋友"（梅光迪、任鸿隽等人）的意见，也顾忌到国内某些守旧势力的反对，胡适将"革命"一词调整为"改良"，所谓"文字题为《刍议》，诗集题为《尝试》，是可以不引起很大的反感的了"③。"谓之刍议，犹云未定草也，伏惟国人同志有以匡纠是正之"④。但是，变革求新的初衷并没有丝毫的放弃，在后来的表述中，"革命"一语依然频频出现。从 1920 年代初借《尝试集》自述"个人主张文学革命的小史"，⑤ 到 1930 年代中直接用"文学革命"描述新文学思潮的产生，⑥ 概念一以贯之，他还赞叹"革命"论述更坚决的陈独秀说："当日若没有陈独秀'以不容反对者有讨论之余地'的精神，文学革命的运动决不能引起那样大的注意"，"至

---

① 胡适：《逼上梁山》，《胡适全集》第 18 卷，合肥：安徽教育出版社，2003 年，第 103 页。

② 胡适：《留学日记》，《胡适全集》第 28 卷，第 268 页。（《逼上梁山》中再引此诗时标点小有差异。）

③ 胡适：《逼上梁山》，《胡适全集》第 18 卷，第 130 页。

④ 胡适：《文学改良刍议》，《胡适全集》第 1 卷，第 15 页。

⑤ 胡适说："我现在自己作序，只说我为什么要用白话来做诗。这一段故事，可以算是《尝试集》产生的历史，可以算是我个人主张文学革命的小史。"（胡适：《尝试集》自序，《胡适全集》第 1 卷，第 179 页。）

⑥ 胡适：《中国新文学大系·建设理论集·导言》，上海：上海良友图书公司，1935 年。

少还须经过十年的讨论和尝试"。①

当然,陈独秀的"革命"姿态在一开始就格外鲜明,郑振铎的判断到今天几乎成了文学史的不移之论:"陈独秀继之而作《文学革命论》,主张便鲜明确定得多了","他是这样的具有着烈火般的熊熊的热诚,在做着打先锋的事业。他是不动摇,不退缩,也不容别人的动摇与退缩的","革命事业乃在这样的澈头澈尾的不妥协的态度里告了成功"②。陈独秀《文学革命论》的若干"打倒""推翻"之辞似乎更能够表现一种激进决绝、不容丝毫妥协的"革命精神"。尽管如此,平心而论,在五四新文学破旧立新、开天辟地的语境之中,"刍议"也好,"革命"也罢,几乎都是同义语,胡适侧重述"白话",陈独秀偏向论"思想",但胡适、陈独秀一代都从根本上有别于梁启超等晚清士人,都是立足于"新思想"之上的语言文学主张,其变革求新的思想底蕴和历史效果并无本质的区别。陈、胡的差异也就是他们各自推行文学变革的策略出现了急缓之别:陈独秀以变革为不容商榷的目标,决意大力推行,而胡适的主张则相对稳健,更多策略性的考量。

但是,陈独秀的激进言辞似乎总能给人留下深刻的印象,以致或者"否定"或者"代替"了其他更为丰富的历史事实:在过去,是以这一激进的言辞为"革命"的正道,从而"否定"了胡适的"改良";在当下,则是以这样的言辞激进来想象整个的五四,包括胡适的态度、包括其他五四新文学作家的文学实践都被激进的想象所代替、所覆盖了。例如在郑敏先生著名的"世纪末回顾"中,胡适倡导白话新诗的姿态也被视作是不可理喻的决绝:"今天回顾,读破万卷书的胡适,学贯中西,却对自己的几千年的祖传文化精华如此弃之如粪土,这种心态的扭曲,真值得深思。"③ 这简直就是将胡适视作了陈独秀!

不仅胡适、陈独秀都一并被当作激进主义的典型,其他所有五四作家面对传统的不同态度以及文学创作的实际表现,也都被统统忽略,甚至"打包"批评。这都大大地背离了五四新文学运动的基本史实。钱玄同主张过"废除汉字",这里的"革命"是激进的,但激进的他同时也是中国传统语言文化杰出的研究者,为中国文字学、音韵学的现代发展做出了巨大的贡献,他的目标不

---

① 胡适:《五十年来中国之文学》,原载《申报》1922 年 50 年纪念特刊,《胡适全集》第 2 卷,第 332 页。
② 郑振铎:《中国新文学大系·文学论争集·导言》,《中国新文学大系·文学论争集》,上海:上海良友图书公司,1935 年,第 2—3 页。
③ 郑敏:《世纪末的回顾:汉语语言变革与中国新诗创作》,《文学评论》1993 年 3 期。

是为了摧毁传统文化,而是为现代文化与现代文学的发展打开空间:"汉字不革命,则教育决不能普及,国语决(绝)不能统一,国语的文学决(绝)不能充分的发展。"① 一度附和钱玄同的主张,视汉字为"野蛮文字"的傅斯年,却对新文学的建设有过一系列相当深入的讨论:关于"人化文学",关于新文学的"心理改换"等等,他还清醒地意识到,文言白话各有优劣,不能"举文词之用一括而废之","与其谓'废文词而用白话',毋宁谓'文言合一',较为惬允"②。这样的探索无疑极具建设性,洋溢着睿智的理性的力量。声称"我那时对于'文学革命',其实并没有怎样的热情"③ 的鲁迅,始终以自己独树一帜的创作坚实地推进着新文学的发展,《狂人日记》中"吃人"的发现与其说是对中国文化的宣判,毋宁说是对现实伦理秩序虚伪性的"透彻"感受。将独特的情绪化状态下感受与表达的"透彻"混同于学术判断的"偏激",这样的逻辑当然不是回归了历史,而是与历史更加的隔膜和疏远了。至于五四新文学运动中更年轻的作家如创造社、新月派同人,更直截了当地表述过对传统文化的认同,这当然更不属于所谓"激进"的"文学革命"了。

即便是言辞激进如陈独秀者,归根结底,激进的也不过就是他的"武断"的诉求,除了令胡适这样谨慎的"同志"感佩于"老革命党"精神激励外,其实也并未产生任何对当时文坛的强制性力量,更不用说是暴力性地破坏了,实践形态的五四新文学依然遵循文学发展的规律在自由、自在地前行,本土的、外来的、古典的、现代的文化都同时地多方位地施展着各种的影响,综合性的能量让它内蕴丰富、元气充沛。

值得警惕的还在于,对所谓五四文学"激进革命"的批判还形成了某种似乎不言自明的本质化命题:革命就是激进,革命就是暴力破坏,因而是与文明的理性格格不入的。这样的命题本身就是虚假的,因为任何社会文化现象都只能置放在具体的历史语境中加以核定和分析。众所周知,近现代西方思想史的研究范式发生了所谓"斯金纳革命",这就是不再将某一个思想观念当作永恒不变的存在,而是从观念回到语境,"历史地"理解思想,即回复到一定的历史背景中去挖掘具体概念的意义。"正是政治生活本身向政治理论家们提出了一些重大课题,引起了对许多结论的怀疑,使一系列相应问题成为辩论的主要

---

① 钱玄同:《汉字革命》,《国语月刊》1923 年 1 期。
② 傅斯年:《言文合一草议》,《傅斯年全集》第 1 卷,长沙:湖南教育出版社,2003 年,第 14 页。
③ 鲁迅:《〈自选集〉自序》,《鲁迅全集》第 4 卷,第 455 页。

对象"①。换句话说,试图将"革命"本质化为适应于一切时代的、具有同一种内涵的抽象行为,这只能是臆想的、虚假的。"革命"的产生是否合理取决于腐朽的社会文化力量是否具有绝对的压制性力量,让局部的自我调节功能失效;"革命"的行动是否"暴力"和"偏激"也取决于革命活动的主体是否掌控了绝对的支配性权力,可以大范围地强制改变他人的命运。恰恰是在这两个方面,今天质疑五四文学革命的论者都严重地误读了历史——正视近代以来中国文学与文化自我更新的种种艰难,我们其实不难理解陈独秀、胡适们勉力冲决传统文化结构的"革命"勇气;理解了这些文学革命倡导者原本就是手无权柄的知识分子,我们也就能够清楚地意识到,他们声嘶力竭的"武断"表达并不足以对他人产生强迫性的压制性的或者破坏性的力量,充其量也不过就是一种高分贝的激情表述而已,"革命"在这里与其说是更具有改变现实的暴力活动,毋宁说更属于一种文学性的表达,一种对个人愿望的精神比喻。

对于这一文学性的精神愿望,我们当给予更多的温情和理解。

在中国现代文学发展的历史中,五四文学革命留给后人的第一感受也不是暴力和破坏,在承袭了五四文化成果的人们那里,我们首先读到的就是这样的理解和认同。

继五四新文学先驱的自我表述之后,较早在文学史中以"革命"命名这一段历史的是陈子展的《中国近代文学之变迁》②,该书最后一节命名为"十年以来的文学革命运动"。自此,"革命"的命名逐渐在史学界流传开来。另外有学者以平心编《全国总书目》、阿英编《中国新文学大系·史料索引》(1927—1937)、《民国时期总书目》等资料为基础加以统计,发现这一时期(1928—1937)产生的六十余种文学史著中,设专章论述"文学革命"的就不下20种。③ 如果扩大视野,我们更可以发现,对"文学革命"的总体认可,不仅导源于历史当事人,不仅普遍见于继承了左翼文化的大陆文学史,就是在今天台港及海外的中国现代文学叙述中,也已经是属于历史的"基础知识"了。

对于五四文学"革命"的质疑出现在1990年代以后。质疑的声音来自三

---

① [英]昆廷·斯金纳:《现代政治思想的基础》,段胜武、张云秋、修海涛等译,北京:求实出版社,1989年,第2页。

② 陈子展:《中国近代文学之变迁》,上海:中华书局,1929年,这里引自上海古籍出版社,2000年,第674页。

③ 余来明:《"文学"如何"革命"——近代"文学革命"话语的生成》,《中国地质大学学报》2008年第4期。

个方面，一是 1990 年代开始逐渐强盛的"后现代"及"后殖民批判"思潮，这一思潮对西方现代文化的反思直接波及了以"引进西方文化"为期许的五四，在有形无形间给五四的"文学革命"活动涂抹上了一层"追随西方""被西方文化殖民"的色彩；二是新世纪以来出现的"传统文化复兴"的思潮，作为"激烈反传统"的五四再一次被视作"偏激""破坏"的代表，成为百年来传统文化失落的罪魁祸首；三是现代知识分子内部出现的"告别革命"之声，虽然这里真正想"告别"的是左翼革命，但是作为现代"革命"话语的重要源头之一，"五四"显然也难辞其咎。

平心而论，任何一种质疑都有助于学术思想在自我反省中健康发展，对五四的质疑也是如此。不过，应当看到，到目前为止，以上三个方面的质疑都更多地停留于批判者自己的理论推演，而与"五四"本身的历史事实相去甚远：五四思想阵营的丰富与复杂完全超出了某一"文化移植"的简单判断，事实很清楚，经过"五四"走向"现代"的中国人不是继晚清之后进一步强化了"被殖民"的可能性，而是有了充分的独立成长的空间，国家民族的自主性获得了空前的增强，在五四"文学革命"中诞生的新文学寻找到了表达现代中国人思想与情感的路径，它虽然有别于中国古典文学，但绝不是外国文学的中文译本，依然是中国语言与中国文化的创造性表述；无论"革命"是否应该或者能否真正"告别"，有一个基本的事实我们都不该遗忘：那就是五四的"文学革命"本身也曾在后起的左翼"革命文学"时代承受批判和挑战，这里所包含的问题还不是"五四"正确抑或"左翼"正确的分歧，而是说其实"革命"本身就是丰富而多样的，此"革命"的逻辑未必就能够通用于彼"革命"，对"革命文化"展开笼统的否定和肯定都是十分危险的，也完全缺乏必要的说服力。

如前所述，判断"革命"是否必要和这样的"革命"是否暴力，都只能在特定的历史语境中进行。在五四的历史里，所谓激烈的"革命"辞藻也不过就是传播与动员的情绪性需要，它从来就没有代替过更为丰富也更为坚实的"革命性"的创造，用胡适的话来说就是一种"建设的"革命文学论，而"激进"的陈独秀其实也有着十分理性的文化设想："我们因为要实验我们的主张，森严我们的壁垒，宁欢迎有意识有信仰的反对，不欢迎无意识无信仰的随声附和。但反对的方面没有充分理由说服我们以前，我们理当大胆宣传我们的主张，出于决断的态度；不取乡愿的，紊乱是非的，助长惰性的，阻碍进化的，没有自己立脚地的调和论调；不取虚无的，不着边际的，没有信仰的，没有主张的,超实际的,无结果的绝对怀疑主义。"① 在这里,陈独秀就已经不是粗鲁地"不容反对者有讨论之余地"了,而是理性而策略地召唤或者说激发着"思想的歧见"。

总之,对于五四而言,"革命"其实是当时新文化知识分子的共识,而就是这样的共识推动了而不是阻碍了历史的发展,也是这样的共识激发了而不是压制了传统文化再生的活力。

二、"革命"与"复兴"

"革命"是新文学运动倡导者对自我历史使命的特殊表述,也是新文学作家借以打开新空间的理由和途径。无论是倡导者还是实践者,"革命"本身以及"革命之后"所产生的灵感都可谓是丰富多彩的,值得我们多方位观察。其中,特别值得注意的就是五四时期出现的另外一个重要理想:文艺复兴。

"革命"比喻的是奔向未来的决绝,而"复兴"则架设起了传统与现代之间的桥梁。胡适"文学革命"的构想诞生于留美时代。1915 年,在他的"革命"设想初次遭遇到同学好友的质疑之时,他就试图援引欧洲文艺复兴的历史经验来说服反对者,证明白话文学运动乃是世界性的历史动向。在 1916 年 4 月 5 日的日记中,他将酝酿中的"文学革命"比之欧洲文艺复兴时期的语言革新运动。② 此时的胡适未必对文艺复兴有着多么完整的理解,但"文学革命"与"文艺复兴"的精神连接却可谓是就此达成了。1917 年 6 月,在归国途中,胡适读了厄迪丝·薛谢儿(Edith Sichel)所写的《文艺复兴》一书,获得了对欧洲历史的这一重要事件的系统认识,从此自觉地将白话文、中国新文化运动与欧洲文艺复兴相提并论。在接来下的新文学理论阐发中,胡适既大谈"刍议""改良"与"尝试",也不断论述"文艺复兴"的意义,1919 年 12 月,他概括五四"新思潮"就是"研究问题、输入学理、整理国故、再造文明"③,这样的概括就透露出了"返古开新"的文艺复兴意味,在晚年的口述自传中,胡适明确指出,他喜欢"'文艺复兴'这一名词,认为它能概括这一运动的历史意义"④。在 20 年代至 60 年代的海内外演讲中,"文艺复兴"更是不绝于

---

① 陈独秀:《新青年宣言》,《新青年》7 卷 1 号,1919 年 12 月。
② 胡适:《逼上梁山》,《胡适全集》第 18 卷,第 108 页。
③ 胡适:《新思潮的意义》,《胡适全集》第 1 卷,第 691 页。
④ 唐德刚译注:《胡适口述自传》,第 175 页,《胡适全集》第 18 卷,第 337 页。

口,最终被誉为"中国文艺复兴之父"。

胡适的"文艺复兴"之论自然也影响到了一批青年知识分子,包括众所周知径取英文 Renaissance 为刊名的罗家伦等"新潮同人",① 远在湖南长沙的青年毛泽东也在《湘江评论》创刊宣言中立论:"自文艺复兴,思想解放,'人类应如何生活,就成了一个绝大的问题。从这个问题加以研究,就得了'应该那样生活''不应该这样生活'的结论。"②

值得注意的是,在胡适受惠于欧洲文化词语与思维的同时,自晚清开始,中国知识分子中就实际存在着一股"文化复兴"的思想潜流。作为学术史的阐发,梁启超曾经认为清代学术"以复古为解放",近似于欧洲的文艺复兴,他在 1904 年的《论中国学术思想变迁之大势》中,把清代学术称为"中国之文艺复兴时代",至 20 年代他仍然坚持此说,影响不仅达于学术思想的评判,而且构成为"东方文化派"的回归传统价值的文化主张,晚清国粹派以"古学复兴"作为欧洲"文艺复兴"的译法,表达了对中国古代文明的再兴的一种期望;作为政治理想的阐发,从国民党人的孙中山到共产主义信徒的李大钊都提出过"中华民族复兴"的愿景;作为面向西方的新型知识分子,蔡元培、蒋梦麟、黄远庸也都在此前此后论述过"文艺复兴"(或曰"文运复兴")的问题……

我以为各种不同的"复兴"思潮在当时实际上形成了一种努力发掘、激发传统文化的思想氛围。余英时认为,五四新文化运动并不是单一文化倾向的独立运作,包括保守主义在内的多种"心灵社群"都参与了"五四方案"的设计,"五四的思想世界由很多变动的心灵社群所构成。于是,不仅有许多不断变动又经常不断冲突的五四方案,而且每一方案也有不同的版本"③。换句话说,这些强调传统文化资源的思想同样有形无形地影响着五四"文学革命"的内涵、方向与限度,"革命"与"复兴"的不断对话应该就是当时历史场域的

---

① 《新潮》之英文名为 The Renaissance,新潮社同人 1922 年在《新潮社的最近》中说过:"二三年来中国青年思想界的变动,很有些人比之欧洲的文艺复兴(Renaissance),最先引用这一个字的就是我们。"(《北京大学日刊》1922 年 12 月 27 日)罗家伦后来也在《话五四当年》一文中说:"《新潮》的英文名称是 Renaissance(文艺复兴),乃是表示我们的新文化运动很像欧洲的文艺复兴运动。"(收入陈少廷:《五四运动与知识青年》,台北:环宇出版社,1974 年,第 3—4 页)

② 毛泽东:《创刊宣言》,《湘江评论》1919 年 7 月 14 日创刊号。

③ 余英时:《文艺复兴乎?启蒙运动乎?——一个史学家对五四运动的反思》,《五四新论:既非文艺复兴亦非启蒙运动》,台北:联经出版事业公司,1999 年,第 26 页。

基本事实,"革命"如何牵引着"复兴",同时,"复兴"如何内化于"革命",可能是五四新文化研究的一个亟待深化的课题。

如果说"革命"是指向对古老传统的批判与扬弃,那么"复兴"则强调传统精神的激发与再生,"革命"与"复兴"其实就是五四时期"互文"的两个面相,它们相互生发,相互支撑,相互补充,见证了五四"文学革命"的丰富性和建设性。此情此景,在当时的新文学活动中就有生动的体现,《新潮》主编傅斯年1919年9月在《新潮之回顾与前瞻》一文中告诉我们:"子俊要把英文的名字定做 The Renaissance,同时志希要定他的中文名字做'新潮',两个名词恰可以互译。"的确,代表"激进革命"的"新潮"与再认"传统"的"复兴"在当时真的实现了联通、"互译"。①

除了五四新文化派与保守派在"复兴"指向上的差异,就是五四新文化派内部的"复兴"取向亦有不同。

对于"中国文艺复兴之父"的胡适及其影响下的《新潮》同人,所谓"复兴"其实更倾向于在一种"师出有名"的前提下引进外来思想。20世纪之初,Renaissance 已有了"文艺复兴""古学复兴"等中文译名,但1917年的胡适在读到 Edith Sichel 的《文艺复兴》(Renaissance)之后,却依然将其改译为"再生时代",这里存在的差异耐人寻味,"复兴"突出的是对既往文化的启用,而"再生"则强调了今日生命的成长,相近的词汇已经有了不同的指向。在《新思潮的意义》一文中,胡适既归纳了"研究问题、输入学理、整理国故、再造文明"的十六字精神,同时又强调说:"据我个人观察,新思潮的根本意义只是一种新态度。这种新态度可叫作'评判的态度'",而"评判的态度"最终"总表示对于旧有学术思想的一种不满,和对于西方的精神文明的一种新觉悟"。② 以"中国文艺复兴"来定义胡适的美国学者 J·格里德也准确地指出:胡适追寻的"再生""不是通过任何实际意义上的古老文明的再生来实现的,而是通过创造一种新文明来实现的"。③《新潮》虽有"The Renaissance"之名,但这一杂志从《发刊旨趣书》开始所强调的就还是如何"脱弃旧型","渐入世界潮流"。④

---

① 原载《新潮》第2卷第1号。子俊(徐彦之),系新潮社干事部主任干事,志希即罗家伦。
② 胡适:《新思潮的意义》,《胡适全集》第1卷,第692、695页。
③ J.格里德:《胡适与中国的文艺复兴——中国革命中的自由主义(1917—1937)》,南京:江苏人民出版社,1996年,第336—337页。
④ 《新潮发刊旨趣书》,《新潮》1919年1卷1号。

但五四新文化派之中还有与众不同的郭沫若。这位一意发动"文学革命第二阶段"的新文学大将①，最早在《中国文化之传统精神》与《一个宣言》等文中发出了别具一格的"复兴"论述。他称先秦时代是"中国思想史上的一个 Renaissance，一个反抗宗教的，迷信的，他律的三代思想，解放个性，唤醒沉潜着的民族精神而复归于三代以前的自由思想，更使发展起来的再生运动"②。而当前文艺的任务就是："我们要把固有的创造精神恢复，我们要研究古代的精华，吸收古人的遗产，以期继往而开来。"③ 郭沫若祭出了一个神圣的"三代以前"的文明理想，与其说这是对古代"国粹"的发掘，不如说是对民族精神的一种想象性激发；与其说是对传统文化的一种"保守"，还不如说是对未来新文化的另类开拓。众所周知，中华文明的起源从来都是一个史学难题，以现代科学思维为基础的"疑古辨伪"动摇了以"神话传说"为载体的远古历史认知，号称国家重大工程项目的三代（夏商周）断代工作迄今步履艰难、争讼不休，所谓"三代以前"就更是虚无缥缈了。但是郭沫若却不以为意，他满怀信心地论证这"三代以前"："（所以）我们纵疑伏羲、神农等之存在，而我们有这样一个时代，这时代的思想为一些断片散见于诸子百家，我们怎么也不能否定。我们研究希腊哲学而认 Thales，Pythagoras，Heraclitos 等之存在，然而这些学者的完全的著述早已经莫由寻觅了。关于他们，我们所能知道的，亦不过一些后人的传说与断片的学说而已。象不能因为没有完全的著述，便把这些希腊的学者抹杀了一般，我们怎么也不能由中国思想史上把三代以前的这一时代的存在轻轻看过了。"④ 郭沫若在这里的论述虽然还不具备十足的"史料"基础，但是却无疑具有思维方式上的启示意义。

与现代保守主义、复古主义试图对抗新文化不同，郭沫若以想象中的"三代以前"的文明继续实施对传统沉疴的抨击和批判："春秋末叶以来蓬蓬勃勃的自由思索的那种精神，事实上因此而遭受了一次致命的打击。"⑤ "固有的文化久受蒙蔽，民族的精神已经沉潜了几千年，要救我们几千年来贪懒好闲的沉

---

① 郭沫若：《文学革命之回顾》，《郭沫若全集·文学编》第 16 卷，北京：人民文学出版社，1989 年，第 98 页。

② 郭沫若：《中国文化之传统精神》，《郭沫若全集·历史编》第 3 卷，北京：人民出版社，1984 年，第 257 页。

③ 郭沫若：《一个宣言》，《郭沫若全集·文学编》第 15 卷，北京：人民文学出版社，1990 年，第 222 页。

④ 郭沫若：《中国文化之传统精神》，《郭沫若全集·历史编》第 3 卷，第 255 页。

⑤ 郭沫若：《吕不韦与秦王政的批判》，《郭沫若全集·历史编》第 2 卷，第 245 页。

疴，以及目前利欲熏蒸的混沌"①。但是，在另一方面，与胡适、陈独秀等的理性的"世界主义"追求比较，郭沫若的描述却洋溢着文学式的想象与激情，体现出了一种重建中国文明之魂的勃勃雄心："我唤起周代的雅伯，/我唤起楚国的骚豪，/我唤起唐世的诗宗，/我唤起元室的词曹，/作《吠陀》的印度古诗人哟！/作《神曲》的但丁哟！/作《失乐园》的米尔顿哟！/作《浮士德悲剧》的歌德哟！"②

郭沫若式的"复兴"理想完全跳出了中西古今之争的窠臼，如涅槃的凤凰般在想象的空间自由翱翔，什么古代文化传统，什么西方文化，统统都成了他开拓创新的素材。这种"六经注我"的思维可能与其他五四知识分子以"学理"为基础的发言截然不同，但却又在另外一个层面上更加生动地契合了五四时代的"文学革命"的特质：独创、想象、开拓，这不就是这一历史时期最神圣的使命么？

文学革命与如此丰富的复兴理想联袂而行，五四时代的博大精深值得我们继续挖掘。

三、"革命"的多重声音

回到历史的现场，我们不难感受到五四文学革命种种丰富的内涵。但是，我们也应当承认，在一个相当长的时间内，我们对五四"革命"话语的理解的确比较狭隘，也充满了排他性，即一味强化它绝不妥协的坚定态度，结果便是排除了五四文化圈中原本具有其他多样化的丰富的追求。在"文学革命"的阵营内部，我们竭力突出陈独秀与胡适的差异，无视胡适自己对"革命"与"改良""尝试"的交替使用，无视胡适与陈独秀的相互支持和认同，这样一来，与胡适相连的其他一些"革命"的论述（包括文艺复兴思想）也就被严重忽略了；同样，在陈独秀被我们推举为"激进革命派"之后，他的另外一些理性而睿智的发言也同样被有意无意地一再掩埋，难见天日。例如，在激情式的"打倒"宣言之外，陈独秀依然强调了可持续性制度建设："革命只是新旧制度交替底一种手段，倘革命后而没有一种新的制度出现，那只能算是捣乱，争权利，土匪内乱，不配冒用革命这个神圣的名称。"③ 在倡导"文学革命"

---

① 郭沫若：《论中德文化书》，《郭沫若全集·文学编》第15卷，第155页。
② 郭沫若：《创造者》，《创造季刊》1922年1卷1期。
③ 陈独秀：《革命与制度》，《新青年》1921年9卷3期。

之时，他也不是如我们过去所理解的那样，仅仅将文学当作改造社会的工具，相反，对于文学自身的独立价值也提出了相当精辟的见解："文学美术里面，也许有人喜欢加上一点社会化的色彩，描写到妇女问题和劳动问题；从事社会运动的人，也许要很留意文学美术哲学科学做他们社会运动底工具；但这两类事业底本身，仍然是两件事，不可并为一说。或者有人一方面从事文化运动，一方面又从事社会运动，这只可说一个人兼做两类的事，不可以说这两类事是一类。"①《文学革命论》中的这一段话也并没有引起足够的重视：

> 文学之文，特其描写美妙动人者耳。其本义原非为载道有物而设，更无所谓限制作用，及正当的条件也。状物达意之外，倘加以他种作用，附以别项条件，则文学之为物，其自身独立存在之价值，不已破坏无余乎？②

将"文学"从"载道"中解放出来，进而探索"文学"本身的价值，这就不是用一种意识形态代替另外一种意识形态那么简单了，当然也不是一个"打倒""推翻"的宣判就能够解决问题的，从更深的意义上讲，陈独秀的"文学革命"主张既不是简单利用文学来完成政治革命、社会革命，当然更不是"革文学之命"，他是在提醒我们，应该对文学的价值和意义做出全新的探索。

总之，如果始终囿于"推翻"与"打倒"的排他性思维，我们就很难发现"文学革命"的多种可能，一个失去了内部周旋空间和必要弹性的理论主张只能是僵硬的、封闭的，而一旦历史的要求发生变化——如尊重传统重新成为时代的命题，那么我们曾经引以为自豪的五四文化就不仅无法回应，而且连自己应有的价值也饱受质疑了。

"革命"话语是不是仅仅存在于新文学运动的主流知识分子之中，而与其他文化派别毫无关系，甚至其他的知识分子都不过是"革命"的反动派呢？其实历史远比我们的革命/反动或者进步/落后要复杂得多。

在五四新文化派之外的知识分子群体，如国粹派、东方文化派、学衡派、甲寅派等等一直都被判定为五四文学革命"推翻"与"打倒"的对象。其实，尽管这些知识分子派别并不属于严格的"文学革命"圈，但是作为大的社会历

---

① 陈独秀：《再答胡适之》，王观泉选编：《独秀文存》，贵阳：贵州教育出版社，2005年，第268页。

② 陈独秀：《文学革命论》，《新青年》1917年2卷6号。

史氛围——变革图强、文艺复兴的不同方式的参与者,他们也与陈独秀、胡适们建构着思想砥砺与对话的关系,虽然他们对"复兴"的理解更趋保守,与胡适指向不一,更与郭沫若思维有异,但是却共同夯筑着现代文化的发展,营造着更大范围的彼此可以交流的"五四文化圈"①。"文学革命"作为一个时代的主流话语,虽可以昂首前行,但也从整体场域的信息交换中获益多多,包括知识、思维和语言方式。胡适的文艺复兴史观,将"清学的勃兴"视作为"复兴"第三时期②,这显然是应和了梁启超以降的学术史观念,没有近代知识分子对中国古代文化的"复兴"理想,恐怕也没有郭沫若"更上层楼",将理想的愿景上溯到中国历史的源头。

梳理五四文学的"革命"话语,我们还有必要还原"革命话语"的源流,在晚清以来流转演化的"革命"长河中准确辨认,从而揭示出五四命题承先启后的历史意义。

强调五四"文学革命"话语的历史流变性可望澄清两个方面的问题:第一,这场"革命"不是"五四"一夜间陡然降临的,不是少数"先驱者"一时间的心血来潮;第二,"文学革命"话语在中国近现代思想的发展中,具有丰富历史资源,尤其在后来新的革命话语崛起之后加以反观,更可见出其不可代替的历史地位。

对五四新文化运动的质疑,最容易将胡适、陈独秀等新文学先驱的"革命"主张视作少数人的冲动,以突出他们如何以个人意愿"断裂"了中国文学传统的非理性。其实,早在1925年,胡适就指出:"新文学运动,并不是一人所提倡的,也不是最近八年才提出的,新文学运动是历史的,我们少数人不过是承认它这种趋势,替它帮忙使得一般人了解罢了。"③ 这里道出的就是一种历史的长时段观察。

就是在历史的长时段观察中,我们发现五四文学之"革命"其实是近代以来多重"革命"意涵交融生成的结果。

众所周知,最早源自《易经》的"革命"一词包含了暴力性的指义,所谓"汤武革命""革其王命",明治维新之后的日本以"革命"翻译西方的revolution则剔除了其中的暴力内涵,换之以"尊王改革"的所指,20世纪初

---

① 李怡:《谁的五四——论"五四文化圈"》,《中国现代文学研究丛刊》2009年第3期。
② 唐德刚译注:《胡适口述自传》,《胡适全集》第18卷,第336页。
③ 胡适:《新文学运动的意义》,原载《晨报副刊》1925年10月10日。

年，改头换面的"革命"获得了梁启超的认可，他再度引进"革命"来描述中国问题之时，"革命"也就成了非对抗性的改革之意，诗界革命、小说界革命、文界革命等等都肇始于此，并对近代以来的中国文学改革观产生了至关重要的影响。不过，就在梁启超的改革时代，出于对国内政治与政权的极度失望，对"革命"的暴力性需要也逐步增长，冯自由的《革命逸史》描绘了这一重要的变化："在清季乙未（清光绪二十一年）年兴中会失败以前，中国革命党人向未采用'革命'二字为名称。从太平天国以至兴中会，党人均沿用'造反'或'起义''光复'等名辞。及乙未九月兴中会在广州失败，孙总理、陈少白、郑弼臣三人自香港东渡日本，舟过神户时，三人登岸购得日本报纸，中有新闻一则，题曰支那革命党首领孙逸仙抵日。总理语少白曰，革命二字出于《易经》'汤武革命顺乎天而应乎人'一语，日人称吾党为革命党，意义甚佳，吾党以后即称革命党可也。"① 于是，在"革命党"这里，"革其王命""王者易姓"的中国本义重新得以启用。

梁启超有改良式革命，革命党有暴力式革命，不过，"革命"的分野却不是根据学者与政治家的身份而定，伴随着中国政治生态的日益劣质化，暴力式革命的理念显著增强，它改变着人们先前的认识，也扩大着自己的影响。章太炎曾经在《时务报》上撰文提倡"以革政挽革命"②，但他终于还是成了"顺天以革命者"。③ 就是梁启超主办的《清议报》与《新民丛报》上，也不乏蒋智由这样的"革命"语汇："世人皆曰杀，法国一卢骚。民约昌新义，君威扫旧骄。力填平等路，血灌自由苗。文字收功日，全球革命潮！"④

五四新文学运动，出现在辛亥暴力革命之后，又经历着现实政治的种种失望，革命党式的情绪和方式显然具有相当的影响力，陈独秀就明确指出："像中国这样知识幼稚没有组织的民族，外面政治的经济的侵略又一天紧迫似一天，若不取急进的 Revolution，时间上是否容我们渐进的 Evolution 呢？"⑤ 胡适谈起陈独秀："这样武断的态度，真是一个老革命党的口气。我的一年多的文学讨论的结果，得着了这样一个坚强的革命家做宣传者，做推行者，不久就成为一个有力的大运动了。"⑥ 语气中显然流露着相当的赞许和欣赏，"老革命

---

① 冯自由：《革命二字之由来》，原载《逸经》1936年1期。
② 章太炎：《论学会有大益于黄人亟宜保护》，原载《时务报》19册，1897年。
③ 章太炎：《正仇满论》，原载东京《国民报》1901年8月第4期。
④ 蒋智由：《卢骚》，原载《新民丛报》1902年3月第3号。
⑤ 陈独秀：《文化运动与社会运动》，《新青年》1921年9卷1号。
⑥ 胡适：《逼上梁山》，《逼上梁山》，《胡适全集》第18卷，第132页。

党"的形象颇为正面。但与之同时,梁启超式的思维影响犹存。胡适、陈独秀、鲁迅、周作人等都坦言过梁启超对他们的重要影响,新文学人士承认倡言"文学革命",不能忽视梁启超的开拓之功:"梁任公先生实为近来创造新文学之一人。……鄙意论现代文学之革新,必数及梁先生。"这还是"激进"的钱玄同的判断。① 曹聚仁更称:"近五十年间,中国每一知识分子都受过梁启超的影响,此语绝无例外。"② 总之,"梁先生"的身影依旧行游于五四文坛,渗透成为这个时代"革命"话语的组成部分。过去的五四研究,一般是因循"辛亥革命"的历史逻辑追寻向前,在"新民主主义革命"取代"旧民主主义革命"的方向上梳理时代的变迁,"隔代"的梁启超似乎早已被"定格"在了晚清,再难对勇猛的五四产生什么实质影响了。其实,梁启超热切地关注和参与了五四新文化"方案"的设计,创作白话文,介入新文化期刊创办(如《解放与改造》《晨报》及副刊、《时事新报》和副刊《学灯》等),不断著述,发表对文化和文学问题的独到的意见。一方面,他赞赏胡适的白话文尝试,批评那些攻击白话文运动的守旧之论:"《尝试集》读竟,欢喜赞叹得未曾有,吾为公成功祝矣。"③"忽然把他(白话诗——引者注)当洪水猛兽看待起来,只好算少见多怪"。④ 另一方面,他又反对将白话文当作唯一的语言工具,称"这种偏激之论,也和那些老先生不相上下。……如其不然,文言诚属可厌,白话还加倍可厌"⑤。这里所表现出来的语言革新态度是谨慎的。在文化革新方面,他提出了"化合"论,既对外来文化开放,又与以"本社会遗传共业"为基础完成"自然的浚发与合理的箴砭洗炼"⑥。较之于笼统的"中西文化融合"说,梁启超的"化合"论更清晰地传达了重建本民族文化主体性的目标,即所谓"把自己的文化综合起来,……成了一个新文化系统"⑦。"拿西洋文明来扩充我的文明,又拿我的文明去补助西洋文明,叫他化合起来

---

① 钱玄同:《致陈独秀》,《新青年》1917年3卷1期。
② 曹聚仁:《文坛五十年》,北京:生活·读书·新知三联书店,2011年,第72页。
③ 梁启超:《梁启超致胡适》,杜春和等编,《胡适论学来往书信选》下册,石家庄:河北人民出版社,1998年,第1234页。
④ 梁启超:《晚清两大家诗钞题辞》,《饮冰室合集·文集之四十三》,北京:中华书局,1989年,第73页。
⑤ 同上。
⑥ 梁启超:《先秦政治思想史》,《饮冰室合集·专集之五十》,第7页。
⑦ 梁启超:《欧游心影录节录·中国人对于世界文明之大责任》,《饮冰室合集·文集之二十三》,第37页。

成了一种新文明"①。"新的文化系统""新文明"当然就不是我们通常所谓的"中体"或"西体",梁启超在这里的主张已经与陈旧的"中体西用"有所差异,代表了五四文化革新时代的一种新的构想。

如果说激进的"革命"宣言主要还是属于一种"突围性"的策略,那么对语言资源的审慎处理,和对民族文化主体性的重建则可以说是新文学创作的实际态度。在这层意义上,我们也可以说梁启超式的理性部分地道出了文学创作者的真实心态。在五四文坛,我们看到了宣传口号的二元对立——传统/现代,文言/白话,保守/进步等等,但真正的五四文学却往往是多种文化元素的交融共生,郭沫若的《女神》有着屈骚的神采,宗白华《流云》承袭了古典的意境,郁达夫的小说摇曳着传统的才子佳人身影,闻一多、徐志摩、朱湘寻觅着传统的意象,"问题小说"中的主人公也不乏传统士大夫的精神底蕴,鲁迅是旗帜鲜明地支持白话文运动,甚至激情宣示:"我总要上下四方寻求,得到一种最黑,最黑,最黑的咒文,先来诅咒一切反对白话,妨害白话者。"②但到了实践领域,却常常徘徊于白话/文言的选择矛盾之中,"然纯用俗语,复嫌冗繁"③,最终,"采说书而去其油滑,听闲谈而去其散漫,博取民众的口语而存其比较的大家能懂的字句,成为四不像的白话"④。"四不像"铭刻着鲁迅写作艰难求索的烙印,作为新文学的创造者,鲁迅有理由选择一切他认为恰当的语言资源,这里消弭了刻意的古今中外之别,也远远超过了陈独秀、胡适以及鲁迅自己的激越宣言,如何让有限的文字承载起更丰富更复杂的思想情感,这就是新文学创作的至高目标,实现这一目标,就是写作实践的"革命"。

多重"革命"话语的融会形成了我们所说的"文学革命"的复杂与丰富,撑开了新文化发展的巨大空间,为诸种思想在矛盾中回旋补益留下了余地。今天,在新文学运动百年纪念之日,等待人们领悟的正是这样阔大而非逼仄的历史内涵。

---

① 梁启超:《欧游心影录节录·中国人对于世界文明之大责任》,《饮冰室合集·文集之二十三》,第35页。
② 鲁迅:《朝花夕拾·二十四孝图》,《鲁迅全集》第2卷,1981年,第251页。
③ 鲁迅:《译文序跋集·〈月界旅行〉辨言》,《鲁迅全集》第10卷,第152页。
④ 鲁迅:《二心集·关于翻译的通信》,《鲁迅全集》第4卷,第384页。

第三章 被忽略了的现代问题
——民族意识与国家观念的冲突融合

一、分裂的国家与民族意识

基于国家民族现状的危机意识是中国文学的现代转型的重要力量。众所周知，民族意识的兴起、国家观念的强化，是中国现代文学的重要特征，也是我们梳理和阐述现代新文学发生和发展的重要基础。不过，我们常常忽略的事实是：现代中国的民族意识与国家观念并不都是融为一体的，在有些历史阶段（如晚清、1930年代）还呈现出了某种紧张对抗的情形，"排满革命"与抨击国民党专制独裁所主导的"民族主义"曾经成为时代的主流，就是在国家民族危机空前的抗战时期，对国民党国家政权形态的质疑和批判也从未停止过，中国现代文学中"民族意识"与"国家观念"的矛盾冲突可谓"常态"，当然，在历史冲突的背后，我们依然可以发现现代中国知识分子重建现代国家观念、重构民族意识的执着努力，也可以说，如何在"现代"文化的精神基础上融合国家观念与民族意识是中国知识分子的不懈追求。在历史性的冲突与理想性的融合之中，我们可以深入挖掘现代知识分子的精神取向，呈现中国现代文学丰富而复杂的精神面貌。

对中国现代文学"民族意识"与"国家情怀"各自的研究由来已久。从王瑶、唐弢诸先生在新时期之初讨论"民族性"，"民族性格"到"重写文学史"潮流中所关注的"民族意识"，再到新世纪以来学界引入西方文学理论，在"民族国家"的概念框架中重述现代文学"民族"与"国家"关怀的基本脉络，以"民族意识""国家主义"为视角重新解读鲁迅、周作人、老舍、沈从文、闻一多等现代作家的创作，取得了引人注目的成绩，倪伟、张中良、罗岗、旷新年、杨剑龙、耿传明、汪卫东等学者均多有贡献。不过，到目前为止，更多的研究还是将"民族"与"国家"的剖析并列交互使用，较少注意到民族意识与国家观念的矛盾冲突，也没有仔细解读冲突之后中国作家融合的艰难努力。这就有可能忽略这一重大历史现象中的若干细节与复杂因素。

今天，我们的研究有必要充分展开这些一度为学界所忽略的精神现象，在矛盾冲突与融合互动的复杂结构中重述中国现代文学民族意识与国家观念的复杂构成。亟待展开的研究将以中国现代文学的历史发展为基本线索，梳理其民族意识与国家观念在不同历史时期的具体表现，重点呈现这两种思想在中国作家精神深处的矛盾、冲突，以及他们试图加以调和、融汇的种种努力，而冲突与调和的背后则揭示出了现代中国历史发展的诸多文化因素、权力博弈与思想的消长。现代中国精神艰难发展的图景也包含了这样的既冲突又融合的事实。

二、构建国家：民族意识研究的新图景

在我的设想中，具体的研究内容应当包括这样几个方面：

其一，近代中国"民族"与"国家"意识的兴起

这方面的研究必须以文献史料挖掘为基础，例如梳理作为名词概念的"民族"与"国家"，以及作为精神追求的"民族意识""国家观念"的来源与传播状况。一般认为，"民族"这个词，首先由日本的宫崎梦柳提出，他于1880年将法语翻译成日文时最早开始使用"民族"，到了1890年代，开始成为具有"种族学意义上的民族"（ethnic nation）概念，1910年代在东亚诸国得到普及。在中国，最早吸纳和传播"民族"的，是流亡日本时期的梁启超。他在1901年的《国家思想变迁异同论》中，频繁提到了"民族""民族主义""民族帝国主义"等词语。这便是"民族"一词在中国最早的传播。同样，在超越"普天之下莫非王土，率土之滨莫非王臣"的无边界的"国家"概念之后，我们也在晚清逐步确立了接近西方的现代的"国家"观念。这是一个边界明确、主权明晰的政治组织，与"国家"观念紧密相伴的就是如何使用武力或者合法暴力政府权力，以及如何维护公民的合法权利问题。与词语概念的日本输入路径有关，近代中国的"民族"与"国家"意识也深深地打上了历史焦虑的烙印，日本式的民族激进与国家主义思维清晰可见。这一部分将通过历史文献的梳理、词语文化的知识考古揭示中国知识分子的现代意义的"民族"与"国家"的信仰起源。

其二，从冲突到融合：晚清民初中国文学的民族意识与国家观念

这一部分的研究将通过晚清民初中国文学的表述，透视中国知识分子在民族认同与国家认同之间的两难抉择：在"驱除鞑虏，恢复中华"的激进种族主义诉求下，"国家认同"一度区隔于"民族认同"。辛亥先烈的诗文、梁启超的"新中国"想象分别体现了"民族革命"与"国家认同"的不同方向。虽然后来的革命进程与"民国理想"试图重新融合"民族"与"国家"，但是却也昭示了两者冲突的历史裂痕。

其三，现代革命文学：抵抗专制独裁的"国家"

这一部分以流变的现代革命文学为中心，考察"革命"的民族更新的诉求如何抵抗、消解以专制独裁为本质的"国家"观念。这里的革命既包括1920年代早期的"国民革命"，又包括1930年代的"左翼无产阶级革命"，前者对抗的是北洋政府的"国家"，后者对抗的是蒋介石独裁的国民政府的"国家"。期间，不仅有民族革新意识对国家主义的斗争，也有两种不同的民族意识的斗争（反抗国民党的"民族主义文学"运动）。

其四，民族危机中"民族意识"与"国家观念"的融合追求

这一部分将进一步考察现代中国的民族危机如何形成知识分子"民族意识"与"国家观念"的融合，追踪他们如何努力推进文学中"民族"与"国家"认同的一体化。作为文学思潮，我们将着重考察民国以来的"国语文学"运动，作为更大的社会文化思潮，我们将重审抗战文学中左翼与右翼如何共同打造"全民抗战""国家至上""抗战建国"等理想。当然，在国家政权还掌握在专制独裁者手里的时代（也就是国家权力的观念并未与公民权利协同发展的时代），这种"认同"与"融合"最终也还是脆弱的，我们依然可以觉察到抗战文学中的彼此分歧与批判性话语。

其五，民初遗民文学与抗战沦陷区文学中"民族"与"国家"的复杂纠葛

这是中国现代文学中较有特殊意义的两类：现实的"国家"形态与自身的"民族身份"发生了不同程度的分裂。前清遗民在古典诗词中表述与现实的隔膜，而沦陷区作家也借助传统文化等隐晦形式传达自己的身份尴尬，相关课题目前在学界还关注不够，值得我们深入展开。

其六，现代中国作家在"民族意识"与"国家观念"之间的不同选择

这一部分将考察现代中国作家中的几个代表——鲁迅、周作人、郭沫若、老舍、沈从文、闻一多等，解读和分析他们各自的"民族意识"与"国家观念"，以及在这一组中国式的矛盾形态中如何抉择。他们各自的选择正好构成

了现代中国精神发展的几大样本。

这一课题的研究将立足于梳理、再现中国现代文学流变中的民族、国家理念，但又不停留于对历史材料的静态呈现，而是以对"问题"的发掘和探究为重点，集中剖析为什么在列强环伺、危机四伏的现代中国，在"民族意识"与"国家认同"都亟待重构的时代，我们恰恰遭遇了这两者的矛盾与冲突，面临了种种融合协调的艰难与尴尬，种种错位的背后，又隐含着什么样的体制的、文化的、历史的"问题"？也就是说，透过文学现象的梳理，发现精神扭结的所在，才是我们研讨的重点。同时，我们对历史的考察，最终又将有助于解决当下的社会文化问题：在新世纪中国文学多元发展的今天，如何再审我们的民族意识与国家认同，使之能够摆脱那种种的矛盾与纠缠，实现更多的互动与协调，这可能是新时代的要求，也是现代中国知识分子走出"国家-民族"固有困局的必然。换句话说，如何"让历史告诉未来"，这是我们的学术目标。

三、历史事实与历史态度

新的研究就是我所谓的"大文学"意识的体现。以国家民族关怀为己任的中国现代文学不可能自缚于"纯文学"的藩篱之中，它们的所思所虑所求都与中国社会历史的诸多动向紧密相关，这就决定了我们的研究必须形成这样的自觉：

1. 尽可能返回现代中国历史的现场，在充分爬梳、整理和分析原始文献与第一手材料的基础上，对中国现代文学所表述的"民族意识"与"国家观念"加以挖掘、解剖，综合分析其不同时代、不同区域、不同流派、不同趣味的具体表现，以历史事实为基础展开考察，避免对理论术语的套用。

2. 加强研究中对珍稀文献的发掘和使用。在过去，中国现代文学的民族、国家意识往往被置于政治意识形态的高度加以理解，以笼统的理论性肯定与否定为主，缺少对这一流变"过程"的历史性整理，而对历史的整理就需要更多的史料文献，尤其是那些被人忽视的思想文献，例如国家主义、无政府主义、遗民文学、沦陷区文学方面的文献。自近代以来的剧烈的动荡实际上让我们的诸多现代文献处于较古典文献更为糟糕的损毁状态，国内政治集团的殊死搏斗，国际军事斗争的惨烈，还包括同一政治集团内部的倾轧，对历史材料的保存、焚毁与利用都带有更大的随意性，中国现代文化和文学的史料长期无法在一个"稳定连续"的制度之下获得有序的保存和整理。虽然新的整理工作在新时期以后持续进行且取得了相当大的成就，但是现代文献印刷质量的不良性

(特别是战争年代纸张与印刷的严重缺陷)已经使得一大批文献接近生命的最后期限。不能借此获得最有价值的文献,不仅对课题研究十分不利,对未来学术的发展更会造成无法弥补的损失。

3."文史互证"的研究方法是我们的基本学术方法。课题的研究不能停留于文学文本的分析,而是应当将文本分析与社会历史的考察紧密结合,形成"文史互证"。其要点在于:对研究对象的考察特别注意揭示它与各种社会文化的相互关系,着重分析研究对象所置身的复杂的社会文化力量是怎样从不同的方向上构成了对它的牵引和塑造。显然,中国近现代文学的演变,就是各种不同的社会力量推动、牵引和促进的结果,将文学发展中思想的演化置放于现代中国社会发展的综合性因素当中,可以更科学、客观、丰富地揭示问题,避免过去"以论代史"、结论预设的种种弊端。

这样的研究,具有明显的学术创新意义,起码表现为两点。

首先,中国学界最近数年对民族、国家问题已经颇为重视,但是应当说,其中的主要理论基础还是来自西方。我们的研究首先强调回到历史事实,发掘原始文献,摆脱理论的套用。和一般讨论文学民族认同主要依据西方的民族国家理论不同,新的研究强调在具体国家历史文化形态中,通过对历史事实的梳理和文学表述的追踪来呈现精神现象的丰富与复杂,这是切实探索学术研究"中国方式"的必由之路,更有利于我们在学术上确立民族自信与文化自信。

其次,课题研究涉及"文学内外"的一系列重要现象,自然而然地,我们就会将文学文本的分析与社会历史的研究有机结合。也就是说,我们的研究不会是"纯艺术"的考察,而是一种"大文学"式的考察方式,秉持"大文学史观",也就意味着我们的中国现代文学研究应该把对"文学"的关注融入对社会历史的总体发展格局之中,将文学的阐释之旅融通于寻找历史真相之旅。

我预测,随着这方面的研究逐步走向深入,就将在学界甚至一般的阅读圈中形成越来越重要的影响。因为,类似研究成果的陆续问世,势必在学界引起一定的反响,广泛的讨论和深入的研究肯定会成为现实,这样,"大文学"的研究方式、内容都将成为研究者、大学生的重要参考文献,或者一般文学爱好者了解中国现代文学历史发展的阅读材料。假以时日,中国社会对现代文学的"大文学"特征也就有了广泛的认识,到那一天,文学研究的基础也就十分不同了。

第四章 国家与革命
——大文学视野下的郭沫若思想转变

五四新文化的主题是个性与自由,而在中国现代文学与现代文化的多个时段,我们不断重复的主题却是国家与革命。这样的转折出现在1920年代中期,而郭沫若则是典型代表。曾经激荡着"五四狂飙"的郭沫若自我否定,转向马克思主义与"革命文学",这通常被视作是中国现代文学转折的典型事件。至于转折的原因,则一般被解释为郭沫若阅读和翻译国外的思潮与无产阶级文学观念的结果。1924年,郭沫若从翻译日本的早期马克思主义经济学家河上肇的《社会组织与社会革命》开始,"对于文艺怀抱了另外一种见解",① 为了翻译《社会组织与社会革命》,他系统地阅读了许多马克思主义的著作,尤其是马克思、列宁的著作,还试图用5年时间翻译《资本论》。至此以降,个性主义的、浪漫主义的、"为艺术"的郭沫若开始演变为群体意识的、无产阶级革命文学的和功利主义文学追求的郭沫若。"国家"与"革命"的主题成为郭沫若思想与文字的首选。

但是,如郭沫若的这样转折并不只是思想和概念的替换,其背后连带的是中国现代文学思潮的巨大转换与现代中国知识分子思想变迁的宏大历史。仅仅透过书籍的阅读和知识的转换显然无法说明这种历史转折的深刻缘由,而且如此重大转折也绝不会只有某一种单纯的源头,其中渗透的是知识分子的多重精神状态与复杂的人生选择,需要我们加以仔细的辨析。郭沫若思想转变过程本身就从属于中国现代知识分子从文化更新到社会革命的繁复历史进程,同时往返于与其他知识分子群体的人际交往与思想互动。换句话说,一般的文字渊源

---

① 郭沫若:《创造十年续篇》,见《郭沫若全集·文学编》第12卷,北京:人民文学出版社,1992年,第207页。

和文学比较并不能真正解释郭沫若转变的奥秘,郭沫若的思想转变的认知有必要置放在"纯文学"之外的历史文化的大框架之中,这种跨出个人趣味,在文学与历史、文学与思想的丰富场景中梳理文学现象的方法一般被称作"大文学视野",借助大文学视野,郭沫若思想转变中一些被忽略的细节与思维特点有可能浮出水面,而我们最终会发现其中的变化甚至影响了郭沫若的一生,并对理解整个现代知识分子群体的心态不无帮助。

一、"政治经济学"的认同与歧路

郭沫若的转变以文艺观念的自我否定为明显的标志,但它本身却根本不是一个"文艺事件"。如果说,当年创造社同人汇聚、引领"文学革命第二阶段"体现的是一些理工医科留日学生的"文学理想"①,是中国现代文学面向"纯文学"方向的重要诉求;那么,此时此刻的文学观念的转折却可以说是来源于一种"政治经济学认知",而促成这种转折的则是一群研究政治经济的中国留学生——孤军社同人,也就是说,郭沫若文学思想的转折源于文学之外的社会交往与思想交流。

问题是这种交往和交流的复杂性远远超过了创造社同人内部,因此辨析起来也需要有特别的耐性与仔细。

孤军派的诸多成员都是东京帝大经济学科的学生,不少直接受教于日本著名学者河上肇。受其影响,他们一度对于资本主义或社会主义是否适用于中国国情,进行了大讨论。后来的《孤军》杂志从第2卷1期(1923年12月)开始到终刊号(1925年11月)共15期,连续辟专栏《经济政策讨论》,该专栏中关于中国经济模式及发展路向的论争,被日本学者认为是把马克思主义的认识深化到了探索研究如何把马克思主义运用于中国社会现状的阶段。② 这一思想运动的背景对于郭沫若至关重要。

郭沫若很早就结识了孤军社健将李闪亭,虽然他那时对这位"中国马克思"的理论还不甚了了。郭沫若的记叙是:

---

① 郭沫若认定:"创造社这个团体一般是称为异军突起的……他们的运动在文学革命爆发期中要算到了第二个阶段。"(郭沫若:《文学革命之回顾》,《郭沫若全集·文学编》第16卷,第98页。)

② [日]三田刚史:《留日中国学生论马列主义革命——河上肇的中国学生与〈孤军〉杂志》,《徐州师范大学学报》2005年5期。

这李闪亭是冈山六高的旧同学，进的是京大经济科，要算是河上肇的弟子。在冈山时我们同住过两年……进了京大，京都的同学们又称他为"中国马克思"了……

我暂时寄寓在"中国马克思"的寓里。不幸我得的了急性肠加达儿，那天整个下午不能行动。那时我对于马克思学说还是门外汉，夜间我同"中国马克思"并枕睡着的时候，他对我说了些"唯物史观的公式"，说了些"资本主义的必然的崩溃"，又说了些"无产阶级专政"。他说得似乎并不怎么地把握着精髓，我听得也就千真万确地没有摸着头脑。他劝我读河上肇的个人杂志《社会问题研究》。①

后来，郭沫若数次旁听过孤军社同人的讨论，"那里的同人大都是同学，而且多是专门研究政治经济的人。特别是那位陈慎侯，我觉得他是一位有趣的人物"②。陈慎侯是《孤军》的创办人，而《孤军》又是郭沫若居中引荐到泰东书局出版的，所以他一度被"视为了准同人之例"。③ 1922 年 8 月 8 日，就在《孤军》出版前夕，"孤军派"陈慎侯不幸去世，10 天后郭沫若作诗剧《月光》，题辞是："此稿献于陈慎候先生之灵"。《月光》中的博士先生筹办《孤灯》杂志，"想擎起一把火把在那旷野里驰骋，使狼们见了火光早早退避，使人们见了火光早得安宁"，为实现自己的理想"一直向前"，显然就是喻指陈慎侯。④ 此后，《孤军》由何公敢主持，郭沫若给予了大力支持，包括题写刊名，在上面发表作品。1924 年的四五月间，郭沫若在日本翻译河上肇的《社会组织与社会革命》，"自此以后便成了一个马克思主义者"，⑤ 而此书的原本就是来自孤军社的林灵光，著作译毕，郭沫若还致信给何公敢，自称对于马克思主义的"信心益见坚固"，"深信社会生活向共产主义制度之进行""是必

---

① 郭沫若：《创造十年》，《郭沫若全集·文学编》第 12 卷，第 108 页。关于郭沫若与孤军社的关系，潘世圣、何刚、陈莉等学者都有过重要的研究。潘世圣《关于郭沫若与"孤军派"关系的概略考察》（《广西师院学报》1986 年 1 期）、何刚《郭沫若对马克思主义的早期理解——以郭沫若与孤军社论战为主的考察》（《辽宁行政学院学报》2010 年 7 期）、陈莉《郭沫若与国家主义派论战中的人际关系探微》（《郭沫若文献史料国际学术研讨会暨 IGMA 学术年会论文汇编》，2010 年）。
② 郭沫若：《创造十年》，见《郭沫若全集·文学编》第 12 卷，第 144、145 页。
③ 同上，第 144 页。
④ 首刊于《学艺》月刊 4 卷 4 号，1922 年 10 月。
⑤ 郭沫若：《〈郭沫若选集〉自序》，《郭沫若集外序跋集》，成都：四川人民出版社，1982 年，第 138 页。

然的路径",在此时,孤军同人依然是他愿意分享的思想同道。①

总之,郭沫若以文人之身关注政治,关注中国社会,就是从他与孤军社的接触时开始的,1924年12月,参与孤军社组织的"宜兴之行"更是郭沫若参加革命实践活动的开端。

但是,与孤军派的交流既推动了郭沫若世界观的更新,又在最终的走向上逐渐划开了彼此的距离,各自发现了自己的真正的思想选择。

1922年9月,在《孤军》创刊号上,郭沫若发表了《孤军行》,号召同胞抨击黑暗、追寻真理:

> 进!进!进!
> 同胞们在愁城中,
> 恶魔们在愁城外,
> 滔滔的马面牛头,
> 四面攻着愁城在,
> 进!进!进!
> 驱除尽那些魔群,
> 把人们救出苦境!

诗歌情绪激昂,但是究竟这是怎样的"愁城",有着什么样的"魔群",如何才能救人于水火,却语焉不详。如此笼统的黑暗抨击犹如同一期的《孤军宣言》,满篇都是对历史和现实的愤懑,但却未能提出强有力的明确主张。恐怕正是这样,《孤军》创办人何公敢才认为这首诗"反映了我们当时的心情和态度"②。换句话说,在对现实世界的最初的"文学性"的感受中,他们是可以沟通的。然而,随着各自思想的进一步清晰化,情况就有了不同。到了1923年1月《孤军》4、5合刊号上,郭沫若的诗歌《黄河与扬子江的对话》却在现实批判之中表达了鲜明的"革命"主张:

> 人们醒!醒!醒!
> 你们非如北美独立战争一样,
> 自行独立,抗税抗粮;

---

① 郭沫若:《社会革命的时机》,《洪水》1卷10、11期合刊,1926年2月。
② 何公敢:《忆〈孤军〉》,《福建文史资料》1986第13辑。

> 你们非如法兰西大革命一样,
> 男女老幼各取直接行动,
> 把一大群的路易十四①弄到断头台上;
> 你们非如俄罗斯产业大革命一样
> 把一切的陈根旧蒂和盘推翻,
> 另外在人类史上吐放一片新光;
> 人们哟,中华大陆的人们哟!
> 你们永莫有翻身的希望!
> 人们哟,醒!醒!醒!
> 已往的美与法——是十八世纪的两大革命,
> 新兴的俄与中——是二十世纪的两大革命。
> 二十世纪的中华人权大革命哟!
> 快起!起!起!
> 快在这二十世纪的世界舞台上别演一场新剧!
> 人们哟!莫用求在泪谷之中欷歔!

《孤军》4、5合刊号为"推倒军阀号",虽然郭沫若与《孤军》同人一起致力于"推倒军阀",但是,在郭沫若这里,"革命"成了改变现实的重要选择,俄罗斯的无产阶级革命也获得了肯定与激赏,这就《孤军》的思想倾向产生了分歧。因为,在同一期发表论述的其他《孤军》同人那里,都倾向于通过维护民国法律的体制内措施来"推倒军阀",寿康称:"我们要想推倒军阀,我们第一非有一种足以推倒军阀的强制力不可!我们有了这种实力,我们方才能够强制军阀去废督裁兵,强制军阀去服法就范,进而言之,我们有了实力,我们方才能够实实在在地推倒军阀。"② 这"实力"是什么呢?本文未予说明,但从它提示我们"参见"另外一文《推倒军阀的具体办法》中,我们读到的都是一些体制内的协商主张,所谓"我们推倒军阀的具体办法分为促进裁兵,实行裁兵和裁兵善后三层"③。姑且不论这里的"裁兵"主张究竟能否保障论者所期盼的"实力",我们的确可以知道,这样的思路还是以承认现存体制与法律基础为前提的,有别于根本上改变现状的"革命"思维。所以《黄河与

---

① 原文如此,首发,此后曾做修订,改作"路易十六"。
② 寿康:《什么是军阀怎样倒军阀》,《孤军》卷4、5期合刊,1923年1月1日。
③ 肃清:《推倒军阀的具体办法》,《孤军》1卷4、5期合刊,1923年1月。

扬子江的对话》文后，《孤军》编者特地加上了"同人附注"，申明与郭沫若"革命"思维的重要差异：

> 这篇文稿系旧友郭沫若先生特为《推倒军阀专号》惠寄本社的文字。结构内容真可谓宏伟之至！一读以后令人振奋。同人爱重这篇文字，以为是最近文学上的杰作。文字里面虽有鼓吹革命的地方，一见似乎与《孤军》护法的意思有些出入，然仔细考察起来，郭沫若先生是位革命单指扑灭军阀而言，非调约法也可抛弃，读者切勿"以辞害意"！

如此郑重其事的说明，显然是为了维护《孤军》思想的同一性。对军阀实施以护法为基础的"推倒"而不是国民革命的"打倒"，这里反映的也是对现有国家制度的根本——法统的维护，《孤军》同人试图在恢复《中华民国临时约法》的基础上修复法制，重建秩序，而不是根本改变现有体制，再造国家与社会。《孤军》初期，马克思主义对于他们思想的启发只在对现有社会经济问题的分析方面，而不是其解决问题的手段——暴力革命，相反，郭沫若则迅捷前行，他不仅服膺于马克思的经济分析，而且最终接受了马克思—列宁阶级反抗、暴力革命的主张。

二、"国家主义"的殊途与同归

当然，在寄"法统"的希望于军阀混战民国初年本身就是不切实际的。自1923年下半年之后，北洋政府的腐朽已经完全践踏了他们的宪政理想，和平的体制维修越来越无望，用萨孟武的话来说就是《孤军》自第二卷以后，对于政治问题，渐次变其主张，就是由议会主义而转为革命主义。① 只不过，转向"革命"的"孤军"并不是接受、认同了马克思主义的阶级斗争理论与无产阶级革命的思想，而是将自己的这一追求概括为"国家主义"：

> 故吾人当唤醒民众，知国家之如何，使其戮力同心，创设独立统一之国家，如斯主义，即所谓国家主义也。然国家主义，惟以抽象的主义而宣传，对其具体办法毫不一言者，则其不生效果，犹共产主义惟以抽象的主义而宣传，未曾提及其具体办法之生产机关社会化者，相同也。夫中国欲

---

① 萨孟武：《孤军已满两岁了》，《孤军》第3卷第1期，1925年6月。

行国家主义，固当振兴产业以抗外国之经济压迫；整顿军备，以拒外国之武力的抑制。然此必国内统一，政治纳入轨道之后，始可实行。故今日中国虽言国家主义，而其步骤，亦从内政始也。①

萨孟武的这篇论述虽然以"革命"为题——革命理论及革命方略——但不难看出，其关注的出发点还是国家：国家的政治统一、国家的经济生产，国家的独立与主权，在他看来，"抽象的"共产主义理论较少关注这些具体的国家事务因而并不切合中国的实际："共产主义之物质条件，尚未存在，亦未在成立过程之中，故吾人对此问题不能解决者，惟有自己所能解决之政治问题耳。"② 从早期的"法统"信奉到借助"有道的革命"完成合理的国家设计，《孤军》同人立足国家体制整体设计的思路"变中有不变"，大部分孤军同人最后都走进了国民党，成为"党国"体制的一员，这就与颠覆现行制度、从政治到社会全方位"革命"的郭沫若分道扬镳了。

1925 年 8 月，《孤军》3 卷 3 期在连载郭沫若《到宜兴去》的同时，特地又刊登了"记者"对此文的一段摘录，题为《国家资本主义的提倡》。摘录竭力突出郭沫若对国家资本主义的设想，不知这提示般的编排是不是有意识要挽留"旧友"，因为，此时此刻的郭沫若已经初步接受了马克思主义，与孤军社的基本立场由了重要的分歧，尤其针对林灵光、郭心嵩等人，陆续写下了多篇的争论和驳诘。包括《盲肠炎与资本主义》（《洪水》1 卷 1、2 期，1924 年 8 月）、《穷汉的穷谈》（《洪水》1 卷 4 期，1925 年 11 月）、《共产与共管》（《双声叠韵》）（《洪水》1 卷 5 期，1925 年 11 月）、《新国家的创造》（《洪水》1 卷 8 期，1926 年 1 月）、《社会革命的时机》（《洪水》1 卷 10、11 期合刊，1926 年 2 月）、《无抵抗主义者》（《洪水》1 卷 12 期，1926 年 2 月）、《卖淫妇的饶舌》（《洪水》2 卷 14 期，1926 年 4 月）、《文艺家的觉悟》（《洪水》2 卷 18 期，1926 年 5 月）。

毫无疑问，信奉了马克思主义的郭沫若与信奉国家主义的孤军同人的分歧是严重的，也如一些学人所言，正是这样的区隔从一个方面推动郭沫若不断强化自己的立场，进而走近了中国共产党人，提出了"革命文学"的主张。然而，这些孤军社的国家主义思想是不是就是"极端反动"，与郭沫若毫不相容呢？我觉得远不是这么简单。

---

① 萨孟武：《革命理论及革命方略》，《孤军》2 卷 12 期，1925 年 5 月。
② 同上。

从当时的政治立场来看，孤军社质疑和抨击共产主义理想，又最终投入"党国"的怀抱，这固然与郭沫若尖锐对立，但是，如果考虑了国家主义——从国家、民族的立场出发读解中国问题，通过强化国家整体利益的方式改变现实——可以说深深地影响了好几代中国知识分子，那么，我们就有必要在一个更复杂的背景上来仔细清理和描述这些相互纠缠的思想，尽力辨析其中的交叉、共生之处，揭示中国现代思想发生演变的各个细节，否则，也就无法解释郭沫若何以拥有与《孤军》同人相似的知识起点，而且即便是在争论之中，也没有决然断开所有的主张和理念。

我们注意到，虽然郭沫若与《孤军》同人在如何让看待共产主义及阶级论等问题上分歧明显，但是，在突破个人主义，立足国家立场这一重要取向上却依然有着一致性，只不过，郭沫若为了区别于孤军社的"国家主义"，特意为自己的主张命名为"新国家主义"。

在郭沫若那里，"国家"不再是笼统的一个抽象概念，它被分为了两种："一种是旧式的国家，一种是新式的国家。"前者是"有产阶级所形成的，它是掠夺榨取的一种机器，它的本身就包含酝酿战争的毒素"后者却不同于旧式的国家，"它要采取公产制度，它当然只能由无产阶级领导，而它的目的是在实现永远平和"。从这里出发，"国家主义"自然也就顺势分成了两种："在旧式的国家制度之下主张富国强兵以图少数特权阶级的繁荣的，这是旧国家主义。反对这种国家主义而欲纠合无产阶级以建设公产制度的新国家，以求达到全人类的物质上与精神上的自由解放的，不消说就是马克思的共产主义，但也可以称为新国家主义。"① 郭沫若又特别指出，所谓"新国家主义"就是"就是实行无产阶级的革命以厉行国家资本主义"，"我们中国人的中国是全世界资本主义国家的重要商场。我们假使不想永远做人奴，不能永远做世界的资本国家的附庸，我们中国人只剩着一条路好走——便是走社会主义的道路，走劳农俄国的道路"②。

无产阶级的革命、社会主义就是国家资本主义，这固然有着郭沫若当时认识上的局限性，但是作为"新国家主义"的观念，它又的确与当时自由主义者理想中的"自由资本主义"界限明显，代表了20世纪中国知识分子一种极有代表性的基于"中国国情"与"中国问题"的思路。1925年7月在给漆树芬《帝国主义经济侵略下之中国》一书所做的《序》中，郭沫若阐述说："在中

---

① 郭沫若：《新国家的创造》，《洪水》1926年1卷8期。
② 郭沫若：《一个伟大的教训》，《晨报副刊》1925年5月1日。

国状况之下，我是极力讴歌资本主义的人的反对者。我不相信在我国这种状况之下有资本主义发展之可能。""要拯救中国，不能不提高实业，要提高实业，不能不积聚资本，要积聚资本，而在我们的现状之下，这积聚资本的条件，通通被他们限制完了，我们这种希望简直没有积分可能性。然而为这根本上的原动力，就是帝国主义压迫我们缔结了种种不平等的条约。由是他们便能够束缚我们的关税，能够设定无限制的治外法权，能够在我国自由投资，能够自由贸易与航业，于不知不觉间便把我们的市场独占了。由此看来，我们目前可走的路唯一有一条：就是要把国际资本家从我们的市场赶出。而赶出的方法：一是在废除不等条约，二是以国家之力集中资本。"①

至此，我们或许可以解释这样一个耐人寻味的现象：为什么来自外部世界的马克思主义、无产阶级革命的思潮最终能够成为"中国问题"的答案，或者说"中国意识"关注的对象？因为，在20世纪，思考如何从国家层面上整体地更有力量地解决中国的问题乃是如同郭沫若这样的知识分子的重要选择。同样作为"国家"的信奉者，孤军社认为共产主义的危险在于"消灭国家"，而郭沫若却能看到"无产阶级专政"将有利于巩固"国家"，孤军社的"国家"更指向当下和现实，而郭沫若的"国家"则更属于未来，显然，郭沫若对"中国问题"的理解更为准确，也符合后来的实际。尽管如此，我们依然还是应当看到，在重视"国家"立场的意义上，郭沫若与孤军社也不无沟通之处，所以，就是在论争中，郭沫若也强调了这些"国家主义者"的"误解"，其中不无包含着他个人的某种"同情"：

……但是我们的国家主义者之排斥马克斯学说及其信徒，我想来总不会是因为信奉资本主义，信奉个人主义的原故罢？你看他们也在不满意于国内的特权阶级的暴行，也在不满意于国外的帝国主义的侵略，而且他们之中也还有标榜孔子的大同思想的人，虽然他们的经济政策还不见得有甚么鲜明的表现，我想来他们那般爱国的至诚（我诚心诚意地在这里写出这一句话，我深深觉得国家主义者中是有不少的真诚的志士，我们不能徒用感情的话来一概骂倒的）总不会想把我们中国再造成欧西或日本的那种畸形的国家罢？我希望他们对于马克思主义的排斥要只是出于不了解，或者误解才好，实际上他们实在不免有些误解，就如上面他们引用马克斯的

---

① 见《郭沫若全集·文学编》第15卷，第302、304页。

"工人无祖国"的话来说马克斯不承认国家,也就可以证明了。①

三、从旧制度的批判到新国家的皈依

重读郭沫若思想转变的这一过程,尤其是在"国家"与"革命"这样的关键性思想问题上之于现代思想史的复杂纠缠,这就是我所说的"大文学"视野的研究方法。现代中国历史演变与思想动态的复杂性都将我们的文学引入到了一个混杂而丰富的环境中,绝非美丽的"纯文学"所能概括,亦如有学者指出的那样:"我们说中国的20世纪是一个非文学的世纪,是指为世纪的中国文学从来就没有被作为一个独立的领域得到自足性的发展。""仅从纯文学的角度切入,可能难以对各种文学现象做出合理的评价。"②借助"大文学"的广阔视野,我们不仅可以更好地回溯郭沫若思想演化的起点,而且还可以继续追踪,直达他未来人生的终点,进而在一个新的层面上理解如郭沫若这样的左翼知识分子在未来的精神状态与思想逻辑。

1917年8月至9月流亡芬兰的列宁写下了《国家与革命》,这本后来被誉为是马克思主义国家学说的经典之作,成为俄国革命与俄罗斯民族通往社会主义时代的理论旗帜。作为东方"后发达"民族的相似性,其"国家"与"革命"的命题可以说同样是中国现代知识分子无法回避的核心话语。对于不满于现实国家秩序的左翼知识分子来说,最大限度地抨击和批判现实国家的反动性质、揭橥无产阶级的"革命"大旗所必然,这就仿佛是列宁的著名论断:国家并不是超阶级的阶级调和的机关,它恰恰"是阶级矛盾不可调和的产物和表现","是阶级统治的机关,是一个阶级压迫另一个阶级的机关,是建立一种'秩序'来抑制阶级冲突,使这种压迫合法化、固定化"③。因此,主张努力修补现有秩序,在现实国家的基础上实现"宪政"的"国家主义",对郭沫若这样的左翼知识分子来说是无法接受的。

但是,"国家"依然是无产阶级革命的需要的工具,在未来因为"共产主义的高度发展"使得国家消亡的经济基础出现之前,无产阶级专政的国家是必

---

① 郭沫若:《新国家的创造》,《洪水》1926年1卷8期。
② 朱晓进等:《非文学的世纪——20世纪中国文学与政治文化关系史论》,南京:南京师范大学出版社,2004年,第3页。
③ 列宁:《国家与革命》,《列宁选集》第3卷,北京:人民出版社,1995年,第114页。

不可少的。"从资本主义向共产主义过渡,当然不能不产生非常丰富和多样的政治形式,但本质必然是一样的:都是无产阶级专政"①。这样的论述既区别于旧有的国家主义者,但也依然肯定了"国家"立场与"国家"利益的极端重要性,郭沫若与孤军社的区别与联系都在于此。

通过"革命"完成对现有社会秩序的改造,这是近代以来包括个人主义、无政府主义在内的为数众多的中国知识分子的共同愿望,只是,单纯的"革命"并不能解决现实秩序重建的问题,也不能在一个资本竞争的时代有效地维护我们的整体利益,于是,"革命"理想与"国家"立场的问题又一次置放在了人们的选择之中。如孤军社这样的国家主义者最终回归到了"党国"的怀抱,试图依赖国家的整体力量解决问题;无政府主义者与左翼的共产主义则继续挑战现存的"国家"秩序。与无政府主义者所不同的在于,像郭沫若这样的左翼知识分子其实一开始就怀有对"国家"整体价值的肯定,并且将对未来"新国家"的皈依当作自己的理想。郭沫若《卖淫妇的饶舌》不仅是与国家主义者的论战,也是对与无政府主义者的回答。

清理这样的"国家"与"革命"理念,有助于我们深切理解郭沫若思想转换前后的心理与文学意义,也可以深刻认知左翼文化在半世纪以后的演进。这两个方面的启示可以如此表述:

第一,我们可以重新解释郭沫若转换的内在逻辑:他为什么如此迅捷地完成了个人—群体,艺术—功利的转折?在过去,我们过分突出了五四时期郭沫若文学精神中个人主义与浪漫主义的一面,以致造成对后来"突变"的困惑不解。重读《女神》,我们应该注意到一个重要的现象:大量的抒情都基于整体的立场,如《女神之再生》《凤凰涅槃》《炉中煤》《棠棣之花》《浴海》《地球,我的母亲》《巨炮之教训》《匪徒颂》等等,郭沫若的个人抒情往往不是立足于个人遭遇的改善而是对整体的生存境遇的关怀,不是聚焦于艺术独立的目标而是艺术力量的实现,在《棠棣之花》中,聂荌的理想是"我望你鲜红的血液,/迸发成自由之花,/开遍中华!"《炉中煤》中的"女郎"被注释为"眷念祖国的情绪",《浴海》的畅快激发了"新社会改造"的热望,《梅花树下的醉歌》表现的"全宇宙的本体",《女神》是郭沫若自我解放的呐喊,当诗人发现,这样的"解放"追求可以借助国家民族的整体改造加以实现的时候,当然就可以及时地调换船舵,顺势前行,在现代中国,如果国家局势的整体改变有助于社会理想的实现,如果无产阶级革命文学的发扬能够赋予艺术以

---

① 列宁:《国家与革命》,《列宁选集》第 3 卷,第 140 页。

空前的力量，那么，左翼知识分子凭什么不能迅捷接受而要加以拒绝呢？

　　第二，我们可以重新清理现代左翼知识分子的思想脉络和基础，特别是他们从民国时代的激烈批判到共和国时代的由衷认同的思想连接。在过去，我们充分肯定了左翼文化的"民国批判"的这种空前的勇气与正义，但有时却难以说明新中国"极左"年代的万马齐喑，特别是对于郭沫若这样批判—认同前后反差显著的知识分子，近年来，"贬郭"之声不断传响，人们似乎可以轻而易举地在"人格"问题上大做文章，然而，历史的繁复终究不是一个飘移不定的"人格说"就能够轻松解释的，对于像郭沫若这样经历近现代血雨腥风考验的知识分子，如果没有思想深层的脉络，简单的性格气质认定是难有充足的说服力量的。如前所述，当我们发现在他那里潜伏着"国家主义——新国家主义"的思想选择，那么，许多的奥秘也许就可以获得更好的解释，对于"黑暗"民国的拒绝和对"新生"的共和国的充分信任和接受，这本来就是他思想的"一体两面"，具有相当顺畅的逻辑联系。至于如何反省和评价这样的"新国家主义"，则属于另外一个问题。

　　因为对现存"国家"的强烈不满而生发了"革命"的渴望，又因为"革命"的成功而迎来了他们理想中的"国家"，并且在相当长的一个时间里保有着对这个崭新"国家"的忠诚，这可以说就是现代中国左翼知识分子与左翼作家的思想状态。这样的左翼不同于古代士人，也有别于国外的思想左翼，属于现代中国独特语境的产物，如同郭沫若的思想转变一样，其起承转合的种种曲折值得我们认真对待。

第五章 难以回避的尴尬：国家主义时代的民族情怀
——陈铨的文学追求及历史命运

随着中国现代文学研究的日益广泛和深入，一些在过去被文学史打入"另册"、贬为"支流"甚至"逆流"的作家作品与文学现象越来越多地重新进入人们的视野，成为再讨论再探索的对象。不过，学术的推进归根到底不能被视作是一连串的"打捞"和"平反"行为，而是对时代"问题"的不断回答，这就是马克思所谓的"问题就是时代的口号，是它表现自己精神状态的最实际的呼声"①。在文学史的意义上，重要的并不是"平反"或"打捞"，而是我们一次一次尝试着与历史现象重新对话的企图，而对话则源于直面和解决时代问题的需要。我觉得，对陈铨及战国策派的认识就应该是这样。

一、"自由主义"的民族情怀？

对陈铨文学成就的评价，经历了先否定再肯定的两个阶段，先是不加区别地将他以及"战国策派"归为国民党法西斯主义反动文化之流，将《野玫瑰》置于与郭沫若《屈原》的绝对对立面，最近10多年来又逐渐获得"平反"，得到了更多的肯定，陈铨、"战国策派"作为自由主义知识分子的另外一面得以呈现："其实，无论是在大陆、台湾，还是在海外，这种不甘沉沦的民族感情和抗战必胜的爱国情怀是经历过那段峥嵘岁月的师生所共有的心声，尤其有'民主堡垒'之称的西南联大，其自由宽松的文化氛围和学术环境，几乎每个亲历者都念念不忘，而作为'昆明教授群中的一支'的'战国派'不过是其

---

① 《马克思恩格斯全集》第40卷，北京：人民出版社，1982年，第289—290页。

中一脉。"①《野玫瑰》从左翼人士参与演出、宣传到后来遭受左翼阵营的系统批判，其演变转化的复杂真相也得到了更完整的还原。②

进一步清理，我们也不难发现，陈铨所投身的抗战时代"民族文学运动"的确与1930年代国民党主导的"民族主义文艺运动"存在相当的区别，后者是更清晰明确地体现了国民党政权对于文学的把控和利用，"民族"的定义首先被置放在了国民党主流意识形态的思想逻辑之中："新中国的创造，除了靠那真有三民主义训练的国民革命军以外，中国的文艺作家实在是第二重要的。"③ 对陈铨而言，他的"民族文学运动"理想首先还是基于一位热爱文学事业的知识分子的认知，而支撑着这一认知的又是民族危亡时代的知识分子的责任，具有深厚而自然的民族认同的内涵：

> 要使中国四万万五千万人，感觉他们是一个特殊的政治集团。他们的利害相同，精神相通，他们需要共同努力奋斗，才可以永远光荣生存在世界。他们有共同悠久的历史，他们骄傲他们的历史，他们对于将来的伟大创造，有不可动摇的信心。对于祖国，他们有深厚的感情，对于祖国的自由独立，他们有无穷的渴想。他们要为祖国生，要为祖国死，他们要为祖

---

① 孔刘辉：《"战国派"新论》，《抗日战争研究》2012年4期。

② 学界对此已有过较多的考证显示，《野玫瑰》的演出有许多左翼人士参与，如中国共产党的机关报《新华日报》也曾经予以宣传、介绍。"中华剧艺社名义上虽是民间团体，却是阳翰笙根据'皖南事变'后的局势，请示周恩来之后，在1941年10月11日成立，事实上由中共控制。而且参与演出的，也多是倾向于中共的进步人士，如导演苏怡是失去组织关系的中共党员；舞台监督苏丹是地下党员，王立民的扮演者施超是左翼人士；陶金、田烈则是中华剧艺社的骨干；秦怡、路曦更是中共争取、后来保护过的进步青年。""《新华日报》头版接连刊登广告，为演出造势。"（参见熊飞宇：《抗战语境下的国共之争："〈野玫瑰〉风波"释疑》，《重庆师范大学学报》2011年4期，以及何蜀：《〈野玫瑰〉与大批判》，《黄河》1999年第3期）而公演结束之后左翼阵营的连续批判，尤其是1942年4月获颁国民政府教育部年度学术奖之后，抗议之声四起，则更多体现了国共两党的意识形态的较量。"皖南事变后，左翼文化界亦屡遭国民党当局的压制，在这种情况下，非左翼领导下的《野玫瑰》轰动山城，无疑引起左翼文化界的危机感和紧迫感。""《野玫瑰》也就成了左翼对抗当局的筹码和武器，有隔山打牛之嫌，而无辜的陈铨则成为夹在中间的牺牲品。也就是说，军事、政治上的劣势使共产党领导下的左翼文化运动成为其为数不多的重要的对抗执政当局，谋求合法性及生存发展的突破口，作为大学教授的学院知识分子陈铨也有意无意被当成当局抬出来的御用文人。"（孔刘辉：《〈野玫瑰〉上演的前后》，《新文学史料》2009年第2期。）

③ 潘公展：《从三民主义的立场观察民族主义的文艺运动》，《中国新文学大系（1927—1937）》第二集，上海：上海文艺出版社，1987年，第443页。

国展开一幅浪漫,丰富,精彩,壮烈的人生图画。①

在这里,陈铨用文学的语言满怀激情地表达了他对"祖国"与"民族"共同意识的召唤,从中,我们能够读到的还是知识人的理想、文学家的真诚以及被压迫民族的深深的危机感,而不是执政者的肆意、当权者的威仪或者意识形态掌控者的傲慢。

值得庆幸的是,今天我们对陈铨以及战国策派的研究已经在这些方面取得了较多的共识,换句话说,一个文学家的、知识分子的陈铨日益凸显,而御用文人式的或者法西斯主义式的陈铨逐渐淡化,"民族文学"的理想更自然地被置放在"文学"的平台,脱离了"三民主义"的政党逻辑,这才是考察问题的有益的起点。

不过,一个有益的起点却并不等于就是问题的深入,在学术的追问上,从有益到有效还有相当的距离。

严格说来,仅仅从否定走向肯定还不是学术研究的根本目标,我们更大的目标是破解这些文学现象内在的秘密,包括挖掘和剖析其内在的结构、矛盾和精神的深层脉络。承认陈铨合理的"民族情怀"不过是某种道德层面的肯定,这并没有完成对其精神结构的有效探索,并没有深入说明其文学作品的特殊形态以及形成这一形态的独特原因。例如,从1920年代末的《天问》,1930年代的《革命的前一幕》《彷徨中的冷静》《恋爱之冲突》《死灰》到抗战时期的《金指环》《蓝蝴蝶》《无情女》《野玫瑰》《狂飙》《归鸿》等等,无论是小说还是戏剧,陈铨都不断走着一条近于公式化的浪漫传奇之路,借用小说史家的观察就是:其"构架上有两个轴心:爱情故事和社会哲理。在他20年代末至40年代初的小说创作中,多角恋爱的浪漫传奇故事不断地重复着,几乎成了公式;而社会人生哲理却发生了变动:由探索人类同情心转向宣扬权力意志论的政治哲学。"② 作为陈铨和战国策派的文学代表作,像《野玫瑰》这样的作品虽然不再被视为"汉奸文学",然而,认真阅读,其模式化、传奇化的特点多少令人想起当今重新活跃的"抗日谍战剧",这些新世纪的抗日谍战剧恰恰用几乎推向极致的传奇性代替了历史的严肃性,用模式化的"英雄＋美

---

① 陈铨:《民族文学运动》,原载《民族文学》1913年第1卷第1期,引自温儒敏、丁晓萍编《时代之波——战国策派文化论著辑要》,北京:中国广播电视出版社,1995年,第378页。

② 杨义:《中国现代小说史》第2卷,北京:人民文学出版社,1988年,第518页。

人"的叙述代替了丰富复杂的艺术探索,这是它们逐渐为世人所诟病的重要原因。阳翰笙当年就断定《野玫瑰》式的创作"只是用传奇式的旧手法所造成的一只抗战空壳子"。① 这个感受应当说是准确的。当年《无情女》的广告词大约可以成为陈铨抗日谍战文学的主题概括:"牺牲儿女私情,尽忠国家民族"。这个兼顾了浪漫传奇与政治正确的主题追求显然在后来演化成形,构成了从电影改编版《天字第一号》一直到新世纪今天形形色色的抗日谍战剧的套路,其魅力、商业秘密,以及不容回避的根本缺陷都相互交织,难以分离。

在文学阅读、文学批评与文学研究的层面上,我们其实没有理由因为他们"民族情怀"的正确性而放弃了对其思想和艺术的严格要求。反复出现、彼此相应的文学写作事实不禁令我们陷入了深思:即便因为民族情怀的道德高度而超越了国共两党的意识形态之争,从陈铨以来的抗日谍战剧为什么总是落入"英雄+美人"的模式化窠臼,在不断透支浪漫传奇之后暴露出似曾相识的艺术干枯呢?这真是一个耐人寻味的文学史现象。

令陈铨脱去"反动"之名的基本思路是重述他作为"非国民党"的"自由主义知识分子"的身份,在突出其与官方主流意识形态相区别的自由主义的立场上予以必要的肯定。这大体上符合陈铨的实际,"陈铨一生都不愿意做官,抗日战争前夕,国民党政府行政院秘书长翁文灏曾推荐陈铨担任政府要职,但是被陈铨婉言拒绝"②。战国策派推崇"列国阶段"的雄心勃勃的积极"攘外"的"大政治",抨击争权夺利、腐化堕落的"大一统"时代的"小政治",对中国政治官僚传统深恶痛绝,斥之为"皇权毒""文人毒""宗法毒"与"钱神毒"③,他们对于国民党的官场腐败无疑是有切肤之痛的。像陈铨这样的理想型知识分子,本质上是与政治权利场有距离的,对日益"官僚化"的"中上层"也持有尖锐的批评,一生绝缘于政界的战国策派理论家林同济的观点也在某种程度上道出了陈铨的态度:"我们社会中现有的中上层分子,你看他们的面目头颅,他们的心肝五脏,究竟是合于哪一格的标准呢?他们钱是有的,而且愈来愈多。他们身份更是高的——只须(需)头衔是官。却是他们中间,有多少个是眉目清秀?有多少个是双肩阔方?有多少是心肠中正?有多少

---

① 阳翰笙:《阳翰笙日记选》,成都:四川文艺出版社,1985年,第15—16页。
② 季进、曾一果:《陈铨:异邦的借镜》,北京:文津出版社,2005年,第79页。
③ 林同济:《官僚传统——皇权之花》,原载《大公报·战国副刊》1943年1月17日,引自许纪霖、李琼编:《天地之间——林同济文集》,上海:复旦大学出版社,2004年,第107—108页。

是指头老实？"①

不过，认真追究，个人身份上的"非政党性"其实未必都可以用思想上的"自由主义"来一并概括。自由主义知识分子的基本特征是对个人自由的维护，但是在战国策派知识分子的"反思"当中，五四的个人主义传统却是问题之所在。林同济指出："'五四'新文化运动的毛病并不在其谈个性解放，乃在其不能把这个解放放在一个适当的比例来谈，放在民族生存的前提下来鼓励提倡。"②陈铨的批评则更加尖锐，在《五四运动与狂飙运动》中，他认为五四运动的错误之一"就是把集体主义时代，认为个人主义时代"。"二十世纪的政治潮流，无疑的是集体主义。大家第一的要求是民族自由，不是个人自由，是全体解放，不是个人解放。在必要的时候，个人必须要牺牲小我，顾全大我，不然就同归于尽。五四运动的领袖们，没有看清楚这个时代，本末倒置，一切以个人主义为出发点"③。至于五四新文学运动的"个人"取向也正是"民族文学运动"所要克服的："一般的文学作品，所要表现的，都是个人问题；就是政治社会问题，也站在个人的立场来衡量一切。这一种思想文学，对于打破旧传统，贡献是很伟大的，但是对于建设新传统，它却是不切实的。""新的社会新的国家，不能建立在极端的个人主义之上。""我们可以不要个人自由，但我们一定要民族自由"④。

众所周知，无论是古典自由主义还是现代自由主义，对"个人"权利、自由的捍卫都可谓是自由主义理论体系的基石。这种捍卫并非是在一般意义上对"个人"的重视，它直接关涉其价值立场的根本，并且是置放在个人/集体、个体/国家两厢冲突层面上的一种鲜明的取舍态度。"个人独立是现代人的第一需要"，"个人自由是真正的现代自由"；"公民拥有独立于任何社会政治权力之外的个人权利，任何侵犯这些权利的权力都会成为非法权力"。⑤当代自由主义思想家诺齐克的代表作《无政府、国家与乌托邦》一开篇就亮出了自己的基

---

① 林同济：《优生与民族——一个社会科学家的观察》，原载《今日评论》第1卷第23期，1939年6月24日，引自许纪霖、李琼编：《天地之间——林同济文集》，第295页。
② 林同济：《廿年来中国思想的转变》，原载《战国策》第17期，1941年7月20日，引自许纪霖、李琼编：《天地之间——林同济文集》，第29页。
③ 陈铨：《五四运动与狂飙运动》，原载《民族文学》1943年第1卷第3期，引自温儒敏、丁晓萍编：《时代之波——战国策派文化论著辑要》，第344、345页。
④ 陈铨：《民族文学运动》，原载《民族文学》1913年第1卷第1期，引自温儒敏、丁晓萍编：《时代之波——战国策派文化论著辑要》，第374页。
⑤ [法] 邦雅曼·贡斯当：《古代人的自由与现代人的自由》，阎克文、刘满贵译，上海：上海人民出版社，2003年，第59、62、84页。

本命题:"个人拥有权利",他的政治哲学首先追问这个问题:任何国家是否应当存在。① 这些来自欧美的自由主义思想从十九世纪末开始进入中国,影响了一大批中国知识分子,从胡适、新月派、周作人、林语堂到罗隆基、张君劢、储安平到殷海光,虽然现代中国的自由主义思想并不"纯正",也相当孱弱,但在捍卫个人权利与自由的取向上,却还是一如既往地与"国家、民族"的本位立场大相径庭,与官方主流文化、民族主义思潮还有左翼革命文化思潮都判然有别。在现代中国思想史中,自由主义恰恰"强调个人自主,是超越国界的思想,民族主义却要强调国家富强,遂又与民族主义分道扬镳"②。在民族问题上,自由主义显然有着迥然不同的立场。

陈铨关于国家民族的观念并不属于自由主义,然而,有意思的在于,这样一来,在20世纪中国思想的几大分野——自由主义、左翼革命及国民党右翼主流之间,他和战国策派都难以归类了。这,究竟应当如何解释呢?

二、民族关怀和国家理想的缠绕与龃龉

如何看待陈铨的思想走向呢?我觉得这并非一个严格的思想系统的问题,从纯粹的学理逻辑的角度勘定陈铨以及战国策派知识分子的"知识来源",都不足以展现事实的复杂性,战国策派知识分子同时拥有学院派学者的身份、国家民族的情怀、"士大夫"的传统理想、德意志的精神取向以及尼采式的生命追求——这原本都不在一个价值范畴之内,甚至在逻辑上也包含了多重龃龉与矛盾,当它们通通被置放在"战国时代"的民族想象之中,恐怕任何一种现存的思想划分都是难以定位的。在战国策派的几位代表性人物当中,林同济多历史探究的理性,雷海宗多哲学的思辨,而陈铨则更具有文学家式的飞腾想象与激越情绪,一如我们在《近代历史教育对人生的五害——〈尼采与近代历史教育〉之一节》中所读到的那样,他对尼采反对人们全然依从历史的态度推崇备至,认为希腊人正是完全靠他们"不历史"的观念去创造一切。而今天教育的问题就在于"都花费在记忆过去的事情",这些历史知识奴役了现代人的心灵,阉割了人们的创生能力。因此,我们有必要抛弃那种对历史"冷静旁观"的态

---

① [美]罗伯特·诺齐克:《无政府,国家与乌托邦》,何怀宏译,北京:中国社会科学出版社,1991年,第1、11页。
② 黄克武:《自由主义与二十世纪中国》,《国史馆馆刊》(台湾)2001年6月复刊第30期。

度，再不能以"研究"的姿态"勉强去建设普遍的规律"。"每一个人，每一个民族，都需要过去的知识，不管它是'碑铭的''古代的'或者'批评的'历史，这完全看他自己的力量和需要来决定。但是这一种需要，并不是少数学者求知识的需要，得着知识便心满意足，这一种需要常常都和人生的目的，有密切的关系，而且绝对要受人生的支配。这就是一个时代一种文化一个民族，对于历史自然的关系。饥饿是它的源泉，需要是它的基础，内心的力量，给它相当的限制。过去的知识，是要来辅助现在和将来，不是拿来软化现在，推翻将来的生命"①。这种超越历史"知识"的自由追求其实就是文学的想象和情感。对于一位满怀文学想象的思想者，他的思想脉络内含着他的情感方式，需要我们从文学的情感领悟的角度加以把握。

体现着如此情感倾向的陈铨文学，不仅有小说和戏剧，还有诗歌。

虽然诗歌并非陈铨的主要贡献，不过"诗为心声"，我们往往能够借此窥探一个写作者的思想与情感的底色。

早在1925年，在绝大多数的中国诗人还沉溺于个人遭遇的时候，陈铨已经开始了这样的抒怀：

> 我为我的祖国，
> 辛苦的寻遍天涯，
> 秋风是这般的萧瑟
> 那里有自由之花？
> ——《祖国》②

自由，这是中国新诗与中国新文学的重要主题。在白话新诗首创人胡适眼中，中国的五四新文化和欧洲文艺复兴一样，"是个真正的大解放时代。个人开始抬起头来，主宰了他自己的独立自由的人格；维护了他自己的权利和自由"③。有必要"把从前一切束缚诗神的自由的柳锁镣铐，笼统推翻"④。康白

---

① 陈铨：《近代历史教育对人生的五害——〈尼采与近代历史教育〉之一节》，引自温儒敏、丁晓萍编：《时代之波——战国策派文化论著辑要》，第248—258页。
② 陈铨：《祖国》，载《清华文艺》第1卷第4期，1925年12月。
③ 胡适：《胡适口述自传》，《胡适全集》第18卷，第336页。
④ 胡适：《答朱经农》，《胡适全集》第1卷，第85页。

情说:"新诗破除一切桎梏人性底陈套,只求其无悖诗底精神罢了。"① 郭沫若五四时期诗歌力主"绝对的自由,绝对的自主"②,崇拜自由意志:"我崇拜创造的精神,崇拜力,崇拜血,崇拜心脏;/我崇拜炸弹,崇拜悲哀,崇拜破坏;/我崇拜偶像破坏者,崇拜我!我又是个偶像破坏者哟!"(《我是个偶像崇拜者》)"自由"主要是指自我的确立与个性的声张。"盖自由为人类生存必需之要求,无自由则无生存之价值。"③ 与五四主流不同,青年陈铨诗歌中的"自由"不是个人的幸福而是对民族、国家命运的关切:"虎狼已逼近腹心,/杀声若千山摇震,/山河破碎不堪论,/数千年神明的子孙呵!前进"。

朱自清先生曾经描述近代以来知识分子的思想发展:"辛亥革命传播了近代的国家意念,'五四'运动加强了这意念。可是我们跑得太快了,超越了国家,跨上了世界主义的路。诗人是领着大家走的,当然更是如此。这是发现个人发现自我的时代。自我力求扩大,一面向着大自然,一面向着全人类;国家是太狭隘了,对于一个是他自己的人。于是乎新诗诉诸人道主义,诉诸泛神论,诉诸爱与死,诉诸颓废的和敏锐的感觉——只除了国家。"以此观察,他最后的结论是:"我们愿意特别举出闻一多先生;抗战以前,他差不多是唯一有意大声歌咏爱国的诗人。"④ 的确,在"承认爱人的运动比爱国的运动更重"的氛围当中,⑤ 闻一多的诗歌却很少有理直气壮的男女私情,相反,满目皆是对祖国、对民族、对中华文化的赞美与忧患,例如《我是一个流囚》《忆菊》《一个观念》《发现》《一句话》《长城下之哀歌》《七子之歌》《醒呀!》《南海之神》《死水》《祈祷》等等,在中国现代诗坛上独树一帜。

1925年,同样出身于清华学校的陈铨,书写着与闻一多类似的"祖国"情怀,从早年的《祖国》到抗战时期的"民族文学运动"的倡导及创作,他作为知识分子的对民族命运的深切关怀同样真挚。在小说与戏剧作品中,陈铨还常常借助人物之口直接抒发他大义凛然的民族情怀和思想主张。长篇小说

---

① 康白情:《新诗底我见》,杨匡汉、刘福春编:《中国现代诗论》上编,花城出版社,1985年,第33页。

② 郭沫若:《论诗三札》,《沫若文集》第10卷,人民文学出版社,1959年,第213页。

③ 李大钊:《宪法与思想自由》,《李大钊全集》第1卷,人民出版社,2006年,第228页。

④ 朱自清:《新诗杂话·爱国诗》,《朱自清全集》第2卷,南京:江苏教育出版社,1996年,第356、357页。

⑤ 李大钊:《"少年中国"的"少年运动"》,《李大钊全集》第3卷,北京:人民出版社,2006年,第13页。

《狂飙》（正中书局，1942年）中的抗日英雄李铁崖老先生道出了作家对"新文化运动"的反省："中国现代最需要的就是团队精神，现代的新文化运动，刚好相反。"《野玫瑰》中的特工夏艳华怒斥汉奸王立民："你最厉害的敌手，就是中国四万万五千万人的民族意识。它像一股怒潮，排山倒海的冲来，无论任何力量，任何机智，都不能抵挡它！"《金指环》中人物道白简直就是陈铨的理论表述："个人的生命是短促的，民族的生命是长久的。个人的荣誉是渺小的，国家的荣誉是伟大的。"《无情女》中的樊秀云对异性"无情"，只对自己的国家一往情深："他是五千年历史的结晶体，他是四万万五千万人的化身！""就是因为他穷他病，我更要加倍地爱他。我为他受尽了千辛万苦，食不饱，睡不安，常常遭别人的奚落，有好几次我为他，差一点把性命都送掉了！"相反，有着极端个人主义表白的角色（如汉奸王立民）则是作品中的反派："国家是抽象的，个人才是具体的。假如国家压迫个人的自由，个人为什么不可以背叛国家？"这话出自一个大汉奸之口，显然就是对五四个人主义的刻意讽刺。关于汉奸王立民塑造的复杂性一度引起了相当的争议，左翼批评界曾经质疑过陈铨的立场，甚至将之视作"汉奸文学"。其实，平心而论，就陈铨的主导思想而言，极端个人主义肯定是他"民族文学"理想的对立面，当年王立民的扮演者汪雨就谈过这样的体会："'个人主义'无疑的即是那病症。王立民正是有着这个病的人，他不惜牺牲国家民族的利益而求满足个人的幻想，但是他遇着了一个打击，即是夏艳华，刘云樵等的'民族主义'。结果是灭亡了，这个理论的发展不是很明显？王立民的结果不也很明显？"① 应当说，作为戏剧主演的艺术体验是值得我们重视的。陈铨的主导思想倾向无疑是清晰可辨的，至于说陈铨无意识层面的复杂与暧昧，则属于另外一个问题。

朱自清、闻一多和陈铨等人所意识到的"国家民族问题"在事实上为民族主义与国家主义思想的流行创造了可能。

与立足于个人权利的自由主义不同，民族主义、国家主义强调集体性的认同，以民族或国家的利益为优先，论证牺牲小我服从整体的必要，在民族危机的时刻，这样的思想具有相当的说服力。

民族主义是以民族认同为基础的政治学说或文化思想，它主张拥有相同国籍的民族共同体为群体生活之基本单位，努力促进民族共同利益的实现，凝聚族群认同感，推动族群整体的生存和发展。一般认为，民族主义意识古已有

---

① 林少夫：《〈野玫瑰〉自辩》，原载《新蜀报》1942年7月2日，《中国新文学大系（1937—1949）》第2集，上海：上海文艺出版社，1990年，第483页。

之,又在近代民族独立潮流中被完整塑形。国家主义是近代兴起的关于国家主权、国家利益与国家安全问题的一种政治学说。除了研究治国之道和治国之术外,它对中国知识分子的更为显著的影响还在价值观念的定位上,国家主义价值的归依是国家,倡导国家至上,抑制和放弃小我,共同为国家的独立、主权、繁荣和强盛而奋斗。这对于近代以后深陷国家民族危机,希望整体解决中国问题或者忧惧"一盘散沙"的社会现实,梦想通过发展国家力量提升民族实力,进而推动诸多问题解决的知识分子而言,显然具有莫大的吸引力。在通常的情况下,"民族主义比国家主义更能诱惑人和奴役人。因为在所有'超个体'的价值中,人极易隶属于民族主义价值,极易把自己许配给民族这个整体,民族似乎是人类奉献激情冲动的永在的青春偶像,甚至一切党派都会毫不犹豫地将民族主义镌刻在自己的旗帜上"①。因此,"民族主义"的极端形式即为"国家主义";而"国家主义"的极端形式则为超国家主义(ultra‐nationalism,义同"法西斯主义""军国主义")。

如果说整个 20 世纪的中国都具有深厚的民族主义基础,应对内外战争的需要则不断增强国家政权主导社会的可能,在这个意义上,国家主义在 20 世纪中国不仅是一种有说服力的思想资源,而且更是一种现实生存的格局,或者说,我们深厚的民族情感常常不得不依托在"国家政权"发展与运行的基础之上,中国的民族主义在相当多的情形下都与国家主义交织在一起,并接受国家主义的调控和影响。总之,这是一个国家主义的时代,在陈铨、战国策派遭遇的抗日救国、民族危亡之际,更是如此。

研治现代中国文学思想的学者都承认一个事实:承受普遍性的民族危机的影响,中国的自由主义思想往往不够彻底,或者说颇为脆弱,它本身也愿意承担民族救亡的使命;同理,左翼共产主义思想也偏离了"原教旨"意义上的对民族国家的否定,同样扮演了重要的民族关怀的角色;而号称服膺"三民主义"的民国政府则从来没有放弃在"民族主义"的大旗下巩固政权的套路。基于这样的整体氛围,我们可以发现,作为思潮"国家主义"虽然远不及其他几种思想那么追随者众多,但是其价值观和思维方式却具有潜在而广泛的影响。例如,新月派一般被认为是自由主义的知识分子群体,不过闻一多又参与了大江社等国家主义的团体活动,一度成为"中华文化国家主义"的信奉者,国家的形象、国家的命运、国家的文化成为他诗歌创作念兹在兹的对象。

---

① [俄]尼古拉·别尔嘉耶夫:《人的奴役与自由》,徐黎明译,贵阳:贵州人民出版社,1994 年,第 142 页。

陈铨与战国策派的知识分子则在民族复兴之路的寻找中，发现了让一个"落后"民族、"后发达"国家强势崛起的精神资源，这就是尼采学说与德意志经验。

中国，"远自鸦片战争以来，就始终是一个彻头彻尾的民族生存问题"①。遭遇了民族生存危机的中国常常被笼罩着"列强环伺"的巨大心理阴影，感受到来自外部资本主义世界对于弱小、落后的农业文明无所不在的压迫和威胁，这样，如何通过塑造国家整体的而不是个人的强大来对抗外来的压力就成了一种颇有影响力的思潮，而国家整体的强大往往又与政治权力的集中，与国家权威的树立相互联系，用陈铨的话来说，就是："在世界没有大同，国际间没有制裁以前，国家民族是生存竞争唯一的团体；这一个团体，不能离开，不能破坏。民族主义，至少是这一个时代环境的玉律金科，'国家至上，民族至上'的口号，确是一针见血。"② 此情此景，与20世纪同样"后发达"的、同样渴望国家崛起的德意志民族多有相似。陈铨认为，德意志民族"明显地和其它的民族不同"即在于它"第一个观念，就是国家至上，民族至上"，"在德国这一种思想，盘据（踞）一般人的心胸，他们的哲学家，如像费希忒，黑格尔，尼采，都把国家看得非常重要，到紧要的关头，都主张牺牲个人，来维持国家的生存，达到理想国家的境界"。③ "十八世纪以来，普鲁士政治家如何把德国民族化分为合，化弱为强，化无能为光荣，整个过程之中，大有可资我们借镜之处的"。④

启蒙、强力、民族、国家、政权、领袖权威就这样复杂地纠缠在了一起，德意志如此，中国也如此，中国的历史进程具备了与德国的历史进程相互映衬、彼此认同的基础。尼采的超人哲学、强力意志成了"落后民族"挣扎崛起的动力，而强化国家机器的德意志之路似乎也成了可资借鉴的榜样。在这条效法德意志的道路上，一个现代化的日本脱颖而出，是否也将推动古老中国的复

---

① 林同济：《廿年来中国思想的转变》，原载《战国策》第17期，1941年7月20日，引自许纪霖、李琼编《天地之间——林同济文集》，第29页。
② 陈铨：《政治理想与理想政治》，原载《大公报·战国副刊》1942年1月28日第9期，引自张昌山编：《战国策派文存》（上下），昆明：云南人民出版社，2013年，第636页。
③ 陈铨：《德国民族的性格和思想》，《战国策》第6期，1940年6月25日，引自张昌山编：《战国策派文存》（上下），第215、216页。
④ 唐密（陈铨）：《法与力》，原载《大公报·战国副刊》第26期，1942年5月27日，引自张昌山编：《战国策派文存》，第719页。

兴呢？如前所述，陈铨更愿意以尼采式的激情而不是知识的理性来践行德意志的"狂飙突进"，这也就注定，他的民族关怀和国家理想都主要包裹着浓浓的文学意趣，具有相当多的情绪缠绕与思想纠葛。

三、国家主义：陷阱般的存在

陈铨以文学的方式表达自己真诚的民族情怀，自然就在自己的思想系统中留下了许多的暧昧与矛盾。其最大问题可能在于：不愿"冷静旁观"的他并未思考一个重要的问题——当个人的权利、自由始终未能获得法制层面的充分保障之时，意志的强力最终还只能在国家权威那里得以实现，民族的情怀也不得不为国家政权的行为所收编。换句话说，这是一个国家主义的时代，国家体制、国家政权有充足的力量吞噬、消化和扭曲属于个人的正常追求和思想情感。我们注意到，陈铨和其他战国策派知识分子都经由对国家权威的肯定走向了对权威领袖的肯定（虽然他们推崇的"英雄"不限于政治领域）。如果说他们对于革命先驱孙中山的肯定还具有某些"革命"意味的话，那么对精英人物的想象式的推崇却隐含着危险。特别是为了发挥尼采这样的"超人"的价值，不惜以想象赋予他独裁的特权："尼采最反对现代的国家，因为现代国家组织，不适宜于超人的发展，假如有一种新的国家组织，超人能够独裁，这一种国家，是力量意志的象征，尼采也没有理由不接受。"[①]

如果说，对尼采的"超人独裁"的想象还终归是一种文化的猜想，那么由尼采的哲学转向对现实政治领袖的"必须服从"、对独裁专制的理论肯定则变成了一种现实的政治态度。陈铨对德意志的观察是：知识分子"都把国家看得非常重要"，"至于领袖，是国家民族精神所寄托，群众必须要服从他们，崇拜他们，牺牲自己来帮助他们完成伟大的事业"，"没有民族，没有国家，个人根本就不能存在。国家不是人民组织成的，人民乃是靠国家存在的。而且国家是永久的，人民是暂时的，个别的人民，可以死亡，国家永远要继续存在。个人可以牺牲，国家不能牺牲。国家不是人民的契约，乃是人民的根本"。[②] 这种国家至上、领袖至上、人民渺小的判断论证的是专制独裁的正当性。亦如另外

---

① 陈铨：《尼采的政治理想》，原载《战国策》第9期，1940年8月5日，引自温儒敏、丁晓萍编：《时代之波——战国策派文化论著辑要》，第262页。

② 陈铨：《德国民族的性格和思想》，原载《战国策》第6期，1940年6月25日，引自张昌山编：《战国策派文存》（上下），第216页。

一位战国策派代表人物雷海宗的结论："凡不终日闭眼在理想世界度生活的人，都可看出今日的大势是趋向于外表民主而实际独裁的专制政治。"① 至此，战国策派的"国家主义"立场似乎又继续向着"超国家主义"的方向倾斜了。

从思想系统的整体格局来看，我们不难发现陈铨、战国策派知识分子与"法西斯主义"的区别，例如他们对人种优越论的警惕，对"武德的暴躁与残忍"的批判等等，但是陈铨式的激情和想象则分明为一些法西斯主义的思维和态度留下了足够的空间。也许《战国策》主持人何永佶撰文推荐希特勒的《我的奋斗》不无偶然，也许战国策派期刊上飘然而过的希特勒语录也不必深究，不过，由民族情怀而国家权威而领袖崇拜最后到独裁合法的思想取向的确有利于国民党政权的维护和巩固。这样一来，无论陈铨初衷如何，也无论他作为知识分子的独立性怎样，他的思想倾向客观上与国民党政府的文艺政策高度合拍起来。于是，问题来了：他如何才能与自己痛恨的腐败官僚划清界限？又如何真正实践"列国阶段"的"大政治"呢？

陈铨多次强调民族感情"不是肤浅的理智所能分析的，它是一种感情，一种意志，不是逻辑，不是科学，乃是有目共见，有心同感的"②。恐怕正是这种非逻辑非科学的情感的含混性将陈铨紧紧地裹在了现实政权的躯体上。虽然不是国民党独裁政权的御用文人，但是陈铨却不自觉地排斥着在当时能够抗衡国民党独裁的左翼文化，——至少是以自己的方式，助力于国民党集权的方向。

而在陈铨自己，也不得不陷入一种始料未及的内在矛盾之中。

他倡导的虽然是"民族文学"，其实重心却是早就落在了"国家主义"之上，或者说在创作之中，"国家意识"掩盖甚至代替了"民族意识"的独特体验，正如有学者所说："他关于文学'独特性'本质的看法，以及文学的民族性和时代性的论断，不过是泛泛之谈，没有生发出任何新鲜的、有创造性的文艺观，文学要表现时代精神和民族意识，事实亦然，关键是如何去表现？换言之，如何具体去创作'民族文学'？这一类文学的范本是什么？这些问题都没有解决，他自己所创作的小说和戏剧有其独特的风格，表现出了一种国家主义

---

① 雷海宗：《世袭以外的大位继承法》，《中国文化与中国的兵》，北京：商务印书馆，2001年，第186页。

② 陈铨：《五四运动与狂飙运动》，原载《民族文学》1943年第1卷第3期，引自温儒敏、丁晓萍编：《时代之波——战国策派文化论著辑要》，第347页。

的意识,但也不是他自己说的那种典型的'民族文学'文本。"①

陈铨没有仔细推敲的是,他所要达成的牺牲个人、国家至上的目标与实现这一目标的思想资源——强力的充满个人魅力的"超人"尼采其实不无矛盾。就现实政治而言,最能够包容、展示个性魅力的社会恰恰不是国家至上的专制社会而是尊重民意的民主体制,就文学的兴味而言,国家至上的理念是抽象的、严肃的也可能是无趣的,真正有艺术魅力的还是丰富的个性,是那些容纳了不同"个人主义"的五彩世界。文学家的陈铨一方面不断强调感情,反对理智,一方面却又将急需理智来规训的国家主义奉为圭臬,其遭遇的尴尬可想而知。

例如,为了论证反对国家组织形式的超人也能够适应特殊的国家体制,如尼采如何也能与国家体制和谐相处,陈铨只能靠臆测。

再如,为了让生硬的代言式的国家主义说教也能生动活泼,他不得不矛盾地书写着笔下的文学人物,结果,囿于个人追求的汉奸王立民竟也被人们读出了"个性魅力"②,一部原本打算反汉奸的《野玫瑰》被左翼批评家宣判为"汉奸文学"。陈铨的创作,用他自己的定位来说,真可谓是一出出"浪漫悲剧"。

当然,并非每一位民族主义、国家主义的信奉者都执着于自己的认识。陈铨的清华学长闻一多,因为"民族情怀"而受到朱自清先生的肯定,然而,自美国留学归来的他,却格外清醒地觉察到了这种国家与民族之间的分歧,这种认同与反抗之间的矛盾。《死水》时期的闻一多极其痛苦地书写着这样的矛盾,最终,当他不愿自己的民族情怀被国家政权的逻辑所吞噬时,他只能放弃诗歌创作。抗战胜利之后,在争取民主的抗争中,我们再一次看到闻一多的身影,这个时候的闻一多,已经用自我的反思和批判清算了"国家主义"对先前民族情怀的包裹:"假如国家不能替人民谋一点利益,便失去了它的意义,老实说,国家有时候是特权阶级用以巩固并扩大他们的特权的机构。""国家并不等于人民",国家与人民是对立的。③ 与前期"国家""民族""领袖"等关键词不同,"民主""人民""五四"成了此时此刻的他频频论述的主题。最终,他付

---

① 易前良:《国家主义与中国现代文学》,博士论文,南京大学,2004年。
② 左翼人士指出:"作者笔尖的汉奸并不可耻,并不卑鄙,并不丑恶,并不是没有灵魂没有血性,并不是完全泯灭了良心的一个形象。""这样一个倔强的英雄的灵魂应该是属于汉奸的吗?"(方纪:《糖衣毒药——〈野玫瑰〉观后》,《时事新报》1942年4月8日。)
③ 闻一多:《人民的世纪》,《闻一多全集》第2卷,武汉:湖北人民出版社,1993年,第407页。

出了生命的代价。

与闻一多不同，陈铨较长时间地陷入到了这样的思想困境之中，迟迟未能体现出这样的警觉。抗战以后，陈铨开始有所转变，对曾经信奉的思想——斯宾格勒与尼采学说——都有所质疑，甚至更尖锐地批评时政，为民请命，倡导自由，留下了《金石盘》《美苏对症的良药》《要生活也要自由》等思考，闻一多殉难的消息传来，他写下《闻一多的惨死》，严厉谴责国民党"卑鄙下流的暗杀"①，不过，与他此前倾力打造的国家主义的思想与文学比较，这些"新变"已难以产生必要的社会影响了。陈铨，最终还是被定格在了国家主义时代的民族文学阵营之中，并付出了自己的历史代价。

作为一位无党无派的独立知识分子，陈铨对抗战年代国家民族的关切毫无疑问是真诚的，他同时代的知识分子，包括左翼知识分子，在一开始也并无怀疑这样的真诚性，彼此还有过多方面的合作，但是，来自国家政权的吞噬之力依然强大，同时，吞噬与反抗吞噬的力量总是相伴而生，吞噬的收编有多强大，反抗吞噬的误读也就有多强大，作为意识形态斗争的对象，《野玫瑰》和陈铨被左翼批判的命运几乎就是必然的。更为严重的是，一旦陈铨无法如当年的闻一多那样及时地清醒地觉察到"国家主义"文化的凶猛性，无法在种种的"国家"与"民族"概念之间建立起基本的区隔，那么他就难以避免被政治力量改造、扭曲和误解的命运，最后，当新政权代替了旧政权，新的国家意识代替了旧的国家主义，原本真诚而高尚的国家民族情怀就只能被定格在"反动"的记忆之中，成为陈铨不堪重负的历史包袱了。

国家主义的文化，从来没有为知识分子的民族情怀礼让出一片净土蓝天，这是中国历史莫大的悲剧。

---

① 《智慧》（上海）第 10 期，1946 年 7 月 26 日。

第三编
文学的多重文化资源

中国现代文学从来不是某一种力量的孤立运行，而是使用了多种多样的社会文化资源。整合多种书写语言资源的结果，正是它们的交融、冲突最终"磨合"成了我们今天看到的新诗形态。事实上一直存在不同群体、不同个人的"各自努力"的中国现代文学，他们共同分享了一种"变革"的愿望与氛围，正是这种总体的"势能"让文学的变革真正成了可能。

第一章　中国新诗：多种书写语言的交融冲突
——再审中国新诗的诞生

20世纪90年代初期，郑敏对新诗史的回顾可谓是道出了近20年来人们对新诗质疑的主要观点，也在很大程度上敞开了"反思五四文学革命"的基本思路①："五四"白话新诗与白话文学被批评为充满了"口语迷信"，"只强调口语的易懂，加上对西方语法的偏爱，杜绝白话文对古典文学语言的丰富内涵，其中所沉积的中华几千年文化的精髓的学习和吸收的机会"，"将元朝的白话文拿来作为从理论文到诗歌的创作的文字，而且不容任何置疑，其本身的不符合革新精神，显而易见，难道12、14世纪的口语就能完全胜任用以表达20世纪中国人的思想意识"②？郑敏提醒我们注意语言本身的价值稳定性，重述文言文的文学意义，这都在后来为其他学者进一步展开，确有学术警醒意义。不过，白话文究竟是不是口语本身？"五四"新诗是否真如倡导者胡适所谓"有什么话，说什么话"③那么的"口语至上"？早期新诗的语言资源究竟来自哪里？是否就是一个难以自证价值的"口语"呢？

事实上，这些关于"五四"白话诗的批评实在包含了太多的误解，"五四"新文学绝非口语替代文言的产物，多种语言的交融与冲突才是历史的事实。早期白话诗歌的探索经过了一个相当曲折的过程，当我们最终震撼于胡适、陈独秀等人的冲击，逐渐熟悉了这样一种白话形态，其实它们已经凝结了

---

① 郑敏：《世纪末的回顾：汉语语言变革与中国新诗创作》，载《文学评论》1993年第3期。
② 同上。
③ 胡适：《建设的文学革命论》，《胡适文集》第3卷，第60页。

数代中国诗人不同方向的探索,其丰富的内涵既不能为几个口号宣传者的策略性表述所概括,也不能为其中一部分诗学理论所垄断。对此,连胡适本人原本就有清醒的意识,他曾借用陈独秀的话表示:"常有人说,白话文的局面是胡适之、陈独秀一班人闹出来的,其实这是我们的不虞之誉。中国近来产业发达、人口集中,白话文完全是应这个需要而发生而存在的。适之等若在三十年前提倡白话文,只需章行严一篇文章便驳得烟消灰灭。"①

无论是文学史对"五四"文学革命的激赏式描绘,还是郑敏的深刻质疑,都倾向于将"五四"新诗的诞生当作一系列不完善,甚至是失败性的努力之后的最后"果实",我们是在不断否定晚清民初的艺术之路的基础上肯定着胡适这样的白话自由诗。事实上,新诗的创立并非一日之功,逐渐成为其书写语言的既有传统古诗、骚体、词曲以及古典白话诗,又有翻译体的挪用,还有民间歌谣、歌词的借鉴。新诗探索者也不限于胡适这样的新知识圈,事实上一直存在不同群体、无数诗人的努力,他们共同分享了一种变革的愿望与氛围。正是这种总体的"势能"让诗歌史的变革真正成为可能,并由此沉淀下来,构成未来新诗自我演进的内在元素,在适当的时候再一次发动、生长。中国新诗不是某一种单独的力量自我运行的结果,在这里一开始就存在着多种语言的生长,正是它们的交融、冲突最终"磨合"成我们后来看到的新诗形态。

一、晚清"新诗"诞生的多重背景

语言学家布龙菲尔德指出:"语言学家应当毫无偏见地观察一切言语形式。语言学家的任务,有一部分就是查明在什么样的条件下说话的人们赞许或非难某个形式,而且对于每一个具体形式都要查明为什么会有人赞许或非难。"②对文学史发展的语言问题的观察,也需要如此,针对"每一个具体的文学语言形态"都应当查明它们各自的环境和条件,而不是将"最近"的某些现象当作历史的归宿。

语言的生长是一个在时间中发酵的过程,不同的语言追求会留下不同的印记,发挥不同的作用,历史研究就是要辨析出这些"曾经"的元素,而不是只盯住历史高潮中的少数作品,将翻天覆地的理由都交付给这文学的"少数"。

---

① 胡适:《〈中国新文学大系·建设理论集〉导言》,《胡适文集》第3卷,第277页。
② [美]布龙菲尔德:《语言论》,赵家骅、赵世开、甘世福译,钱晋华校,北京:商务印书馆,1997年,第23页。

无论是自称"尝试"的胡适，还是"涅槃"的诗神郭沫若，其实都不过是历史变迁中的个案，他们首先只能代表他们自己，代表一种历史行进大潮中的个人选择。过分强调诗歌史如何由粗糙的、失败的晚清民初不断"进步"到胡适、郭沫若的"五四"而大功告成，这种进化论式的思维太过简单，忽略了一个重要事实：任何创作者的思维都是全方位向世界打开的，不会也不可能只以"最近"的文学样式为榜样，仅仅将自己的语言资源限定在时间的左邻右舍中。也就是说，在走出传统诗歌模式的探索中，一切曾经的努力和尝试都可能在不同的方向上构成对写作的启迪。要总结新诗创立的语言资源，必须将晚清、民初、五四当作一个既有历时性又有共时性的"整体"，分别清理不同的努力所留下的有益于未来的艺术启示，否则，我们就难以解释这样一个基本现象：胡适也好，郭沫若也罢，他们的诗歌形态并不能规范此前此后的中国新诗，早期白话新诗的路径从来都是多方向的，它们呈现出来的艺术样态也是大相径庭的。五四时期，诗人李金发的观察是："中国自文学革新后，诗界成为无治状态。"① 而直到中华人民共和国成立，文言文的地位都还是举足轻重的。何兆武回忆说："白话文到今天真正流行也不过五十年的时间，解放前（一九四年前），正式的文章还都是用文言，比如官方的文件，研究生的毕业论文大都也是用文言写的。除了胡适，很多学者的文章都用文言，好像那时候还是认为文言才是高雅的文字，白话都是俗文。"②

中国新诗的写作从来都不是因为有了"新派诗"就抛弃了"新学诗"，也不是因为"翻译体"的出现就否定了"旧瓶装新酒"，不会因为"欧化白话"的成熟就完全放弃了"古典白话"，甚至也不因为新诗的定型而丧失了"再用"传统诗词模式的可能。这一特点，仅仅从"新诗"这一概念的兴起和发展就可以见出端倪。在今天，新诗理所当然就被视作白话的、自由的现代诗歌样式。其实，从晚清到五四，曾经有过太多种类的变革的诗体样式，它们都被称作新诗，1919年胡适所谈的白话新诗也不过是诸多新诗之一。

作为一个汉语词汇，新诗在中国古代文学的创作中指的就是新的诗歌作品，并没有思潮创新或文体变革之意，如"春秋多佳日，登高赋新诗"[陶渊明《移居》（其二）]，"陶冶性灵在底物，新诗改罢自长吟"（杜甫《解闷十

---

① 李金发：《〈微雨〉序言》，《李金发诗集》，成都：四川文艺出版社，1987年，第3页。

② 何兆武口述、文靖撰写：《上学记》，北京：生活·读书·新知三联书店，2008年，第23页。

二首》之七），"袖里新诗十首余，吟看句句是瑶琚"（白居易《见尹公亮新诗，偶赠绝句》）等。第一次将新诗赋予更大的变革意义的是谭嗣同、夏曾佑与梁启超诸人。1896年至1897年间，他们三人会聚作诗，尝试在"新诗"之名目下突破传统。"盖当时所谓新诗者，颇喜捃扯新名词以自表异。丙申、丁酉间，吾党数子皆好作此体。提倡之者为夏穗卿，而复生亦綦嗜之……当时吾辈方沉醉于宗教，视数教主非与我辈同类者。崇拜迷信之极，乃至相约以作诗非经典语不用。所谓经典者，普指佛、孔、耶三教之经，故新约字面，络绎笔端焉……至今思之，诚可发笑。然亦彼时一段因缘也。"① 在这里，"新"之所以超越了一般的写作行为而指向更大的思潮、文体的变革，乃是因为它已居于一个宏阔的文化背景：与"旧"相对。"新诗"的背后是蓬勃兴起的"新学"，两种思想文化体系的分道扬镳由此展开。虽然，谭嗣同、夏曾佑、梁启超他们刻意展现的"新学"知识在诗歌中佶屈聱牙，最终影响了艺术的接受与传播，所谓"苟非当时同学者，断无从索解"②。不过，完全以失败视之却也并不准确，因为，"新"与"旧"的分歧与对抗正是后来现代新诗创立的根本，正如有学者指出的："新学诗，又是当时精神解放和新学思潮的产物，是出于以诗来表现最初的思想觉醒而进行的一种尝试，蕴含着一种新的诗歌创作主张：诗应该表现新学理、新理想、新的宇宙观和人生观。"③ 让五四新诗运动理直气壮起来的就是这种新的宇宙观与人生观。

朱自清断言："近代第一期意识到中国诗该有新的出路人要算是梁任公夏穗卿几位先生。"④ 所谓"新出路"指的是在中国固有的诗歌句式中采用新的概念和术语，例如"纲伦惨以喀私德，法会盛于巴力门"（谭嗣同《金陵听说法》）。"梁任公夏穗卿几位先生"不过是开了头，至1915年9月17日夜，引发争论并迫使胡适走向新诗革命的作品《送梅觐庄往哈佛大学》也有类似的表达："但祝天生几牛敦，还乞千百客儿文，辅以无数爱迭孙，便教国库富且殷，更无谁某妇无裈，乃练熊罴百万军。谁其帅之拿破仑，恢我土宇固我藩，百年奇辱一朝翻。"⑤ 全诗3章共420字，用了11个外国字的译音。新诗之"新"

---

① 梁启超：《诗话》，《饮冰室合集·文集》第16册，第4420—4421页。
② 同上，第4420页。
③ 钱竞、王飚：《中国20世纪文艺学学术史》第1部，上海：上海文艺出版社，2001年，第411、412页。
④ 朱自清：《论中国诗的出路》，《朱自清全集》第4卷，南京：江苏教育出版社，1996年，第287页。
⑤ 胡适：《送梅觐庄往哈佛大学》，《胡适文集》第1卷，第122—125页。

路完全一致。今人常强调胡适投身白话诗运动与美国意象派诗歌主张的渊源，殊不知在当初，以什么样的"新"来破"旧"，胡适的尝试还是取自谭嗣同、夏曾佑、梁启超的尝试，至少在这个起点上，胡适的"五四"新诗与清季之新诗并无不同。

当然，起点近似并不等于结果一致。我想强调的是，就像后来的《尝试集》本身的混杂一样，胡适通达的白话自由体新诗，也蕴含着多种"新诗"理想，从清季的北京城到美国纽约的曼哈顿、绮色佳（伊萨卡），混杂着"佛、孔、耶三教之经"的"新知识"和美国意象派诗歌运动之 New Poetry 都不缺少①，中国早期新诗多重思想资源与语言资源的特质可见一斑。

二、"新派诗"与"五四"的尝试

不仅是革新中国诗歌的初衷，就是后来关于诗歌写作的各种设想，晚清民初的诗歌变革也道出了创立中国现代新诗的不同方向。在"五四"新诗的演变史上，这些设想始终交错在一起，彼此驳诘、砥砺，成为"五四"以及以后的人们借鉴取法的对象。

继"新学诗"之后，"新诗"的另一个尝试便是黄遵宪的"新派诗"。虽然他的创作尝试还早于谭嗣同、夏曾佑与梁启超诸人，但提出名目却是在1897年。《酬曾重伯编修并示兰史》云："废君一月官书力，读我连篇新派诗。"② 较之于谭夏梁，黄遵宪的外交官身份赋予他更宽广的"世界视野"，《酬曾重伯编修并示兰史》显示，"新派诗"的倡导起码基于两个重要的背景：一是"世变群龙见首时"，二是"文章巨蟹横行日"。前者是谈列强环伺、群龙争霸的生存格局，后者则描述了与我们对话、交流的语言文化环境——拼音文字的语言世界（横向书写的文字犹如巨蟹运行）。这里对传统汉语诗歌介入"现代世界"后的遭遇的真切感受，在相当大的程度上绘制出20世纪中国知识分子与中国诗歌的历史命运。可以说，直到今天，我们也没有跳出这样的视野和命运。

黄遵宪的"新派诗"写出了第一次走出国门的中国人对外部世界的新奇感

---

① 关于"新诗"概念如何承受了中外多种文化的影响，参见伍明春：《试论"新诗"概念的发生》，载《湛江师范学院学报》2006年4期。

② 黄遵宪：《酬曾重伯编修并示兰史》，《人境庐诗草》，北京：商务印书馆，1937年，第106—107页。

受。目光挑剔的钱钟书对这类"熔铸新理想以入旧风格"的诗作尚有不满,谓"其诗有新事物,而无新理致"①。其实,新鲜的感受本身就已经暗含了"理致"的变异,当《今别离》描绘着新时代的风物与时空感受,当《以莲菊桃杂供一瓶作歌》展示着国际性的人际关系,当《病中纪梦述寄梁任公》表达着"无复容帝制"的"廿世纪"梦想,我们不得不承认,这是一个迥然不同的文明世界,要在这样的世界生存下去,就不得不重新打量自己的过去,调整自己的法则。《杂感》则提出了俗语的再认识问题:"即今流俗语,我若登简编。五千年后人,惊为古斓斑。"② 在文言书写的时代,能够如此富有历史眼光地反省我们的"俗语",并对当下的语言秩序质疑,这已经足以启发人们进一步追问:究竟文学的书写语言还有哪些可能?由此出发,通达"五四"文学语言革命的道路就展开了。

胡适在更为欧化的诗风召唤下不满于黄遵宪"新诗"的"旧风格",声称:"这种'新诗',用旧风格写极浅近的新意思,可以代表当日的一个趋向;但平心说来,这种诗并不算得好诗。"③ 但这却不能代表"五四"诗坛的共识。同样是早期新诗运动的参与者,周作人却盛赞黄遵宪是"开中国新诗之先河"④。胡怀琛承袭黄遵宪"熔铸新理想以入旧风格"的诗歌路径,甚至高举"新派诗"的大旗,还自告奋勇地替《尝试集》"改诗",形成新诗创作的另外一种取向。胡怀琛对《尝试集》的挑剔未必都具有说服力,他自己的《大江集》也未必能成为白话诗之"模范",不过新诗人并不都认同胡适的创作道路却是事实,否则,胡适也不会很快被宣判为新诗的"罪人"⑤,而"旧风格"——唐风宋韵——的魅力则从新月派、象征派、现代派一路绵延发展,从未衰歇,"新派"显然还有另外的"派"法。

1899 年,梁启超在《夏威夷游记》中正式提出"诗界革命"的口号,而黄遵宪就是这一"革命"最杰出的代表。朱自清认为,"诗界革命""虽然失败了,但对于民七的新诗运动,在观念上,不在方法上,却给予很大的影

---

① 钱钟书《谈艺录》补订本,北京:中华书局,1984 年,第 23—24 页。
② 黄遵宪:《人境庐诗草》卷一,第 7 页。
③ 胡适:《五十年来中国之文学》,《胡适文集》第 4 卷,第 357 页。
④ 周作人:《知堂集外文四九年以后》,长沙:岳麓书社,1988 年,第 326 页。
⑤ 穆木天在《谭诗——寄沫若的一封信》中说:"中国的新诗运动,我以为胡适是最大的罪人。"(陈惇、刘象愚编:《穆木天文学评论集》,北京:北京师范大学出版社,2000 年,第 40 页。)

响"①。如果我们能够更宽厚地看待历史,不将"五四"白话新诗与黄遵宪"新派诗"的差异当作是"诗界革命"绝对"失败"的标志,就能发现其实中国新诗面对的许多问题,如传统与现代的关系、中西文化的差异以及言与文的关系等,早已被黄遵宪意识到了。换句话说,"五四"新诗所要解决的许多问题并不是"五四"才出现的,也不是"五四"诗人天才般揭示出来的,他们事实上还经常重复黄遵宪的话题。

  黄遵宪不仅代表了"诗界革命"的最高水平,为我们揭示出了新诗创立的代表性问题——新理想与旧风格的辩证关系,而且还探索了如何借助声音来促进诗歌革新的途径,这同样是中国新诗发生发展过程中的核心问题。所谓古代诗歌的停滞也体现为格律的固定和僵化上,这归根结底是诗歌音乐性(声音)的降低。要实现对这一板滞的音乐模式的突破,就亟须引入别的旋律感、别的声音。新的音乐旋律和声音将推动"诗歌体式"(诗体)的改革。黄遵宪晚年致力于诗体改革,有所谓"杂歌谣""新体诗"的设想,这里涉及借助民间歌谣的语言更新诗歌语言的问题。最值得注意的是,他利用歌曲填词探索新的诗歌旋律,写下了《出军歌》《军中歌》《旋军歌》等,在我们熟悉的古典诗歌格律外另辟新境。这样的探索虽说也是行走在词曲之于传统诗歌体式发展这一故辙上,但由此激活创造的可能,在中国诗歌发生现代转换的过程中起到不可或缺的作用。黄遵宪的示范,加上新式学堂中音乐教育的发展,晚清民国初年流行起了"学堂乐歌",这便有助于恢复古代诗歌与音乐相结合的活力,在一定程度上冲破了旧体诗格律的束缚。以黄遵宪为先驱,经过沈心工、曾志忞、李叔同等人的努力,学堂乐歌的创作达到了高潮。1920年5月,叶伯和的《诗歌集》出版,这是新诗史上的第二本个人白话诗集,仅比《尝试集》晚了两个月。《诗歌集》分作"诗集"与"歌集","歌集"中就收入大量学堂乐歌。

  对音乐性的征用,或从民间歌谣中寻觅可能,或利用歌词的节奏来探索诗的韵律,这在晚清民初也形成了相当的共识。前者有"诗界革命"之"新体诗"的倡导,至五四时代尚有吴芳吉的新探;后者则吸引了大量的诗人和音乐人士,一时蔚为大观,形成了现代新诗创立史上于胡适、郭沫若等自由诗之外的另一种重要思路。朱自清曾指出:"照诗的发展旧路,新诗该出于歌谣……但新诗不取法于歌谣,最主要的原因还是外国的影响。"② 认真说来,"不取法

---

① 朱自清:《中国新文学大系·诗集·导言》,《朱自清全集》第4卷,第366页。
② 朱自清:《新诗杂话·真诗》,《朱自清全集》第2卷,第386页。

于歌谣"的主要还是胡适、郭沫若等开启的自由诗,但"歌谣"及其背后的音乐性问题从来都是新诗发展的内在力量,不用说在晚清民国的转换时代曾经发挥了重要作用①,就是朱自清也会在20世纪40年代旧话重提:"我们主张新诗不妨取法歌谣。"②

胡适提出的"八事"主张谓"诗当废律",倡导"自然音节",问题是,什么是"自然音节",又如何在"自然音节"中传达诗歌的"声音"追求,却并不是一件简单的事情。即便对新文学理解深刻的鲁迅也认为:"诗须有形式,要易记、易懂、易唱、动听,但格式不要太严。要有韵,但不必依旧诗韵,只要顺口就好。"③ 这样一来,对诗歌声音的探索,或者说寻觅新的音乐性来推进诗歌的建设就成了中国新诗应有之义。在这个问题上,诗人不可能受制于胡适的"自然音节"说,他们尽可以越过胡适,上接黄遵宪等一大批"传统文人"的志趣。事实上,中国现代新诗的发展就是内部不同力量之间的交织伸张,在不同的时代生长着不同的需求、不同诗歌理想之间的博弈从未停止。

三、问题的堆叠与追求的反复

从晚清至"五四",所有这些"新诗"创立的诉求之所以能够交错并存,在未来也交织生长,而不是以胡适等人的创作实践为唯一的方向,其原因也不复杂,因为每一轮的"新诗"探求都揭示了中国诗歌变革在某一层面、某一方向上的关键问题,这些问题不会在短时间内获得真正的解决,因而也就不会随着时间的流逝而被人遗忘,而总会一再被后来的探求者提起。虽然这些探求各有不同,但却不是简单的对立否定关系,后来者可以另辟蹊径,但不能代替前人解答问题,最终,历史一方面在开拓前行,另一方面也在积攒几代诗人的探求成果,成为中国新诗创生和发展的共同财富。只有读懂了这种创生资源的多元性,我们才能理解中国新诗探索之艰难、思虑之广博,而不再以某一时期、某一取向的表现来以偏概全。

中国新诗创生资源的多元性来自走出古典传统的多向努力。如何走出日益

---

① 有学者将"乐歌"的作用视作"中国诗歌转型"的重要力量(参见傅宗洪:《学堂乐歌与中国诗歌的现代转型》,载《中国现代文学研究丛刊》1996年6期)。

② 朱自清:《新诗杂话·真诗》,《朱自清全集》第2卷,第387页。

③ 鲁迅:《书信·致蔡斐君350920》,《鲁迅全集》第13卷,北京:人民文学出版社1981年,第220页。

封闭、衰竭的古典诗歌，在左冲右突中寻觅艺术创生的资源可以说是晚清以降的中国诗人的共同选择。在农耕文明环境中孕育生成的中国古典诗歌也在很大程度上受制于这一文明的封闭性，因而在作为诗歌灵感的文明资源被发掘殆尽之际，会出现艺术发展停滞不前的窘境。这绝非新文化人的偏见，而是古往今来的创作界与学术界的共识。差异仅仅在于，我们将最终停滞的时间确定在哪里。鲁迅有过著名的判断："一切好诗，到唐已被作完，此后倘非能翻出如来掌心之'齐天大圣'，大可不必动手。"① 闻一多则认为："诗的发展到北宋实际也就完了，南宋的词已经是强弩之末。"② 当代学者启功也将下限确定在宋代，他形象地指出："唐以前诗是长出来的，唐人诗是嚷出来的，宋人诗是想出来的，宋以后诗是仿出来的。"③ 在这些现当代学人之前，古代知识分子也不乏类似的感受。清初叶燮的描绘很有影响力："譬诸地之生木然：三百篇则其根，苏李诗则其萌芽由蘖，建安诗则生长至于拱把，六朝诗则有枝叶，唐诗则枝叶垂荫，宋诗则能开花，而木之能事方毕。自宋以后之诗，不过花开而谢、花谢而复开。"④ 与新诗概念诞生、"诗界革命"展开同时代的诗坛大家陈三立、易顺鼎也有过深切的感叹："吾生恨晚数千岁，不与苏黄数子游。""吾辈生于古人后，事事皆落古人之窠臼。"⑤ 同样行走在近现代转折之中的吴芳吉也说："吾国之诗，虽包罗宏富，然自少数人外，颇病雷同。贪生怕死，叹老嗟卑，一也。吟风弄月，使酒狎倡，二也。疏懒兀傲，遁世逃禅，三也。赠人咏物，考据应酬，四也。"⑥

中国古典诗歌衰歇有年，并非直到"五四"才出现，当然更不是胡适等激进派的刻意反叛、破坏的结果。郑敏将"为什么有几千年诗史的汉语文学在今天没有出现得到国际文学界公认的大作品"这样严重的后果认定为胡适、陈独

---

① 鲁迅：《书信·致杨霁云341220》，《鲁迅全集》第12卷，第612页。
② 闻一多：《文学的历史动向》，《闻一多全集》第10卷，武汉：湖北人民出版社，1993年，第18页。
③ 启功：《启功讲学录·论文学》，北京：北京师范大学出版社，2004年，第6页。
④ 叶燮：《原诗·内篇下（六）》，《原诗一瓢诗话说诗晬语》，北京：人民文学出版社，1979年，第34页。
⑤ 分别见陈三立诗《肯堂为我录其甲午客天津中秋玩月之作诵之叹绝苏黄之下无此奇矣，用前韵奉报》，易顺鼎诗《癸丑三月三日修禊万生园赋呈任公》。
⑥ 吴芳吉：《〈白屋吴生诗稿〉自序》，王忠德、刘国铭主编：《吴芳吉全集笺注·论文卷》，重庆：重庆出版社，2015年，第323页。

秀的"数典忘祖"①，仿佛没有了五四新诗运动的偏激反叛，中国诗歌就可以继续沿袭几千年的辉煌，这实在是对历史事实莫大的误解。事实是，艺术的衰落既非少数历史人物所能造成，也不是一两代的努力就能挽回，中国诗歌的振兴需要几代诗人前赴后继的持续探索。概括起来，在这一过程中需要解决的问题起码有以下几个：诗歌如何从重复的主题中获得新意？如何面对当下的生活？如何从日益僵硬的韵律中恢复动人的音乐性？除了传统的艺术趣味和境界，它还有没有新的发展的道路，或者说自我突破的可能？最终，所有这一切的探求如何通过语言的创造得以传达？对这些问题的认知其实也需要一个过程。从晚清到"五四"，无论诗人的表述如何，旗号怎样，其实最后的思考还要落实到对语言资源的打磨和筛选上，而其他的问题也还得透过语言的处理而获得部分的解决。

鲁迅断言"一切好诗，到唐已被作完"，这里道出的首先还是立意求新之难。不过在实际写作中，求新之难常常又体现在高度成熟以致"套路化"的语言形式所束缚。当诗歌写作已经高度模式化的时候，能够随心所欲、自由差遣的新鲜语言其实正日益减少。正如刘纳的分析："两千年诗歌经验的积累使熟烂的形式本身就具备了很高水平，这一方面使写诗成为一件很容易的事，稍具悟性的文人便可以巧翻成意成句，作文字游戏和意象游戏，另一方面，形式的熟烂又使得诗的创意无比艰难。中国诗早已熟烂到这种程度，仅以它的形式本身，便几乎足以能够销熔一切可能超越古人的诗意和诗境。"② 胡适的"八事"要求"不摹仿古人""务去滥调套语"，这在中国诗歌的写作实践中绝对是一件高难度的事情！

雅言传统、语言模式的套路化将大量原本鲜活的日常语言排斥在写作之外。明白了这一尴尬，我们就不难理解，为什么最早的新诗探索就是从扩大语言仓库入手的，谭嗣同、夏曾佑与梁启超取于佛、孔、耶经典的语汇虽然生僻，但确实补充了早已枯竭的诗歌语言资源。鉴于中国诗歌实在需要更多语言补充，所以从晚清到"五四"，不断突破雅言的束缚，寻找更多的语言资源都是必不可少的工作，生僻的宗教语汇可以纳入，外语的音译表达当然也可以纳入，到五四时期，外语单词也进入了中国诗歌，这都是同一种诉求的不断推进而已。当郭沫若的《天狗》中出现 Energy，《无烟煤》中标列 Stendhal、Henri

---

① 郑敏：《世纪末的回顾：汉语语言变革与中国新诗创作》，载《文学评论》1993年3期。

② 刘纳：《中国古典诗歌的回光返照》，载《传统文化与现代化》1994年第6期。

Beyle 时，我们很自然就想到了"新学诗"的选择，想到了"纲伦惨以喀私德，法会盛于巴力门"。看来，谭嗣同、夏曾佑与梁启超当年的探索并没有那么的可笑，也不能被轻易否定，它已经潜沉为一种新的思路。

更引人注目的还是"五四"对白话的强调，这当然也是扩大语言资源的重要努力。在中国诗歌的雅言传统中，虽然也存在白话诗，但后者从来也没有进入中国诗歌的主流，它们的存在基本上都有特殊的理由（如诗僧们方便"说法"）。近代以后对白话的日益重视开始为诗歌语言之库敞开大门，到"五四"达到鼎盛。我们可以读到诗人们借鉴西方文艺复兴"言文一致"的种种说辞，但归根到底，这种"言文一致"的动机却还是来自中国诗歌内部，是基于扩大日益枯竭的诗歌语言而采取的措施。所谓白话其实是包容了较多口语的语言形态。众所周知，与书面语比较，直接源于变动的生活现实的口语更具有灵活性，因而也更能传递新鲜的人生感受，较之高度封闭的文言文，纳入口语元素的白话文在当时显示了更多的创造性。所以青睐白话的就不仅是"西化派"的胡适，也包括"传统派"的胡怀琛、吴芳吉，继承传统与使用白话本来就不是对立项。

但是，白话却不是口语本身，所谓的白话文其实还是书面语言之一种，只不过较之文言文，它在当时更具新鲜感和生命力。胡适、陈独秀等"五四"文学革命的倡导者提倡白话文，写作白话新诗，这就是要为中国诗歌灌注创造的活力，而不能说他们都是"口语至上"者。这不过是特定转折关头的选择，也不能据此断定口语从此成为现代新诗唯一的选择。康白情早在 1920 年 3 月就明确提出："新诗并不就是指白话诗。"① 朱自清也表示："什么叫'白话'？它比文言近于现在中国大部分人的口语，可是并非真正的口语。"② 1943 年，朱光潜的《诗论》更是认为："以文字的古今定义字的死活，是提倡白话者的偏见。散在字典中的文字，无论其为古为今，都是死的；嵌在有生命的谈话或诗文中的文字，无论其为古为今，都是活的。"③

在"五四"以后的诗歌史上，其他书面语（包括文言文）依然对创作者充满魅力，成为他们选择的对象，"'写的语言'常有不肯放弃陈规的倾向，这是一种毛病，也是一种方便。它是一种毛病，因为它容易僵硬化，失去语言

---

① 康白情：《新诗底我见》，原载 1920 年 3 月《少年中国》第 1 卷第 9 期。
② 朱自清：《你我·论白话——读〈南北极〉与〈小彼得〉的感想》，《朱自清全集》第 1 卷，第 267 页。
③ 朱光潜：《诗论》，上海：上海古籍出版社，2001 年，第 80 页。

的活性;它也是一种便利,因为它在流动变化中抓住一个固定的基础。在历史上有人看重这种毛病,也有人看重这种方便"①。从整个中国新诗发展历程来看,一会儿是书面语的继续强化以至僵化(如20世纪30年代的某些现代派诗歌),一会儿又是加强口语的呼声再起(如40年代及90年代),书面语与口语的消长前行最终成了中国新诗的常态。

外国诗歌翻译对中国新诗的创立也产生了至关重要的作用,除了思想的展示外,汉语在传达异域感受的过程中还逐渐形成了一种新的语言方式:以口语为基础的舒卷自如的句式。我们必须看到,这种欧化白话(朱自清称作"新白话")的出现将传统白话推进到一个新的阶段,不仅容纳了口语,而且还充满了思辨性和逻辑性,这就为"换一副目光看取世界"奠定了坚实的基础。欧化白话的成熟进一步让中国新诗的白话文写作不至于落入"口语至上"的陷阱,它召唤的其实是一种更为复杂的现代书面语。用朱自清的话来说就是:"新诗的白话跟白话一样,并不全合于口语,而且多少趋向欧化或现代化。"②

从语言资源的扩展入手寻觅新的表达的可能,这样的诗学追求其实是充满实践品格的,古今中外的语言资源都可以成为新诗挑选的对象,并没有真正的现代/传统或白话/文言的尖锐对立。刘纳的研究早就证明,胡适等人的文学革命并不以古典文学为否定对象,它们所要挑战的不过是"同时代"那些冥顽不化、不思进取的文学创作倾向③。即便如此,他们那些激进的表达也很快就遭到同代人的反对,胡怀琛就批评《尝试集》"解放得太过了,太容易做了。所以弄成满中国是新体诗人,却没有几个好的,他的结果反被旧式的诗人笑话,岂不是糟了么?"④ 更猛烈的批判就在主流新诗的内部(包括学生一代与后继者),"中国新诗最大的罪人"之说即诞生在这一阵营⑤。新月派的闻一多、徐志摩、朱湘从理论到实践都不脱白话与文言的结合。直到20世纪30年代的梁宗岱,还在追究胡适的用语之偏颇:"和历史上的一切文艺运动一样,我们新

---

① 朱光潜:《诗论》,第82页。

② 朱自清:《论白话》,《朱自清选集》第1卷,石家庄:河北教育出版社,1989年,第355页。

③ 刘纳指出:"在'五四'新文学发难时,先驱者并未全盘否定'古典',并未斩断与既往文学历史的联系,他们所要决绝地斩断的是与'今日'文坛的联系。"(刘纳:《1912—1919:终结与开端》,载《中国现代文学研究丛刊》1998年1期。)

④ 胡怀琛:《新派诗谈》,《白话文谈及白话诗谈》,上海:广益书局,1921年,第49页。

⑤ 穆木天宣布:"中国的新诗运动,我以为胡适是最大的罪人。"(穆木天:《谭诗——寄沫若的一封信》,原载1926年3月《创造月刊》第1卷第1期。)

诗底提倡者把这运动看作一种革命,就是说,一种玉石俱焚的破坏,一种解体。所以新诗底发动和当时底理论或口号,——所谓'建设明了的通俗的社会文学',所谓'有什么话说什么话',——不仅是反旧诗的,简直是反诗的;不仅是对于旧诗和旧诗体底流弊之洗刷和革除,简直是把一切纯粹永久的诗底真元全盘误解与抹杀了。"①

此外,就是胡适、陈独秀这样的激进者本人,也还是犹犹豫豫,不断调整的。陈独秀举起革命大旗,却留下了不少传统文学的例证:"国风多里巷狠辞,楚辞盛用土语方物,非不斐然可观","魏晋以下之五言,抒情写事,一变前代板滞堆砌之风,在当时可谓文学一大革命","韩柳崛起,一洗前人纤巧堆朵之习,风会所趋,乃南北贵族古典文学变而为宋元国民通俗文学之过渡时代","元明剧本,明清小说,乃近代文学之粟然可观者"。② 胡适大力倡导白话,却也承认自己对文言的保留,他告诉钱玄同书:"先生论吾所作白话诗,以为'未能脱尽文言窠臼'。此等诤言,最不易得。吾于去年(五年)夏秋初作白话诗之时,实力屏文言,不杂一字……其后忽变易宗旨,以为文言中有许多字尽可输入白话诗中。故今年所作诗词往往不避文言。"③

总之,从前"五四""五四"到"五四"以后,中国现代诗坛的诉求一以贯之:如何走出古典的封闭,在"中外""古今"的诗歌艺术中寻找新机,寻找新的融合创生的可能。

旧的格局一旦解体,诗歌创生的新机也可能包含在传统诗歌的内部,转身回溯,在历史流变的逻辑中发掘资源,这绝非简单的保守之举。前引朱自清先生语——"照诗的发展旧路,新诗该出于歌谣"。这里的"旧路"也就是中国古典诗歌在相对封闭的文化语境中努力调动内部资源,借助民间元素激活文人写作的惯常方式。晚清以降,从黄遵宪"杂歌谣""新体诗"到吴芳吉、刘半农的各自摹写地域歌谣,这样的思路依然清晰。

类似的动向还包括所谓"反传统的传统"问题。在中国古典诗歌内部,当唐诗的成熟构成了一种写作障碍,刻意的"反唐诗风"的宋诗便出现了,这就是以文为诗的散文化取向。晚清诗坛,所谓的保守派以宋诗派为主体,这其实

---

① 梁宗岱:《新诗底分歧路口》,《诗与真·诗与真二集》,北京:外国文学出版社,1984年,第167—168页。
② 陈独秀:《文学革命论》,《中国新文学大系·建设理论集》,上海:良友图书公司,1935年,第44、45页。
③ 胡适:《论小说及白话韵文——答钱玄同》,《胡适文集》第3卷,第38页。

也反映出在创作上自我更新的企图。而有意思的是，胡适也深受宋诗的影响："最近几十年来，大家爱谈宋诗。但是没有一个能够明明白白的说出宋诗的好处究竟在什么地方。依我看，宋诗的特别性质全在他的白话化。换句话说，宋人的诗的好处是用说话的口气来做诗；全在做诗如说话。"①"我那时的主张颇受了读宋诗的影响，所以说'要须作诗如作文'。"② 这说明无论什么派别，都已在不同程度上意识到创新的必要，不同在于，胡适以文为诗的思路最终又连接上了外国诗歌的现代理性精神，从而推动中国新诗的出现。不过，西方诗歌的资源之所以能够在这里产生有效的推动力，也是因为它连接上了中国诗歌固有的革新路径，顺畅地完成了中西诗学的有效对话。

在诗歌语言的音乐性问题上，主张"自然音节"的胡适仅仅代表了一种设计，相应地，从晚清到现代，始终都存在着完全不同的考虑：对于诗歌音乐性的再构造。不同设计的区别并不是守旧与进步，或者旧文学与新文学的分歧，而是不同诗家对诗歌内在魅力的不同认知，最终，这两种思路和主张都流传于现代诗史之中，交错生长、不断争论，似乎正是对新诗发生来自多种语言资源的形象的证明，也因此成为新诗内部的一种张力，决定了未来道路的多种可能。

一方面，随着书写方式特别是传播方式的改变，古代诗歌那种在"吟诵"中接受的模式正在发生改变，默读逐渐成为新的阅读习惯，中国现代诗开始走上一条以书面阅读为主体的传播道路。这样一来，与传统诗歌常见的吟诵场景相比较，声音的意义无疑下降了。这是我们对诗歌的新的期待，也是鼓励诗人们接受欧美现代诗歌自由体形式的动力。另一方面，在所有的文学样式中，只有诗歌的语言形态最直接地应和着生命的节律，给人以某种沟通与共振的快感，这是一般叙事文体难以实现的。朱光潜的描述很精彩："有规律的音调继续到相当时间，常有催眠作用，《摇床歌》是极端的实例。一般诗歌虽不必尽能催眠，至少也可以把所写的意境和尘俗间许多实用的联想隔开，使它成为独立自主的世界。"③ 因此，尽管新诗完成了传播方式的巨大转变，但诗歌这种根深蒂固的审美潜能还在执着地影响着我们，让读者心存期待，让写作者难以释怀。中国近体诗的格律以及词曲的节奏曾有效地传达过这种动人心魄的音乐感，但又随着样式的成型而流于固定，反而对后来者形成难以跳脱的束缚。晚

---

① 胡适：《国语文学史》，《胡适全集》第 11 卷，第 117 页。
② 胡适：《逼上梁山》，《胡适文集》第 2 卷，第 456 页。
③ 朱光潜：《诗论》，第 98 页。

清民初增加诗韵、增多诗体蔚然成风,都说明许多诗人不能忘怀于诗的音乐魅力,努力于新的诗韵建设。在后来的中国新诗史上,也不断有人醉心于音节、音组、音尺及现代格律的探索,一如鲁迅在致《新诗歌》编辑窦隐夫的信中谈道:"诗歌虽有眼看和嘴唱的两种,也究以后一种为好。可惜中国的新诗大概是前一种。没有节调,没有韵,它唱不来,唱不来,就记不住,记不住,就不能在人们的脑子里将旧诗挤出,占了它的地位。"①

相对而言,胡适关于"自然音节"、郭沫若关于"内在律"的主张虽然切合了欧美自由诗的时代趋势,但是谁也无法拒绝无意识层面的对音乐旋律的向往,潜沉着应和之梦挥之不去,这样的自我矛盾一时难以解决。所以,他们既谈"自然"时又论"音节",很不容易说清楚。于是,问题还是留给了历史,供人们继续争论。

但是争论本身并不是艺术的困境,它恰恰昭示了新诗未来的多种可能。多种语言资源的融合与冲突,这是中国新诗发生期的基本事实,也是未来的真实图景。

---

① 鲁迅:《书信·致窦隐夫341101》,《鲁迅全集》第12卷,第556页。

第二章 大众传媒与新诗的生成

一、现代传媒与诗歌的载体及功能

从传播学的视角研究现代文学已经取得了不菲的成果,但这些成果主要集中在对小说和散文的研究上。而诗歌由于其自身文类的特点,由于它最为强烈地体现了新文学在审美方向上的诉求,决定了新诗在文类秩序中的特殊位置。人们往往倾向于认为,作为"文学中的文学",诗歌不适于作社会、历史层面上的外部分析。"回到诗歌本体"的强烈呼声以及这种理念倡导下的相关研究的合理性和有效性不容置疑,但是对于既有研究范式的突破往往会带来新的研究活力。事实上,作为文学之一种,新诗参与了现代中国的进程,也是整个现代中国文化、思想建构的重要部分。而且诗歌是中国文学从古典到现代转化过程中变化最为剧烈的文学类型,它理应对社会变动带来的刺激做出过最为新鲜和强劲的反应。大众传媒的兴起是传统社会向现代社会转变的最为重要和显明的特征。报章杂志作为文化传播的重要载体,更改了诗人们的生存和感受方式,更改了诗歌的传播方式,自然也更改了诗歌的书写方式。正如特里·伊格尔顿所说:"一个社会采用什么样的艺术生产方式——是成千本印刷,还是在一个风雅圈子里流传手稿——对于'生产者'与'消费者'之间的社会关系是一个非常重要的决定性因素,也决定了作品文学的形式本身。"① 如果我们能最大限度地回到新诗发生的历史现场将会发现,大众传媒是新诗生成的诸种动力中的相当重要的一种。它不仅提供了不同于古典时代的传播空间,而且深

---

① [英]特里·伊格尔顿:《马克思主义与文学批评》,文宝译.北京:人民文学出版社,1980年,第73页。

刻地影响了关于新诗的构想，参与塑造了中国诗歌的现代形态，促成了诗歌从古典到现代的转变。因此，我认为，诗歌研究中所谓的内部研究与外部研究的分野只是为了避免论述中的绞缠，内部研究并不是唯一合理的研究方式。对于中国文学来说，所谓内部研究与外部研究的对立往往也只是一种想象性的对立，内外渗透的绞缠难以避免，这种绞缠、包容、渗透甚至是必要的。新诗发生的情境是一个整体性的情境，而并非如大多数早期新诗史的叙述那样只是强调了新的诗歌观念的倡导以及相关的创作尝试。（例如朱自清在《诗话》中介绍诗人时引用的康白情的评说："适之首揭文学革命的大旗，登高一呼，四方响应，其在中国文学史上的地位是已定的了"①）这种评价方式在新诗研究中影响深远。正因为如此，今天从传媒视角研究诗歌仍然具有比较广阔的空间。

晚清以降，报章杂志的兴盛为诗歌提供了新的传播空间，诗词出现于报章杂志并不晚。发行量很大的《申报》创刊号上就登出了编者的征稿启事："如有骚人韵士愿以短什，长篇惠教者，如天下各地区'竹枝词'及长歌纪事之类，概不取值。"② 新诗兴起以前，旧体诗词已经取得了发表的空间，而新诗在兴起过程中与新文学的其它文类一样，经历过与旧诗争夺传播空间的过程。③ 新诗坛真正热闹起来则要等到"文学革命"兴起，大量的新文学刊物出现。新文学刊物的激增迅速扩张了新诗的传播空间。1917年2月1日《新青年》2卷6号上刊出胡适的《白话诗八首》，新式正式登台。《新青年》《新潮》《每周评论》《星期评论》《少年中国》《时事新报·学灯》《清华周刊》《民国日报·觉悟》《小说月报》《诗》等陆续推出具有奠基意义的诗作和诗论。

现代传媒对于新诗的意义不仅能在于为新诗提供了传播的物质载体，更在于报章杂志向公众敞开的方式改变了诗歌的功能和形态。文学是个人化的，个人情感和体验的公共化表达成为诗歌发表的前提。这与古典诗歌具有相当大的区别。古典诗歌基本上是在文人圈子中流传，传播形式主要体现为即时性的、具有私人交际性质的酬唱应和，以及以手稿形式存在的书写个人情趣的娱情遣性之作的在文人群体中的流传。其中，得以被收录成集的往往只是为数甚少的

---

① 朱自清编：《中国新文学大系·诗集》，上海：上海良友图书公司，1935年，第23页。
② 《本馆条例》，《申报》1872年4月30日。
③ 姜涛：《"新诗集"与中国新诗的发生》，北京：北京大学出版社，2005年，第21、22页。

诗歌，而且往往已经经历过经典化的过程，所以难以得到来自受众的及时反馈。众多诗篇，尤其是前一种，诗歌的寄赠对象往往就是诗歌传播的终点，随着交际行为的结束很快归于烟消云散。诗歌难以有更宽广和持久的影响。所以古典诗歌的传播空间具有很大的私人性和封闭性，作者和应和者的圈子比较狭窄而且稳固。现代教育的兴起培养了新式的读者群落，新诗通过在报纸杂志上的发表对读者产生广泛的影响。通过报纸杂志发表的新诗不仅具有面向公众的性质，拥有更加广泛的读者，而且与古典时代的诗集不同的是，诗人与读者基本上处于同一时空，同时，公共空间具有的交流氛围使发表往往能够得到及时的反馈，从而新诗读者能够迅速有效地介入当下诗歌创作。一个为人们所熟知的例子是郭沫若看到了《学灯》上康白情的诗作而萌发了不同的诗歌观念，刺激了诗歌创作的热情。这种来自作者的反馈和介入也往往为诗人和编者所重视，不少刊物上也登载来自读者的讨论文章。

值得一提的是，大众传媒视角中的新诗生成也经历了一个变化的过程。初期的《新青年》发表白话诗的方式便留下了过渡期的痕迹。作者属于一个同人圈子，就是胡适、刘半农、沈尹默和周氏兄弟几个。多首同题诗的发表也留下了古典时代文人积习影响的痕迹。如1918年4卷一号上发表的胡适和沈尹默的《鸽子》《人力车夫》，4卷3号上沈尹默、胡适、刘半农的《除夕》和陈独秀的《丁巳除夕歌》。但是，同时需要澄清的是尽管写作同题诗这一行为方式与古代诗人有相似之处，但是同题诗的杂志发表又使之具有了不同于古典时代的性质。如同陈平原所说，这"不是注重人际关系的酬唱，而是一种强烈的社会责任感，认准那是一件值得投身的事业，因此愿意共同参与"①。这种新的性质便是由大众传媒引起的文学传播机制的变化带来的。

二、报章杂志对新诗形态的塑造

现代新诗的生成是多种因素互相作用的结果，传媒的影响是其中之一。具体来讲，现代报章杂志对新诗的塑造作用主要体现在以下方面。

首先，大众传媒同时促进了自律性的"美术之文"的观念以及带有功利目的的启蒙观念的兴起，这使新诗的生成过程充满了张力和活力。就前者来讲，它既是对酬唱应和的传统交际功能的反叛，也是对市场条件下文学的商品化倾

---

① 陈平原：《思想史视野中的文学》，见《大众传媒与现代文学》，北京：新世界出版社，2002年，第228页。

向的反叛，倡导的是一种现代意义上的创作观。关于这一点，姜涛做出了颇有说服力的论述。关于后者，则既与中国现代文学兴起的思想背景密切相关，同时又取决于面向公众的发表方式。启蒙是一种自上而下的思想扩展运动，初期新诗的创作者与构成读者主体的青年学生之间也存在着知识与观念的落差，因此诗歌传播的方向与启蒙运动的方向是一致的。前文已经提及，诗人个体情感和体验的公众化表达是诗歌发表的前提，公众化表达本身就意味着观念与美感的共享。发表因而意味着扩展和普及。所以，诗歌发表与启蒙具有一定的联系。当新诗人自觉地意识到读者群的范围与性质，诗歌的表现对象与情感特征便与传媒具有了联系。因此可以说大众传媒影响着诗人对自身与世界关系的定位于想象。

  初期新诗的面貌与这种个体情感的公众化表达有着紧密的联系。朱自清在《中国新文学大系·诗集导言》中论及了初期新诗的人道主义色彩、写实主义特征和哲理化倾向。"民七以来，周氏提倡人道主义的文学；所谓人道主义，指'个人主义的人间本位主义'而言。这也是时代的声音，至今仍为新诗特色之一。胡适之氏人力车夫你莫忘记也正是这种思想，不过未加提倡罢了。"①纵然胡适未加提倡，新诗中表达人道主义感情的诗作仍然不胜枚举，如刘大白《卖布谣》（一）（二），沈玄庐《工人乐》《富翁哭》，刘半农《相隔一层纸》《车毯》《学徒苦》以及提倡者周作人的《两个扫雪的人》《路上所见》等等。出版于1920年的《分类白话诗选》中，被归入"写实类"的诗歌绝大多数都投射着这种"人间本位主义"的精神之光。田汉翻译的吕斯璧的《一个大工业中心地》诅咒的是现代社会中的异化劳动下的悲惨生活。更多的诗歌直接描写或叙述贫富对立、弱肉强食的社会图景。而有一部分诗歌，如周作人的作品虽然较少怨愤之气，却仔细描画了实实在在的人间生活图景象，并且努力挖掘着生存的意义。新诗之所以如此专注持久地以底层民众作为关注和表现的对象，对他们寄予那么强烈的同情和感激之情，除了时代思潮的影响之外，面向大众的现代传播方式同样起了重要作用。既然是面向公众，甚至是为了公众写作，表现一己之悲欢和情趣的游戏自遣之作在一定程度上已然失效。新诗人将致力于提供一种既真实地载刺了自我心灵的、同时又与预想的诗歌可以共同分享的现代经验。反对文学的贵族化，大力倡导"平民文学"是五四新文学运动的最重要的内涵之一。"贵族文学，藻饰依他，失独立自尊之气象也；古典文学，铺张堆砌，失抒情写实之旨也；山林文学，深晦艰涩，自以为名山著述，

---

① 朱自清：《中国新文学大系·诗集导言》，《中国新文学大系·诗集》，第2页。

于其群之大多数无所裨益也。"① 新诗作为新文学运动的先锋，自然会把对"其群之大多数"的重视纳入到写作策略的思考中。于是，描写底层民众成为初期新诗写作的一个突破口。这种简朴、直白的书写传达着初期白话的活力，具有不容闪避的精神力量。更为重要的是，这种新的写作题材的出现打破了古典诗歌狭隘、稳固的书写范围的拘囿，为新诗的发展开辟了鲜活的表现领域。尽管古代诗歌中也出现过杜甫、白居易那样关注当下现实的诗人，但是在强大的文人化抒情传统中，《石壕吏》《卖炭翁》那样的诗作是很稀少的，并且在古典诗歌美学系统中也没有获得有力的理论支撑。在古典诗歌的演进过程中，什么可以入诗，什么不能入诗有过争论与尝试，但是构成诗歌描写对象主流的始终是那些能体现文人士大夫情趣的事物。庄严雅致是为诗人所追求和认可的艺术风格。这种诗歌拒绝过于强烈的感情进入诗作，有意识地摒除了真实、复杂的人生世相，进入作品的感受往往已经被稀释了、淡化了、冷却了。古典诗歌虽然获得了高度完善的艺术形式，但是对于现实人生的隔膜感也使这种艺术形式缺乏有力的颠破成规的力量，从而易于流于稳固和僵滞。所以新诗描写"其群之大多数"的俗化运动不仅意味着诗歌思想内容的改变，而且意味着诗歌技艺层面上的创新。

与人道主义色彩有一些关联的是写实主义特征。上文已经提及，被归入"写实类"的诗歌大多都具有人道主义关怀。写实主义在朱自清的文章中没有得到深入的讨论，但是它主要指的是生成期新诗风格层面上的特点。"胡适后来却提倡'诗的经验主义'，可以代表当时一般作诗的态度，那便是以描写实生活味主题，而不重想象"；"这时期写景诗特别发达，也是这个缘故"。② 这里的写景与传统诗歌借景抒情的"景"有很大的不同，较少负载情感色彩和象征功能，而只是对自然景物的如实摹写和刻画，与前述写实类诗歌对具体社会生活场景的描写相似。这两类诗歌没有生长出发达的想象一方面固然与表现对象本身的性质相关，另一方面与新诗的传播方式也不无关系。我以为，在"五四"知识分子看来，朴素真切的形象更容易为读者所感知和接受。对于具有鲜明启蒙色彩的"五四"新诗来说，想象因为其所具有的不确定的、难以把捉的性质再从作者到读者的传输过程中易于造成信息的流失和扭曲。所以，明白如话的语言，质地坚实的现实生活便成为诗歌的首要选择。但是需要指出的是，这时的诗歌仍然处于试验的阶段，使人们对生活的逻辑和艺术的秩序也未必已

---

① 陈独秀：《文学革命论》，《中国新文学大系·理论建设集》，第46页。
② 朱自清：《中国新文学大系·诗集导言》，《中国新文学大系·诗集》，第2—3页。

经获得了辩证的理解，这种欠缺想象的倾向也并不是诗歌走向成熟的倾向。在现代传媒条件下生成的现代诗歌在处理个人经验的公共化问题上还显现了其他的可能，新诗的哲理化倾向便是其中的一种。

初期新诗哲理化倾向的代表性诗人有三个：冰心、郭沫若和宗白华。在他们的代表作《繁星》《春水》《女神》和《流云小诗》中，哲理性都是非常显著的。冰心的"诗的女神""经过无数深思的人的窗外"①，经过"深思"触摸到了哲理，尽管冰心和宗白华的哲理是清浅的，郭沫若的"泛神论"是并不纯粹的。这些诗人都对阔大的、具有普遍性的事物和问题感兴趣，生命在宇宙中的位置，生命与生命之间微妙的关联，生命的价值，爱情和童心等等都能那么有力地调动起诗人的审美感兴和创作热情。而且，非常值得提出的是，三位诗人在新诗坛的地位都不低，尤其是前两位。郭沫若《女神》中的篇目和冰心的《繁星》《春水》中的作品在发表时受欢迎的程度是引人注目的。在郭沫若的创作爆发期，《学灯》新辟"新诗"栏，郭沫若的诗歌长时间独占此栏目。冰心的《繁星》《春水》则在《晨报》上数月连载，所受到的青睐可见一斑。冰心和郭沫若都是深受新诗读者喜爱并被广泛模仿的诗人。诗人的成功很大程度上取决于通过诗歌与读者完成的有效交流，而哲理化的倾向与这种成功交流有关。因为哲理往往被想象成宇宙真理的表达，而宇宙真理对每个个体生命都意味着普适性的价值，所以哲理化易于在诗人个体体悟与受众的价值渴望之间搭建起桥梁，从而完成个人经验的公共化表达。对于思想解放运动中迫切需要人生意义的一代青年学生，哲理化的诗歌是适宜成为阅读风尚的。

需要指出的是，早期新诗虽然在内容上体现出了对受众经验的重视，但是所谓的诗歌经验的公共化并不意味着作者经验和读者经验的重叠，胡适所提倡的"诗的经验主义"也不无偏颇。从一定程度上说，经验表达的差异性对于文学具有更加重要的意义。面向公共的写作同时也是现代意义上的指涉创造个体内心的写作，自我情感和体验的书写，新异感和陌生化的追求也构成初期新诗人重要的创作动机。这显现了诗歌现代性的内在张力。大众传媒时代诗歌写作的自由和限度在文学环境的变化、现代知识的扩展和诗人们的艺术探索中会逐渐显现出多种可能。

其次，新诗的阅读是新诗传播的重要环节，新诗的接受方式与写作方式是互相影响的。姜涛讨论了诗歌阅读方式从"诵读"到"默读"的变化，认为这种变化与"诗歌"存在、传播的"书面化"是密不可分的："随着现代印刷

---

① 朱自清编：《中国新文学大系·诗集》，第132页。

文化的兴起，私人性的阅读越来越多地冲击着传统的'吟诵'方式，书籍报刊的传播，使'新诗'更多的是发生在孤独个体的阅读中的。当诗歌变成书面上的文字，对'视觉'的依赖甚至超过了'声音'的需求。"① 与这种接受方式上的变化相伴随的是诗歌的诗意生成方式的变化。而这正是新诗发生史提供的事实。

现代新诗表意模式的变化从根本上来说是由诗歌语言工具的变化带来的。现代汉语与古代汉语相比一个显著的变化是双音节词和多音节词的激增，在一首诗歌中已经很难再调配出严格的平仄和韵律。现代诗歌与古典诗歌的节奏效果的产生方式截然不同。所以，在现代语言条件下，诗人们已经很难再依赖于节奏和韵律来获取美感。现代诗人开始从其他方面去开掘诗意效果。现代诗歌语言工具的解放也带来了新的表现可能性。新诗以白话作为语言材料。现代白话以古代白话为基础，容纳了较多的口语因素，在文法上深受西方语言影响。始终伴随着新诗创作的译诗活动非常有效地激活了诗人的语言感受，也提供了颇具启发意义的翻译诗歌文本。与古代汉语相比，白话的一个突出特点是功能词的发达，大量的副词、介词、连词的使用使白话长于对状态作更加精细的描述和刻画，同时更有利于在句子与句子之间构造复杂而明晰的语义联系，从而能大大增加表达的逻辑性和精确度。纵观诗歌史我们可以看到，由于功能词不发达，在成熟期的古典诗歌中词语的属性灵活多变，动词没有时态、体式之别，名词、动词和形容词可以灵活转用。组词成句的方式自由随便，句与句之间也可以没有语法性的联结。古典诗歌的文法特征在不同层次上消解了语法的严密性和逻辑性，诗意漂浮于模糊、朦胧的空间。由于古典诗歌的意象常常因为既具有物象本身的属性又被附着了文化的内涵所以本身就具有诗意因素。古典诗歌灵活的组词和成句方式就是为了通过对这些意象构成的诗意单元的调配而达到最理想的诗意效果，使散碎的诗意单元释放出最多的能量。而对于现代新诗来说，由于表现对象的变化，诗歌中已经少有古诗中那种粘连着诗意的意象，语词之间和句子之间灵活的调遣也受到了比较严格的语法规范，所以现代诗歌难以传达古诗所具有的浑融、混沌的诗意效果。但是，由于白话和自由体式的采用，新诗从另外的意义上增强了表现力。被称为新诗开创者的胡适清楚地意识到了诗体解放带来的诗歌表意可能性的扩展。他曾说过，有了"诗体的解放"，"丰富的材料，精密的观察，高深的理想，复杂的感情，方才能跑到诗里去"② 而且胡适还以自己的诗歌创作验证了他的理论。例如他那首《"应

---

① 姜涛：《"新诗集"与中国新诗的发生》，第107页。
② 胡适：《谈新诗》，原载《星期评论》1919年10月10日。

该"》的开头就很体现新诗所具有的旧诗难以企及的表现力:"他也许爱我,——也许还爱我,——/但他总劝我莫再爱他"① 短短两句诗在句子语义上却有很丰富的层次,既有递进也有转折。虚词以及新式标点的使用传达出揣摩、犹豫和希望的复杂心思,将一个现代人的爱情体验表现得丰富而且到位。通过以上的分析可以发现,现代诗歌的白话语言和自由体式的采用使得多层复杂的语义流动成为新诗最为重要的表现力。

诗歌表意方式的变化要求阅读方式的相应变化。简单说来,古典诗歌偏重于"吟诵"与顿悟,现代诗歌则偏向观看与阐释。古典诗歌采取"吟诵"方式的原因有二:其一是发出声音的"吟诵"最能体现诗歌的平仄、押韵产生的音乐美;其二是摇头晃脑的"吟诵"能使欣赏者的注意力流连于那些散碎的诗意单元,体会、品赏诗歌的用词、连句之妙。而现代新诗的诗意产生于具有复杂逻辑的语义流动,这决定了新诗阅读中需要更多理性的辨析,从而在沉思默想中进入到诗歌丰富的意义空间。因而,新诗更适宜于观看、理解而不是"吟诵"。诗意生成方式的变化意味着"诗"的标准的变化,意义而非声韵成为现代新诗更加重要和显著的本质。但是并不是一开始新诗的一般读者就具有了这样的诗歌观念。受制于旧有的"阅读程式"的新式读者仍然以旧诗的阅读方法和诗歌标准来阅读和衡量新诗。因此新诗从一诞生便处在此起彼伏的反对声中。新诗的被理解需要相应的诗歌观念的支撑。这种状况的改变需要新诗人和新诗的经验读者来完成新诗知识的扩展。所以新诗坛的一个现象是报章杂志同时重视创作和诗歌理论。诗歌理论的传播引导了新诗的解读和阐释,也在一定程度上影响了诗歌的构想与创造。

第三,报章杂志对新诗写作的影响还体现在时效性要求对诗歌的塑造上。简单来说,时效性是报章杂志的重要特征。它使编者关注和感兴趣的是前后两期杂志短暂的时间间隙中的写作状况和阅读期待。这使诗人处于一种焦灼的写作状态中,而且常会受制于一种写作风尚,不利于新诗人个人风格的成熟。问题的复杂性还在于,时效性会影响到诗人的时间意识,而且时间意识在诗歌作品中的痕迹非常深层和隐微。它可能会催生出一种写作与现实同步的感觉,使想象力可能达到的深度受到限制。可以感知,同在现代传播条件下,为杂志写作和为个人诗集写作会有一些差别。新诗发生期诞生的实际有很大一部分合集,个人诗集也往往是从已经发表的作品中挑选编辑成集的。如果从这个角度检视初期新诗的发生机制还将会有新的发现。

---

① 胡适:《尝试集》,北京:人民文学出版社,1984年,第47页。

第三章　鲁迅的新语文：如何在传统与现代之间"拿来"

一、当代语文之争中的鲁迅

鲁迅首先是一个文学家，是现代中国的语文创造者，所以今天重新讨论鲁迅的"拿来主义"，首先就必须面对鲁迅自己的语文创造如何践行"拿来"的问题。然而，恰恰是鲁迅自己的语文，在今天受到了一些质疑和批评，尤其是在中学语文界，鲁迅作品是否有益于基础教育，作为"课文"的鲁迅是否应该在语文教育中压缩或撤退，这个问题的争论已经持续多年了。前些年就有过人民教育出版社语文教材关于是否减少鲁迅作品的争论，当然其中也包含了媒体夸大其词的渲染，但是，当代媒体以减少鲁迅作品为噱头制造新闻事件本身就是值得深思的文化现象，何况权威出版机构对待语文改革的态度的确有过种种的曲折。重要的是，鲁迅的语文价值、特别是鲁迅之于中学生的语文价值问题，并不是一个简单的语文资源的估价和挑选的问题——就像多年以来，一直都有人专门写的文章为鲁迅"纠错"，哪里用词不当，哪里对词语的理解有误，哪里句子搭配不当，主谓宾不清楚等等——归根到底，今天人们的质疑和批评的"底气"其实还在于一个根本性的所在：鲁迅的思想追求和语文创造在一部分人眼中是背叛了中国的传统，甚至就是否定和破坏中国文化传统的典型，在"国学"复兴日盛，继承传统文化呼声日高的今天，一些人终于获得了反击鲁迅的"氛围"和"鼓励"。例如，例如有某"国学院长"与"儒家文化研究会副会长"就尖锐地指出："鲁迅的文字佶屈聱牙，是失败的文学尝试，学生不爱读，教师不爱讲，却偏偏是教师、学生绕不过去的大山，岂非咄咄怪事？"

作为鲁迅语文的对立面,他提出的道路是:"母语教育必须回到几千年来教育的正轨上来,即通过念诵的方法学习古代经典,用对对子、作文等方式训练其母语运用能力,让学生不仅能亲近母语,更能亲近中国传统文化。""说实在的,白话文还用得着学吗?"①

这样的指责分明又回到了鲁迅关于文化继承的老话题之中:"譬如罢,我们之中的一个穷青年,因为祖上的阴功(姑且让我这么说说罢),得了一所大宅子,且不问他是骗来的、抢来的、或合法继承的、或是做了女婿换来的。那么,怎么办呢?我想,首先是不管三七二十一,'拿来'!但是,如果反对这宅子的旧主人,怕给他的东西染污了,徘徊不敢走进门,是孱头;勃然大怒,放一把火烧光,算是保存自己的清白,则是昏蛋。"② 以鲁迅的语文成效为依据断定鲁迅不能很好地继承中国自己的文化传统,或者说不能践行对文化遗产的"拿来",这样的论述本身就是如此的吊诡。看来,如何在中外文化中"拿来",准确地理解鲁迅的"拿来主义",其实,并不是一个看上去那么简单的问题。

二、鲁迅的语文意识

对于鲁迅而言,如何在自己的语文实践中融汇中外文化,并且在中学语文教育资源的意义上加以评估,这样的工作早就开始了,今天关于鲁迅语文价值的争论可谓是"落后"了起码 70 年,至于将鲁迅语文的缺陷径直认定是"背叛"了传统则是如此的简单至极,与鲁迅在世之日那些丰富多彩的判断比较,更是相形见绌。

1923 年的《时事新报·学灯》上,就有人提出将《呐喊》编入中小学课本:"我觉得,如《呐喊》集这类作品,虽不能当作地理与历史课本看,至少也可以用作一部作文法语修辞学读,比较什么国文作法,实在高出十倍。"而鲁迅自己也对此表过态,孙伏园则告诉我们鲁迅的另有自己的态度:"听说有几个中学堂的教师竟在那里用《呐喊》做课本,甚至有给高小学生读的,这是

---

① 悠哉:《鲁迅在造句方面是个大笨蛋——从〈藤野先生〉的开头说开去》http://blog.sina.com.cn/s/blog_4e276d2c0102e8ge.html.

② 鲁迅:《且介亭杂文·拿来主义》,《鲁迅全集》第 6 卷,北京:人民文学出版社,1981 年,第 39 页。

他所极不愿意的,最不愿意的是有人给小孩子选读《狂人日记》。"①

当然这不是说我们必须以鲁迅的当时顾虑作为今天的语文资源标准,而是说从一开始,鲁迅作为基础语文资源的意义就引起了现代学界的注意,这与后来"神话鲁迅"的历史毫无关系,是鲁迅语文自身的意义所呈现的结果。那么,这样的语文特征又是不是鲁迅背弃中国传统的结果呢?根本不是。1923年在《时事新报·学灯》上提出呼吁的那位Y生,他所看重的恰恰就是鲁迅文学中呈现的那种留存文言余韵的简明流利,认为就是这样的文字与"近今语体文"颇有不同,"使人得到无限深刻的印象"②。

1920年,民国政府教育部通令:"兹定自1920年秋季起,凡国民学校一二年级,先改国文为语体文。"③当年4月,教育部再发通告,明令国民学校其他各科教科书,亦相应改用语体文。至1923年,现代白话已经到处流行,但目睹"近今语体文"的Y生却在鲁迅的作品中读出了令他欣赏的古雅,中国语文的传统当然并没有离开鲁迅的创作。

自然,鲁迅的语文却还有另外的面相。1935年,李长之考察了鲁迅在语言文字层面的独特性,④他特别指出鲁迅作品尤其是杂文对"转折字"的出神入化般的使用——"虽然"、"自然"、"然而"、"但是"、"倘若"、"如果"、"却"、"究竟"、"竟"、"不过"、"譬如"——李长之从鲁迅作品中发现的"转折字"也就是加强现代汉语精密表述的虚词,这些虚词恰恰是古代汉语表达所要避免和删减的,属于现代汉语欧化的产物。

既然不同的评论者都能够从鲁迅作品中读出各种所需要的传统与现代——古雅的文言文与繁复的欧化。这说明,鲁迅的写作恰恰同时包含了多种语文资源,"拿来"了从文言文到欧化白话文等多种资源,是富有创造性的"新语文"。今天,我们以"背叛传统"来指责鲁迅的语文创造,不仅与鲁迅本身的实绩严重不符,而且恰恰暴露出了我们自己在一系列问题上的肤浅与偏狭:既没有理解现代语文创造的甘苦,又陷入了文言/白话、传统/现代这种粗糙的二元对立思维之中,较之于鲁迅语文曲折、丰富而极具创造性的探索,今人已经肤浅到丧失了真正进入鲁迅、读懂鲁迅的资格!

---

① 曾秋生(孙伏园):《关于鲁迅先生》,《晨报副刊》1924年1月12日。
② Y生:《读呐喊》,《时事新报·学灯》1923年10月16日。
③ 《小学国文科改授国语之部令》,《申报》1920年1月18日,第10版。
④ 李长之:《鲁迅批判》,北新书局,1936年,引自《鲁迅研究学术论著资料汇》(1913—1983)第1册。北京:中国文联出版公司,1985年,第1324页。

三、鲁迅丰富的语文实践

鲁迅的语文思想与语文实践是一个长期探索的过程，这里有理性的表述，但也有理性表述不能完全涵盖的实践方式；有汇通于五四白话文运动的努力，但也有为一般白话文倡导者所不具备的复杂求索，这都需要我们做出深入的考察和细致的分析。在我看来，理解鲁迅的语文起码应该抓住这样几个环节：

首先，鲁迅始终坚守着白话文写作的大方向，一再提醒我们在文言与白话之间清晰的选择态度，十分明确地维护白话文的现代发展，相信"白话的生长，总当以《新青年》主张以后为大关键"，① 这是他作为五四新文化运动参与者与现代白话文建设者的基本理念。"我总以为现在的青年，大可以不必舍白话不写，却另去熟读了《庄子》，学了它那样的文法来写文章。"② 他坚决反对"古书中寻活字汇"③，否认他人对自己古文修养的赞扬④，甚至激情宣示："我总要上下四方寻求，得到一种最黑、最黑，最黑的咒文，先来诅咒一切反对白话，妨害白话者。"⑤ 这样的宣示显然令当今的一些"国学"崇拜者很不舒服，以致它们再也不提鲁迅语文如何"古雅"的基本事实了。

然而，在真正的实践领域，鲁迅的探索却远远不是如上的宣示所能够概括的。鲁迅对白话文的选择不是出于某种理论宣传的需要，而是长期具体的语言实践的体会。1903年，他试图用白话来翻译《月界旅行》和《地底旅行》，然而却因为感觉不佳而放弃了，"然纯用俗语，复嫌冗繁"⑥。这样的文言实践一直持续了到1918年的《狂人日记》，而同一年翻译的《察罗堵斯德罗绪言》，依然使用了文言。所以说，文言与白话的选择，在鲁迅那里不仅是一个文化观念革新的问题，同时更是一种的现代语文的复杂实践的问题。

对于实践而言，重要的就不是理论表述的完善与周全，而是实际创作中的各种细微的考量和处理，而且显然，这一类探索也会充满曲折，充满坎坷，不无矛盾，还被人质疑和批评：一方面，语文实践目的何在？当然是切实表达现代中国人更复杂多变的现代人的思想与情感，这样的白话当有别于传统白话而

---

① 鲁迅：《书信集·致胡适220821》，《鲁迅全集》第11卷，第413页。
② 鲁迅：《准风月谈·答"兼示"》，《鲁迅全集》第5卷，第358页。
③ 鲁迅：《准风月谈·古书中寻活字汇》，《鲁迅全集》第5卷，第375页。
④ 参见鲁迅：《准风月谈·"感旧"以后（上）》，《鲁迅全集》第5卷，第329页。
⑤ 鲁迅：《朝花夕拾·二十四孝图》，《鲁迅全集》第2卷，第251页。
⑥ 鲁迅：《译文序跋集·〈月界旅行〉辨言》，《鲁迅全集》第10卷，第152页。

容纳了若干欧化的成分，成为"一种特别的白话"，但欧化不是为了标新立异，而是自然表达的需要。用鲁迅话说就是属于"必要"而非"好奇"①。但是，在另外一方面，作为实践者的审慎，鲁迅又与某些白话文提倡者的"口语崇拜"或"语音中心主义"的思维区别开来。准确地说，鲁迅并不是在文言/白话的二元对立中径直奔向白话文的康庄大道，而是努力探索着一种能够最大限度地传达现代中国人思想感情的语言方式。这种方式需要以对白话文的充分肯定和全面提升来改变文言文占压倒优势的语文格局，但并不是以白话口语至上，它同时包含了对各种语言资源加以征用的可能，在本质上说，鲁迅所要建构的并不是胡适那样逻辑单纯、表达清晰的白话文，而是能够承载更丰富更复杂的现代情感的语言方式，我们可以称作是一种"现代语文"。"语文"是鲁迅提出的区别于"口语"的概念。他强调说："语文和口语不能完全相同；讲话的时候可以夹许多'这个这个'、'那个那个'之类，其实并无意义，到写作时，为了时间，纸张的经济，意思的分明，就要分别删去的，所以文章一定应该比口语简洁，然而明了，有些不同，并非文章的坏处。"②

作为实践的现代的语文创造，其根本目标自然是如何更为准确地承载现代人的思想与情感，它不会也不可能以消灭传统语文方式为目的，这就如同中国现代文学创立的意义是如何传达现代中国人的人生体验，而不是为了对抗中国古典文学一样。为了建设现代的语文，鲁迅理当尽可能地选择着他所需要的各种语言资源，包括"欧化"的白话，古典的白话，也包括一定的文言，他不可能作茧自缚地唯口语是从。鲁迅清醒地指出过"大众语"与"口语"的局限性，反对"成为大众的新帮闲"。③

总之，鲁迅所创造的语文实现了在各种语言资源之间的游走往返，践行着文化上的"拿来主义"："没有拿来的，人不能自成为新人，没有拿来的，文艺不能自成为新文艺。"④ "采说书而去其油滑，听闲谈而去其散漫，博取民众的口语而存其比较的大家能懂的字句，成为四不像的白话。"⑤ 能够创造这种"四不像"的新语文的鲁迅不仅是一般意义上的文化资源的继承人，更具有清晰的现实追求和强大的主体意识，所谓"运用脑髓，放出眼光，自己来拿！"

---

① 鲁迅：《花边文学·玩笑只当它玩笑（上）》，《鲁迅全集》第5卷，第520页。
② 鲁迅：《且介亭杂文·答曹聚仁先生信》，《鲁迅全集》第6卷，第77页。
③ 鲁迅：《且介亭杂文·门外文谈》，《鲁迅全集》第6卷，第102页。
④ 鲁迅：《且介亭杂文·拿来主义》，《鲁迅全集》第6卷，第40页。
⑤ 鲁迅：《二心集·关于翻译的通信》，《鲁迅全集》第4卷，第384页。

与之相反，今天以传统语文立场攻击鲁迅和白话文运动的人们，不过是将对文化资源的继承视作一种简单的认祖归宗式的道德规训，这已经从根本上放弃了鲁迅"拿来主义"的主体性，在他们那里，国学也好，传统文化也罢，不过都是抽象的概念，与现代中国的文化发展没有真正的关系，与现代中国的语文建设也不相干，由此一来，人们就不再能够理解鲁迅语文的丰富和现代语文运动的宝贵，不再能够通过鲁迅语文别出心裁的炼字造句进入一个极具的独创性的奇崛瑰丽的语文世界，最终，也就是逃避和推卸着现代语文建设这一艰难而重大的历史使命。

第四章　复兴什么，为什么复兴？

——郭沫若的民族复兴思想一瞥

郭沫若与五四激进反传统的思潮的重要差别一再被人们提起。他对孔子、对儒家文化的推崇如此的引人注目，以至于每当"传统文化"需要弘扬、"国学"需要振兴的时候，我们都会情不自禁地想起当时郭沫若独特的姿态，并希望援引为用，视郭沫若为现代"民族复兴"思想的重要代表。

但是，如果不能严格勘察郭沫若自己的思维和逻辑，我们却很可能望文生义地将他对传统文化的某些推崇视作对中国文化传统的无原则肯定和推崇，将他对民族复兴的愿望混同于"复古"，甚至以郭沫若为反对五四新文化的潜在资源。如果真是这样，那真是对郭沫若，也是对五四的莫大误解。

一、郭沫若的"复兴"思想

郭沫若对传统文化重估，提出"复兴"思想是在1922—1923年间。《中国文化之传统精神》与《一个宣言》中留下了最早的论述。

1922年12月，应日本大阪《朝日新闻》之邀，郭沫若为该刊《新年特号》（1923年1月1日、2日）撰写了《芽生の嫩叶》，论述中国文化之传统精神。该文用日文发表，1923年5月，成仿吾先生摘译其主要内容，以《中国文化之传统精神》为题，刊载于《创造周报》第2号（1923年5月20日）。2008年，蔡震先生约请章弘根据日本飈风会的整理本，将成仿吾弃译的部分译出，刊登在《郭沫若学刊》2008年第3期，至此，郭沫若关于中国传统文化的最早的系统阐述得以完整呈现。就是在这篇文章中，郭沫若将文艺复兴（Renaissance）与民族精神重建联系在一起。他称先秦时代是"中国思想史上的一个Renaissance，一个反抗宗教的，迷信的，他律的三代思想，解放个性，唤醒沉潜着的民族精神而复归于三代以前的自由思想,更使发展起来的再生运动"①。当然今天也需要进行这样的第二次"复兴",用郭沫若的话来说就是"努力四海同胞与世界国家之实现的我们这种二而一的中国固有的传统精神,是要为我们将来的第二的时代之两片子叶的嫩苗而伸长起来的"②。"大树倒塌,变成化石。我们虽然不能使其复活。但是,我们却可以传诵他那独特的精神。在春天来临的时刻使其发芽,形成崭新的第二代。这是我们唯一的希望,这是我们的当务之急。"③

1923 年,在为"中华全国艺术家协会"起草的《宣言》中,郭沫若提出了当前文艺的任务:"我们要把固有的创造精神恢复,我们要研究古代的精华,吸收古人的遗产,以期继往而开来。"④ 这当然更是文艺复兴(Renaissance)了。

即便不考虑中国近现代历史中那些不断浮现的"托古改制"思想,仅就用"复兴"来概括新的文化追求这一方向来说,其设想也并不始于郭沫若。梁启超早在 1904 年的《论中国学术思想变迁之大势》中便把清代二百余年称谓为"古学复兴时代",后来又谓:"'清代思潮'果何物耶?简单言之:则对于宋明理学之一大反动,而以'复古'为其职志者也。其动机及其内容,皆与欧洲之'文艺复兴'绝相类。"⑤ 1914 年,记者黄远庸于 1914 年在《庸言》杂志发表《本报之新生命》一文,其中言及当时之中国"乃文艺复兴时期"⑥。对于当时新式学堂或身居欧美的学子,自然更有机会在课堂上聆听 Renaissance 的历史了,例如清华留美预备学校时期的吴宓日记中,就多次出现这样的记载:"历史一课,文艺复兴之大变,极似我国近数十年欧化输入情形。"⑦ "历史一课由 Starr 女士演讲 Renaissance Art"⑧ 他甚至有过在此主题下办报创刊的计划:"拟他日所办之报,其英文名当定为 Renaissance。国粹复光之义,而西史上时代之名词也。"⑨ 不过,梁启超眼中的"复兴"到底缺少足够的实绩,

---

① 郭沫若:《中国文化之传统精神》,《郭沫若全集·历史编》第 3 卷,北京:人民出版社,1984 年,第 257 页。
② 郭沫若:《中国文化之传统精神》,第 262 页。
③ 见蔡震:《关于郭沫若的〈芽生の嫩叶〉》,《郭沫若学刊》2008 年第 3 期。
④ 郭沫若:《一个宣言》,《郭沫若全集·文学编》第 15 卷,北京:人民出版社,1990 年,第 222 页。
⑤ 梁启超:《清代学术概论》,北京:东方出版社,1996 年,第 4 页。
⑥ 载 1914 年《庸言》第 2 卷,第 1、2 合刊号。
⑦ 吴宓:《吴宓日记 1910~1915》第一册,北京:三联书店,1998 年,第 381 页。
⑧ 吴宓:《吴宓日记》第一册,第 388 页。
⑨ 同上,第 504 页。

黄远庸的判断也为时稍早，吴宓的计划并未付诸实施。在中国现代文化史上真正博得"文艺复兴之父"美誉的还是新文化运动的领袖胡适。

众所周知，胡适是将五四新文化运动比附于欧洲文艺复兴的第一人，从"五四"直到60年代，在长达四十余年的时间中，他一再论述着"作为文艺复兴意义"的"五四"，指称"这实在是个彻头彻尾的文艺复兴运动"①，以致在他影响下由一批"五四之子"创办的期刊《新潮》也取有"The Renaissance"的英文名字，尽管这一杂志从《发刊旨趣书》开始就只是在强调如何"脱弃旧型"，"渐入世界潮流"②——我们实在无法读出太多的"复兴"之义。

不过，就如同他的弟子在"The Renaissance"的英文名目下着意引入世界"新潮"一样，胡适对"复兴"也有他自己定义。1917年，留美归国途中的胡适，读到Edith Sichel著《文艺复兴》（Renaissance）一书，将其改译为"再生时代"，"复兴"突出的是对既往文化的启用，而"再生"则强调了今日生命的成长，相近的词汇已经有了不同的指向。在后来，胡适描述中国历史文化的"复兴阶段"，也是视宋人大胆疑古、小心求证的新精神为第一时期，把明代王学之兴，尤其是市民文化中戏曲、小说的新精神当为第二时期，清学的勃兴为第三时期，而新文化运动则是第四时期。这里所谓的"复兴"都还是以求变革新为特征、以新文化运动的需要为标准的，也就是说，真正的古代文化传统并不是胡适考古追寻的对象。当他宣称新文化运动"实在是个彻头彻尾的文艺复兴运动"之时，接下来表述的却"是一项对一千多年来所逐渐发展的白话故事、小说、戏剧、歌曲等等活文学之提倡和复兴的有意识的认可"③。"我们愿意采用老百姓活的文字，这是我们所谓的革命；也可以说不是革命，其实还是文艺复兴。""那些'话本'、'弹词'、'戏曲'，是由老百姓唱的'情歌'、'情诗'、'儿歌'这些东西变来的。这就是我们的基础。在文学方面，我们也可以说是文艺复兴。"④ 在这里，我们可以清楚地读出，胡适所谓的"复兴"其实就是现代知识分子对文化新创造的一种表述，一种重新评判历史、重新估定价值的新的文化追求。正如他1919年《新思潮的意义》一文所指出的那样：

---

① 陈金淦：《胡适研究资料》，北京：十月文艺出版社，1989年，261页。
② 《新潮发刊旨趣书》，《新潮》1919年1卷1号。
③ 胡适：《胡适口述自传》，《胡适全集》第18卷，第336页。
④ 参见姜义华编：《胡适学术文集·新文学运动》，北京：中华书局，1993年，第289—290页

"据我个人观察，新思潮的根本意义只是一种新态度。这种新态度可叫做（作）'评判的态度'"，而"评判的态度"最终"总表示对于旧有学术思想的一种不满，和对于西方的精神文明的一种新觉悟"①。以"中国文艺复兴"来定义胡适的美国学者 J. 格里德也一针见血地指出：胡适追寻的"再生""不是通过任何实际意义上的古老文明的再生来实现的，而是通过创造一种新文明来实现的"②。

与上述种种"复兴"之说比较，郭沫若的设想最接近西方 Renaissance 的本义——不是"革命"的权宜性说法，而是真正地对古老文化的挖掘和启用。"文艺复兴"之意大利语——Rinascimento，由 ri（重新）和 nascere（出生）构成，法语与英语的 Renaissance 也都有差不多的含义与构词，发生在 14—17 世纪初的这一场思想文化运动就是对古代文化（古希腊罗马文化）的再发现，就是以古典的文化资源来对抗中世纪的教会专制，文艺复兴时期所高扬的人文主义文化不是新的发明而是古典文化固有的特征。严格比较起来，胡适的"复兴"之说虽然也追溯到了古代文化的某些传统（如白话文传统），但归根到底还是在外来思潮启发之下对历史的"激活"，对于胡适而言，这样的"复兴"更需要文学性的想象，或者说首先是横向的文化输入，然后才借助横向的启发重新"构想"了历史的部分资源。郭沫若则不同，他是凭借着对古老文化本身的探究发现传统的价值，并与外来的文化相对接。胡适的"复兴"之论多见于他对新文学运动的感悟，而郭沫若的"复兴"构想则产生自他对中国历史文化的讨论。

二、"三代以前"与郭沫若的终极追溯

郭沫若不仅执着地探索了中国古代的文化传统，而且这种探索更直达了古代文化的最前端，大大地超出了一般新文化知识分子的视线，这才是他与某些新文化人士的主要区别。

到今天为止，我们的现代文学研究已经大体上完成了对所谓五四"反传统"的澄清。我们知道，即便是言辞最激烈的新文化人士，也都各自怀着对传统文化的眷念，更不用说最后都为传统文化的整理研究做出了相当的贡献；对

---

① 胡适：《新思潮的意义》，《胡适全集》第 1 卷，第 692、695 页。
② ［美］J. 格里德：《胡适与中国的文艺复兴——中国革命中的自由主义（1917—1937）》，鲁奇译，南京：江苏人民出版社，1996 年，第 336—337 页。

儒家文化、封建礼教的批评、抨击并不意味着他们对中国传统文化的全盘否定；就是儒家文化本身也往往被区分为先秦儒家与后世的儒家，原始儒家与宋明理学被分开处理，中国文学与中国文化史上那些思想活跃的时期如百家争鸣的春秋战国、文学自觉的魏晋时代，思想启蒙的明末等等都常常为新文化知识分子所激赏。胡适的"复兴"观念在中国历史中虽然还是主要关联着他理解中的白话文传统，但他也对孔子、老子的时代予以肯定，就这一态度而言，其实与郭沫若并无不同。

那么，郭沫若思想的独特处何在呢？就在于他并不满足于一般新文化知识分子对先秦文化的选择性肯定，他的思维追溯得更为遥远，一直穿透了文字记载的层面，抵达了那混沌茫然的文明的源头，在那里重新构想中国文化的来龙去脉。所谓"三代以前"的文化原点就这样隆重出场了。

> 关于三代以前的思想，我们现在固然得不到完全可靠的参考书，然而我们信认春秋、战国时代的学者，而他们又确是一些合理主义的思想家，他们所说的不能认为全无根据。他们同以三代以前为思想史上的一个黄金时代……①

中华文明的起源从来都是一个史学难题，"三皇五帝"的传说始终都无法获得科学的确证，运用现代学术知识的"古史辨派"更是摧毁了我们固有的古史解说系统，让遥远的文明发生变得扑朔迷离，作为国家重大工程项目的三代（夏商周）断代问题迄今依然在艰难推进之中，所谓"三代以前"自然就更是迷蒙缥缈了。但是郭沫若却不以为意，他满怀信心地论证这"三代以前"："（所以）我们纵疑伏羲、神农等之存在，而我们有这样一个时代，这时代的思想为一些断片散见于诸子百家，我们怎么也不能否定。我们研究希腊哲学等之存在，然而这些学者的完全的著述早已经莫由寻觅了。关于他们，我们所能知道的，亦不过一些后人的传说与断片的学说而已。象不能因为没有完全的著述，便把这些希腊的学者抹杀了一般，我们这么也不能由中国思想史上把三代以前的这一时代的存在轻轻看过了。"② 郭沫若在这里提出的论据虽然还不具备十足的"史料"基础，但是却无疑具有思维方式上的启示意义，对于学术思想的发展来说，重要的不是最后的结论，而是它提出问题的角度和展开的方

---

① 郭沫若：《中国文化之传统精神》，《郭沫若全集·历史编》第3卷，第255页。
② 郭沫若：《中国文化之传统精神》，《郭沫若全集》第3卷，第255页。

式，这就是文学家郭沫若的创造性思维赋予他学术活动的独特价值。

对于"三代"或"三代以前"，先秦时代的思想家也常常论及，将之视作自己思想的结构性或批判性元素。如有学者所说："先秦诸子几乎都谈及'三代'，而见解则各不相同。儒、墨二家皆称道或标榜'三代'，而所入深度有异。墨家但以'三代'得失之史为借鉴之标本，而儒家则思于借鉴之外更从'三代'之史中发掘出某种更深层次的认识来。道、法二家皆鄙夷'三代'，而指归亦不同。道家贬抑'三代'，以其有悖于上古自然之朴真；法家憎恶'三代'，则以其有碍于当时法制之剧变。"① 于是乎，后代学者对中国文化源头的想象和论述都几乎没有超过诸子的这些论述，或者是"仁"，或者是"礼"，或者是"兼爱"，这就是后代理解"三代"或"三代以前"的认知框架。郭沫若不避史实渺茫，重新建构起"三代之前"的思想资源，至少在两个方面打开了一个全新的阐释空间：其一是赋予这一文化的源头崭新的含义，其二是通过对"三代"与"三代之前"的严格区隔更清晰地表述着自己的文化理想。

在郭沫若心中，"三代之前"的文化形态是怎样的呢？

"三代以前的思想，就我们所知，确与希腊哲学之起源相似。在我们的原始的时代，我们的祖先，就把宇宙的实体这个问题深深考察过了。""那时候，一切的山川草木都被认为神的化身，人亦被认为与神同体。"② 这是对悠远历史的刻绘。在"老子的时代"，又一次"复兴"了这样的传统。郭沫若认为："我们在老子的时代发现中国思想史上的一个 Renaissance，一个反抗宗教的，迷信的，他律的三代思想，解放个性，唤醒沉潜着的民族精神而复归于三代以前的自由思想，更使发展起来的再生运动。"③ 归结起来，这所谓的"三代之前"的文化就是自由、自然的，也可以说是个性化的，创造性的、充满神性的。这样概括，当然就大大地超越了任何一种具体的古代思想学说，而成为后代学说的灵感与思想的源头。孔子复兴了这一文化，所以他"使泛神的宇宙观复活了"，"他把自己的个性发展到了极度——在深度如广度"④。老子复兴了这一文化，所以"革命思想家老子便如太阳一般升出"⑤。

---

① 刘家和：《从"三代"反思看历史意识的觉醒》，《史学史研究》2007 年 1 期。
② 郭沫若：《中国文化之传统精神》，《郭沫若全集·历史编》第 3 卷，第 255—256 页。
③ 同上，第 257 页。
④ 同上，第 258、289 页。
⑤ 同上，第 256 页。

为了清晰地说明他理想中的中国文化的源头，郭沫若特地将"三代"与"三代之前"区隔开来，划分出中国历史文化的几个自我否定的阶段，通过对源泉——失落——复兴——再失落的历史过程的描述，凸显出历史的兴衰，昭示深刻的教训。"为了理解我们所看到的中国精神"，郭沫若特地为我们绘制了一幅形象的"中国古代思想史的进程"图：

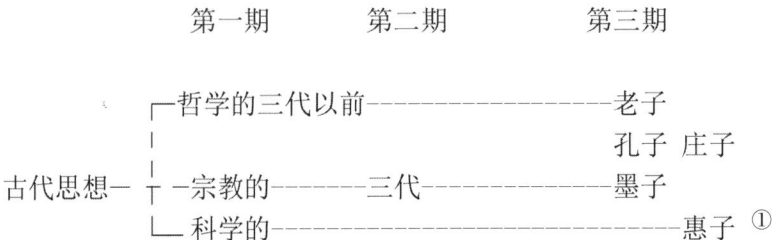

按照这一进程图的描绘，"三代之前"构成了中国文化的"根本传统"，它原本是浪漫的、诗性的、象征的、自由的、创造性的、神人同体的，但是此后的"三代"却是"黑暗三代"，"那时候，国家是神权之表现，行政者是神之代表者。一切的伦理思想也是他律的，新定了无数的礼法之形式，个人的自由完全被束缚了"②。到春秋战国时代的孔子、老庄等又恢复了这一精神，但秦汉以后却又一次失落，以致到今天。郭沫若还以文学的语言描述了这样一段发源——失落——复兴——再失落的历史：

原始的大树勇敢地将自己的生命朝着天空无限地生长，自由地沐浴着清澈温暖丰沛的阳光，从大地中汲取着无尽的养分。正当大树尽情地享受着这一切的时候，突然被雷火击中，树叶被焚毁，树干被裁断，就连树根都被连根拔起！一时间，被誉为大自然的宠儿、宇宙精华的大树，即使被连根拔起，在他伟岸的身躯里依然存活着充沛的生命力，努力恢复着自己已经失去的伟大存在。尽管弱小的幼芽多次从树上吐露，然而大树已经脱离大地，能够汲取生命养分的功能已经停滞。幼芽萌生随即枯萎，枯萎后再次发芽，周而往复。越来越弱小的幼芽逐渐干枯，终于连吐露萌芽的气力也没有了，只剩下残骸横卧在旷野中，一点一点变成化石。

这就是我们中华思想史的缩写。从公元前几世纪开始，我们的祖先一

---

① 见蔡震：《关于郭沫若的〈芽生の嫩叶〉》，《郭沫若学刊》2008年第3期。
② 郭沫若：《中国文化之传统精神》，《郭沫若全集·历史编》第3卷，第256页。

直拥有着辉煌灿烂的历史，惟有一次遭遇秦火，就像所有的大树轰然倒塌一样，思潮的源流全部中断了。汉的训诂，晋的清谈，宋的道学，清的考据，这些努力都不过是纯粹地在寄生树木上的发芽，失去了独创精神，只顾一味地咀嚼粘在历史上的腐败木质。唐朝时代佛教思想的发达，如果从世界文化史的角度来看，不过就是印度思想的一个旁支，这是不言自明的事实。①

由此，郭沫若重新追溯中国历史，发掘中国文化"根本传统"的意图也就昭然若揭了："大树倒塌．变成化石。我们虽然不能使其复活，但是，我们却可以传诵他那独特的精神，在春天来临的时刻使其发芽．形成崭新的第二代。这是我们唯一的希望，这是我们的当务之急。"② 或者说，"我国固有的精神又被后人误解"，如今，急迫需"要把固有的创造精神恢复"，以"继往而开来"。③

这也就是郭沫若呼唤"复兴"的真实逻辑：他试图复活的并不是笼统的中国古代文化，而是要努力激活那失落已久的"根本传统"，通过一种"隔代"的想象召唤出文化的创造力——于是，"复兴"当然就不是守成与复古，也不是简单的回到过去，相反，它却是通达未来的重要方式。

三、文化复兴与历史批判

郭沫若以"三代以前"作为中国文化的理想范型，并以此为基点重新梳理中国文化传统的脉流，这就建立起了一套崭新的阐释框架，这样的框架从自由、创造的始基开始，以自由的剥落、创造的委顿为漫长的历史中段，最后试图引发出对当下自由精神与创新活力的深情召唤。其叙述不仅独特迷人，富有深刻的现实关怀，而且同样包含着对历史文化的沉痛的检讨与批判——有力度的文艺复兴，对古代文化的挖掘、复活必定同时伴随着对中世纪专制的痛切批判，欧洲的文艺复兴如此，郭沫若的民族复兴思想也同样如此。就深刻的现实关怀与沉痛的历史批判而言，郭沫若虽然更接近欧洲"文化复兴"的原意，但在历史发展的大方向上与五四新文化主流相互支撑、彼此认同，共同推进着现

---

① 见蔡震：《关于郭沫若的〈芽生の嫩叶〉》，《郭沫若学刊》2008年第3期。
② 同上。
③ 郭沫若：《一个宣言》，《郭沫若全集》文学编15卷，第222页。

代文化的创造与更新,与文化保守主义具有根本的差异。

以"三代以前"的自由、个性为参照,郭沫若的民族复兴主张就不可是对古代中国传统的简单认同,相反,其中洋溢着"重估历史"的巨大勇气,经常为我们提及的中国古代文化不再可能以它们的"常态"获得被崇拜的地位,相反,它们都置于被剔抉、反思和批判的地位。

"三代"是郭沫若反思、批判的第一段历史,被描述为"千有余年的黑暗"。郭沫若对"三代"的批判对古老历史的混沌景象做了清晰的分辨:哪些才是真正的自然自由的生存方式,哪些已经演变为对个人自由的束缚。这样的分辨,不仅在现代知识分子中卓尔不群,也根本上打破了先前诸子的论述框架,呈现出郭沫若自己的一个全新的历史认知图式。先秦诸子中对"三代"与"三代以前"褒贬经常是不加分别的,一并作为古老传统的象征,褒之如儒墨,贬之如法道都大抵如此。这也根本上影响了后代学者的阐释,郭沫若能够完全跳脱出这一认知框架,所以才有了对历史文化传统的全新估价。

秦以后的专制历史更是郭沫若批判的对象。"三代"作为"黑暗时代",其特征就是政权、伦理、精神信念(神权)合一,而这都是秦以后专制统治的形式。面对开启了千年帝制的秦始皇,郭沫若的批判十分猛烈:"春秋末叶以来蓬蓬勃勃的自由思索的那种精神,事实上因此而遭受了一次致命的打击。"① 针对漫长的专制主义文化,郭沫若不仅予以批判,而且特别抨击了这种文化氛围所造成的对孔子和儒家思想的扭曲。他指出,后儒"以帝王之利便为本位以解释儒书,以官家解释为楷模而禁人自由思索"②,"三代以前"既然是郭沫若民族复兴、文化复兴的理想范型,那么凡是能够获得他赞誉的历史人物都是在不同程度上承载了这一文化理想的代表。郭沫若礼赞孔子,礼赞春秋战国,礼赞老子与屈原,因为正是这些历史人物部分地发扬了"三代以前"的自由理想。在郭沫若看来,"三代以前"的"根本传统"虽然失落了,却有幸在民间的"被统治者"那里有所存留,而孔子和屈原就是这一传统的继承人,他们分别承袭了在北方和南方民间流传着的殷代文化精神。

显然,反抗君主专制、倡导思想自由,这样的新文化理想是郭沫若和其他五四知识分子的共识。在发展民族新文化,推进现代文化建设方面,郭沫若的"复兴"理想与所谓"五四激进反传统"的人们并无根本的不同。

---

① 郭沫若:《吕不韦与秦王政的批判》,《郭沫若全集》第2卷,北京:人民出版社,1982年,第245页。

② 郭沫若:《王阳明礼赞》,《郭沫若全集》第3卷,1984年,第293页。

正因为郭沫若的"民族复兴"理想在本质上属于新文化建设的一部分,所以与五四新文化运动的姿态一样,他的"复兴"理想一直都是开放的,他对古代文化的谈论与他对外来文化的谈论并无对立,"三代以前"文化理想的提出并不是为了抵御外来的文化,恰恰相反,其思想资源从一开始就向世界敞开。复兴民族文化的固有传统,就理当引进外来的文化资源。因为,"固有的文化久受蒙蔽,民族的精神已经沉潜了几千年,要救我们几千年来贪懒好闲的沉疴,以及目前利欲熏蒸的混沌,我们要唤醒我们固有的文化精神,而吸吮欧西的纯粹科学的甘乳"①。

我们可以这样描述:郭沫若发现"三代之前"的过程也是他发现外来文化魅力的过程。他说:"我们还是崇拜孔子——可是决不可盲目地赏玩骨董的那种心理状态同论。我们所见的孔子,是兼有康德与歌德那样的伟大的天才,圆满的人格,永远有生命的巨人,他把自己的个性发展到了极度——在深度和在广度。""我们可以于孔子得到一个泛神论者。"②"三代以前"文化就这样与世界文化相互连通了。"泛神论"不仅见之于孔子,也会心于庄子、孔子与王阳明,而孔子又与尼采、歌德、俄罗斯革命思想颇多相似,"动的文化精神"贯穿了从中国的孔子老子庄子与王阳明,也贯穿了西方的歌德与柏格森,他还论述说:"我国的儒家思想是以个性为中心,而发展自我之全圆于国于世界,所谓'修身、齐家、治国、平天下',这不待言是动的,是进取的。"③"仁道,很显然的是顺应着奴隶解放的潮流的,这也就是人的发现。每一个人要把自己当成人,也要把别人当成人,事实是先要把别人当成人,然后自己才能成为人。"④

甚至,在郭沫若眼中,上古的星学也包含着从古希腊"递演出的科学精神",因为中国文化的"根本传统"中本来就包含着这样的科学精神:"我国文化是从自然观察发轫,农业的发达恐比世界中任何国的历史为先。在上古时候与农业有密切关系的星学,在周以前已有特产的独立系统了。"⑤

中国传统文化常常视作自我封闭的文化,对此,郭沫若也有自己独到的见解。在他的努力发掘下,中国固有的文化也呈现出了"世界主义"的面目:

---

① 郭沫若:《论中德文化书》,《郭沫若全集》第15卷,第155、157页。
② 郭沫若:《中国文化之传统精神》,《郭沫若全集·历史编》第3卷,1984年,第259页
③ 郭沫若:《论中德文化书》,《郭沫若全集·文学编》第15卷,第149—150页,。
④ 郭沫若:《孔墨的批判》,《郭沫若全集·历史编》第2卷,第91页。
⑤ 郭沫若:《论中德文化书》,《郭沫若全集·文学编》第15卷,第153页。

"在东西各国,传统精神与世界主义,是冰炭之不相容;而在我们中国,我们的传统精神便是世界主义。""我们现在是应该把我们的传统精神恢复的时候,尤其是我们从事文艺的人,应该极力唤醒固有的精神,以与国外的世界主义相呼应。"① 仅仅从学术的角度而言,要论证中国原始的文化比其他文化更具有"世界主义"可能还需要更多的证据,但是更重要的却是郭沫若蕴藏在这一结论之下的独特所谓"复兴"愿望:"世界主义"打破了狭隘的民族限制,"中国"与"西方","传统"与"现代"无所障碍地融为一体,通通成为现代文化建设的巨大助力。正如郭沫若在发掘"中国文化之传统精神"之结尾所述:

> 对历史的探讨到上述的地方为止。请允许我再重复一遍,(我们不论在老子,或在孔子,或在他们以前的原始的思想,都能听到两种心音:
> ——把一切的存在看作动的实在之表现!
> ——把一切的事业由自我的完成出发!
> 我们的这种传统精神——在万有皆神的想念之下,完成自己之净化与自己之充实以至于无限,伟大而慈爱如神,努力四海同胞与世界国家之实现……②

动的精神、自我的实现,这就是五四新文化的真髓,郭沫若的"复兴"之梦最终融入五四时代精神的主流,形成了一种"异构同质"的文化现象。在这个背景下,任何将郭沫若的传统文化观拉近保守主义的企图,或者与今天功利主义的、商业主义的"国学"混为一谈的努力都是荒谬绝伦的。

---

① 郭沫若:《国家的与超国家的》,《郭沫若全集·文学编》第 15 卷,第 184 页。
② 见蔡震:《关于郭沫若的〈芽生の嫩叶〉》,《郭沫若学刊》2008 年第 3 期。

第五章 "农村人进城"与《骆驼祥子》的当代意义

《骆驼祥子》是老舍的代表作,其片段曾经入选高中语文课本,从此成为当代家喻户晓的作品。作为文学经典,它没有在漫长的流传之中丧失魅力,相反,却自有一种常读常新的内蕴。但是,应当说,要真正体味到这种"新"的深刻之处,还需要有一些必要的阅读准备,首先是尽量选择能够体现老舍原初创作形态的版本,其次是真能够打通时空的隔膜,在新世纪的生存感受与老舍的民国体验之间,寻觅到一些内在的沟通之处,这样,我们才有了与老舍深度对话的可能。在今天,我们可以这样阅读《骆驼祥子》。

一、版本问题:老舍在哪里更自由地敞开了自己?

《骆驼祥子》创作于1936—1937年10月期间,于1936年9月16日在《宇宙风》半月刊上与读者首次见面,至48期(1937年10月1日)载完。目前看到的最早著作是1939年3月人间书屋初版,24章,15万言,此后一直到中华人民共和国成立之时,《骆驼祥子》印刷了很多次,而在中华人民共和国成立后,又因为各种原因修改、删节修改多次,形成了最大规模的改变:1951年开明书店出版《老舍选集》,老舍在自序里称收入的《骆驼祥子》为"节录本",书末注"据《骆驼祥子》删节"。据统计,此节录本较之初版本,共删145处。其中第10章、第24章全部删去。初版本有15.7万多字,删去近7万字,只剩9万多字。所删除的内容多是风景风物的描写,关于祥子的心理描写及其他人物的叙述;1952年1月晨光出版公司出了《骆驼祥子》的改定本4版,前23章保持原貌,第24章只留最后8个自然段作全书结尾;1955年人民文学出版社出《骆驼祥子》修订本,附老舍写的《后记》。这次修订除了订正初版本的误植外,加了72条注释,即就书中的一些方言、俗语、人名等作简要脚注，还作了90多处文字修改。删除的主要是有关性的内容、阮明的故事和祥子的堕落等。

虽然我们承认，作家的创作思路也处于不断变更之中，每一个"版次"（包括其修改）都有其存在的理由，但是，这主要还是针对那种没有外在压力的自主选择。相反，如果慑于某些外来压力不得不调整，我们则有必要还原最初的构想，在那时候的构想之中，可能才能看出作者试图要传达的东西。20世纪50—70年代，巴金、曹禺、钱锺书、叶圣陶、杨沫、丁玲等大批作家都对自己的作品进行修改。除了像叶圣陶等为了艺术上的提高外，多数作家都是作了内容上的修改以适应时势。《骆驼祥子》自然也受制于这样形势，它的"节录本"与"修订本"并不能够真实体现老舍的意图。

所幸的是这一局面终于在新时期以后逐步获得了改变。1980年代舒济编辑《老舍文集》（人民文学出版社1980年11月至1991年5月），第三卷收入《骆驼祥子》（1982年5月版），这个版本"都根据初版本校勘，并增加一些必要的简注"，大部分恢复了《骆驼祥子》原貌。但仍有四处被修订本删去的初版本的内容没有补上，1999年，人民文学出版社重印的《骆驼祥子》也采用了这种方式。中国华侨出版社1999年出版的《老舍作品经典》，其中第二卷收入的《骆驼祥子》，这个时候，就完全恢复原貌。从总体上看，今天我们读《骆驼祥子》，可以从舒济编辑的《老舍文集》以及后来的《老舍全集》《老舍作品经典》中选择，它们都能够反映出老舍先生创作的原初面貌。在这些文字当中，我们能够看到一个在没有外在压力之时更自由地敞开自己的老舍。

理解老舍的精神世界，当然首先应该观察、分析这些更自由敞开的文字。

二、祥子：农村人进城的故事

从《骆驼祥子》开始连载的1936年开始至今，老舍为我们讲述的故事已经过了大半个世纪。当代中国人还能够从这部"老旧"了民国故事中读出什么呢？当今中国，这个人力车夫早已经消失了的时代，连"骆驼"也已经只出现在动物园的铁栅栏之内，供孩子们远距离欣赏，我们还能够理解"骆驼祥子"的故事吗？我想起了学者赵园先生的概括。她说，《骆驼祥子》写的是一个破产农民如何逐步市民化的过程。① 如果我们认可这样的描述，那么，老舍所讲的故事也就并不那么遥远了。农村人进了城，破产农民如何逐步市民化，这是

---

① 赵园：《论小说十家》，杭州：浙江文艺出版社，1987年，第31页。

一个延续了近百年的故事,至今并没有结束。直到今天,我们依然能够感受到现代中国发展遇到的问题:传统乡村经济的衰退,城市化进程的开始,大量的中国农民进入城市,在城市生活中重新寻找自己的生存方式。老舍小说中描写的故事和人物命运在今天依旧有着丰厚土壤。

祥子就是这样一个典型,老舍告诉我们:祥子"生长在乡间,失去了父母与几亩薄田,十八岁的时候便跑到城里来"。他在城市里的奋斗,想买车,靠拉车生活,就是在城市找到一份生存的技能,完成自己从农民到城市的转换。小说多处(在作品的开头和大部分篇幅中)告诉我们,进城之后的祥子依然保留了农民的特点,农民的习惯、趣味和生活方式。甚至,他也是这样来看待生存工具——洋车的。老舍说:"他的车能产生烙饼与一切吃食,它是块万能的田地。"

但问题是,祥子的这种身份的转变是否顺利完成了呢?小说后半部写到,祥子似乎失去了他所曾拥有的农民的特征。但是他却成了城市边缘的游荡者——没有家,没有亲人,没有稳定的职业,流动性很强的人力车夫职业,其收入和生活来源都没有真正的保障。甚至,也最终没有属于自己的拉车工具,而且,作为人力车夫这一体力活儿,他竟然也失去了基本的条件——健康的身体。那么,作为先前的身份——农民,他还保留了什么呢?农民依赖土地为生,也拥有与城市人相区别的朴素的乡村道德,祥子如今没有了土地。但更为糟糕的是,他最后却成了一个吃喝嫖赌、出卖朋友、没有廉耻的城市混混,小说的最后一个镜头是祥子在街头捡烟头,也就是说,最后,祥子什么也不是了,他失去了农民的质朴和德行。

总之,《骆驼祥子》表现的是近现代中国社会的最典型的故事:农村人进城。老舍生动地展现了这一"进城"的艰难性、悲剧性。老舍的表达是否准确呢?只要看一看中国乡村城市化进程长期处在艰难的摸索之中,农村人进城不得不面临各种的社会矛盾和困扰,我们就能够理解老舍对问题捕捉的敏锐和深度。他的确揭示了中国近现代社会历史演变的极其重要的事件。

三、祥子与"革命"

《骆驼祥子》被删节的主要原因在于其中对"革命者"的描写。

受难的祥子与"革命"故事的联系是必然的,就像现代中国离开土地的农民很可能成为"革命"的一员,在这里,老舍抓住了中国现代史非常重要的现象。

不过，对现实人生观察深刻的老师却在《骆驼祥子》中刻画了两位迥然不同的革命者，一位是帮助祥子的曹先生，他具有社会主义理想，为人善良、真诚，同时又很有职业原则：他与学生阮明是思想上的同道，但是却不以私情损害自己的学术原则，依然不愿给他及格的分数。小说以祥子的视角评价曹先生说："在他所混过的宅门里，有文的也有武的；武的里，连一个能赶上刘四爷的还没有，文的中，只有曹先生既认识字，又讲理……所以曹先生必是孔圣人。"但是，另外一个革命者阮明却完全不同了。因为曹先生并没有因交情给他的成绩及格，阮明居然告发曹先生在青年中宣传过激的思想，这位出卖同志与师长的投机分子因此做了官，穿上华美的洋服，去嫖、去赌，甚至吸上一口鸦片，享受着他以前反对的事物。而当有一天，当他的钱不够用的时候，"他又想起那些激烈的思想，但是不为执行这些思想而振作；他想利用思想换点钱来。把思想变成金钱，正如同在读书的时候想拿对教员的交往白白的得到及格的分数。"就是这样的一个人，却在出卖了师友和思想之后，再次摇身一变，成了"组织洋车夫的工作"的革命者。阮明投机革命，可以说根本上摧毁了祥子原本朴素的人生观念，让他绝望于那个没有道德的时代，并最终走上了堕落之路。

《骆驼祥子》问世之后，就遭遇了来自评论界的某些批评。1940 年，巴人在他的《文学读本》中提出，"老舍对于革命的认识，也是'世俗的'，将革命者看作是'为钱出卖思想'，这正是单看现象，不明实际的'世俗的'看法。这种'世俗的'看法，本质上是反动的"①。

1948 年，许杰在《论〈骆驼祥子〉》中也认为，老舍"非但看不见个人主义的祥子的出路，也看不见中国社会的一线光明和出路"。"老舍对于中国革命的不够认识，他在有意无意中受了一些反宣传的影响，承认中国的革命是用金钱收买的，这能没有错吗？"②

恐怕正是这样的一些批评令老舍感觉到了压力，也最终决定在新的时代必须删节和修改。

其实，当年的那些评论都是从外在社会的角度看待作品，都没有能够真正理解老舍先生对人生的大情怀：没有比老舍这样一个来自"平民世界"的人更能够体会到现代中国的历史变迁中，来自底层的辛酸和痛苦，这里不仅有身份的转变，城乡的分裂与再认同，更有时代风暴对渺小的个人的粗暴的冲击和洗

---

① 巴人：《文学读本》，上海：上海珠林书店，1940 年，第 189—193 页。
② 许杰：《论〈骆驼祥子〉》，《文艺新辑》1948 年一期。

刷。在一方面，现代中国革命是中国历史的巨大事件，牵动着无数普通中国人的生存，也推动了现代历史一系列重要进程——诸如现代化，诸如"农村的城市化"过程，但是，在另外一方面，中国革命也是复杂而艰辛的，其中既有无数先烈可歌可泣的英雄事迹，也有如阮明这样的投机者和可耻的叛徒，正是后者的存在，历史才能不断警醒我们革命之不易，提示我们要倍加珍惜这样的革命成果，而如祥子这样的命运，也可以说恰恰是生动地揭示了革命的艰难。在这里，我们读到的不是老舍的局限，而是他的深邃和伟大，他以人道主义的博大胸怀观照普通人的命运和疾苦，昭示革命理想的光明和温暖，也揭示革命道路的曲折和艰辛，仅此一点，就足以证明《骆驼祥子》那种跨时代的价值了。

曾经有人并不理解老舍在《骆驼祥子》中的风格。例如英文版结尾就发生了有趣的转变：译者竟然擅作主张，删去了描写祥子游荡告密等丑事的几段极重要的文字，最后把祥子写成重回曹家工作，又从三等妓院救出小福子，人生可谓美满了。还有一个新的结尾："夏夜清凉，他一面跑着，一面觉到怀抱里的身体轻轻动了一下，接着就慢慢地偎近他。他还活着，他们现在自由自在了。"这样的改写实在离老舍的精神太远了。

由老舍对祥子悲剧命运的体验，我们也不妨稍微揣测一下题目中"骆驼"与"祥子"的关系。这也是一个有趣的问题，总有人在读后提问：为什么叫骆驼祥子这个名字？小说中出现骆驼的就是开头，整个小说故事再与骆驼无关了。我们不妨思考一下，这是随意取名还是另有深意？当然可以进一步挖掘。

我觉得可以从这样几个方面来思考：

首先，在浅显的意义上说，"骆驼"是祥子买车梦的最早的破碎，揭示后来祥子悲剧故事起点：祥子用 3 匹骆驼换回 35 元。

其次，"骆驼"是祥子性格的"外号"的形象化：个性沉默、坚韧乃至木讷。

第三，"骆驼"作为祥子的命运符号也颇为贴切：没人关心，无所谓姓名，就如同我们熟知的"阿Q"。正如小说第四章中所写：

> 自从一到城里来，他就是"祥子"，仿佛根本没有个姓；如今，"骆驼"摆在"祥子"之上，就更没有人关心他到底姓什么了。有姓无姓，他自己也并不在乎。

第四，"骆驼事件"折射出了在一个乱世，人命运的不确定感，祸福相依：祥子卖骆驼的故事，被人视作"发邪财"，仿佛就是卖苦力人的理想，其实其中却是他命运的转机,问题在于,这究竟是"好转"呢,还是进一步"劣化"呢?祥子自己也难以把握,甚至根本说不清楚。

1944年,国统区庆祝老舍创作生活20年,革命理论家胡风就指出,新文学创作中如果少了《骆驼祥子》这样的作品,那就会降低了质量。后来,海外汉学家夏志清也在《中国现代小说史》中认为,《骆驼祥子》是到抗战为止的最佳现代中国长篇小说。可见,真正伟大的文学是能够超越思想界限,赢得广泛赞誉的。同样,在中国社会历史进程总体相似的今天,我们依然可以透过《骆驼祥子》的民国故事读出自己的命运、当下的关怀。

第四编
文学的体式

文体、体式从来都不是一个单纯的艺术形式文体，在各种形式的构成背后，都是我们特殊的生存环境的力量参与的结果。结合历史文化来理解文体和体式文体，肯定会有不同的结论，也能够为文学研究带来更大的空间，这就是我倡导的"大文学"理念。

第一章　开拓近现代私人日记研究的新领域

我们这里的"日记"是指历史上存在的个人私人书写的生活记录,区别于以"日记"命名的虚构的纯文学创作;"近代"一词的含义有所差异,最狭义的所指是中英鸦片战争(1840年)至五四运动(1919年)这一段时间,历史学意义的"中国近代史"又可以概括从第一次鸦片战争1840年到1949年的新中国成立。鉴于1840年至1949年正值中国社会历史天翻地覆的"千年巨变",诗人生活记录(日记)反映的就是这一历史巨变的个人细节,构成了与此前此后的明显差异,亟待我们加以深入考察,因此,我们所谓的"中国近代"也就定义为1840年到1949年这一段历史,即所谓"晚清民国"时期。

一、中国私人日记的关注史

在西方写作的历史上,作为私人的日记与作为文学的日记原本有着一定的差异。后来常常为人提及的私人日记如英国17世纪的塞缪尔·佩皮斯(Samuel Pepys)的日记、19世纪俄罗斯著名作家列夫·托尔斯泰的日记原来都是秘不示人的。据说塞缪尔·佩皮斯生前把自己的日记当作绝密文件收藏,而且使用别人难以辨认的文字书写,列夫·托尔斯泰多次拒绝自己的妻子查看日记,为此不惜离家出走。① 在欧洲,流行于公共领域的"日记"首先隶属于小说,18世纪与19—20世纪之交是欧洲"日记体小说"(Diary novel)——或称"虚构的日记"(Fictive diary)——的兴盛期,在这里,"日记"是虚构文学的一种形式。正如日记小说理论家特莱沃·费尔德在《日记体小说的形式与功能》

---

① 钱念孙:《论日记和日记体文学》,《学术界》2002年3期。

中指出的那样，所谓日记体小说，日记在这里不过是一个修饰词，并非不可替代。① 这种虚构的文学样式自然也为中国现代文学所接受，鲁迅的《狂人日记》，茅盾的《腐蚀》，沈从文的《不死日记》《呆官日记》，庐隐的《丽石的日记》，石评梅的《林楠的日记》，冰心的《疯人笔记》，丁玲的《莎菲女士的日记》，张天翼的《鬼土日记》等等都属此列。现代翻译家、文学理论家孙俍工甚至在《小说做法讲义》中将"日记"置于小说四大体式之首，谓之"是一种主观的抒情的小说"②。

与西方文学史的清晰二分不同，私人的日记也一直为中国现代知识分子所重视。早在1920年代，新文学的作家如郁达夫、周作人、阿英等就开始注意到发表私人日记的意义，他们的探讨可以说为中国近现代的日记研究奠定了基础。郁达夫是最早发表日记研究专论的作家，他提出了"日记体"的概念，将日记与日记体文学区别开来。1925年，周作人在《日记与尺牍》一文中，概括了日记兼有"作者的个性"与"考证的资料"等多重属性。阿英的《语体日记文作法》是较早的一部完整系统的日记理论专著，此后，出现了短暂的研究日记的热潮，如贺玉波《日记文作法》、卢冠六《日记作法》、吴坤芥的《日记作法》、施蛰存的《域外文人日记抄》等等，这样论述也表明，在许多中国学人的心目中，文学日记有私人日记也有界限模糊的一面，私人日记可以传达一些公共性的信息与态度，就像文学日记可以描绘社会历史一样。1930年代至1940年代，中国出现了一批诗人日记选集，如赵景深选编的《现代日记选》《青年日记选》《日记特辑》（上海北新书局，1934年、1937年先后出版）、施蛰存编选的《域外文人日记钞》（上海天马书店，1934年）、陈子展编选的《注释中外名人日记选》（中华书局，1935年）等，周立波、沙汀、丰子恺、叶圣陶等作家的诗人日记也在抗战期间出版。

从1940年代后期开始到1960年代中期，陈左高先生致力于中国日记研究，被称作是中国日记史研究第一人，他先后发表了30多篇关于日记的论文，最早全面地介绍了古代日记的概况，给学界提供了很多珍贵的文献史料，如陈左高先生研治中国古代日记长达半个世纪。新时期以后，私人日记研究开始恢复，出现一批有代表性的论文，如乐秀良的《日记悲欢》《民主、法制与保护

---

① Trevor Field, *Form and Function in the Diary Novel*, New Jersey: Barnes & Noble Books Press, 1989: 4—7.

② 严家炎：《二十世纪中国小说理论资料》2卷，北京：北京大学出版社，1997年，第340页。

日记——三谈日记何罪》，寇广生的《日记之研究》《日记三题》，陈左高的《日记是宝贵史料》《日记中的中日文化交流史料》《日记中的中国书画史料》《清代日记中的中欧交往史料》等，陈左高先生的《中国日记史略》《晚清二十五家日记辑录》《历代日记丛谈》，古农编《日记品读》《日记漫谈》《日记序跋》《日记闲话》等相继出版，1980年代至今的重要论文则有南京师范大学主办的《文教资料》杂志推出三个《日记学研究专辑》以及程韶荣的《中国日记研究百年》、赵宪章的《日记的私语言说与解构》、钱念孙的《论日记和日记体文学》、乐齐的《现代日记文学述略》、刘增杰《论现代作家日记的文学史价值——兼析研究中的两个问题》、邹振环《日记文献的分类与史料价值》、陈子善《略谈日记和日记研究》、祝晓风《作为历史文化景观的日记及其出版》、张克《论中国现代文学史上的日记体小说》、陈晓兰《欧洲日记体小说发展概观》，以及李凯平、朱胜超《论日记的文类特点》，等等。

最近十数年，随着近代史研究、民国史研究的升温，如何从近代中国人物的日记中发掘新的社会历史信息也日益引起了学界的重视，包括近代史学界和中国近现代文学研究界都是这样。史学界如孔祥吉对清人日记的研究①，杨天石对《蒋介石日记》的研究，余英时对《顾颉刚日记》的研究②，江勇振对胡适早期日记的研究③，张鸣通过《吴宓日记》与《胡景翼日记》来考察五四历史的复杂性等等。

1990年代至今，除了日记研究不断发展，日记的出版也大量增加。出现了不少以丛书的方式，对文人作家日记的归类整理，如1998年由陈漱渝、李文儒主编，山西教育出版社出版的"中国现代作家日记丛书"，1987—2018年由中华书局出版的"中国近代人物日记丛书"，1990—1993年由江苏古籍出版社出版的"民国名人日记丛书"，2004—2009年的由大象出版社出版的"大象人物日记文丛"，2011—2018年由国家图书馆出版社出版的"珍稀日记手札文献资料丛刊"，等等。除此之外，也问世了多部日记编选著作，如虞坤林的《二十世纪日记知见录》，本书系统的收录了作者搜集到的1900年以来的日记，包括国内的1100余种，国外部分30多种。在诸多文人日记相继问世的基础上，除了对日记总体的研究，学界还出现了对作家的日记个案的研究，如，对鲁

---

① 孔祥吉：《清人日记研究》，广州：广东人民出版，2008年。
② 《未尽的才情———从〈顾颉刚日记〉看顾颉刚的内心世界》，台北：联经出版公司，2007年。
③ 《舍我其谁：胡适》第一部，北京：新星出版社，2011年。

迅、吴宓、朱自清、徐志摩、巴金、萧军等日记的研究，文学界自1980年包子衍的《〈鲁迅日记〉札记》（湖南人民出版社1980年初版）之后，随着黄侃、周作人、郁达夫、徐志摩、朱自清、顾颉刚、吴宓、苏雪林、杨树达、宋云彬、萧军、夏承焘、夏济安、郭小川、顾准、王元化等近现代作家和学者的未刊日记在海峡两岸陆续披露，作家"日记研究"也越来越多，并开始成为研究生选题的对象，如张高杰博士论文《中国现代作家日记研究》（兰州大学2008）、邓渝平硕士论文《五四文学家日记研究》（山东师范大学2009）等。

二、亟待开辟的学术领域

不过，值得注意的是，在一个相当长的时期中，中国近现代的日记研究依然存在两个方面的问题，有待学界的进一步深入拓展。

其一是近现代日记的总体面貌依然模糊不清，有待全面的清查和整理。目前的研究其实大都还是来自对历史或文学人物相关问题的兴趣，是为了解决这些或历史或文学的问题才开始从"日记"中寻觅材料，对日记本身的系统观比较缺乏，加之许多日记还处于未刊手稿状态，已经出版的也是卷帙浩繁，有价值的信息往往淹没在众多琐碎的记录中，不易显现，这都大大降低了日记的被关注度，也影响了学界对日记的有效利用。

其二是"日记"还是被当作社会历史文献的补充，就其本身的文体特点、存在形态还缺乏足够的分析和研究，这样一来，其实与文体和表达形态融会贯通的思想艺术特点也缺乏独立的价值，不能进入研究者的"法眼"，从而影响了日记研究的深度。

在我看来，现在已经到了系统整理和研究这些私人日记的时机。所谓的系统研究包括总结近现代中国日记的规模和数量，尽力搜集尚存民间的日记手稿；对已经掌握的（业已出版的）日记考订、注释；对这些日记的基本内容加以概括、索引，是为"叙录"；同时，以这些文献为基础，做出历史学的和文学的新的研究。这些研究不是重复已有的学术路径，而是力图另辟蹊径，强化历史研究对"个人经验"的重视，也开启在"人与历史相互联系"的背景上重建"文学性"的方式。前者就是正在发展中的"新史学"（或称"新文化史"）的方法，后者属于课题主持人倡导多年的"大文学"学术观。

总之，我们希望通过这一课题的研究为学界贡献一份完备可靠的"近代中国日记的主题档案"（也就是"叙录"），将其中的重要信息予以归纳建档，便于检索，这是未来日记研究进一步发展的基础；同时也探讨重新解读、分析这些日记、确立其基本价值的方法，包括历史学层面的方法和文学层面的方法，对日记文体的独立性作比较深入的讨论。

具体而言，新的研究可以从以下五个方面展开：

1. 近代中国日记搜集整理与数字化工程

近代中国（包括中国文学史所指称的五四至新中国成立的"现代"）积累了大量个人"日记"，长期以来，由于学术观念和学术体制的限制，这些意义特殊的文献却始终处于研究的边缘地带，既不被视作"文学创作"，又不被当作历史研究可靠的文献。因此，在一个相当长的时期内，都缺乏足够的关注，以致相当多的日记文献都处于被冷落、被遗忘甚至被遗弃的状态，几乎没有获得系统有效的搜集、整理。今天的基础文献整理工作已经刻不容缓。

经过多年的摸索、探求，目前学界已经大体掌握了近代中国日记文献的几大源头。未来的工作是进一步发现储存线索，予以搜藏，对于海内外已经出版的，则予以分类整理。数字化工程是对以上整理工作的落实。

2. 近代中国日记叙录

近代中国是历史转折的大时代，包含了社会演变的重大信息，也激发了历史当事人的丰富而复杂的思想情感，如何透过1940以来的个人日记揭示这些秘密，已经成为学术研究的重大课题。在目前可以搜集、整理的约 种各类日记中，绝大部分都是学界十分陌生的，因为这些"日记"卷帙浩繁，形态复杂，难以在短时间内把捉其内在的信息。如何以简洁明白的方式加以呈现，为人们进一步的研究提供线索的指导，这是一项基础性的工作，也是学术文献最有效的利用方式。我们的"叙录"就是简明而准确地概括相关"日记"的基本内容，对其中涉及重要历史事件、人物和反映作者重要思想和情感态度的加以必要的信息标注，为学界的深入研究、细读阐释创造方便。

我们设想的"叙录"形式有：

（1）总体情况概括（整本日记的写作、收藏情况）。
（2）年度内容梗概（提示本年度进入"日记"的社会大事与主要人物）。
（3）重要历史事件、人物活动与精神变化信息索引。

3. 近代中国日记的辨析、考订与注释

近代中国日记诞生在混沌复杂的晚清民国，可谓"遭逢乱世"，内外战乱、政治高压、社会动荡都让书写者处于生存的艰难和尴尬当中，写作、出版、传

播条件有限，书写的自由度有限，种种的禁锢和不便让这些流传的文字时有错漏、歧义或者隐晦之处，需要整理者加以认真的辨析，结合其他历史文献进行比对，或者去伪存真，或者提醒读者（研究者）可能存在的疑问，或者提供进一步思考、探究的线索，总之，努力为日记的使用创造理性的知识基础，提出有益的阅读建议。

4. 近代中国日记的"新史学"研究

近现代中国在今天进入我们的学术视野本身意味着我们可以采取一种全新的态度和方法，去发现其中所包含的新的价值。作为新的历史研究方法，"新史学"正为我们提供了这样的可能。新史学在本体论上把历史学视为一门关于人的科学、关于人类过去的科学，它反对汤因比式的宏观史学，而主张从第一手材料出发的扎实研究。正如劳伦斯·斯通所说，这一种研究让"历史学的主体从人周围的环境转向环境中的人；历史研究的问题从经济和人口转向文化和感情；对历史学发生影响的学科从社会学、经济学和人口学转向人类学和心理学；历史研究的对象从群体转向个体；解释历史变化的方式从直线式的单因素因果关系转向互为联系的多重因果关系；方法上是从群体计量化转向个体抽样；史料的组织上是从分析转向描述；而历史学的性质和功能则从科学性转向了文学性"①。

"新史学"研究将让我们抛开"日记"使用中的重重疑虑，从中体察历史中个体生存的各种信息，从而填补"宏观史学"的抽象与空疏，寻找从个体日记入手洞察社会历史的诸多细节。

5. 近代中国日记的"大文学"研究

"大文学"视野跳出了将"文学"仅仅视作语言形式建构的窠臼，在历史文化的广阔视域中剖析文学所承载的社会历史意识，以及人对于特定社会历史的心理反应和精神状态。如果说"新史学"是从个人体验中观察历史的细节，那么"大文学"则是从历史运动的个人反应中探测人的精神细节，两者互补、对视，揭示了传统学术（历史学与文学）都相对忽略的部分。对近代中国日记做"大文学"意义的研究，将有效地揭示近现代中国知识分子的精神历程与心灵奥秘，并有助于我们比照分析他们各自的其他文学创作，发现一般研究所未能涉及的深层底蕴。

---

① 《叙述史的复兴》，转引自《史学理论》1989年第1期，第33—34页。

以上五个方面的研究由文献搜集开始，至思想情感的深入剖析止，体现了学术研究"从事实出发、从第一手材料出发"，最终建构具有坚实的社会历史基础的阐释理论的过程，这是一个在过去很长时间里被我们忽略、淡化的过程，也恰恰是未来中国学术自我更新的必由之路。

文献的搜集整理是我们研究的基础，只有最充分地发掘、掌握原始文献我们才有了研究的基础，目前"日记"文献并不系统，散失很多，需要我们下大力气搜集完善，离开了这一工作，一切所谓的研究都是纸上谈兵。

文献搜集的意义不是单纯的保存，如何真正完整地把握它的内容才是研究的开始，这就是我们所设计的"叙录"工作。对于我们而言，"叙录"是进一步熟悉文献、阅读文献的过程，对于整个学术界而言，通过我们的"叙录"来了解近代日记的概貌，进而选择自己深入考察的对象则是一种重要的便捷。"叙录"以文献的搜集为基础，又是在搜集基础上的进一步整理和总结。

"叙录"是对日记文献内容的基本概括，而"辨析、考订和注释"则是对文献的更为深入的认知。"叙录"只需要再现这些日记记录的内容本身，无须对其所反映历史的真实性加以辨析，也可以暂时忽略其中可能存在的疏漏、错误，当然更不用透过这些记载去追究背后可能存在的某些隐晦的社会历史事实，"辨析、考订和注释"就是针对"叙录"的"不为"而为，它的工作可以将我们带入对于日记文献的理性思考之中。

"辨析、考订和注释"是学术研究步入深处的开始，但是还不是关乎历史和文学的具体问题的解答，接下去我们展开的两个方面的研究就是提出问题、回答问题的具体落实。

"新史学"向度的考察是在日记如何揭示社会历史问题方面的探索，当然与过去的宏观史学不同，它是立足与个人生存经验的观察来洞察社会与历史；"大文学"向度则是追问日记如何在包孕社会历史关怀的前提下呈现自己的思想和情感，以及其中所体现的语言的文体风格。从史学的生存考察到文学的情感追问，我们的研究无疑进一步走向了一个幽微的更加深邃的世界，这是学术研究的必须，是文献研究的最高价值。

总之，从文献搜集入手，通过对内容的叙录、对表达的考订，最终在史学和文学两个方面完成新的阐释和解读，我们基本上构建起了中国近现代日记的框架和体系，为这一曾经的跨越文史的边缘现象寻找到了进入主流学术话语的路径和方法。

五个研究课题的逻辑关系也可以用下图表达：

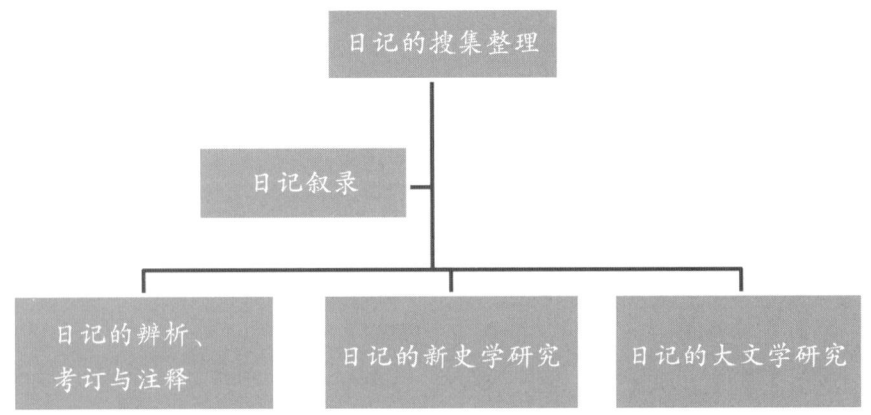

三、私人日记研究的思路、方法与可能

中国近现代日记本身就是历史信息的丰富"原生态"的存在,对它的整理和研究首先就应该尽量避免先验的理论预设,尽可返回现代中国历史的现场,在充分爬梳、整理和分析原始文献与第一手材料的基础上对历史人物的个体生存经验与微妙的思想情感表达加以领悟和呈现,这样的工作必须具有鲜明的理性精神,对研究对象提出科学、客观的归纳和概括。

文献整理和研究是我们研究的最重要的基础。

"大文学史观"与"新史学"态度是我们进入和评价这些日记文本的基本方式。

在这里,我们还需要注意,"大文学史观"与"新史学"观念之于日记文献研究的特殊意义。

所谓"大文学"就是突破对"纯文学""为艺术而艺术"的迷信,将文学的价值和意义定位在广泛的社会历史的联系当中,将文学趣味的精神魅力与之承担的社会责任、历史使命有机结合。显然,在诸多社会问题亟待解决的现代中国,文学毫无疑问地承担了这样的义务,并且也在事实上以这样的塑造体现自己的历史形象,"日记"的研究也是如此。考察这样的书写现象,我们理应自觉地秉持"大文学"视野,以此为标准衡量文学的价值。

秉持"大文学史观",也就意味着我们的中国现代文学研究应该把对"文学"的关注融入对社会历史的总体发展格局之中,将文学的阐释之旅融通于寻找历史真相之旅,这里有现代中国政治理想的真相,经济生态的真相,也有社会文化整体发展的深刻烙印,与历史对话,将赋予文学以深度,与政治对话,将赋予文学以热度,与经济对话,将赋予文学以坚韧的现实生存品格。在这方面,"大文学"观也可以形成与"新史学"观的互补对视与有机对话,前者在历史关怀中突出新的广阔的文学追求,后者在个人经验的提炼中深度观察社会历史的细节,这都赋予日记文本极大的阐释空间,最终推动学术方法的更新。

当然,无论秉持"大文学史观"还是"新史学"观念,我们最终的落脚点的还是"日记"所记录的细节,而这些记录归根到底还是书写的语言作品。也就是说,所有文学与社会历史的对话并不意味着我们要离弃写作本身,直接讨论宏大的中国历史、政治与经济。换句话说,对这些社会历史现象的考察、分析并不是要建立我们的政治学与经济学,而是深化和完善关于中国近现代日记的"阐释学"。

关于中国近现代日记的研究在若干方面取得了不少成果,但目前整体的文献面貌还不清晰,"家底"情况不明,我们首先需要展开全面的搜集整理,完成近现代日记谱系的勘察,这一工作从来还没有人做过,我们必须重点完成,同时,相关的辨析、考订和注释也是必不可少,工作量较大,至于在此基础上展开"新史学"与"大文学"的阐释,则是一项富有深度的也考验着我们学术眼光的课题。归纳起来,我们可以这样简略地表述:

(1) 在日记文献的搜集中,如何打捞那些尚未结集的散见于各种报纸杂志的日记是一个重点,同时加强对散失于民间的重要历史人物"日记"的搜集。

(2) 在日记文献的整理中,如何结合已知的历史事实加以考订、辨析是一个重点,因为只有经过这样的理性整理,我们才有机会留存下一些更具有历史"真相"的文本,为未来的学术研究奠定基础。

(3) 在对日记文献展开"新史学"与"大文学"的阐释的过程中,如何发掘历史进程中个人的精神与心理状态是我们的重点,同时,初步总结作为"大文学"文本的"日记"的独特的文体形态也是我们努力的方向。

这一研究难点主要有三个方面:

首先,作为"日记",其部分历史文献长期缺乏搜集整理,已经损毁湮灭,为进一步的研究带来了困难。

其次,辨明日记写作中的隐晦书写对社会历史、人际关系的复杂呈现具有相当的难度。养胃,不同的语言表述完全可能有多重的历史原因,如何去伪存真,发现有说服力的解释,可能需要异常丰富的信息,这并非一件容易的工作。

再次,如何借助"新史学"与"大文学"新方法,实施对日记文献的有效阐释,依然需要认真摸索。虽然新的研究方法强调的是以历史文献为基础,但是多年来"理论先行"已经成为我们学术思维的习惯，如何在具体的实践中加以克服，还有许多的工作要做。需要我们运用"知识社会学"的研究方法，在强调返回现代中国历史现场的基础上，尽量通过历史材料的广泛搜集和呈现，达到最广泛地揭示历史丰富性和复杂性的目的，排除"概念先行""以论代史"的弊端。

随着研究的开展和完成，我相信，一系列学术突破是可以预见的：

（1）"中国近现代日记"研究的相对完整文献资料库将得以建立。

（2）新的文献史料的发现和整理辨析，将极大地丰富中国近现代文学的研究内容。

（3）大量历史人物与作家个人的生存经验的细节得到展示和剖析，与之相关的其他文学作品也可能获得新的解释和研究，新的近现代文学创造的内在逻辑有可能被发现。

（4）以"新史学"及"大文学"为代表，新的方法论的价值得以显现。

新时期以来，外来文学批评方法的引入在很大程度上改变了我们固有的封闭状态，带给我们一个全新的文学景观，但是时至今日，我们也发现，大量西方术语和概念的流行在一定程度上遮蔽了我们对自身问题的深入发现，而中国文学研究的学术主体性更是无法建立。本课题研究既然强调返回现代中国的历史情境，努力梳理中国作家个体生存的经验及私人化的语言表述，那么，就有可能尝试一种突破，既从对外来批评研究方法的简单移用转为逐步探索我们自己的研究方法，包括理论表述形式。在研究中，我们首先将更多从个人生存经验入手（而不是从成熟的"理论"入手）发掘原始文献，在最大的程度上呈现中国现代文学现象自身的存在方式及自我的话语表达方式，这样就有可能突破生搬硬套外来批评模式的研究习见模式，通过强调回到现代中国历史情境，探索属于中国历史自己的解释方法和叙述方法。

第二章 《从军日记》与民国"大文学"写作

一、"不成文学"的《从军日记》

《从军日记》是谢冰莹的成名之作。原系 6 篇,民国十六年(1927 年)5 月 14 日至 6 月 22 日连载于汉口《中央日报》,题为"行军日记";1929 年 3 月,增写《几句关于封面的话》《写在后面》《给 KL》及《编印者的话》与林语堂的《冰莹从军日记序》,以《从军日记》为题由上海春潮书局出版,首印 1500 册,很快销售一空。① 半年后,春潮书局再版,增加了《再版的几句话》《出发前给三哥的信》《给女同学》和《革命化的恋爱》四篇文章,印刷 2000 册。两年后(1931 年 9 月),此书改由上海光明书局出版,内文小标题《行军日记》《行军日记三节》分别改为《从军日记》与《从军日记三节》,撤下《几句关于封面的话》,增加《从军日记的自我批判》。至此,《从军日记》的形态固定下来。到 1942 年 10 月,该书一共印行了 14 版。即便不算上林语堂的英译本(商务印书馆 1930)和汪德耀的法译本(法国罗瓦罗 Valois 书局),《从军日记》已经肯定是民国时代女作家文集中印刷次数最多的作品。

然而,作者谢冰莹本人却似乎对这一作品不尽满意。《从军日记》是在孙伏园、林语堂的鼓励下交付春潮书局的,出版前,谢冰莹自认为"那些东西不成文学",没有出版单行本的价值。② 到 1931 年光明书局版面世时,作者又特

---

① 谢冰莹后来回忆说:"刚出来不到一个月,一万本早已卖光"(《关于〈从军日记〉》,《谢冰莹散文》,北京:中国广播电视出版社,1993 年,第 34 页。)当是误记,不过我们依然可以揣测出当时此书的畅销状况。

② 林语堂:《冰莹从军日记序》,《从军日记》,上海:春潮书局,1929 年,第 9 页。

意增加了相当真诚的"自我批判":"总括说来,在文字里究竟理智的话少,情感方面的话多,一看就知道作者写时一定是满腔火热的热情而未曾用冷静的头脑去观察某件事体,分析它描写它"①"没有系统,这几篇短东西我们如果留心点去看,马上可发现这完全是些乌七八糟的零碎的断片,日记太少而杂文太多,这在我觉得是侮辱了《从军日记》四个字……""因为没有系统,没有一贯的精神,所以有些读者也许记不清作者究竟是什么样的思想"② 数十年后,作者依然觉得,这些作品"论文字,写的太幼稚,一点也谈不到结构、修辞和技巧,它只能算是北伐时代的报告文学"③。值得注意的是这些表述:理智少,情感多,杂文笔法多,没有系统性,没有一以贯之的思想,换句话说,这是近代以来逐渐兴起的以"美术""审美"为旗帜的所谓的"纯文学"理想。"纯"是相对于"杂"而言,所以"杂文"常常不受纯文学倡导者"待见",按照"纯文学"的标准,"杂文太多"当然也就"不成文学"了。和近代以来绝大多数的新文学作家一样,谢冰莹显然深怀对"纯文学"写作的期待,所以销售市场的火爆与社会声誉的高涨都还不能令她满意,"那些东西不成文学",这并非矫情的自谦。作为"推手"的林语堂也清醒地懂得这一点,所以他在《冰莹从军日记序》中进一步概括了"不成文学"的具体表现:"这些《从军日记》里头,找不出'起承转合'的文章体例,也没有吮笔濡墨,惨淡经营的痕迹。"④ 林语堂在这里所述的都是"纯文学"常见的审美追求。

但是更值得追问的则在于,作为新文学"审美"理想的深刻的理解者,作为立志于中国新文学海外传播的推动人,林语堂在清醒地意识到这些"不成文学"的特点之后,却依然如此推重《从军日记》,并将它作为自己"对外文学传播"事业的重要起点,他看中的是什么呢?请看林语堂的这段描述:

> 我们读这些文章时,只看见一位年轻女子,身穿军装,足着草鞋,在晨光熹微的沙场上,拿一支自来水笔,靠着膝上振笔直书,不暇改窜,戎马倥偬,束装待发的情景;或是听见在洞庭湖上,笑声与河流相和应,在远地军歌及近旁鼾睡声中,一位蓬头垢面的女兵,手不停笔,锋发韵流地

---

① 谢冰莹:《"从军日记"的自我批判》,《从军日记》,上海:上海光明书局,1931年,第135页。
② 同上,第132页。
③ 谢冰莹《关于〈从军日记〉》,《谢冰莹散文》,第29页。
④ 林语堂:《冰莹从军日记序》,《从军日记》,第9、10页。

写叙她的感触。这种少不更事，气宇轩昂，抱着一手改造宇宙决心的女子所写的，自然也值得一读……①

这里描绘出来的是一种对"异样"人生的好奇与关怀。也就是说，除了"审美"，"文学"本身所记载的人生与社会景象对读者同样具有相当的吸引力。其实，自古至今，无论中外，"文学"的含义本身就是相当丰富的，并不因为近代以后"纯文学"理想的兴起就完全"审美"起来。中国固有的"文学"包含"文章"与"学术"两大范围，单就"文章"来说，也相当庞杂，远非语言文辞之"美"所能够囊括；"'literature'在西方语言中也可以泛指'文献'和'著述'，也有广义与狭义之分"②。18世纪以后的西方的literature开始向狭义的审美转移，近现代的中国作家也纷纷在"美术"、"纯文学"的概念中接通了这一"文学"新思维，但是，近现代的中国却从来不是一个足以令人自由审美的国度，更大的社会人生的变化时时刻刻都刺激着人们的精神，影响着人们的讲述和表达，所以，一方面是"审美"与"纯文学"的美丽的旗帜迎风招展，具有无与伦比的魅力，另一方面则是深刻变化的人生问题与社会问题依然吸引着我们的关注和介入，因为，解读和回答这些现实问题也是我们日常生存的一部分。谢冰莹《从军日记》在审美上的不足并不能掩饰它在另外对一些问题的揭示，而这些问题恰恰击中了当时人们——从普通读者到专业学人的敏感的神经。

二、《从军日记》中人生关切

在《从军日记》中，这样足以引发人们关切的元素至少有三：

一是战争。对于人类的日常生活而言，战争自然就是"非常态"的，而"非常态"的存在总能吸引人们的关注。在西方，战地记者完成着这一类生存景观的书写，但是中国媒体的战地记者却相当缺乏，虽然今天的报刊史常常提及《申报》记者对日军侵台、中法战争的报道，提及武汉《大汉报》对辛亥革命的报道，但从总体上看，直到抗战全面爆发之前，中国的战地报道都是十分不足的。作为中国现代战争的开始，在北伐这样的战争中，战地报道自然也

---

① 林语堂：《冰莹从军日记序》，《从军日记》，第10页。
② 马睿：《文学理论的兴起：晚清民初的一份知识档案》，济南：山东文艺出版社，2015年，第215页。

不发达，关于战争的故事只好交给谢冰莹这以入伍的文学习作者了。一手将谢冰莹推上文坛的《中央副刊》编辑孙伏园是现代报刊史上难得的策划大家，早在北平主编《京报》副刊之时，孙伏园就策划过著名的"青年必读书"和"青年爱读书"征文活动，通过紧紧抓住时代脉动，制造热点话题，扩大了副刊的影响，完善了编者和读者之间的互动，为《京报》一举成为《晨报》强劲的竞争对手立下汗马功劳。担任武汉《中央副刊》编辑伊始，又以丰富的媒体经验提出自己的主张："就是对于眼前（包括时间的与地域的）发生的事情，用学术的眼光，有趣味的文笔，记载与批评。"① 北伐是 1920 年代中后期人民生活中的大事，孙伏园敏锐地将这一话题及时捕捉到了自己的副刊中，除了谢冰莹的"日记"，《中央副刊》还发表过田倬之《随军杂记》系列（1927 年 5 月 10 日、16 日、17 日、28 日）、徐正明的《熏风吹渡信阳州》（1927 年 5 月 28 日、30 日、31 日）、符号的《我所记得的》（1927 年 6 月 10 日）、黄克鼎《沙场日记的一页》（1927 年 6 月 25 日）等，记载北伐和西征的情况。自然这些记载都不如谢冰莹的"日记"丰富而有吸引力。

二是女性。柔弱的女子如何与酷烈的战争发生联系，这本身就是一个极富刺激性的话题，极大地煽动了人们的兴趣。对此，作者本人也十分明了："因为是中国自从有历史以来，第一次有女兵，所以我们的生活，特别感觉新鲜、有趣。"② 编者孙伏园更是刻意渲染："这是中央军事政治学校女生队留下的一点痕迹，所以有保存的必要。"③ 读过日记，曾经担任国民政府主席的谭延闿也在向副刊编者询问到冰莹的真实性别。在包括如沈雁冰这样的文坛名家的文章中，人们读出"我们的冰莹"几乎成为当时青年心仪女性的代名词。④《从军日记》不仅让人们为战争中的女子担忧，一如林语堂在序言中那样满怀深情和满怀怜惜的想象。而且作者笔之所至，还涉及变革时代女性生活的若干领域，比如妇女协会的活动与遭遇，乡村传统习俗的变革，以及一个时代新女性面对战争、死亡、性别歧视的种种昂奋与焦虑。

三是革命。作为"国民革命"的北伐参加者，谢冰莹一开始就将自己置身于浓郁"革命"氛围之中。她的《从军日记》开篇即是"革命"的豪情：

---

① 伏园：《中央副刊的使命》，《中央副刊》1927 年 3 月 22 日。
② 谢冰莹《关于〈从军日记〉》，《谢冰莹散文》，第 31 页。
③ 谢冰莹：《女兵十年》，重庆：红蓝出版社，1946 年。
④ 玄珠：《云少爷与草帽》，《中央副刊》，1927 年 7 月 29 日。

> 我真高兴，无论跑到什么地方，看见的都是为主义为民众战斗的革命军，都是含笑欢迎我们的老百姓。

汇入革命队伍，书写革命的激情可以说是《从军日记》的创作动力："我只有一个希望，那就是把我所见所闻的事实，忠实地写出来，寄给伏园先生让他知道，前方的士气，和民众的革命热情，是怎样地如火如荼。"① 这样的激情既符合北伐时代广大读者的需求，契合了"革命大本营"武汉的语境，更属于孙伏园和《中央副刊》苦心探求的"革命文学"实践的有机组成部分。总之，谢冰莹与民国历史的"合力"让她的著作成了"革命文学"别具一格的样本。出版者及时地捕捉了其中的"革命"意义并加以凸显。《从军日记》初版前有"编印者的话"："革命文学的理论，曾经有时鼓乐喧闹，有时零零落落传到我们耳边来；革命文学催召的符咒，我们也常时听到。然而革命文学到底是怎般的风味，却始终叫人感到隔着一层障翳似的，不能体会得分明。文学如果是以情感为神髓的，而革命文学又是革命者情感的宣露，那这一部《从军日记》的内涵庶几当的住革命文学的称号。"② 该书的插页广告也这样渲染："这是革命怒潮澎湃的时候激荡出来的几朵灿烂的浪花，是一个革命疆场上的女兵在戎马仓皇中关不住的几声欢畅。这是真纯的革命热情的结晶。如果'革命文学'这个名词可以成立，我们认为这就是最可贵的革命文学的作品。"那个时代的读者和评论者也都是从"革命"的角度辨析"日记"的价值。林语堂说："这大概是在革命战争时期，'硬冲前去'的同志对于这种战地的写实文字，特别注意而欢迎。"衣萍认为，作为出色的革命文学文本《从军日记》可以永远留传下去的。③ 李白英甚至将它视作"二十世纪的中国革命文献"的"压卷"之作。④

所谓"革命文学"在既往的文学史研究中大体包括三个方面的内容，一是1920年代中后期的革命文学理论倡导；二是1920年代后期的普罗文学创作；三是1930年代的左翼文学。第一方面的研究侧重于发掘外来理论（日本、苏俄）之于中国革命文学理论的资源价值，第二方面的文学实践往往充满罗曼蒂克的想象，如革命加恋爱的小说，进入1930年代以后的左翼文学其实是现实

---

① 谢冰莹《关于〈从军日记〉》，《谢冰莹散文》，第32页。
② 《编印者的话》，《从军日记》，第2页。
③ 衣萍：《论冰莹和她的〈从军日记〉》，《春潮》1929年第1卷第7期。
④ 李白英：《借着春潮给〈从军日记〉著者》，《春潮》1929年第1卷第7期。

"革命"挫折之后的精神反叛的形式，它更多地体现出来对阶级斗争概念的运用。与这三方面的"革命文学"比较，倒是谢冰莹《从军日记》所述的国民革命可能为我们提供记录"革命"更为明显的现实内容，而武汉《中央副刊》所展开的关于"革命文学"的种种讨论也成为这一重大文学思潮的独特的构成，虽然今天的人们常常有意无意地回避或淡化这一阶段的"革命文学"主张及创作。①

关于《从军日记》之于"革命文学"的独特意义，林语堂有过一段重要的论述："我想革命文学只有两种意义。一是不要头颅与一切在朝在野的黑暗，顽固，腐败，无耻，虚伪，卑鄙反抗的文学，一是实地穿丘八之服，着丘八之鞋，食丘八之粮，手掌炸弹，向反革命残垒抛掷，夜间于猪尿牛粪的空气中，睡不成寐，爬起来写述征途的感想。不要头颅的文学既非妙龄女子所应尝试，而保守头颅的'革命文学'也未免无聊。至于实地描写革命生活的文字，唯有再叫冰莹去着上武装去过革命健儿生活。"② 林语堂所描述的第一种"不要头颅"的反抗的文学侧重在一种决绝的"革命"气质，它可能具有惊心动魄的力量和可歌可泣的精神，但也可能与现实的人生若即若离，结合中国现代革命文学的实践，从充满个人想象的革命加恋爱模式到对苏俄无产阶级文学观念的硬性移植，我们其实不难见到这一类"气质大过本质"的文学创作，连革命文学队伍内部也在呼吁警惕"小布尔乔亚"式的脱离实际的情调。而如谢冰莹一般真正融入革命斗争，努力写出这一过程的真切体验虽然可能流于简陋，但却自有可贵的质朴与真诚。

三、何谓"日记"

总之，战争、女性与革命，这原本都属于现实的人生而非作为语言艺术的"文学"，对于执着于语言艺术建构的"纯文学"的梦想来说，它们实在是"不成文学"的；然而，对于刚刚脱离传统"帝国"，步入现代"民国"的中国人来说，它们恰恰属于现实人生最重要的关注对象——现代中国反复卷入内外战争的梦魇，女性社会角色的改变同时也深刻地改变了我们的生活，革命则

---

① 关于武汉国民革命时期对"革命文学"的讨论以及后来学术史的淡化情况，可参见张武军：《国民革命与革命文学、左翼文学的历史检视》，《中国现代文学研究丛刊》2015年5期。

② 林语堂：《冰莹从军日记序》，《从军日记》，第12页。

影响甚至决定了一个多世纪以来的普通人的命运,可以说,它们已经深深地渗透进了我们的人生乃至生命,内化成为我们日常喜怒哀乐的一部分,生发成为我们感知世界、读解人情、辨认未来的基础。较之于欧美文学,这里出现了一个重要的差异:从中世纪后期的人性释放到文艺复兴的宗教与生活世俗化,再到启蒙运动的理性确立、法国大革命之后的制度完善,但凡属于国家、民族、社会生态的重大问题都已经逐步解决或纳入到了制度化解决的轨道,文学的"现代关怀"在相当大的程度上可以自由自在地回到"文学本身"——当"文学周边"的因素可以不再成为国家公民普遍的必然的关心对象,我们的兴味完全有理由专注在语言艺术形态之中,文学有理由"自我"起来,"纯粹"起来;中国的"现代"则完全不同,在很大的程度上,"帝国"传统挥之不去,"民国"尚属梦想,大量的安身立命的事业都在"文学之外",包括战争、女性与革命,它们首先就不是一个"文学"的问题,单纯的语言艺术的探寻常常都不能不是我们日常人生的奢侈品。当然,现代中国的作家与欧美作家一样都立足于一个被称作"现代"的历史进程中,并且在一系列的文学观念上,前者也无从拒绝来自后者的影响,所以,我们看到的现实就是,现代中国作家一方面承受了现代欧美文学的"文学"概念——对于纯文学心向往之,但另一方面却也一再表述着对"文学之外"的人生主题的强烈兴趣,现代中国文学归根结底都属于"为人生"的文学。这种以文学艺术的方式传达人生遭遇与现实社会问题的追求也不能被视作是对文学的背叛,因为它们本身依然具有文学的基本特点——对人类情感和情绪提取和淬炼,对语言表述形态的种种摸索,只不过后者不再是至高无上的艺术目的。其实,正如前文所述,在西方文学的古典时代和中国文学的古典时代,原本就有过如此"不纯"的文学理念,中西文学的传统差不多都有过对"杂文学"或曰"大文学"的历史追求。我们所要指出的就是,在现代中国影响深远的"纯文学"的运动史另外一面,其实都暗含着同样深厚的"大文学"的底蕴,对"大文学"的需要就是人们对人生现实的根本关怀,就是对文学承载生存问题的执着的诉求,即便充满"纯文学"理想的作家也实在无法拒绝这样的基本诉求。可以说,"大文学"写作方式是民国时代的显著特征,甚至在相当长的时间内也是人民共和国时代文学的基本特征。

尤其"日记",按照中国传统的"日记"观念,本身就属于后来输入的文学诸文体概念所不能容纳的"杂文学—大文学"的文体范畴。朱光潜先生的考证认为,"日记"在中国脱胎于古老的编年体史书①,也就是说,它的首要功能就是记载社会与人生"事态"的,直、真、诚原本属于中国史家的几大追求,所谓不虚美、不隐恶、秉笔直书的《史记》传统,而这恰恰就是谢冰莹的自我写作期许:"'文如其人'这句话,我想大概是对的,我为人处世只有三个字:'直'、'真'、'诚',写文章,也是如此。"②

谢冰莹的《从军日记》就是这样,虽然新的文学知识让作家自认为"不成文学",也一度对发表与出版的信心不足,最终还有苛刻的自我批判,但是将战争、女性与革命纳入视野的表达却那么深刻地激动过她,"我不是为了批评而写这些东西的,只是赤裸裸地说出我当时所要说出的话,在欢乐时这样,在愁苦时也这样。我不会空叫些革命的口号,也不会说些不曾经过的肉麻的话来。"③ 这些"实在"的、以自我的真实经历为基础的写作也那么自然地激动过民国文坛的一些编者、读者和评论者,这也是中国文学发展史上的事实。而且,有趣的事实还在于,谢冰莹一方面自我批判,一方面却又继续着这种集中展示个人生存体验,融自传、日记与社会世象于一炉的写作方式,《从军日记》之后,又有《女兵自传》《新从军日记》(《抗战日记》)从"日记"到"自传",受邀写作、在期刊连载最后结集出版的方式都完全相同,前有孙伏园、林语堂和夏康农的提携,后有陶亢德、林语堂与赵家璧的鼓励,这说明,作者虽然有过种种的自我不满,但这种写实掺杂情感的叙述已然成熟,既为通过作家文字来了解、认知社会情形的读者所喜闻乐见,也方便了作家对时代社会的记叙与个人观感的实录,无论是社会的描写还是自我的感怀,都诉诸真切质朴的描绘,而与种种艺术的"炫技"无关,或者说语言艺术方面的刻意推敲、经营并不是这些"日记"与"自传"的目标。这就是一种源于历史实录的文体传统,属于我们所谓的"杂文学—大文学"的追求。一方面,进入"民国",置身于更多"公共事务"的中国读者需要透过作家的文字来关心社会现实,另一方面,作家也在顺应这一需求中训练和发展了自己。"大文学"的写作方式就这样成型了,成了民国文学需求的重要组成部分。

当然,提出谢冰莹《从军日记》的"大文学"写作现象,并不是寻机拔

---

① 朱光潜:《日记——小品文略谈之一》,《朱光潜全集》第9卷,合肥:安徽教育出版社,1993年,第358页。

② 谢冰莹:《平凡的半生》,《谢冰莹文集》中册,合肥:安徽文艺出版社,1999年,第58页。

③ 谢冰莹:《再版的几句话》,《从军日记》,1929年第2版,第13页。

高它的文学价值,更不是说超越"纯文学"写作的"大文学"现象应当是衡量现代文学价值的至高标准,而是借此提醒:"大文学"写作是民国时期作家写作难以避免的特点,它在读者接受中的广泛影响更是我们真正走入民国文学的基础,只有最充分地意识到这一"文学写作"与"文学阅读"的起点状态,我们才有可能进一步摸清民国文学的历史形态,并最终恰如其分地把握它在各个方面的价值。

第三章　旧体诗词进入中国现当代文学史的问题

一、一个持续争论的问题

关于旧体诗词进入现代中国文学史的问题，已经议论过很多年，不仅有我们中华诗词研究院的同仁在提出这样的问题，就是以"新文学"研究为主体的中国现当代文学界也多次讨论过这样的可能性，当然，争议很大，意见并不统一。

在我看来，如果考虑到传统诗词的创作在事实上已经是许多现当代作家、知识分子的写作方式，是我们理解、认识这些知识分子精神的重要途径，那么，讨论传统诗词进入现代文学史的问题就相当的重要，无法避免的。但是，回答这一问题，却不是一个简单的判断——是，或者否——这么的简单，归根结底，这是一个大问题，大问题之中其实包含了一系列的小问题。

最基本的疑问在于：传统诗词入史，这个"文学史"是整个现代中国文学史还是现代时期的传统诗词发展史？如果是后者，显然可以在一个比较宽泛的意义上收录各种诗词的写作现象；但如果是前者，可能标准就应该比较严苛。而且最重要的一点便是，"文学史"与"诗歌史"都不是各种五花八门的现象的简单堆积，最重要的是寻找决定和影响这些现象的内在理由。也就是说，当传统诗词与现代白话诗置放在一个文学史的框架之中，重要的不是"放在了一起"，而是切实回答：为什么是这些作品和那些作品放在了一起？它们各自以什么理由参与了"现代文化"的进程？在同一个作家那里，它们有怎样的关系？在不同的作家那里，"新文学"与"旧文学"又形成了什么样的"结构"？比如，我曾经在关于"鲁迅的旧体诗"研究过程中产生过这样的追问：鲁迅，这位现代思想的先驱如何与这类最古老最传统的文学样式建立了联系？难道在这种为新文学所超越的旧的束缚中,新文学的开创者反倒找到了施展自己才智的自由空间?"解放"了的自由体诗却不行?同时,如果连作者都已经清醒地认识到这"并非所长",那又为什么总是要"不得已而作"呢?当然,这并不属于鲁迅一人,中国新文学作家普遍存在"旧体诗写作现象"。许多早年慷慨激昂地献身于新诗创作的人最终都不约而同地走上了旧体诗的道路,新文学的开创者、建设者们多少都抛弃了"首开风气"的成果转而向"骸骨"认同,①这究竟又是为什么?我的研究发现,以鲁迅这样的代表性作家为例,他实际上是在建构一种古今文化的"对话"关系。将文化冲突的动人景象摄入中国现代旧体诗是鲁迅最独特的贡献之所在。鲁迅以文化革命者的方式就"现代中国"与"旧体诗"这一场有距离、有分歧的对话做出了他深刻的回答。与传统文化的"关系再构",也是鲁迅旧体诗艺术的支点。严格清理下来,鲁迅旧体诗多有不合古典诗歌艺术规则的"犯忌"之处,鲁迅仿佛是不能不运用着这种传统诗歌的艺术形式,但又有意识地对这样的艺术形式做出自己别出心裁的改造,这类改造并不一定符合传统诗学的规则,显得有所出格或不那么尽善尽美,但改造本身却具有它无可替代的价值。②

郭沫若火山爆发般的《女神》标示出了中国新诗的高度,然而,在他一生中却同样有过数量巨大的旧体诗词创作,尤其是抗战时期。如何认知这样的现象呢?刘纳先生曾经从诗人的内在精神演变及新旧体诗歌的功能分野上加以解释:"当郭沫若新诗创作中的想象力已经枯竭,创造力已经告罄,他的旧体诗创作却格外活跃起来。抗战时期的郭沫若,心甘情愿地把新诗当作'标语''口号'一般的实用工具,他的情思、他的衷肠、他的千般意绪、他的万般感慨,需要有另外的宣泄形式。在历史剧之外,旧体诗是更现成、更便当的形式。""他的新体诗一般说来是作为社会的文化产品供发表的,是写给读者的,因此,新诗中所表达的是当时形势下他需要表达的、符合他'文化界旗帜'身份的思想感情。而他的旧体诗在写作时不一定有明显的发表意图,常常是写给自己或朋友的,这样,在他的旧体诗中,至少有一部分更真实地传达了他的人生慨叹和人生体悟"③。

---

① 此说法参见斯提(叶圣陶):《骸骨的迷恋》,载《时事新报·文学旬刊》(上海)1921年11月2日。
② 李怡:《鲁迅旧体诗新论》,《中国现代文学研究丛刊》1997年2期。
③ 刘纳:《旧形式的诱惑——郭沫若抗战时期的旧体诗》,《中国现代学研究丛刊》1991年3期。

现代旧体诗词写作的杰出者包括郁达夫、聂绀弩、启功，也包括大量由新诗转入旧诗创作的诗人，都各自存在一系列值得仔细剖析的新路历程，解释其中的奥秘，应该成为现代中国文学研究的基本任务，可惜这样的工作迄今推进缓慢。由此而产生了我们看到的结果：到现在也没有出现一部普遍肯定的新旧文学（诗歌）兼容的史？其实就是这些问题比较复杂，研究者投入不够，一时间难以完成种种"问题框架"的有效建构。

二、诗歌史是什么史？

当然，接踵而来的问题便是，我们努力要进入的诗歌史本身是什么样的史？就是说，它本来是这样的，有什么规则和讲究没有？

"史"的根本意义在于梳理和总结文学创作的规律，这样一来，也就决定了诗歌史从来都不可能是创作辉煌的自我证明，而是以严苛学术眼光不断挑剔和筛选的结果。这里的主要问题是，当代传统诗词的写作与当代新文学、新诗的写作有所不同，除了一部分诗词的艺术探索之外，相当部分是自娱自乐的休闲活动，与老年大学里的读书、绘画没有什么区别，如果是作为一种文化现象的研究当然尽可以纳入，但是作为一种艺术探索则另当别论，据统计，当代传统诗词的创作数量已经超过了新诗，但是这样一个统计结果并不能成为我们诗词界洋洋自得的理由，因为，其中相当部分并不具有艺术研究的价值。如何对这些创作加以取舍研讨，应该有着更加严格的标准。

除此之外，还必须看到，在中国诗歌史与现代中国文化的语境中讨论传统诗词创作，必须正视这一文学体式所遭遇的种种困难和尴尬，当然，对其中写作者的努力耕耘与突围性的成果也当特别珍惜。所谓的困难和尴尬，指的是在经过了中国古代诗歌的辉煌之后，现代当诗词写作其实遇到了相当的难度，难以突破古典诗歌的艺术水准。晚清一代，在中国现代的白话新诗诞生之前，诗人已经多番感叹生不逢时，抱怨前人的创造已经演变为后人的障碍。如"宗宋"诗坛领袖陈三立云："吾生恨晚数千岁，不与苏黄数子游""宗唐"的易顺鼎也谓："吾辈生于古人后，事事皆落古人之窠臼。"古典诗歌在意象、思维、语言上的成就往往成为今人创新的莫大干扰，对已经发生了语言变化的新诗人也是如此，如当代诗人任洪渊的感叹：

在孔子的泰山下
我很难再成为山

在李白的黄河苏轼的长江旁
我很难再成为水
晋代的那丛菊花一开
我的花朵
都将凋谢
　　　——《我只想走进一个汉字给生命和死亡反复读写》

当王维把一轮　落日
升到最圆的时候
长河再也长不出这个　圆
黎明再也高不过这个　圆
文字　一个接一个
灿烂成智慧的黑洞
　　　——《文字一个接一个灿烂成智慧的黑洞》

对于语言形态发生了变化的新诗尚且如此，对于体式依然沿袭古典的现代旧体诗词创作，当然就更是如此了。

敢于正视这一困难，也就意味着我们要保持特别的警惕和鉴赏力，艺术批评和诗词史写作都要小心辨析，仔细勘探，不能因为当今相当读者不具备传统诗词的基本写作知识就理所当然认为这样的写作"高人一等"，其实，在艺术史的评价中，掌握传统诗词写作的基本知识只是写作的起点而不是终点，是最低标准而不是最高标准，进入真正艺术史的要求，传统诗词写作有不断突破才能抵达艺术的巅峰，路漫漫其修远兮！

三、精神史意义上的旧体诗词创作

进一步的思考可能在于，如果我们将传统诗词的认识、评价置放在现代知识分子精神史的角度，将会为我们的诗词研究开辟许多重要的方向，挖掘出许多重要的话题，在这方面，可以做的工作相当多，至今投入者却很少，亟待有生力量的加入。

例如中国现代新文学作家的旧体诗词创作问题。究竟是什么动因促使他们展开旧体诗词写作，在他们的文学分工中，现代新诗与传统诗词有无不同？例如前文所述，郭沫若是现代新诗史上开一代诗风者，他又有大量传统诗词创作，我们仔细考察会发现，其实新与旧在他那里有重要的分工：凡是试图体现时代精神的抒情，他就写作新诗，而带有某种程式化的应酬、交谊，他就写作旧诗，这样的分工很有趣，是不是可以启发我们重新认识现代旧诗的特殊功能呢？

再如我们还可能发现，在现代能够不断被人传诵的传统诗词，往往都是一些特殊人生际遇的产物，例如郁达夫的痴情、聂绀弩的政治讽喻、启功的调笑诙谐等等。这里是不是透露出了现代旧体诗词创作的新机与奥秘。在历经千年流变、淘洗，在"一切好诗，到唐已被做完，此后倘非能翻出如来掌心之'齐天大圣'，大可不必动手"的严厉宣判犹然在耳的时候，① 如何在文化遗产的压力中觅得一片新机，其实既考验着诗词写作者的才力，也检验着诗史研究者的耐性和眼光。

借助这样的角度，我们可以重新发现现代传统诗词创作者独特的精神现象。例如在没有独特人生体验的时候，现代诗词作者可能会有一些过高的自我标榜，例如20世纪二三十年代的学衡派同人，相互不时以李白、杜甫称谓，这不应该成为我们诗歌史评价的根据，作为现代诗词的研究者，有必要保持相当的理性和警惕；但是，在另外一方面，我们也应当看到，艺术创作史一个有待发展、变化的过程：在这些诗人真正经历了一些重要的人生变故之后，则可能实现新艺术的突破。对于这样的重要突破，我们也不应当忽视。在这里，我可以举例如晚年吴宓。吴宓在重庆西南师范学院（现西南大学）执教多年，遭遇了新中国历史上一系列连续不断的"左祸"，其体验、其经历、其痛苦都可谓前所未有，到这时候，当他捉笔以诗词的形式书写自己的感受，也就再不为早年的模式化写作所束缚了，其中大胆直言、抨击时弊，吐露心曲的词句俯拾即是，构成了不折不扣当代"诗史"。他这样记录当时的"知识分子改造运动"："世变身孤恨我生，为师老逐众人行。日从伐鼓鸣钟集，惯听嗔莺叱燕声。蜂蚁入场承旨训，蜿蜒列队耀旗旌。"（《为师一首》）如此讥讽这个随波逐流的时代荒谬："卅年教授有微名，解放潮来尽倒倾。急卷诗书随呐喊，初工色笑巧逢迎。课程精简难新样，薪给评低耻旧荣。留美昔吾尤恨美，学生今汝是先生。"（《名教授一首》）

吴宓早年反对白话文运动，他结集过《吴宓诗集》，其实多是与时代隔膜之作，在那时，他似乎可以躲进小楼成一统，可以自作超脱地旁观这个白话文运动，任意臧否历史与人物，尽兴于小圈子的唱和，陶醉在《吴宓诗集》中自

---

① 鲁迅：《书信·致杨霁云（341220）》，《鲁迅全集》第12卷，第612页。

得其乐,当然那些自我陶醉的诗篇也就是自我满足而已,其中难有太多的艺术独创性。然而,此时此刻,置身于新时代吴宓却难以逃逸了,因为难以逃逸,他就不得不直面人生,这是一种人生姿态和创作姿态的根本改变,虽然痛苦,但诗人真正获得了文学与时代深入对话的灵感,完成了他创作生涯中真正有深度、有思想也有胆识的创作。例如政治学习构成了当代中国人生活的一大景观,对此,吴宓有多种记载,包括收录在1957年7月16日日记中的诗歌《记学习所得》写道:

> 阶级为邦赖斗争,是非从此记分明:
> 层层制度休言改,处处服从莫妄评。
> 政治课先新理足,工农身贵老师轻。
> 中华文史原当废,仰首苏联百事精。①

这分明就是十分深刻的当代文学写作,而且充满了对历史的反思,对现实的洞察,洋溢着新文学所倡导的"现实主义"精神。如此观察生活,批判时代的追求与新文学写作本身也是异曲同工的。它让人直接想起了现代诗人穆旦的著名诗歌《九十九家争鸣记》,那种对时代之弊的犀利讽刺:

> 百家争鸣固然很好,
> 九十九家难道不行?
> 我这一家虽然也有话说,
> 现在可患着虚心的病。
>
> 我们的会议室济济一堂,
> 恰好是一百零一个人,
> 为什么偏多了一个?
> 他呀,是主席,单等作结论。
> ……

就如同旧诗与新诗的关系一样,吴宓与现代新文学曾经颇为隔膜,但是,

---

① 吴宓:《吴宓日记续编》第3册,北京:生活·读书·新知三联书店,2006年,第131页。

在历史良知的最后的考验下，知识分子的精神是不分新旧的，这里只有真与假、正义与邪恶、人格尊严与强权专制的较量，应该说，吴宓与穆旦都经受住了历史的考验，两类不同文化取向的知识分子在民族文化危机的最后关头，站在了一起。同样，我们也可以说，真正的艺术也是不分新与旧的，新诗能够传达时代的足音，忠诚于艺术目标的旧诗照样能够与时代同步，书写历史的真相。

从知识分子心灵史的角度观察传统诗词的存在和发展，完成一部具有时代气息的现代旧体诗词发展史，并最终汇入现代中国文学史的宏大架构之中，这工作不仅十分必要，也完全有路可循，有理可依。

第五编
巴金三题

  从大文学视野出发,我们才能解读属于巴金的"真",首先,这是一种自觉承担历史记录和关怀的"真",在假文学充斥的时代,巴金的"真"文学有医治时代病的作用。其次,这是在历史性和文献性意义上的求"真",《随想录》是巴金用笔建造的文革博物馆和现代文学资料馆,其历史和文学价值不容低估。

第一章　巴金，反什么"封建"与如何"反封建"

——重述《家》到《寒夜》的精神脉络

巴金与"反封建"是个老话题，但是，最近一些年，关于"反封建"和新文学的评价，却成了新问题。

在过去一个相当长的时期里，中国新文学就被认定为"反帝反封建的文学"，而巴金重要的代表作如《激流三部曲》等就被视作是"反封建"的杰作。但是，最近一些年，随着史学与文学的对话加强，一些历史学界的成果也对文学史观的重新定位形成了冲击，这个长期以来被文学史领域当作"不移之论"的"反封建"定位遭遇了很大的挑战。与文学史研究界稳定的概念使用不大相同，历史学界对"封建"的定义一直存在争论，有史学家提出，"封建"一词在中国的西周指的是"封邦建国"，在西欧中世纪 feudalism 是指"领主法律"，无论哪一种形态都与秦汉以后中央集权为主体的郡县制形态根本不同，"秦至清的两千余年，政制的主位是郡县制，封建制不过是辅助性的偏师，郡县制与封建制两者均归于专制君主中央集权政治的总流之下"①。一般认为，中国学界对"封建"的长期遭用与苏联普遍使用的社会发展的"五形态"说有关。斯大林在《论辩证唯物主义和历史唯物主义》中提出：历史上有五种基本类型的生产关系：即"原始公社制的、奴隶占有制的、封建制的、资本主义的、社会主义的。"②《联共（布）党史简明教程》明确肯定"五种基本类型的生产关系"为所有民族之必经过程③，奥托·库西宁等人编著的《马克思列

---

① 冯天瑜：《"封建"考论》，武汉：武汉大学出版社，2006年，第93页。
② 《斯大林文选》，北京：人民出版社，1962年，第199页。
③ 联共（布）中央特委编：《联共（布）党史简明教程》，北京：人民出版社，1975年，斯大林撰写的《论辩证唯物主义和历史唯物主义》被列为该书第四章第二节。

宁主义基础》一书明确认为："所有的民族都经历基本相同的道路。……社会的发展是按各种既定的规律，由一种社会经济形态向另一种社会经济形态依次更替的。不仅如此，生活在更加先进形态的国家对别的国家显示出他们的未来，就像别的国家显示出的是那个先进国家的过去一样。"① 这显然构成了我们对历史的基本认识。

"我写《激流》并没有浪费自己的时间，也没有浪费读者的时间，它们并不是写了等于没有写的作品。""我多么希望我的小说同一切封建主义的流毒早日消亡！彻底消亡！"② 这是五四之子巴金对自己的最初的期许，包括《寒夜》在内的《人间三部曲》则被视作是艺术上的成熟，但依然是在"控诉那个不合理的社会制度，那个一天天腐烂下去的使善良人受苦的制度"③，直到晚年的《随想录》，又再次举起了"反封建"的旗帜："要反封建主义，不管它穿什么样的新式服装，封建主义总是封建主义，荀内总是荀内。"④ 巴金的一生与"反封建"结下了不解之缘。如果说"封建"本来就是中国知识分子受制于"西方中心"或"苏联影响"而对历史的误读，那么巴金的批判是否还是有的放矢的呢？如果说五四一代知识分子对传统中国的误读式批判不无稚嫩的话，后来被大家公认为"成熟"的《寒夜》又是怎样超越这种稚嫩的？

这些问题都值得我们重新讨论。

一、巴金"反封建"的特殊意蕴

巴金以《家》的"反封建"蜚声文坛，经过了《人间三部曲》的艺术成熟，到晚年《随想录》再提"反封建"的价值，由此完成了与"反封建"的百年渊源，是典型的五四精神传人。正因为如此，在当今质疑"五四"的"反传统"取向的语境中也就遭遇了某种尴尬。在质疑者看来，"五四"的"反封建反传统"本身就是以一种简单化的方式处理着历史问题，激情有余，理性不足；破坏有余，体谅不足；抨击对象有余，自我反省不足。例如，《家》

---

① 转引自罗荣渠：《现代化新论》，北京：北京大学出版社，1993年，第53页。罗荣渠先生以自己的研究告诉我们，马克思、恩格斯本人都不是这种"单线发展论"者。
② 巴金：《关于〈激流〉》，《巴金全集》第20卷，北京：人民文学出版社，1993年，第687、688页。
③ 巴金：《关于〈寒夜〉》，《巴金全集》第20卷，第690页。
④ 巴金：《荀内》，《巴金全集》第16卷，北京：人民文学出版社，1991年，第654页。

对家庭旧伦理的抨击显然是激情式的，即便其中对高老太爷的些许同情也是倏忽即逝的，作家更像是"外在于"这个家庭制度、通过选择新的时代思潮来"俯瞰"着"家"，也就是说，在这个时候，"家"还没有与"我"建立起血肉相连的关系，没有"内化"成为"我"的生存与生命结构的有机组成部分，对"家"的批判也就只能是对"他者"的批判，与知识分子的自我思考、自我反省无关，这就如同高公馆被安放在成都，而我们其实并不能感受到太多的地理真实一样——作家的写作更多来自一种时代激情的意念，而非生存内部的结构提取。

应当说，对《家》的这种批评是不无道理的，它在一定程度上击中了早年巴金的思想薄弱之处，但问题是，如果我们沿着"反封建"的方向继续推进，到了《寒夜》，就可能遭遇解释上的困难，《寒夜》能够继续沿用《家》所奠定的"反封建"思路吗？如果不能，巴金究竟又在写什么？他在什么意义上是"成熟"了？

一般对《寒夜》"反封建"的理解是巴金继续揭露了家庭关系中家长制的危害，这当然是指汪母。不过，如果以"家长"的心态来看待《寒夜》中的汪母，将巴金的反封建视作从成都的大家庭转入了抗战重庆的小家庭，那么又似乎难以解释作家分明表露着的对"家长"的深切同情。用作家自己的话来说，就是他对《寒夜》中的三个主要人物"全同情"："我自己也承认我的文章里常常露出原谅和同情的调子。"① 一定要在普遍性的"同情"中区分敌我，明确"反封建"的文化对立面，这样的理解可能既简单，又不符合巴金的心态。

那么，从《家》到《寒夜》的发展，究竟当怎么认识呢？其实，用一个作家走向"成熟"来加以概括好像也不能完全道出其中的精神嬗变，尤其不能回答当下从质疑"反封建"出发对五四文学传统及巴金的某些质疑。

因此，今天重提巴金对"反封建"的认识，并在这一个问题框架中解读《寒夜》依然必须。

其实，除了马克思主义史学的定义，除了苏联历史观的影响外，中国学界对"封建"的问题的争论也源自各自采用的"封建"标准的差异性。近年来对中国自秦汉以降"封建制"提出质疑的主要是基于"政治权力"视角，所

---

① 巴金：《谈〈寒夜〉》，《巴金全集》第20卷，第511页。

谓"封建制度的特征是非中央集权化"①。这一视角的合理性在于它充分重视政治权力在中国历史发展中的重要作用；而过去的中国主流史学（马克思主义史学）对经济关系的重视，在他们看来无论是中国秦汉至晚清还是西欧的中世纪，虽然国家组织形式各有差异，但是又都有着相似的土地关系与阶级关系。②

平心而论，五四新文化运动的知识分子"反封建"的目标既包含了前述两个方面的关怀，但又不限于政治的与经济的层面，而是有着自己独立的思考。虽然政治问题与经济问题依然引起五四知识分子的关注，但是却不再是新文化运动的核心，用五四新文化运动领袖陈独秀的话来说，自明清以降，近代以来，经过器物、军事、政治等诸"觉悟"之后，"伦理的觉悟"就是新文化运动所要推动的"最后觉悟之最后觉悟""彻底之觉悟"。"伦理"（ethic）的探究遍及中外，就是指在处理人与人，人与社会相互关系时应遵循的道理和准则，包括人的情感、意志、人生观和价值观等方面。英国《韦氏大辞典》对于伦理学的定义是：一门探讨什么是好什么是坏，以及讨论道德责任与义务的学科。何谓"伦理的觉悟"呢？也就是对最基本的人生观、社会关系、道德责任等问题的自觉反思与认识，这种认识在五四时期当然是以反思传统为起点的，一如陈独秀所说："儒者三纲之说，为吾伦理政治之大原，共贯同条，莫可偏废。三纲之根本义，阶级制度是也。所谓名教，所谓礼教，皆以拥护此别尊卑、明贵贱制度者也。近世西洋之道德政治，乃以自由、平等、独立之说为大原，与阶级制度极端相反。此东西文明之一大分水岭也。"③ 传统所谓纲常伦理、阶级制度，就是别尊卑、明贵贱，一句话，就是不平等的制度，只有人生在世的基本地位、权利、自由、平等问题得到解决，其他的政治经济问题才能迎刃而解："吾人果欲于政治上采用共和立宪制，复欲于伦理上保守纲常阶级制，以收新旧调和之效，自家冲撞，此绝对不可能之事。盖共和立宪制，以独立、平等、自由为原则，与纲常阶级制为绝对不可相容之物，存其一必废其一。倘于政治否认专制，于家族社会仍保守旧有之特权，则法律上权利平等、

---

① 1930年代"中国社会史的论战"中即有人持此观点，见王礼锡《中国社会形态发展史中之谜的时代》（《中国社会史的论战》第3辑，神州光国社，1932年）近年此说被重提。

② 李根蟠：《中国"封建"概念的演变和"封建地主制"理论的形成》，《历史研究》2004年3期，林甘泉《"封建"与"封建社会"的历史考察》，《中国史研究》2008年3期。

③ 陈独秀：《吾人最后之觉悟》，原载《青年杂志》1卷6号，1916年2月15日。

经济上独立生产之原则,破坏无余,焉有并行之余地?"①

由此,我们不难理解,五四新文学—新文化运动是将重新确立"人"的基本理念(地位、价值、社会关系、生存原则等等)作为自己的中心,而将中国传统社会所形成的阻碍人的社会权利、压迫人的生存发展、束缚人的精神自由的"制度"称之为"封建伦理""旧礼教",予以猛烈的抨击和批判。陈独秀亲撰《敬告青年》为《青年杂志》开篇:"举凡残民害理之妖言,率能征之故训,而不可谓诬,谬种流传,岂自今始?固有之伦理、法律、学术、礼俗,无一非封建制度之遗。"②而孔教则被斥之为"封建时代之道德""封建时代之礼教,封建时代之生活状态""封建时代之政治"③,从本质上说,五四新文学、新文化的先驱也不是将所有的传统文化都斥之为"反动"和"糟粕",他们集中火力进行的"反封建"主要就是指将人束缚、限制、压迫在旧的伦理模式中的体制。这种中国体制,来源于先秦时代以血缘关系为基础的"封邦建国",在秦汉以后,虽然郡县制替代了"封邦",中央集权代替了诸侯分治,但是在国家治理、社会关系的建构方面,却还是以血缘关系(即宗法关系)为基础,以儒家伦理的"君臣父子"确立全社会的不平等的人权与生存法则,这一特色贯穿了从西周至晚清中国历史的全过程,而与西欧中世纪的 feudalism 并不相同,以中国"古已有之"的词汇"封建"命名之,并将五四"伦理革命"的目标锁定于此,显然也是一代知识分子的勇气与睿智。

所以说,五四新文化运动是在伦理革命的意义上"反封建",它受惠于西方近现代文化,但却不是对西方现代化的生搬硬套,与后来左翼文化从政治经济视角出发的阶级革命的"反封建"有异,也与今人批判传统君主专制的政治文化"质疑反封建"有别,现在看来,这样一个伦理意义的革命直接挑战了历史悠久的"家国同构"的现实秩序和精神逻辑,反抗这种以等级制为基础的人伦模式,具有不可替代的精神意义,正如以阐发鲁迅"反封建思想革命"的王富仁指出的那样:"中国儒家文化的特征是以家庭伦理附会政治伦理,又用政治伦理规定家庭伦理。在家的家长制与在国的君主制是基本相同的结构形态,因而也用基本相同的伦理形式进行维系。也就是说,不论中国古代社会及其社会思想与西方古代社会及其思想有什么巨大的差异,但用封建社会和封建思想

---

① 陈独秀:《吾人最后之觉悟》,原载《青年杂志》1卷6号,1916年2月15日。
② 陈独秀:《敬告青年》,《青年杂志》第1卷第1号,1916年9月15日。
③ 陈独秀:《孔子之道与现代生活》,《新青年》第2卷第4号,1916年12月1日。

指代中国从春秋到晚清的社会及其思想都没有根本性的错误。"①

"我们是五四运动的产儿，是被五四运动的年轻英雄们所唤醒、所教育的一代人。"②《家》所要展现的便是这样的五四理想：从伦理的层面上完成对人生价值的反思和建构，亦即"反封建"。以血缘、宗法为基础的传统伦理文化的总体结构就是"家"，对内，"家"的体制与人际关系直接限制和扭曲着我们最基本的"人"的观念；对外，"家"的模式扩展为"国"的结构，阻碍着我们向着现代文明的方向发展。《寒夜》还是以"家"的离合聚散为中心，与"家"相关的内外矛盾依然是故事的主体，从《家》到《寒夜》，巴金基于五四理想的伦理之思从未停止，换句话说，始终践行着伦理的"反封建"之路。

当然，作为伦理层面的"反封建"其实与政治层面的阶级解放、权力颠覆是根本不同的，归根到底，它属于一种文化思想的新旧对话，是新思想在分歧、矛盾中逐步推进、传播，是情感的转移、重塑。这样的"革命"主要不是诉诸你死我活的残酷斗争，不是对"人"的肉体的毁灭和破坏，而是富有韧性的精神渗透、激活与跨越，所以巴金说："我所憎恨的并不是个人，而是制度"③。

这样的"反封建"也主要在人的内部思想与情感层面展开，批判"他者"与自我批判几乎同时进行，甚至作为"自我与传统"在事实上的"一体化"存在，对"他者"的批判必然同时也是对自我的批判，并不真正存在那种"超然物外"的"反封建"，这就是说，巴金的批判最终将会是一个逐渐深入的过程，《家》中尚存的超然感必将会终结，这就是《寒夜》的意义。

二、从《家》到《寒夜》：伦理探索的深化

要深入理解巴金"反封建"的真实含义，就必须将《家》与《寒夜》置放在这个伦理层面上。过去的最大问题在于，不是我们没有发现巴金的"反封建"，而是我们没有真正把握其独特的"伦理"意义，而常常是用政治斗争的"反封建"来"统合"巴金，于是，觉慧一代与高老太爷的矛盾被我们"阶级

---

① 王富仁：《中国反封建思想革命的一面镜子·再版后记》，《鲁迅研究月刊》2009年11期。
② 巴金：《五四运动六十周年》，《巴金全集》第16卷，第66页。
③ 巴金：《关于〈家〉（十版代序）——给我的一个表哥》，《巴金全集》第1卷，北京：人民文学出版社，1986年，第443页。

斗争化",新与旧的思想对话被我们纳入"被压迫者与反动政权"的尖锐冲突之中,觉新的软弱不禁不令人同情,其"作揖主义"常常倒是被批判的对象,面对垂危之际的高老太爷,觉慧猛然生出从未有过的同情和怜悯,这也被认为是"反封建不彻底"的体现——其实,这样的软弱、妥协与瞬间的情绪暧昧,正是思想与情感复杂运行的常态,是伦理革命的真正复杂和生动的所在,也是文学丰富景观真正生成的基础。忽略或放弃了这些复杂,也就根本上模糊了巴金式的反封建也是五四新文学反封建的独特道路。在极左年代,就出现过这样的议论:"高老太爷是一个死守封建制度的顽固派,是杀戮残害青年一代的罪魁,是一个最狠毒的统治者。他以'至高无上'的权力,杀死了鸣凤,害了婉儿,赶走了高升,他又一手制造着觉新、觉民、觉慧的悲剧,然而作者在他垂危之际,却将这刽子手美化成一个慈善的老人。"① 如此"彻底的反封建"论者与巴金的"反封建"实在太过隔膜了!

从《家》到《寒夜》,我们读出的是这种"反封建"如何的持续和深化的可能。

首先,我们的确容易看到,从《家》到《寒夜》,家庭权威发生了很大的改变,作为家长的权威在《寒夜》里已经不够典型。汪母不是高老太爷,她与儿媳曾树生的矛盾更像是"两个女人之间的战争",而不是高老太爷、陈姨太与瑞珏、与梅小姐的关系,也不是冯乐山与鸣凤的关系。汪母她"从前念过书,应当是云南昆明的才女",更重要的则是吃苦刚毅,是家庭勤劳的奉献者,"现在她自己烧饭,自己洗衣服,这些年她也够苦了。……可是她始终关心他,不离开他。"她承担了儿子一步步走向死亡的全部痛苦:"母亲的心还是不能轻易放弃。她继续给他吃药,给他喝鲜牛奶和鸡汁,她帮他穿衣,伺候他大小便,她为他做着一切连老妈子也不愿意做的事。"这个时候,巴金讲述的似乎更像是一个更普遍的人性的故事,

与《家》一样,青年一代依然是悲剧的承受者,但是,造成悲剧的原因却发生了很大的变化,此前的"绝对权威"——如高老太爷的专断、冯乐山的虚伪都不复存在,悲剧进入到了日常生活之中。在夫妻长幼的性格、志趣、个性的种种差异中,人与人的矛盾冲突发生了,延续了,发酵了,最终酿成了不可挽回的悲剧。这种悲剧不是基于一种"先进"文化对"落后"文化的揭露,悲剧的发现者、书写者并不能置身于灾难之外,以居高临下的优越姿态宣判历

---

① (山东师范学院)中文系二年毅一班集体写作:《论巴金小说"家"的反现实主义倾向》,《山东师范学院学报》1959年1期

史的因果，他自己也在灾难之中，并且从本质上无法为悲剧的避免指出一条光明的道路。《家》的反抗目标十分明确，但是《寒夜》却失去了这种明确性，《家》的确不无启蒙者的高视阔步的自信，而《寒夜》却完全没有了任何一种自我满足的姿态，悲剧的青年与写作者自己都构成了这人生大悲剧的有机部分，平心而论，一切对五四思想启蒙者的指摘到此完全不能适用于《寒夜》了。"这里的巴金已不像写作《家》时那样单纯和绝对，从他对汪母与曾树生这两个复杂形象的微妙把握中，我们可以感受到巴金对她们所代表的文化背景有了更为丰富多侧面的了解和领悟。"① 用巴金自己的话来说，"《寒夜》是一本悲观、绝望的小说"②。

那么，巴金"反封建"——反思传统人伦模式的深化体现在哪里呢？我觉得，体现在他从对这样一种人伦模式的整体批判转入到深入其内部的清理和解析，从思想，更从情感和心理。在《家》的时代，高老太爷、冯乐山这样的"反派"更像是彻底的反派，即便对高老太爷的情感关注，也是一闪即逝的；如同他笔下的"新青年"觉慧一样，巴金自居于这一"问题模式"之外加以审视和否定。巴金在理性的认知层面上感受到了这种文化，但他自己却没有完全融入这种文化，更没有太多体验到自己生命内部与这种文化的相互纠缠关系，没有太多意识到自己也是这种文化的组成部分。

到了《寒夜》，却大有不同。汪文宣、曾树生和汪母构成的人伦关系已经难以区分什么"正面"与"反面"，他们都是家庭生活的有机构成，彼此共享着一个家庭伦理的结构，其各自情感与心理的最大特征就是——纠缠，彼此的爱与恨、生与死，如此密切地互动，纠缠的苦闷是《寒夜》不断营造的氛围。在这里，反思人伦模式成了一种自我的反思，批判家庭秩序成了人的自我批判。对于中国式家庭文化，我们更能够读出巴金所传达的一种难以言明的复杂心态，这是《家》的时代尚不具备的。汪母宣称"你是我的儿媳妇，我就有权管你！我偏要管你！"对于这样显而易见的传统道德的观念，作为"五四之子"的巴金原本是可以爱憎分明地加以批评的，但事实上，他却依托汪文宣的态度一再为这位固执的母亲开脱甚至辩护，"三个人都不是正面人物，也都不是反面人物；每个人有是也有非；我全同情。"③ 而且故事的走向也被做了这

---

① 李今：《巴金在家庭题材小说中的两难境地》，见谭格非主编：《巴金与中西文化巴金国际学术研讨会论文集》，成都：四川大学出版社，1992年，第265页。
② 巴金：《关于寒夜》，《巴金全集》第20卷，第696页。
③ 巴金：《谈〈寒夜〉》，《巴金全集》第20卷，第503页。

样的安排:"汪文宣最终向母亲妥协的故事结局,则应被解释为是'传统'对于'现代'的成功博弈——因为汪文宣同意曾树生出走并以此去换取母亲欢心,实际上也就意味着他放弃了'现代'而回归了'传统'——无论人们从情感上是否愿意承认,这都是不可更改的客观事实!"①

这样的重新审视"传统文化"的态度不仅见于《寒夜》,也见于《寒夜》时代的其他小说,例如《憩园》中的杨梦痴,按照《家》的反叛逻辑,完全就是克安、克定那样的"坐吃山空的败家子",绝对应该成为作者抨击和批判的对象,但是,值得注意的是,面对这位依恋故园的"不肖之子",巴金和他笔下的"我"一样,少年的批判已经转化为中年的同情,"给人间多添一点温暖,揩干每只流泪的眼睛,让每个人欢笑"。

三、走向成熟的"反封建"

从伦理反思的角度读解从《家》到《寒夜》的精神流动,不仅可以帮助我们重新厘定巴金与五四新文学"反封建"的真正理路和逻辑,发现其独特的思想价值,而且对于这样的一种"反叛"性的思潮,也能够进一步剖析它的深广度与合理性,乃至对整个五四文学的"反传统"选择都有真切的理解与同情。

与伦理层面的"反封建"一样,所谓五四新文学的"反传统"其实归根结底也属于思想与情感层面的对话和运动方式,与政治斗争、权力更迭的你死我活根本不同,它不仅在很多的时候是"有限度"地展开,而且本身也存在一种自我校正、自我调整的可能,正如任何思想的发展从本质上说都会表现出不同程度的自我校正与自我调整,实现对先前偏见的某些救正。

在这个意义上,"反封建"追求中的五四新文化本身就是一个不断生长、也不断自我完善的系统,而不断的生长性正是五四文学的魅力。

从《家》到《寒夜》的所谓艺术发展、艺术成长之路其实也正可以体现出中国新文学如何在"反封建""反传统"中步入成熟的过程。

巴金由《家》步入《寒夜》,新文学已经从青春写作步入稳定的中年写作,在这样的一种演变过程中,新文学收获了很多,从创作《家》的27岁到创作《寒夜》的40岁,巴金完成了从热血青年到苦闷中年的转身。巴金曾经说过,写《寒夜》是在作品中生活,他本人就生活在《寒夜》所描述的生活

---

① 宋剑华:《〈寒夜〉:巴金精神世界的苦闷象征》,《名作欣赏》2009年10期。

背景中。在那几年中，散文家缪崇群、小说家王鲁彦，还有他的老朋友陈范予，都是害着肺病痛苦地死去的；抗战胜利后回到上海，他又亲手埋葬了因病得不到很好医治的三哥李尧林。所以，当小说中写到汪文宣为生计无着而焦虑、为疾病而痛苦的时候，这些亲友的面孔一一浮现在巴金的脑海中，使他的写作十分投入。比较而言，《家》的激情还是想象性的，支持他写作的力量还是时代赋予他的"追求进步"的理念，他是以这样的"进步"理念来观察作为"他者"的旧世界，所以，《家》虽然也浮动着身边亲人的影子，但归根结底还是缺少更多的个人生存体验的融入，虽然取材于故乡成都，但较之于李劼人那样的地域感受，却还是显得飘忽不定，成都特色并不显赫，因为巴金无意从自己的地域挖掘生存感受，他说"我们在各地都可以找到和这相似的家庭来"①。到了《寒夜》时代，却是中年生存的现实将他从抽象的"进步"理念中拉回到地面，这里是色彩分明的战时山城重庆，这里是生存的尴尬和苦难，并不因"传统/现代""封建/民主"的时代发展而取消生存本身的种种问题，甚至生存问题的本身就足以消解一切历史进步的抽象概念，让人返回到生存本身的故事之中，重新发现人性之于时代、社会的种种难以定义的混沌。

中年巴金的真正成熟乃是跳出了早年的"线性进步观"，重新在人生与人性的深层来读解中国人的命运。

这对于我们重新认识五四知识分子的"反传统"有什么启示呢？我觉得起码有两个方面：

其一，所谓的五四反传统，从来就可以分为理论宣导和文学实践两大方面。我们的确目睹了五四先驱一系列言辞上的激进，要发现这些理论宣导上的漏洞与问题从来都不是一件困难的事情；但是，"五四"所开创的新文化与新文学从来又不仅仅是流于一些理论的宣言，它同时体现为大量的新文学作家持续不断的探索和努力，而恰恰是文学创作才体现了一种文化最丰富和最复杂的结构，包括它未来的可能。对于一段历史的评价，对于一种文化现象的定位，当然应该重点关注那些最能反映其丰富和复杂内涵的部分，而不应该只是抓住清晰而简明的理论宣言。这就像今天的历史学界已经对"封建"一词提出种种新的认识，而这些认识也足以证明"反封建"一说包含着现代知识分子对历史的多少误解——尽管如此，我们却没有理由仅仅从概念出发就断定巴金"反封建"的浅薄，巴金和其他中国现代知识分子一样，已经借助这一或许不够精确的概念传达出来各自对种种历史问题的领悟和判断，他们原本就不是严格的历

---

① 巴金：《家·初版后记》，《巴金全集》第 1 卷，第 435 页。

史学者的学术定义，而不过是借用历史概念挖掘自己的文学感受罢了，要理解巴金"反封建"的实际，理当以他的文学创作为基础，在这里，我们应当梳理的不是"反封建"的学术史含义，而是巴金文学感受系统中的"反封建"究竟是什么。

第二，既然我们承认五四新文学传统的任何文化态度（包括"反封建反传统"的问题）最终只能在文学创作的发展中获得梳理，那么，我们也同时应当理解：这样的文学表态不是一次性完成的，理所当然地，它必然也存在着一个自我更新、自我发展或者说自我调整的可能。正视他们早年的不无偏颇的宣言是一回事，但我们更有理由将这种姿态的调整与精神的整体作为判断其文化态度的依据。

在巴金这里，他的《家》属于青春期的激情写作，表达的是当时理念上的反叛姿态，可能不无粗糙和单薄，但问题是，这并不是巴金创作的结束，在实际的人生发展和文学更新之中，巴金对文化与人生都有了更为深入的体验，他的姿态的调整同样十分重要。在巴金从《家》到《寒夜》的文学历程之中，我们可以读出的是新文学"反传统"道路越来越宽阔的可能性——中国的新文学作家不是因为"反封建反传统"的激越而从此丧失了自我反省的能力，他们事实上一直处于不断调整的过程之中，更新自我，调整自我与传统、与社会的关系，这样的启蒙不是也不可能是对欧洲十八世纪思想的简单移植和重复，它根植于中国社会与历史，根植于中国作家从不封闭的生存感受之中，启蒙、反封建、反传统，曾经为我们的现代中国开辟出一条新路，但反思启蒙、反思反传统本身也是他们持续不绝的选择，没有这样的选择，巴金就不会从《家》走向《寒夜》，中国新文学就无缘由青春写作的激越步入中年写作的深沉。

巴金小说的道路，证明的是新文学具有面对复杂问题、解决疑难杂症的巨大的能力。

第二章　大文学视野下的巴金

一、"真"与"无技巧"的争论

关于巴金，我们讨论得最多的话题是"真"，从早年创作直到"随想录"系列都是如此。①

但问题在于，何以的问题如此重要？随着历史的烟云翻滚，巴金能够感受到的"真"的价值似乎与今天的人们的思想有所差距，以致已经有当代学人公开质疑这样的书写价值，

随着对历史资料的披露与思考，当代学人要求的"真"，意味着对"文革"发生的体制根源以及中国政治人文环境的反思，巴金把灾难归结为"封建主义的流毒"在他们看来没有触及本质，他们认定晚年巴金相比青年巴金保守了，怯懦了："他的反思夹带了不少意识形态话语，缺乏自己的独立话语。"②"无论表现形式、思想高度都没有超过当局给定的标高线。"③

甚至有人认为这些有限的、止于浅表的反思，是一种有意地躲藏和推卸责任。巴金对政治集权和四人帮的控诉，被指责为知识分子开脱："对政治集权如何解构了知识分子直面现实的话语权力的声讨……实质上掩盖了知识分子本

---

① 最早从"真"的角度评述、肯定《随想录》的代表性论述有：吴周文：《他的整个心灵在燃烧——论巴金散文近作》，《齐鲁学刊》1983 年第 6 期；丹晨：《"把心交给读者"——读巴金近作〈真话集〉》，《当代作家评论》1984 年第 3 期；傅安：《巴金〈随想录〉读后》，《当代文坛》1984 年 08 期；吴欢章：《巴金〈随想录〉的艺术境界》，《当代文坛》1985 年 10 期。

② 林贤治：《巴金：一个悲剧性的存在》，《新京报》2005 年 10 月 19 日。

③ 狄马：《纪念什么先于纪念——以巴金为例》，《社会科学论坛》2006 年第 2 期。

身就是这种历史资源的有机构成的残酷现实。"因此判断,巴金"真"的背后的实质是"假":"其一再被主流批评家所称道的'讲真话'精神,也只能称为'文革'时期知识分子懦弱脊梁、萎靡人格、颓唐心理的代名词。"①

"真"成了可疑的,从"纯文学"的眼光看,巴金为突出"真"而选择的"无技巧"创作方法,也失去必要,反倒成为破坏文学艺术的坏示范:"通篇的废话唠叨,极其粗糙的词语搭配,绝少文学美感与艺术张力的行文……难道这种浅直如话的行文就是文学的最高境界吗?难道这种消解了文学素质的写作,给现代文学提供了可资效法的艺术经验吗?"②

而西方现代艺术的波诡云谲则更是复杂地告诉我们何谓艺术的繁复追求,与这一的繁复比较,巴金的理想似乎比较简单。

然而,所有这些质疑并不能取代我们内心深处的巴金的意义:在种种艺术理论与历史真实的概念背后,巴金及其《随想录》依然挺拔屹立,这种不可替代的庄严的存在又源于何方?我觉得这里其实存在一个当代所谓"纯文学"、"纯艺术"概念与我们固有的对文学的"需要"的根本差异问题,无论文学的概念如何演变,我们心灵深处源远流长的"需要"依然不可改变。现代中国作家自觉不自觉地都愿意借用近代以后西方发展起来的"纯文学"概念,但在更为久远的文化传统中——无论中外——又都还是在无意识中为"杂文学"的趣味留有余地,那种容历史记叙、个人见闻、思想笔记于一体的自由书写依然散发着难以替代的魅力。也就是说,传统中国的"文学"概念本身就是包含着这种"繁杂性"与"灵活性"。

更重要的在于,杂文学—大文学概念意义的文字更带有对生存的直接的表现和关怀,属于历史与个人情感的交织。

巴金文学创作最基本的一些追求——真与"无技巧"都与大文学的视野直接相关。

二、真:历史与文学的目标

"真"属于文学与历史共同的目标。

中国文论最早对"真"的表述可以追溯到"修辞立其诚""闲邪存其诚"

---

① 惠雁冰:《意识形态粉饰下的平庸——巴金〈随想录〉》,《二十一世纪》2007年12月号,总第104期。
② 同上。

(《周易·乾卦·文言》)。"诚",《说文解字》①《尔雅》皆释为"信也",邢昺疏曰"皆谓诚实不欺也"②。

传统中国"文学"中"诚"即"真",表现为对现实生存的忠实记录和历史关怀:"饥者歌其食,劳者歌其事。"以致:"王者所以观风俗,知得失,自考正也"。

可见"大文学"其一特性就是属于"历史":在文学中包含着对时代的记录和审判。

巴金在《随想录》中不厌其烦地倡导说真话,不仅有"说真话系列",还命名文集为《真话集》。其历史求"真"的属性十分明显。

在巴金"大文学"追求中,明确把"真"作为衡量当前文学价值的最高标准:"望梅止渴、画饼充饥的年代早已过去,人们要听的是真话。我是一个什么样的人?是不是想说真话?是不是敢说真话?无论如何,我不能躲避读者们的炯炯目光。"③ 在巴金看来,"真"是作者和读者衡量作品的共同标准。

何以"真"超越了其他文学要素,变得如此重要?十年浩劫消除的恰恰是文学的"真"。人们起初把假话当真话说,后来把假话当假话说,大家把假话、空话当附身符,在"运动"的大神来检查"卫生"时装店门面。每次学习、批斗都能做到"要啥有啥",取得预期的效果。

假话使得文坛上没有真的文学,人们根据"长官意志"炮制出"遵命文学",这种文学可以随意变戏法,四人帮一下台,立刻从"反走资派"文学变为"反四人帮"文学。

"假"文学更被用来"杀"人,人民在"学习"假话中由人变牛,失去头脑,相信、传播假话:"别人'高举'、我就'紧跟';别人抬出'神明',我就低首膜拜。"更在假话的狂热中"一夜之间由人变为兽,抓住自己的同胞'食肉寝皮'。"④ 可以说,假话毁了文学,带来了"文革"。

巴金更指出,假文学带来的灾难不仅是"文革",更有日本对中国的侵略战争,日本军国主义逆流如何能发动战争,把年轻人骗上战场成为炮灰?靠他们的假文学掩盖真相,把侵略说成是"进入"中国为中国人谋幸福。

---

① 许慎著:《说文解字》,北京:中华书局,1985年,第70页。
② 郭璞注,邢昺疏:《尔雅注疏》,北京:北京大学出版社,2000年,第19页。
③ 巴金《未来(说真话之五)》,《随想录》,北京:作家出版社,2005年,第337、338页。
④ 同上,第337页。

巴金提出，文学家的责任是把真相告诉人民，文学是时代人生的忠实记录，这就是巴金所理解的文学之"真"，也是历史所追求的"真"。

因此，巴金在《随想录》中身体力行的"真"，首先是说出真相，为了让下一代人给文革下结论、写历史，巴金要在《随想录》中把四人帮和"文革"的真实材料留给后人，他忠实记录自己经历的抄家、批斗、牛棚生活，不保留地画出大家由人变兽的丑态和疯态："当时大家都像发了疯一样，看见一个熟人从高楼跳下，毫无同情，反而开会批斗，高呼口号，用恶毒的言辞攻击死者。"①

其次，《随想录》之"真"还意味着对历史的探索和关怀，巴金认为"文学作品是作者对生活理解的反映"②，何以产生"文革"？人何以变牛、变兽？他试图通过不断"探索"，让大家"脱下面具，掏出良心，弄清自己的本来面目。"只有弄清来龙去脉，找回自己，才不至于"又会中了催眠术无缘无故地变成另外一个人"③，才能真正阻止"文革"的发生。

由此可知，巴金的"大文学"具有历史属性，自觉承担了历史对时代记录和审判的功能。巴金也曾明确表示，《随想录》就是他用笔建立的文革博物馆。

博物馆最明确的作用，就是对历史的储存和展示，"要使大家看得明明白白，记得清清楚楚，最好是建立一座'文革'博物馆，用具体的、实在的东西，用惊心动魄的真实情景，说明二十年前在中国这块土地上，究竟发生了什么事情？！"，而博物馆存在之必要的意义，就在于对历史无声的批评和警示："只有牢牢记住'文革'的人，才能制止历史的重演，阻止'文革'的再来。"④

同时，巴金的"大文学"还具有文献性。巴金一直试图带头创办现代文学资料馆，他"设想中的'文学馆'是一个资料中心，它搜集、收藏和供应一切我国现代文学的资料，"五四"以来所有作家的作品，以及和他们有关的书刊、图片、手稿、信函、报道等等。"⑤

而《随想录》一大贡献就是怀人系列散文，巴金有意识地记下故人往事，萧珊、丽尼、冯雪峰、老舍、黎列文、方令孺、马宗融、满涛、顾均正、胡

---

① 巴金：《二十年前》，《随想录》，第608页。
② 巴金：《文学的作用》，《随想录》，第39页。
③ 巴金：《附录我和文学》，《随想录》，第235页。
④ 巴金：《"文革"博物馆》，《随想录》，第603页。
⑤ 巴金：《现代文学资料馆》，《随想录》，第252页。

风。这些经巴金散文剪裁的人物真实可触,其用意正是出于"大文学"文献性的考虑。

一方面,巴金有意识记录作家友人生平和他与之交往过程,为现代文学史留下珍贵回忆资料。并力求展现这些作家在"文革"中被歪曲了的真实面貌:"只要有具体的言行在,任何花言巧语都损害不了一个好人,黑白毕竟是混淆不了的。"①

另一方面,巴金记录了这些作家在"文革"中被打成右派、被批斗、过早结束生命的珍贵史料,如同他赞赏的《杨沫日记》一样,巴金也希望以史为鉴,让后人对作家们的遭遇有真实的了解和公正的评判:"我们不能保护一个老舍,怎样向后人交代呢? 没有把老舍的死弄清楚,我们怎样向后人交代呢?"②

可以说,怀人系列散文就是巴金用笔造的现代文学资料馆。

明白巴金《随想录》自觉的"大文学"追求,从大文学视野出发,我们才能解读属于巴金的"真",首先,这是一种自觉承担历史记录和关怀的"真",在假文学充斥的时代,巴金的"真"文学有医治时代病的作用。其次,这是在历史性和文献性意义上的求"真",《随想录》是巴金用笔建造的文革博物馆和现代文学资料馆,其历史和文学价值不容低估。

明白"大文学—杂文学"是纯文学之外的"别一种文学",有其独立的属性和追求,就不会有对巴金之"真"的误会。

当然,在中国的历史概念中,除了事实的真切,"真"还有一层含义:诚挚。

中国古代"诚"论,除了"信",还有"诚挚"之意,《广韵》云:"诚,审也,敬也,信也。"③《尚书》有"至诚感神",都言文学来自于作者内心真情实感,"其情真",然后才有"其味长,其气盛,视三百篇几于无愧。"

在巴金的"大文学"概念中,真除了写事实,也意味着写真心,巴金坦言其写作的秘诀是把心交给读者。

同样,十年浩劫消除的不仅是真话,还有真心,正因为隐藏了真心,才不见真话:"每次运动过后我就发现人的心更往内缩,我越来越接触不到别人的

---

① 巴金:《怀念列文》,《随想录》,第175页。
② 巴金:《怀念老舍同志》《随想录》,第139页。
③ 周祖谟:《广韵校本》"下平声卷第二","清第十四",北京:中华书局,1960年,第193页。

心，越来越听不到真话。我自己也把心藏起来藏得很深。"①

甚至人们对自己也刻意隐藏真心，让自己成为奴在心者。这种假文学抹杀了作家和读者间的信任："在十年浩劫中我最感到痛苦的就是辜负了读者们的信任。"②

因此巴金提倡诚挚、写真心，在《随想录》中身体力行，首先是把心交给读者，坦诚表达自己的爱憎，除了对"四人帮"的憎，更有对人民的爱："但是只要一息尚存，我那一星微火就不会熄灭。究竟是什么火呢？就是对祖国、对人民的爱，这也就是我和读者唯一的联系。"③

其次，巴金认识到，十年动乱带不走的，反而支持我们活下来的，"是爱，是火，是希望，是一切积极的东西。"这是保存我们民族不亡的根本，是前人希望通过我们留给后人的火种。正如文学家的责任是揭示真相，文学家的责任也是传递真情。这也是支撑巴金在耄耋之年仍坚持写作《随想录》，"如饥似渴"④地喊着"我要写，我要写。……不偿清债务，我不会安静地闭上眼睛。"⑤的根本原因，巴金创作《随想录》时的急迫感，来自于欠债要还的赎罪观，更来自于对传递真情的责任感："只有讲了真话，我的骨灰才会化做泥土，留在前进者的温暖的脚印里，温暖，因为那里有火种。"⑥

在巴金的"大文学"中，"真"是历史之真与个人情感之真的融合，恰恰是在极左政治时期，"真"被空前扭曲和淆乱。中国文学的思维"真实"被迫包裹着太多的观念和态度，属于官方认定的"真实"，这里被最大扭曲的就是个人情感的真挚性，借助"大文学"视野是回复"真"的途径。

三、"无技巧"的人生意味

大文学杂取多式、自然随意的写作也形成了独有"自然技巧"，这就是巴金一直强调的"无技巧"。

在呈现我们生存关怀的严重性的意义上，对技巧的谈论本身可能包含一种危险性，有可能会以艺术的名义掩盖甚至伤害我们的表达的勇气。巴金一直对

---

① 巴金：《说真话》，《随想录》，第198页。
② 巴金：《说真话之四》，《随想录》，第333页。
③ 巴金：《我和读者》，《随想录》，第247页。
④ 巴金：《"从心所欲"》，《随想录》，第545页。
⑤ 巴金《在尼斯》《随想录》，第78页。
⑥ 巴金：《病中四》，《随想录》，第460页

此抱有警戒,到《随想录》更为自觉。大概到晚年,历经人生磨难,更加清楚什么东西对中国人而言是至关紧要的,什么东西是绚丽的浮云,所以更加理直气壮地谈论和张扬"无技巧"的问题。

在巴金的"大文学"观中,文学的要义是求真,在他看来,"真"的文学不需要技巧:"我说把心交给读者,并不是一句空话,我不是以文学成家的人,因此我不妨狂妄地说,我不追求技巧。""我甚至说艺术的最高境界,是真实,是自然,是无技巧。"①

十年浩劫的经历让巴金明白,说话漂亮的办事却不一定漂亮,"技巧"反而是骗子惯用的伎俩,因此他宣称"无技巧",更有一层对于"技巧"的警惕和有意远离:"当然我也不想把技巧一笔抹杀……但是对装腔作势、信口开河、把死的说成活的、把黑的说成红的这样一种文章我却十分讨厌。即使它们用技巧'武装到牙齿',它们也不过是文章骗子或者骗子文章。这种文章我看得太多了!"②

而在收到太多关于"无技巧"的批评之后,巴金更发现了对于"无技巧"的抵制背后的深意,抵制"无技巧"的背后是抵制"文革",抵制"真":

"为什么会有人那么深切地厌恶我的《随想录》?只有在头一次把'随想'收集成书的时候,我才明白就因为我要人们牢牢记住'文革'。第一卷问世不久我便受到围攻,香港七位大学生在老师的指挥下赤膊上阵,七个人一样声调,挥舞棍棒,杀了过来,还说我的'随想''文法上不通顺',又缺乏'文学技巧'。不用我苦思苦想,他们的一句话使我开了窍,他们责备我在一本小书内用了四十七处'四人帮',原来都是为了'文革'。他们不让建立'文革博物馆',有的人甚至不许谈论'文革',……"③

因而巴金更加理直气壮地坚持"无技巧",为了实现"大文学"求"真"的理想,巴金自觉远离了可能妨害"真"的"技巧"。用纯文学眼光来指责巴金"无技巧",是没有领会巴金"大文学"的追求,正如鲁迅所说:"一切所谓圆熟简练,静穆幽远之作,都无须来做比方,因为这诗属于别一世界。"

在现代中国文学史上,"大文学"的理念和认知时显时隐,或自觉或不太自觉,但都形成了一条始终贯通的追求,在不同作家那里体现着他不同的内容。鲁迅杂文是对流行的"艺术规范"的突破,因而形成了自己独特的文体

---

① 巴金:《探索之三》,《随想录》,第 159 页。
② 同上。
③ 巴金,《合订本新记》,《随想录》,第 5 页。

(大文学突破纯文学规范);当代《吴宓日记续编》属于对"野史"与个人文学表述的结合,在回归文史一体的传统大文学轨道上建构自己;巴金晚年随笔则是对文学生存关怀的思想与艺术的基本原则的捍卫,从中格外突出了大文学"为了人生"的若干本质。

巴金"大文学"的一个属性就是"为了人生":"我写作是为着同敌人战斗。""我的敌人是什么呢?我说过:'一切旧的传统观念,一切阻止社会进步和人性发展的不合理的制度,一切摧残爱的势力,它们都是我最大的敌人。'我所有的作品都是写来控诉、揭露、攻击这些敌人的。"①

在《随想录》写作的年代,"为了人生"的具体内涵就是清除文革流毒,何以如此?因为"要产生第二次'文革',并不是没有土壤,没有气候,正相反,仿佛一切都已准备妥善……因为靠'文革'获利的大有人在……"② 何以要靠文学来战斗?因为明明曾经或正在受着"文革"的害,人们却不愿意提文革,过起了"瞒和骗"的人生,而巴金看来,作家是战士,是探路人,有责任要揭穿真相,肃清流毒。

因此,巴金写了"小骗子系列"号召大家不要讳疾忌医,写了"探索系列",号召作家要"思想复杂",探索根源。

他在《随想录》中探索发现,"四人帮"的本质就是封建流毒,"四人帮"为什么那样仇恨"知识"?因为"知识"会看出他们的"破绽",文化会成为对付他们的"武器"。然而巴金又发现,对封建流毒的思考不能只指向"四人帮","我们也得责备自己!我们自己'吃'那一套封建货色,林彪和'四人帮'贩卖他们才会生意兴隆"③。

我们为什么吃那一套封建货色?我们为什么甘心传播假话,变了牛,不思考,变了兽,去害人:"我不断地探索讲假话的根源,根据个人的经验,假话就是从板子下面出来的"。④

至此,巴金又把反思从"我们"具体到"我"个人,出于恐惧,"活命哲学是我当时唯一的法宝"⑤。不仅在同志遭遇不幸时,"没有支持他,没有出来

---

① 巴金:《附录我和文学》,《随想录》,第232、233页。
② 巴金,《"文革"博物馆》,《随想录》,第603页。
③ 巴金:《一颗桃核的喜剧》,《随想录》,第50页。
④ 巴金:《说真话之四》,《随想录》,第334页。
⑤ 巴金:《现代文学资料馆》,《随想录》,第252页。

说一句公道话，只是冷眼旁观"①。甚至为了过关，落井下石地发表违心之论②。他甚至更深地挖掘自己人性的残忍："在那个时候我不曾登台批判别人，只是因为我没有得到机会，倘使我能够登台亮相，我会看作莫大的幸运。"③巴金把人性挖得这样深，正如他1990年回忆随想录的写作时说："第一卷还不曾写到一半，我就看出我是在给自己铸造武器。"④巴金的这本武器，对准四人帮，对准社会，也对准自己，是对大文学"为了人生"的本质的有力捍卫。

进入现代中国之后，在外来"纯文学"概念的冲击之下，有学者将这种不能为"纯文学"所涵盖的更繁杂多样的文字样态称为"大文学"，在我的阅读视野中，最早在文学史著作中使用"大文学"概念的是谢无量，1918年他出版了《中国大文学史》，虽然这部著作并没有明确定义什么是"大文学"，但是从它的实际内容看，显然是为了将传统中国的各种繁杂的文字现象纳入"文学史"加以描述，作者意识到了所谓的"纯文学"概念无法清理中国古典文学的独特历史。⑤

现代中国文学的发展虽然不时标举"纯文学"旗帜，但事实上却依然生长着多样化的文学形态，而传统中国的杂文学观念也继续产生着影响。例如现代杂文和现代日记、书信都超出了"纯文学"的认知范围，需要在"大文学"的意义上加以读解。依然留存着传统大文学（杂文学）观念的中国现代作家的日记作品，更应该置放在大文学的视野下加以解读。这样的解读，并不是简单把这些定位模糊的文体捧进"文学"的光荣殿堂，而是在兼顾历史性与文学性的方向上，挖掘中国知识分子思想、个性和情怀的别样的表达，解释一种属于中国自己的文学样式。

四、"大文学"与中国现当代文学

引入"大文学"视野，将有助于我们重新认识整个中国现当代文学。

首先，在中国现当代文学的研究中，不应仅仅再以所谓"纯文学"标准来筛选作家作品，注目于纯文学虚构、想象、技巧的要素，取消或忽视"大文

---

① 巴金：《怀念满涛同志》，《随想录》，第332页。
② 巴金：《怀念胡风》，《随想录》，第653页。
③ 巴金，《解剖自己》，《随想录》，第341页。
④ 巴金，《致树基（代跋）》，《随想录》，第760页。
⑤ 谢无量《中国大文学史》。

学"属性的文学书写的意义。

比如巴金晚年《随想录》散文，鲁迅杂文，吴宓日记续编等，就是"大文学"书写的代表。吴宓日记续编在"纯文学"看来，只能作为吴宓研究史料，然而这无疑误读了把日记视为"我的生命，我的感情，我的灵魂"的吴宓的本意。

只有意识到吴宓日记续编的"文学"本质，以"大文学"视野重加分析，才能看到吴宓自觉运用日记文体作为文学书写的尝试，透过晚年吴宓对思想、生存情况的记录，看到他通过文学方式对历史的自觉记录和对人生意向的有意提取，从而读出他对"文学"意义的理解和坚守。这是"大文学"视野才能提供的视角。

同样，巴金被"纯文学"诟病"无技巧"的《随想录》，却是巴金晚年最重视的作品："五卷本的《随想录》，它才是我的真实的日记。它不是'备忘录'，它是我的'忏悔录'，我掏出自己的心，让自己看，也让别人看。"①

只有运用大文学视野，我们才能读懂晚年巴金在《随想录》中倡导的"真"的含义，"无技巧"的选择，以及"为了人生"的本质。才能看到《随想录》对于巴金研究和对于中国文学的意义。

"杂文学—大文学"是一种容历史记叙、个人见闻、思想笔记于一体的自由书写，是通过文学完成的对历史的记录和审判，作家有自觉的文献意识，以及对文学"为了人生"原则的捍卫。

这样的"大文学"书写在中国现当代文学并不少见，而对"大文学"的认可和发现，将有助于我们重新审视整个中国现当代文学，发现曾经被我们遮蔽的意义。

其次，"纯文学"是我们从西方引入的对文学狭义的定义，意在强调文学的"审美"，而排除"致用"。

但事实上，"文章合为时而著，歌诗合为事而作"的"大文学"才是中国传统文学固有的概念，并且从古至今，中国文学并没有离开"大文学"存在的环境，文学现象本身仍然储满了社会历史的内涵，文学和文学家也仍然承担着社会历史的使命。

从五四运动到第一次国共合作，从国民政府北伐到北洋军阀覆灭，从"七七事变"到全面内战爆发，从"反右"斗争到"文化大革命"，20世纪中国

---

① 巴金，《致树基（代跋）》，《巴金全集》第25卷，北京：人民文学出版社，1993年，第613页。

社会现实的动荡渗入了每一个中国人生活、情感的细枝末节中，政治历史变动对文学也有直接影响：国家对于文艺的导向和管控、书报检查出版制度的调整，文人作家管理制度和生存环境的变化、作者和读者群的流动与分化等都让文学本身仍是社会现实的反映。

身在其中的作家也有自觉的使命感，如鲁迅所说："我不是批评家，因此也不是艺术家……因为并非艺术家，所以并不以为艺术特别崇高，正如自己不卖膏药，便不来打拳赞药一样。我以为这不过是一种社会现象，是时代人生的记录。"①

巴金晚年也有过相同的论调："我说，我不是文学家，不属于任何派别，所以我不受限制。……惟其不是文学家，我就不受文学规律的限制：'我也不怕别人把我赶出文学界。'我的敌人是什么呢？我说过：'一切旧的传统观念，一切阻止社会进步和人性发展的不合理的制度，一切摧残爱的势力，它们都是我最大的敌人。'我所有的作品都是写来控诉、揭露、攻击这些敌人的。"②

鲁迅和巴金所说的不是艺术家、文学家，即是指不是"纯文学家"，而是记录人生，"为了人生"的"大文学家"。

唯有看清中国文学的实质仍然是"大文学"，中国作家的自我认识仍然是"大文学家"，才能把握中国现当代文学的实质。

而海外汉学家以西方"纯文学"的概念来指责中国现当代文学沾染了过多的社会现实和意识形态，斥为"凋零"。即是对中国现当代文学的隔膜。

最后，对中国现当代文学"大文学"的发现，也必将意味着一种不同于"纯文学"的研究方法的发现。"杂文学—大文学"概念意义的文学，不仅文体杂糅，也涉及多种学科，如经学、心理学、历史学、哲学、政治学、经济学等。

如巴金《随想录》意图建立……现代文学资料馆的历史文献意识，吴宓日记续编在历史和经济史意义上的详细记录等，"大文学"意义上的文学作家创作从来就不局限于文学范围内，他们有自觉的跨学科眼光。

因而，对"大文学"作品的解读也应该有自觉的跨学科视野。

正是为此，我们必须注意到民国社会体制下独有的经济形态、社会政治、社会文化等组成的对文学的发生发展有影响的"民国的文学机制"，以及相应的，完全不同形态的"共和国的文学机制"，而这正是研究"杂文学—大文

---

① 鲁迅：《三闲集·文艺与革命》，《鲁迅全集》4卷，第82页。
② 巴金：《附录我和文学》，《随想录》，第233页。

学"意义下的文学必须具备的知识框架。

提出"大文学"问题，不是以此重新核定中国现代文学的道路和发展，而是揭示这一可能被长期忽略的内在元素，也不意味着未来中国文学一定沿着"大文学"的方向发展，而是提示忽略这些内在素质可能造成的问题，也许不失为文学"补钙"的一种途径。

第三章 《随想录》的"重复"与"唠叨"

《随想录》是巴金晚年最重要的著作,其"版本之多,印数之大,中国当代散文史上绝无仅有","创造了当代文学出版史上的奇迹"①。对于这样一部影响巨大的作品,赞之者谓"世纪的良心"②,是"力透纸背、情透纸背、热透纸背"的"讲真话的大书",代表了当代散文的最高成就,不过,批评质疑之声却也一直不绝于耳。1980年代面世之初就遭遇"香港大学中文系"师生"就文学的角度"提出很多意见,从标点到文法一一列举③,随着巴金淡出文坛又辞世远行,他忧心忡忡的"文革"记忆日益模糊,一些尖锐的批评不断出现,诸如《随想录》"纯粹是经验、感受和经历上的陈述,只作感情上的忏悔,而缺乏真正的见识,并没有多少属于自己的思想和理性认识"④。更有甚者,有的批评将巴金的思维归结为"文革"期间的意识形态阴影,称"这是一部名不副实的散文集。拖沓冗赘的文风,粗放浅近的感悟,笨拙不堪的语言,声嘶力竭的口号充斥文本"⑤。总之,对巴金的"说真话"倍加质疑,对《随想录》"无技巧"的"粗糙"叙述颇多不满。

有意思的是,就在中国国内的知识分子特别是部分青年一代从思想和"文

---

① 赵兰英、余靖静:《巴金〈随想录〉创造当代文学出版史上的奇迹》,http://news.sina.com.cn/o/2006-12-11/075310733938s.shtml.
② 上海文艺出版社,1996年出版的"巴金与二十世纪学术讨论会"的论文集中,刊有曹禺的题词:"你是光,你是热。你是二十世纪的良心。"
③ 黎活仁等:《我们对巴金〈随想录〉的意见》,原刊香港《开卷》1980年第9期,收陈思和、周立民编:《解读巴金》,沈阳:春风文艺出版社,2002年。
④ 蒋泥博客文章《逝者如斯夫——巴金的悔悟》,http://bbs.tianpa.cn/post-no01-192152-1shtml,2005年10月19日。
⑤ 惠雁冰:《意识形态粉饰下的平庸:巴金〈随想录〉》,《二十一世纪》2007年12月号。

学性"的角度多方质疑的时候,一些来自海外的、原本比我们更加注重"文学性"分析的学者却大不以为然,在他们看来,"晚年巴金对文学的看法既与60年代不同,又与中华人民共和国成立前也不同。他不再将文学创作只视为思想宣传的工具,而肯定文学本身的价值。可以说,晚年的巴金并不停留在往年的思想范围,而以更宽厚的胸怀进一步肯定文学这一领域"①。甚至认为:"如此富有策略性的回忆书写,据我所知,在中国现当代文学史上找不到第二本。我认为这就是《随想录》难能可贵的文学价值之所在,也是汲取不尽的魅力之源泉。"②

这说明,关于《随想录》的写作方式或者说由此产生的"文学性"问题还值得认真地讨论,这里面可能涉及对巴金的独特文学追求的把握——在回应"香港大学中文系"师生的文学性质疑之时,巴金就曾经不无激动地说过"我也不是空手'闯进'文坛,对一个作家来说,更重要的是艺术的良心"③。这足以告诉我们,一系列在他人看来"缺乏技巧"的问题,很大程度上其实是符合巴金统一的"文学性"设计的,也是他有意识选择的结果,只不过,今天的批评者不能进入巴金的精神世界,难以把捉他的文学脉搏而已。《随想录》的思想与艺术,都还有进一步解剖的空间。

我想,我们的探索可以直接从人们争议不断、批评较多的一个现象说起:《随想录》的语言,它的叙述何以会如此的"重复"和"唠叨"?这背后有无什么值得仔细探究的秘密,是巴金语言能力、叙述技巧的缺乏还是另有意图、别有洞天?

一、"重复"与"唠叨"

针对《随想录》的"问题",首先还是应当在阅读当中加以分析,通过文本的梳理把握其艺术的肌理。在这里,我十分同意坂井洋史先生的意见,他强调"应该把《随想录》视为文学作品而正当对待,据此态度去重新阅读,读出事实信息以外的丰富价值。这就是我所谓的'文学性阅读'"④。

---

① [韩]李喜卿:《在"误读"与现实责任之间的〈随想录〉》,《细读〈随想录〉》,上海:上海社会科学院出版社,2008年,第120页。
② [日]坂井洋史:《〈随想录〉的叙述策略和魅力》,《现代中文学刊》2016年4期。
③ 巴金:《〈随想录〉日译本序》,《巴金全集》第16卷,第366页。
④ 坂井洋史:《〈随想录〉的叙述策略和魅力》,《现代中文学刊》2016年4期。

重读《随想录》，我们会发现，"重复"与"唠叨"的确是《随想录》一个重要的特征。它在具体文本中的表现至少有四个方面：

首先是一系列主题的反复出现。例如对"文革"的叙述和批判，不仅是历史性的回忆中不断回溯"文革"，其他似乎与之关系不大的叙述——境外游记、动物故事、梦境追忆等等篇什中都一再提及。怀念小狗，他想起了"文革"（《小狗包弟》）；与国际友人聊天，他离不开"文革"（《"友谊的海洋"》）；访问日本长崎，他提到中国"文革"的惨剧（《长崎的梦》）；在瑞典参加世界语大会，他谈起了被剥夺写作权利的年代如何重温世界语的经历（《世界语》）；忆念友人，当然还是与"文革"有关（《怀念老舍同志》《悼方之同志》《怀念烈文》）；日常患病，他也回忆着"文革"期间的医疗如何误人（《发烧》）；因为出版部门一句"思想复杂"的评价，他浮想联翩，关于"早请示晚汇报"，关于"忠字舞"，关于批斗会……（《"思想复杂"》）；应邀在境外发表关于他创作生涯的演讲，演讲中一半的篇幅都是关于"文革"的体验和思考（《我和文学》）。巴金不仅反复回到"文革"的话题，还不断为自己重复这一话题做出说明：

为什么不能写自己感受最深的事情？在"文革"的油锅里滚了十年，为什么不让写那个煎骨熬心的大灾难？①

十年浩劫中的生活是应当详细记录下来的。这是人类历史上的奇迹。②
……
我怎么能忘记那些人兽不分的日子？我被罚作牛作马，自己也甘心长住"牛棚"。……③

可见，对"文革"主题重复涉及是巴金自觉的文本建构。

在"文革"主题下，巴金提出了众所周知的创办"文革博物馆"的设想："我并没有完备的计划，也不曾经过周密的考虑，但是我有一个坚定的信念：这是应当做的事情，建立'文革'博物馆。"④ 这一设想也被他不断提及："……让大家都牢牢记住那十年中间出现的大小事情。最好的办法我看只有一

---

① 巴金：《随想录合订本新记》，《巴金全集》第16卷，第10页。
② 巴金：《"思想复杂"》，《巴金全集》第16卷，第222页。
③ 巴金：《我的日记》，《巴金全集》第16卷，第528页。
④ 巴金：《"文革"博物馆》，《巴金全集》第16卷，第689页。

个:创办'文革'博物馆。"① "我这个病废的老人居然用'随想'在荆棘丛中开出了一条小路。我已经看见了面前的那座大楼:'文革博物馆'。""讲出了真话,我可以心安理得地离开人世了。可以说,这五卷书就是用真话建立起来的揭露'文革'的'博物馆'吧。"②

其次是政治人物符号的持续记录。例如"四人帮"(有时又称作"四害"),其出现的频率与"文革"一样高。当年《随想录》出版后,就有香港大学生统计过,"四人帮"出现高达47次,他们对这样的重复很不理解。年轻大学生们的隔膜令巴金情绪激动:

> ……试问多谈"四人帮"触犯了什么"技巧"?在今后的"随想"里,我还要用更多的篇幅谈"四人帮"。"四人帮"绝不止(只)是"四个人",它复杂得多。我也不是一开始就很清楚,甚至到今天我还在探索。但是,我的眼睛比十多年前亮多了。"十年浩劫"究竟是怎样开始的?人又是怎样变成"兽"的?我总会弄出点眉目来吧。尽管我走得慢,但始终在动;我挖别人的疮,也挖自己的疮。这是多么困难的工作!能不能挖深?敢不敢挖深?会不会有成绩?这对我也是一次考验。过去的十年太可怕了!我们每个人都有责任不允许再发生那样的浩劫。我一闭上眼睛,那些残酷的人和荒唐的事又出现在面前。……③

很明显,这样的重复也是巴金所要坚持的。

第三是某些人生事件、人物或生活状态(意象)的一再追忆。除了如"牛棚"(《"牛棚"》《我的日记》《随想录合订本新记》《中岛健藏先生》《观察人》等)、"噩梦"(《我的噩梦》《长崎的梦》等)这样与"文革"密切相关的事物外,还有自己儿童时代在"广元县知县衙门"里的见闻:"我父亲在二堂审案,我常常站在左侧偏后旁听","我只是讨厌那些繁重的礼节,而且也不习惯那种把人分为上等人与下等人的'分类法'"④。那里更有各种刑具:"板子分宽窄两种,称为'大板子'和'小板子'。此外父亲还用过一种刑罚,叫作'跪抬盒',让'犯人'跪在抬盒里,膝下放一盘铁链,两手给拉直伸进

---

① 巴金:《二十年前》,《巴金全集》第16卷,第701—702页。
② 巴金:《随想录合订本新记》,《巴金全集》第16卷,第7、11页。
③ 巴金:《探索集后记》,《巴金全集》第16卷,第274页。
④ 巴金:《探索》,《巴金全集》第16卷,第170页。

两个平时放抬杆的洞里。这刑罚比打小板子厉害，'犯人'跪不到多久就杀猪似的叫起来。""父亲就只做过两年县官，但这两年的经验使我终生厌恶体刑，不仅对体刑，对任何形式的压迫，都感到厌恶。古语说，屈打成招，酷刑之下有冤屈，那么压迫下面哪里会有真话？"① 巴金还是想在童年的记忆中探寻"压迫"与人类精神的关系。

在不断提及的人物中，鲁迅是一个典型。他关乎着青年巴金的人生记忆、中年巴金的历史经历，以及晚年巴金不断反思的思想来源。

在经常描述的生活状态中，疾病是一个典型："我的病情渐渐地恶化，我用靠药物延续的生命跟那些阻力和梦魔做斗争更感到困难。"② "有一天我发现自己垮了。用钢笔写字也感到吃力，上下楼梯也感觉到膝关节疼痛。一感冒就发支气管炎，咳嗽不停，痰不止。"③ "古语说：'人之将死，其言也善。'我过去不懂这句话，今天倒颇欣赏它。我觉得我开始在接近死亡，我愿意向读者们讲真话。"④ "那么只有逼近死亡，我才可以说：'没什么可怕的了。'" "赵丹说出了我们一些人心里的话，想说而说不出来的话。可能他讲得晚了些，但他仍然是第一个讲真话的人。我提倡讲真话，倒是他在病榻上树立了一个榜样。我也在走向死亡，所以在我眼前十年浩劫已经失去它一切残酷和恐怖的力量。"⑤ 巴金对疾病的反复书写既是对某种无法挽回的生命的哀吊，也是一种反抗绝望、直面死亡、自我超越的精神探求。

第四不断复述自己的思想、情感或某些概念。例如对自己软弱、奴性的忏悔和批判，对恐惧体验的叙述，作为"非文学家""无技巧""说真话"追求的多番申说等等。这方面的特点，过去人们都多有揭示，本文不再赘述，不过，也想提醒大家注意几个存在的"误读"之处。巴金的"忏悔"从来就是指向自己的，并不是一些批评者所谓的要刻意营造什么道德高度。即便对于他所痛斥的"四人帮"，也是这样的："我冷静地想：不能把一切都推在'四人帮'身上。我自己承认过'四人帮'的权威，低头屈膝，甘心任他们宰割，难道我就没有责任！难道别的许多人就没有责任！"⑥ 这样的重复忏悔，只能从个人的精神与情绪状况方面加以解读。今人对巴金忏悔的质疑，可能更多的

---

① 巴金：《说真话之四》，《巴金全集》第16卷，第388—389页。
② 巴金：《随想录合订本新记》，《巴金全集》第16卷，第388—389页。
③ 巴金：《大镜子》，《巴金全集》第16卷，第162页。
④ 巴金：《随想录后记》，《巴金全集》第16卷，第140页。
⑤ 巴金：《"没什么可怕的了"》，《巴金全集》第16卷，第254页。
⑥ 巴金：《探索集后记》，《巴金全集》第16卷，第275页。

是赋予巴金"忏悔"之外的其他任务（虽然这些任务也许具有意义），而缺乏对巴金"忏悔情绪"本身状态和功能的体察和理解，例如有论者指出："如果一个人一直在忏悔，那么我们应当追问他是从这种忏悔中获得了对错误的反思能力并进而不再犯错——至少不犯同样的错，还是通过这种忏悔摆脱了错误带来的罪感，从而走上继续犯错、继续忏悔的怪圈。"① 文学的理解如果首先不能沿着文本的肌理展开，不能对写作者的情绪做出贴切的梳理和揭示，那其实就是用自己的观念来扭曲文本了，对此，坂井洋史先生的批评是很准确的："他一定要求巴金'真正把握了文革形成的历史动因'，不允许作者的'感性宣泄或基于个人命运的自悼行为'；不仅如此，更进一步要求巴金；强化文学对生活的干预力度'，甚至要巴金'扩展历史本身的内涵'！他还不允许作者叙说自己的经历和感受，也不允许有任何形式的个人化表述"，"文学批评应该贴切于文本本身，贴切于内在于文本的逻辑，始终不能超越文本的范围之外。否则，评论者可以随便把作品本来没有的、也根本无法拥有的东西拿过来，以这些东西的完备与否为基准"②。

同样，巴金反复强调的"说真话"与其说反映了他个人的某种道德高度，还不如说是对基本写作权利的一种要求："我所谓真话不是指真理，也不是指正确的话。自己想什么就讲什么；自己怎么想就怎么说——这就是说真话。你有什么想法，有什么意见，讲出来让大家了解你。"③ 应当说，这也是一种写作者的基本精神诉求。在这个时候，批评者试图与巴金辨别"什么是真"，甚至"存在不存在这样的真"，都是荒谬的。

总之，所有对《随想录》的质疑都不约而同地走入了一个误区，这就是从各自对历史的理论认知出发"检验"巴金，一一指出他存在哪些思想上的不足，殊不知，巴金也许就不是这么一位急于建构历史认知理论的作家，抒发他的人生感受，倾吐他真诚的情绪才是《随想录》的基本特征，这也是一位作家应有的写作权利。那些试图"检验"巴金深度的尝试都站在了"巴金文学"之外。

我注意到，不仅今天对巴金的批评者容易旁落于"巴金文学"之外，就是先前我们对巴金的一些肯定方式其实也可能存在同样的问题。《随想录》问世的1980年代，正处于新时期的"思想启蒙"文化氛围中，鲁迅杂文的思想启

---

① 钟文：《"忏悔"与"辩解"，反思历史的方式》，《文艺争鸣》2008年4期。
② 坂井洋史：《〈随想录〉的叙述策略和魅力》，《现代中文学刊》2016年4期。
③ 巴金：《说真话之四》，《巴金全集》第16卷，第387页。

蒙意义获得了理所当然的肯定，那么，巴金的意义在哪里呢？一般认为，这是一位激情型的作家，早年的巴金以激情取胜，失之于思想的深度，在历经沧桑坎坷之后，巴金在晚年拥有了近似鲁迅那样的思想高度，走上了鲁迅杂文式的理性的道路，参与到新时期思想启蒙的行列，这自然是有道理的。但是这样的一个"以鲁迅看巴金"，或者说"以现代思想发展要求看巴金"的立场，却在无形之中规定了巴金的意义——我们是在最接近鲁迅的思想启蒙的方向上确认巴金的贡献，但问题是，这样一个"以鲁迅看巴金"角度，却可能让前述的某些特征——如语言的重复、唠叨——在纯粹思想史的辨析中变得无法衡量了，甚至还体现出了某些主题思想的"局促"或者"逼仄"效果，相反，就主题的丰富、选材的多样以及思想的复杂程度而言，鲁迅杂文显然超过了巴金的《随想录》，如此一来，巴金的独立价值又何在呢？

对《随想录》的文学意义的认定，就还得回到这些"重复"与"唠叨"之中，作为体现精神情绪的文学修辞，它们的特殊作用在哪里？

二、沉迷性述说与焦虑的纾解

跳出纯粹思想启蒙的理性逻辑，在精神与情绪状态中体察和揣摩"重复"与"唠叨"，这样的解读恰恰清晰地告诉我们，《随想录》依然包孕了巴金最重要的文学特征：对世界的充满情感的处理方式。

对于巴金而言，"重复"与"唠叨"首先还不是一种语言修辞现象，而是体现着巴金之为巴金的固有特质，是他作为文学家介入这个世界的基本方式——他对世界的观察从来都不是冰冷的，不是冷峻的旁观和分析，也不作刻意的自我情绪抑制，"当热情在我的身体内燃烧起来的时候，只要咽住一个字也会缩短我一天的生命。倘使我不愿意闭上眼睛等候灭亡的到临，我就得张开嘴大声说出我所要说的话，我甚至反复地说着那些话"①。"当热情在我的身体内燃烧的时候，我那颗心，我那颗快要炸裂的心是无处安放的，我非得拿起笔写点东西不可"②。早期"激流三部曲"如此，抗战时期的《寒夜》《憩园》与《第四病室》虽然风格转变，其实底蕴依旧，虽然"也批评了他们每一个人"，但即使在批评的时候，"我自己也承认我的文章里常常露出原谅和同情的调

---

① 巴金：《爱情的三部曲·作者的自白》，《巴金全集》第 6 卷，第 465 页。
② 巴金：《电椅·代序》，《巴金全集》第 9 卷，北京：人民文学出版社，1989 年，第 292 页。

子",情感态度还是十分浓郁。① 晚年《随想录》取法鲁迅杂文的文明批判与社会批判,但是除了启蒙式的批判,它依然洋溢着巴金自己的深情——与鲁迅不同,巴金不是将情感藏匿在冷峭的机锋和理性的穿透之中,而是要继续营造充满个人体验的情绪氛围。《随想录》不仅是现实人生的观察和反思,同样也是独特地呈现自己情绪状态的抒情之作。

当然这"情"不是抒情诗式的缠绵和委婉,不是"激流三部曲"式的冲决藩篱的青春理想,不是"人间三部曲"的压抑苦闷与绝望,而是遭逢了一种巨大的社会压迫与扭曲之后的精神"症候"——他试图以特殊的情绪释放来缓解人生的苦闷,以生理性的语言痉挛来折射一个时代赋予我们的巨大精神创伤。

《随想录》中,到处都是关于自我精神创伤的描述:

> 我也有数不清的内伤,正是它们损害了我的健康……②
>
> 十年"文革"绝不是一场噩梦,我的身上还留着它的恶果。今天它还在蚕蚀我的血肉。我无时无刻不在跟它战斗,为了自己的生存,而且为了下一代的生存。我痛苦地发现,在我儿女、在我侄女的身上还保留着从农村带回来的难治好的"硬伤"。③
>
> 我甚至把噩梦也带回了家。晚上睡不好,半夜发出怪叫,或者严肃地讲几句胡话,种种后遗症迫害着我,我的精神得不到平静。④

精神分析学对精神创伤的解释是:"一种经验如果在一个很短暂的时期内,使心灵受一种最高度的刺激,以致不能用正常的方法谋求适应,从而使心灵的有效能力的分配受到永久的扰乱,我们便称这种经验为创伤的。"⑤ 极"左"政治和"文革"动乱对于巴金可谓是"最高度的刺激",在漫长的重压和连续不断的困扰中,他已经"不能用正常的方法谋求适应",对自我精神的有效把控能力受到"扰乱"。精神分析学者从弗洛伊德、拉康到福柯都深入讨论社会性压迫与创伤在人的精神层面烙下的各种印记:恐惧性的遗忘、失语,自我的

---

① 巴金:《谈〈寒夜〉》,《巴金全集》第 20 卷,第 506、511 页。
② 巴金:《小街》,《巴金全集》第 16 卷,第 371 页。
③ 巴金:《病中(一)》,《巴金全集》第 16 卷,第 463 页。
④ 同上,第 460 页。
⑤ [奥]西格蒙德·弗洛伊德:《精神分析引论》,高觉敷译,北京:商务印书馆,1984 年,第 216 页。

沉迷，歇斯底里乃至疯癫。

弗洛伊德描述过一种创伤的症候："一个人生活的整个结构，如果因有创伤的经验而根本动摇，确也可以丧失生气，对现在和将来都不发生兴趣，而永远沉迷于回忆之中。"① 鲁迅小说《祝福》中的祥林嫂因为难以承受家庭生活一系列的巨大灾变，精神变得十分的不稳定，其基本表现就是不断讲述儿子阿毛的故事，"永远沉迷于回忆之中"，絮絮叨叨，不能自拔。极"左"政治和"文革"动乱在巴金精神上造成的创伤实际同样如此。

因为连续性的伤害，巴金那一代知识分子的人生丧失了起码的保障，"对现在和将来"的期求大幅度降低，沉迷于回忆，将反反复复的讲述当作自觉不自觉的自我抚慰，体现在语言修辞上，也就是所谓的"重复"与"唠叨"。归根结底，语言的"重复"与"唠叨"源于生命形态的紊乱，是生命形态的紊乱改变了正常的语言节奏，这是一种特殊而又极具时代特色的有重要认识价值的语言现象。福柯揭示过"文明"如何制造"疯癫"，用自己的既定的秩序排挤异类，形成各种"时代的精神症候"。如果说福柯的"疯癫"观完成的是对资本主义文明的反思和批判，那么巴金则通过"重复"与"唠叨"的"沉迷"式症候实现了对极"左"政治和"文革"动乱的揭示和批判。

值得注意的是，在审美效果上，这种由"重复"与"唠叨"营造的"沉迷"对读者产生了一种特殊"沉浸"式体验，从而还原了历史紧张的现场，尽可能地冲破了代际隔膜所形成的阅读障碍。巴金说过："并非我揪住'文革'不放，正相反，是'文革'揪住我不放。"② 一个常年被噩梦"揪住不放"的受伤者，他的焦虑只能在喃喃自语中自我纾解，他所要"重复"与"唠叨"的都是给予他伤害最深、挥之不去的历史记忆。从文本的效果来看，这除了形成一种对思想内容的强化之外，更是传达出了一种悲愤、抑郁又自我挣扎的精神状态，而后者可以说更加生动而富有感染力地将我们带入了那个特殊的历史场域之中，让过往历史的景象也能对我们"揪住不放"，不仅让我们审视，让我们思考，也让我们沉浸，让我们触摸到历史的肌体本身。有研究者将这样一种"揪住不放"的叙述称作是作者的"自我在场"，正是它"能够带给我们这样的现场感和痛切感"③。"作者在以上一切过程中，不能不反复直面

---

① ［奥］西格蒙德·弗洛伊德：《精神分析引论》，高觉敷译，第217页。
② 巴金：《我的噩梦》，《巴金全集》第16卷，第539页。
③ 周立民：《痛切的情感记忆与不能对象化的〈随想录〉》，《细读〈随想录〉》，上海：上海社会科学院出版社，2008年，第88页。

噩梦、回味噩梦、体验噩梦。这是多么残酷、多么痛苦、多么沉重的事后体验!""巴金一方面回忆当年的噩梦,借此追述过去,提供过去的一些事实;一方面无视时间空间的整合秩序、也不分自他,以描述眼下折磨自己的'后遗症'。巴金在行文中竟然把两者混合在一起,一股脑提示给读者,让他们体味'噩梦'的可怕。"①

三、有意识建构的文学

巴金的"重复"与"唠叨"并不止于纾解个人精神焦虑的本能,它同时也是巴金超越自我的自觉追求,其中所传达出来的对"文学"的理解更具有启示意义。

与精神分析学家所谓一般精神创伤者的"障碍"不同,巴金对历史往事的"沉迷"性述说最终超过了无意识自我补偿的层面,属于一种有意识的建构和追求。他多次表达过自己的意图:

……我经常思考,我经常探索:人怎样会变成了兽?对于自己怎样成为"牛马",我有了一些体会。至于"文革派"如何化作虎狼,我至今还想不通。然而问题是必须搞清楚的,……我不怪自己"心有余悸",我唠唠叨叨,无非想看清人兽转化的道路,免得第二次把自己关进"牛棚"。②

往事不会消散,那些回忆聚在一起,将成为一口铜铸的警钟,我们必须牢牢记住这个惨痛的教训。③

用具体的、实在的东西,用惊心动魄的真实情景,说明二十年前在中国这块土地上,究竟发生了什么事情?!让大家看看它的全部过程,想想个人在十年间的所作所为,脱下面具,掏出良心,弄清自己的本来面目,偿还过去的大小欠债。④

拒绝遗忘,以旧鉴今,警钟长鸣,反思自我,这就是巴金的目标,他甚至还将这一目标升华到人类普遍教训的高度:

---

① 坂井洋史:《〈随想录〉的叙述策略和魅力》,《现代中文学刊》2016年4期。
② 巴金:《我的日记》,《巴金全集》第16卷,第528—529页。
③ 巴金:《怀念胡风》,《巴金全集》第16卷,第746页。
④ 巴金:《"文革"博物馆》,《巴金全集》第16卷,第692页。

>我认为那十年浩劫在人类历史上是一件大事。不仅和我们有关,……①

当然,这一番良苦用心也面临代际更替的时代隔膜问题,对此,巴金也有充分的准备,《随想录》的"沉浸"式写作就是他试图突破障碍,达成有效沟通的努力。"我们中间有少数健忘的人习惯于听喜报,向前看,以为凡是过去的事只要给作了结论,就可以束之高阁,不论八年抗日,或者十载'文革',最好不提或少提,免得损害友谊,有伤和气,或者妨碍团结。我在《随想录》中几次提出警告,可是无人注意。"②巴金的思想准备就来自这些"健忘的人"的存在,"'四人帮'垮台才只三年,就有人不高兴别人控诉他们的罪恶和毒害。这不是健忘又是什么!……好些人满身伤口,难道不让他们敷药裹伤?"③这里的担忧更进了一步,因为它具有某种权力的背景。更让人忧虑的则是"文革"后的一代:"那么回过头来看'文革',我们到哪里去寻找它的遗迹?才过去二十年,就有人把这史无前例的'浩劫'看做(作)遥远的梦,要大家尽早忘记干净。我们家的小端端在上初中,她连这样的'幻想'也没有,……"④巴金的忧虑如今也为巴金研究的学者所发现了:"90年代的大学生基本已属社会转型后的青年,他们带着由武侠小说、言情小说和肥皂剧等一次性文化消费品培养出来的先在经验和年轻人容易产生的简单偏激的先在理解共同构成的期待视野阅读《随想录》,自然无法顺利进入文本,更无从与文本进行交流并产生意义。"⑤至于某些网络文章以"知识分子依然急需思想改造""文革牛棚不过是一种身心锻炼"来批评巴金,真令人产生"今夕何夕"之感!

无论巴金的絮絮叨叨的"沉浸"式写作能否完全实现跨代际的沟通,我们都不能否认其执着努力的价值。

从遭遇"香港大学生"的质疑开始,巴金就经历了"文学性"问题的挑战,在年轻的一代看来,《随想录》的这些唠叨正是缺乏文学性的表现。对此,巴金不得不一再退回到他的"原初文学观念",予以反复的述说和申明,这种对于文学艺术原则的"重复"和"唠叨"形成了与年轻一代的"纯文学"观

---

① 巴金:《我和文学》,《巴金全集》第16卷,第270页。
② 巴金:《修改教科书的事件》,《巴金全集》第16卷,第444页。
③ 巴金:《绝不会忘记》,《巴金全集》第16卷,第129页。
④ 巴金:《随想录合订本新记》,《巴金全集》第16卷,第10页。
⑤ 辜也平:《期待与互动中的同构——巴金创作的共时接受研究》,《东南学术》2002年4期。

念持续对话,在不间断的自我阐发中标举起了另外一面文学旗帜,最终不得不引人深思:

> 我呢,自己吹嘘也没有用,我在三十年代就不得不承认我不是艺术家,今天我仍然说:"我没有才华。"①
>
> 我不是艺术家,也没有专门学过文学。即使因病搁笔也不是值得惋惜的事。②
>
> 我说我不是艺术家,并非谦虚,而且关于艺术我知道的实在很少。③

但是,号称"不是艺术家"的巴金却丝毫也不自卑,因为,他本来就对这种庸常的"纯文学"观念不以为然。"唯其不是文学家,我就不受文学规律的限制,……"④ 这里的"文学规律"同样属于庸常与世俗,不能概括巴金独立的文学追求。"我也不是空手'闯进'文坛",对于自己数十年如一日的文学理想,巴金的表述同样的充满自信:

> 我就是从探索人生出发走上文学道路的。五十多年来我也有放弃探索的时候,但是我从来不曾离开文学。⑤

> 我写作,因为我在生活。我的小说是我在生活中探索的结果,一部又一部的作品就是我一次又一次的收获。……我的探索和一般文学家的探索不同,我从来没有思考过创作方法、表现手法和技巧等等的问题。我想来想去的只是一个问题:怎样生活得更好,或者怎样做一个更好的人,或者怎样对国家、对社会、对人民有贡献。一句话,我写每篇文章都是有所为而写作的。⑥

> 我不是一个文学家,我也不想做一个艺术家,我只要做一个"善良

---

① 巴金:《"毒草病"》,《巴金全集》第16卷,第30页。
② 同上,第31页。
③ 巴金:《"遵命文学"》,《巴金全集》第16卷,第32页。
④ 巴金:《我和文学》,《巴金全集》第16卷,第268页。
⑤ 巴金:《再谈探索》,《巴金全集》第16卷,第176、182页。
⑥ 巴金:《探索之三》,《巴金全集》第16卷,第181页。

些、纯洁些、对别人有用些"的人。①

艺术的最高境界，是真实、是自然、是无技巧……我不妨狂妄地说，我不追求技巧。如果说我在生活中的探索之外，在写作中也有所探索的话，那么几十年来我所追求的也就是：更明白地、更朴实地表达自己的思想。②

我并不为我那三十篇"不通顺"的"随想"脸红，正相反，我倒高兴自己写了它们。从我闯进"文坛"的时候起，我就反复声明自己不是文学家，一直到今年四月在东京对日本读者讲话，我仍然重复这个老调。并非我喜欢炒冷饭，只是要人们知道我走的是另一条路。……我的写作的最高境界、我的理想绝不是完美的技巧，而是高尔基《草原故事》中的"勇士丹柯"——"他用手抓开自己的胸膛，拿出自己的心来，高高地举在头上。"……我不会离开过去的道路，我要掏出自己燃烧的心，要讲心里的话。③

以上大段落的征引主要是提醒大家注意一个基本的事实：巴金就借助这样的表达持续性地建构着自己文学的"另一条路"，这条路其实就是五四时代中国作家的命名：为人生。"为人生"的文学理念突破了近代以后输入中国的"纯文学"理想，更加清晰地显示出了中国文学之于世界的独特贡献——一种基于现实世界关怀而非纯粹的艺术建构意义上的"大文学意识"。中国现代文学史上真正有贡献的作家，都可以说具备了"为人生"的"大文学意识"，例如鲁迅。关于鲁迅创作特别是杂文创作的"文学性"问题一直也颇有争论，而鲁迅的表述也与巴金异曲同工："我不是批评家，因此也不是艺术家……因为并非艺术家，所以并不以为艺术特别崇高，正如自己不卖膏药，便不来打拳赞药一样。我以为这不过是一种社会现象，是时代的人生记录。"④

《随想录》的写作既是对巴金自身也是对中国现代文学宝贵传统的有意识回归，也就是说，经历了种种的"非人"的历史折磨之后，巴金似乎比任何时

---

① 巴金：《探索之三》，《巴金全集》第 16 卷，第 184 页。
② 同上，第 182、183 页。
③ 巴金：《探索集后记》，《巴金全集》第 16 卷，第 273 页。
④ 鲁迅：《三闲集·文艺与革命》，《鲁迅全集》第 4 卷，第 83 页。

候都更加清醒地意识到,在人的基本生存权利尚难保障的时代,真正的负责的文学都只能首先是"为了人生"的,如果我们一定要追逐异域文学艺术的步伐,将文学架设在"艺术"的高空,那么他宁愿接受这种"非艺术""非文学"的文学追求,这是他反复强调的"真话"。也就是说,现实的基本事实被更多人所刻意掩饰了,中国文学的目标其实不用多么玄妙和高蹈,只要能尊重"为了人生"这一真实的底线,那么它才可能是真诚的,有益于现实,也有益于艺术自身的:何以产生文革?人何以变兽?"中了催眠术无缘无故地变成另外一个人"[①],我们又如何"脱下面具,掏出良心,弄清自己的本来面目""我不断地探索讲假话的根源,根据个人的经验,假话就是从板子下面出来的"[②]。巴金通过自己的"重复"与"唠叨"将中国现当代文学的"非文学"真实置放在大家面前,可以说是如此的独特,也如此的刺目,因为,相当部分的文学已经在所谓的"艺术"之路上遁逃开去,那是一次又一次的从现实的"遁逃",也是对知识分子良知的遁逃,在最终,是对艺术本身的遁逃。

于是,巴金关于"非文学"的"重复"与"唠叨"就显得如此的重要,如此的振聋发聩,如此的别有洞天。

[①] 巴金:《我和文学》,《巴金全集》第 16 卷,第 271 页。
[②] 巴金:《说真话之四》,《巴金全集》第 16 卷,第 388 页。

第六编
在"民国"发现文学史料

"现代"与"民国"的复杂纠葛已经深深地影响了文学文献的意义,包括它的保存、整理和进一步的研究,如何在"中国现代文学"的框架中正视"民国"的丰富与复杂,是这一段文学文献能否得以完整呈现的关键。

第一章　发现现代中国文学史料的意义与限度

中国新文学自 1917 年一路走来，浩浩荡荡，波澜壮阔。对百年中国文学发展历程的所有总结回顾，归根结底都属于"史料"的勘定和梳理，然而，新中国编辑出版的近、现、当代文学大型书系都专门设立了"史料卷"或"史料·索引卷"，将与文学思潮、文学运动等的文学事件相关的文献陈列于此，自然，这属于狭义的"史料"。

翻阅百年来新文学发展中那些卷帙浩繁的文献，在不间断的筛选、编辑之余，我积聚了关于"史料"的诸多感想，这些感想并不是纯粹个人的奇思，而是历史的文献与当下学术生态中"史料观念"的一次碰撞。

我想首先梳理我的"史料观"。

一、"史料"与"思想意识"

在我看来，所谓的史料，从来就不是一堆毫无生气的发黄纸册，如何保存这些历史的文献，如何筛选这些陈旧的文字，又如何呈现这些曾经的思想，其中反映出来的恰恰是我们十分内在的"文学史观"。因此，当代的文学史料问题，从根本上说，是文学史当代意识的深刻而特殊的表现。

但是，在相当长的一段时间中，我们却存在着将"史料"与"思想意识"两厢分割的趋向。

新时期的文学史研究是从"拨乱反正"开始的，当时的人们似乎常常都在关注着从思想文化进行考察的实际效用。尤其是在 1980 年代，当时的事实是：中国现当代文学研究的发展和繁荣，依然更多联系着一系列轰轰烈烈的社会思想事件，我们的中国现当代文学研究中最激动人心的部分总是那些能够"拨乱反正"的思想表述。在大多数人的印象中，研究者新的人生观、世界观与艺观的提出同时也反映为他们对于作家作品相关的"思想意义"的精彩发掘。在这个时候，我们眼中的中国现当代文学研究似乎就是由一系列层出不穷的主观意识所编织的绚烂的景观。以至到了1990年代，有强调"学术规范"者认为：在20世纪80年代中的大多数时候，思想推进的渴望显然掩盖了人们对于"历史"本身的专注。正是在这个意义上，我们就不难发现，尽管新时期中国现代文学研究的起步首先批判了极"左"年代的"以论代史"，但是，真正将文献史料作为一个"问题"郑重其事地予以阐发的还在今天。在今天的学术语境中如此推重文献史料，这绝对不是新时期中国现代文学研究的"拨乱反正"、思想启蒙的既有道路，它直接承袭着90年代以降的"学术规范"的诉求。

从以上的"话题发生史"的意义上看，我们可以认为，至少在目前相当一部分学者的心目当中，文献史料与思想考察是呈现为某种彼此对立的关系：1980年代的人们，是以过剩的思想理论淹没了文献史料，而今天的我们则可以理直气壮地通过大量的文献史料的发掘和运用来颠覆过去的那些空洞的思想理论！新的"规范"的学术、"健康"的学风应当是：如何最大限度地排除我们"先验"的思想理论，最大限度地"返回历史的现场"，放弃个人思想的"主观"，回到完全由文献史料建构起来的"客观"。

然而，问题却在于，就在文献史料与思想理论这种现存的紧张关系当中，其实包含了我们对"历史客观"的许多误解。现代历史学的一个重要成果便是发现"纯粹客观"的历史是并不存在的，既往的历史总是与当下的遭遇，与主观心灵的体验紧密相关。历史最终都是由今天的人来"书写"的，没有了"当下"，没有了"主体"，也就没有了被书写的"历史"。正是在这样的意义上，我们应当承认，文献史料之所以能够成为有意义的文献史料，一个时代的人们或者重视这样的文献史料，或者重视那样的文献史料，其实都与这个时代人们的心灵体验直接相连，而思想理论常常就是人们心灵体验表达的理性形式。换句话说，绝对脱离当下心灵的"纯粹"文献史料的"价值"其实是不存在的，进入人们阐释视野的文献史料不可能是一堆与主观思想理论无关的干枯的材料。1990年代以来，人们在"学术规范"的追求中以尊重文献史料来反对思想理论，其实这本身就是某种思想理论的表达，我们其实是用一种"理论"反拨着另外一些我们并不喜欢的"理论"。当然，其中也包含着特定时代转换过程中学院派知识分子对自我生存需要的体认，包含着这一生存需要下的新的理性认识；同样，思想与理论表达也不可能没有自我支撑的"质料"的根据，"史料"就是我们思想与理论表达的"质料"，回顾1980年代，在"理论"创新的高潮中，我们何尝又能够脱离开对新的"史料"的发现呢？拨乱反正、"重评五四",在这里我们发现的是胡适在新文化运动、白话诗运动中的独特贡献;突破唯阶级斗争论的文学史模式,我们便重识了一系列被淹没的社团、流派和作家。只是,在那个时候,文献史料与思想理论之间的关系并没有成为我们进一步思考的课题。

如何在文献史料的发现中发掘出思想的深度而不仅仅是所谓的学术"规范"的建立,同时,如何让思想的推进保持与丰富的史料相互协调而不仅仅是"冷饭"的"新炒",这恐怕才是我们今天要认真思考的东西。

二、"学术规范"与史料的边界

作为现代社会分工的自然要求,学院派学术的发展逐渐形成一系列的"行规",积累起了一些共同遵守又确实有利于我们工作的"约定",这或者就是所谓的"学术规范"。我们应该承认,作为社会分工的自然要求的"规范"是必需的,作为若干学术经验组成的"规范"更是有益的,然而,"学术规范"本身也同样不是一些固定不变的僵死的内容,是人类精神发展的需要创造了"规范",而不是"规范"限定着人类精神的发展方向。换句话说,在不同的历史条件下,我们对于"学术规范"的寻求与理解也完全可能是不同的。学术事业是人类认知活动的一种,而人类认知的发展都是建立在生存体验变化之上的思想观念的发展。离开了思想观念的发展,单纯求助于"规范"是无济于事的。文献史料价值的格外推重固然契合了1990年代以降"学术规范"的诉求,然而应该说这不过是一种相当表面化的契合。姑且抛开90年代以降中国学者在政治压力之下的退缩和自我的生存"规范"不论,(这可能才是我们今天众多"规范"产生的深层原因)就是在文献史料今天被不断发掘和展示的过程中,我们也依然可以读出一种思想意义上的重要变化:传统"主流"文学价值逐渐为"非主流"文学所分享,"中心"区域文化现象的独霸地位的不断削弱与"边缘"区域文化意义的提升。检点引起人们兴趣的新的文献材料,我们就会知道,新近发现的史料大有从"中心"向"边缘"大规模扩展的趋势。在过去以"中心""主流"为阐发对象的文学史研究中,"边缘"部分的史料是最容易被遗忘或淹没的,这里不仅有技术上的原因,更有思想观念上的问题。我们传统的中国现代文学史似乎更像是一部社会文化"中心"的描述史—北京与上海这两大中心常常占据了历史的最主要的图景,而其他非"文化中心"的边缘世界则被或多或少地漠视着。然而,正是在90年代以后中国文化发展的过程中,人们逐渐增长了对于"外省"文化、"边缘"文化、"非主流"文化乃至"地下"文化的认识，在这个时候，越来越多的人意识到，中国现代文化的发展成效毕竟不能仅仅由少数中心城市来衡定，广大的外围与边缘状况同样是至关紧要的。以少数"中心"的描述来代替更广大的场景，这既不符合现代中国文化史与文学史的事实，也并不利于我们自己的未来。例如，关于五四新文学的描述，我们历来的重心都是在《新青年》与北京大学，这固然反映了历史的基本事实。但这样的一种描述无疑也包含着这样的思想意识：《新青年》与北京大学就代表了当时文化发展的主流，就是中国现代文化的中心。其实，一个国家、一个民族的文化发展是一个远较文化中心的激烈斗争复杂得多的过程。就是在《新青年》的新文化运动与白话文运动已经达到了"高潮"的时候，在中国广大的内陆地区也依然是传统文化占主流的社会，如果我们仅仅将新文化与新文学发展的情况定位于《新青年》与北京大学，这究竟在多大的程度上完整体现了整个现代文化与现代文学的实际动向？对于其他地区特别是内陆腹地部分的文学活动，我们了解得很少。例如20世纪20年代初在成都就出现过一批青年作家的文学社团——草堂文学社，《草堂》是他们创办的四川本土最早的新文学刊物，核心人物叶伯和也很早就尝试着中国新诗的写作，其尝试之早甚至超过了胡适。这个现象不能为我们所忽视。但是，由于文化环境的局限，这些偏于西南内陆的青年作家最终并没有将自己的探索坚持多久，这同样发人深省。在过去的文学史研究中，由于我们长期以来的视野遮蔽，这些内陆学人的身影和成就几乎被遗忘了，其实，叶伯和对中国新诗的"前卫"探索和他回到四川以后的艰难处境都恰到好处地表明了中国新文学发生发展的另外一番景象：走出传统文学的尝试的地区广泛性，同时各个不同区域的尝试也由于更复杂的区域原因而严格受制于文化的环境。新文学在当时中国广大地区读者中的实际影响由此可以获得另一种意义上的说明。在这个文化发展的过程中，仅仅看到《新青年》圈子的热烈和成功就是颇为不够的了，因为《新青年》的关系而忽略了对其他边缘文学现象的考察也是远远不够的。近年来，文献史料的发掘已经从《新青年》、北京大学向着更广大的范围扩展，这当然不是出自于阅读范围的简单扩大而是研究者思想观念的某些重要改变。同样的问题也存在于新中国以后，我们的当代文学史总是将更多的目光投向京沪两地的主流动向，而像广大内陆地区，尤其西部地区的知识分子的精神状态就较少注意，仿佛京沪一动，所有的中国人就随风起舞，无一例外，对于其中的个体文化人，却鲜有留意，特别是作为"日常生活"状态下的知识分子，而事实上，越是在这些普通基层，在"落入民间"的日常生活当中，我们能够发现中国文人的真实人生状态，这种状态又恰恰是我们进一步读解当代文学生态的最感性的材料。再如吴宓在重庆西南师范学院的日记与书信，其中就包含了丰富的耐人寻味的中国知识分子的日常生活体验。吴宓的"学习会"记录、"批斗会"记录可以与丁玲、老舍、赵树理等人的反省、检讨比较对读，其中反映出来的政治文化生态和两代文人的有差异的"时代认同"，都启发我们从一个更复杂的角度来理解那段新中国的历史。

百年来的中国文学发展史常常被描绘为一部你死我活的"阶级斗争史"，是"党的""人民的""正义"的力量不断战胜"封建的""反动的""腐朽的"力量，政治的斗争演化成文学史描写的"主流""支流"和"逆流"，当然，我们能够读到的主要是"主流"的史料，能够理所当然进入讨论话题的也属于"主流文学现象"，即便这样，在不同的历史时期，对"主流"的定义也存在差别，比如1950年代一切"革命的""现实主义的""左翼"的都称作主流，但是"文革"降临，随着文艺界领导人周扬的倒台，1930年代的左翼却不再"主流"；到了新时期，随着"思想解放"运动的开展，一些研究者才开始小心翼翼地发掘某些"支流"，进而是作为"批判审视"之用的"逆流"，文学史的面貌为之扩大。到今天，不仅左翼文学之外的自由主义文学声名显赫，当年作为"新文学"批判对象的"鸳鸯蝴蝶派文学"资料也得到了空前的整理和勘探，当然，还包括国民党右翼的文学思想与文学创作。

同样的情况我们也可以在近年来的抗战文学研究热与沦陷区文学研究热中看到。抗战文学研究与沦陷区文学研究在近年来都先后为我们贡献了许多的珍贵史料，这里同样是一个重新认识"抗战"与"沦陷"的精神意义的问题。仅以抗战为例，传统文学史研究是将抗战文学的中心与主流定位于抗战救亡，这样，出现在当时的许多丰富而复杂的文学现象就只有备受冷落了。长期以来，我们重视的就仅仅是抗战歌谣、历史剧等等，描述的中心也是重庆的"进步作家"，西南联大位居昆明，为抗战"边缘"，自然就不受重视，即便是抗战中心重庆内部，也仅仅以"文协"或接近中国共产党的作家为中心。近年来，众所周知的是西南联大的文学活动引起了相当的关注，而重庆文坛也不仅仅只有抗战历史剧，其"边缘"如北碚复旦大学等的文学活动也开始成为硕士甚至博士论文的选题，这无疑得益于人们在观念上的重大变化：从"一切为了抗战"到"抗战为了人"的重大变化。文学作为关注人类精神生活的重要方式，最有价值的恰恰是它能够记录和展示人在不同生存境遇中的心灵变化。

在过去，除了文学作品本身，我们对于文学的关注主要在于思潮、流派、运动的各种信息，最近一段时间，"文学周边"的内容也开始进入"文学研究"，例如文学生存的政治、经济、法律、军事环境，文学作为社会文化现象所承受的各种"制度"的制约和优惠等等,包括出版发行、著作权保护以及审查禁忌之类,这在很大程度上获益于西方 1990 年代中期开始传入的"文化研究"方法,也就是说将"文学"纳入到整个"社会文化"结构中加以综合性地考察,当然,其背后的重大原因也在于人们逐渐形成的对 1980 年代"纯文学"追求的质疑和调整,百年来中国文学发展的诸多问题,可能有别于西方,并不单纯就是对"艺术"本身的痴迷和沉醉,作家、读者乃至整个社会、整个民族都对它寄予了太多的"文学之外"的期待,对于这些期待的优劣得失的判断是一回事,但是正视并以此为认知基准却必不可少,这样的研究,最后当然就是将"文学之内"与"文学之外"结合了起来,或者说将"文学"与"文学周边"连为一体,新的"文学史料"的发掘无疑就包括了对这些"周边材料"的发现和梳理。

所谓"中国新文学百年",是一个单纯的时间概念,严格追问起来,其实在不同的时间段落中历史演变的方式根本不同,我们曾经用"现代性""新文学""二十世纪中国文学"等概念来一统之,都功勋卓著,但越是迈过新世纪的门槛,疑问也不断增多:是不是因为强调它们的内在统一性和连续性,我们至少部分地压抑或者说遮蔽了另外的一些差异性呢?于是,近年来,学界兴起关于"民国文学"与"人民共和国文学"的新概念,这两个概念试图作家文学史观察的国家历史视野,将百年中国文学分别纳入到"民国"与"人民共和国"的语境中加以认识,那么,这样的认识框架能否有利于文献史料的再呈现呢?就是在阅读、筛选、编订我们丛书的过程中,我有机会再一次的触摸历史,人类史长河中"百年"不过弹指一瞬,然而,这一"瞬间"的变化对于我们生命短暂的个体而言却竟然有恍若隔世之叹。民国时代,山河破碎,国无宁日,较之于封建专制时期,却也因此相对减弱了国家政治的整体压力,因此,各种自由思想自我生长的机会开始出现,百花争妍,因为教育与学术的严格"规范"未曾有效建立,这些文学文字的表达往往也自由潇洒,随性漫溢;到了后来的"人民共和国"时期,因为社会生活"一体化"进程的全面实施,一方面是国家主权的日益强大,社会规范的日益稳定和健全,学术话语也日益系统,法度严明,民国时代的"诗性批评"方式日渐减少,另外一方面,至少在新时期以前的相当长的时期内,多元生长的可能性也不复存在了。

以上大体上就是我对自己"史料观"的梳理,出于这样的基本观念,总之,当今的史料文献工作,应当在保存和呈现中国新文学运动主流文献的同时,也尽可能地展示文学发展的多样化面貌,特别是注意补充那些过去一直被人们忽略的文献材料。

三、文献史料的"限度"问题

最后,我还想谈到文献史料的"限度"问题。

每一种文学史的叙述都会逐渐形成自己的视野"中心",而"中心"都会对其他外围与边缘的现象构成压抑与排挤,而新的文学史研究就是要善于在传统压抑、排挤的部分发现"意义",这里自然就存在一个文献史料的不断丰富问题,但文献史料的不断丰富却往往不过是一些更复杂的思想观念变动的结果。所以说,在文献史料问题日显突出的今天,我们恰恰需要思考:是什么样的思想的掘进在影响着这一倾向的发展,在思考的过程中,我们对于自我发展的认识,对于文献史料真正含义的把握,以及对于"学术规范"的自觉体认都会更加富有意义。

我们断定文学史研究中的文献史料存在一个不断丰富的必然过程,但这是不是意味着一切不断被"丰富"出来的东西都具有同等的价值呢?这在过去,人们也说存在一个史料的发掘与史料的鉴别问题,而在我看来,所谓史料的真伪固然是重要的方面,但同样重要的还在于这些文献史料是如何进入我们的研究程序的。

文献史料究竟是如何进入我们的研究程序的呢?这里有一个至关紧要却可能被人忽视的问题:我们的文学研究究竟是以什么为基础的?或者说以什么样的基础为起点的研究才是有效的和可靠的?应该承认,无论我们可以获得多少的社会历史材料,可以浏览多少的正史与野史,文学研究的出发点也只能是一个,这就是文学作品。一部文学史其实就是文学作品的历史,因为,只有语言文字所构成的作品才成为了我们研究的最可靠的"实在"。连作家本人也不具备这样的可靠性,因为人本身是一个自我封闭的存在,没有他外在的社会性活动的标识,我们是无从获得描述和评价的理由的。对作家的研究,归根到底其实就是对作品的研究。在这个前提下,我们应当指出的就是:文献史料的价值其实最终还是体现在它与作品认知、作品解读的关系中。也就是说,文献史料只有在它有助于文学作品意义把握的时候才是有价值的,否则就只能成为一堆垃圾。今天的文献史料工作,既要有坚持不懈投身故纸堆的毅力,也要有将文献史料纳入文学精神内涵加以统一感受的能力与智慧。文献史料固然重要,但如果不是为了展示文学作品阅读中的个人感受,而是怀着窥视作家生活隐秘的心思,将一切可靠与不可靠的所谓"史料"都视作珍宝,那便可能将文学研究本身引入歧途,而这些所谓的史料其实也不过是历史的唾沫与垃圾。在最近一些年出现的"翻案"史料中,我们已经看到了不少的垃圾。好像我们能够在一个伟人的身上找到一点污点就是惊人的发现,而在一个恶人的身上找出一点光彩也足以颠覆历史!或者,发现了一个不知名的作家的大堆作品就证明他也是一个"大家"。中国当代的文献史料建设是围绕中国文学作品阐释的重要工作,它不能成为中国式"逆反心理"的用武场,也不是拒绝文学感悟的理由。我曾经将这种与思想掘进相交织的史料的发掘称之为"新考据研究",并予以呼唤和提倡。今天,当我们再次面对这一渐成气候的学术潮流的时候,却似乎应该保持一份格外的冷静甚至警惕:在所有的学术趋向中,都存在它的"问题与方法",我们必须要正视它可能存在的"问题",也有必要检讨它已经形成的"方法"。

第二章 在"民国"发现"史料"

一、"民国"理念与"史料"问题

中国文学的"千年之变"出现在清末民初,因为文化的交融,因为国家体制的变革,更因为近代知识分子的艰苦求索,文学的样式、构成和格局都发生了巨大的变化,尽管有如钱基博所说某些前朝遗民不认"民国",在无奈中诞生了文学的"现代"之名,但是事实上,视"民国乃敌国"的文化人毕竟稀少,大多数的"现代"作家还是愿意将自己的梦想寄托在这样一个"人民之国"——民国,并且在如此的"新中国"观察中积累自己的"现代"经验。中国的"现代经验"孕育于"民国",或者说"民国"的经验就是中国人真正的"现代"经验。

"民国"与"现代"的深度纠缠为我们今天的文学史打开了一片崭新的天地,这就是"民国文学"研究在新世纪出场的历史渊源,回到民国历史的新的研究有助于破除多年来雾霾般挥之不去的"现代性"焦虑,在中国自身的历史情景中重新发现自己。

当然,这一新的学术动向也只是近 10 年的事情,在"中国现代文学"学科更为长久的历程中,"现代"主要还是一种被政治意识形态所涂抹的事物,与黑暗的民国——旧社会无甚关联。于是,问题产生了:一个祛除了国家历史情态的"现代文学史"究竟是怎样的历史呢?或者说,没有了"民国"故事的中国现代文学能够由什么构成呢?殊不知,"新中国"与"民国"原本不是对立的意义,自清末以降,如何建构起一个"人民之国"的"新中国"就是几代民族先贤与新知识阶层的强烈愿望,当"新中国"的理想被我们从"民国"中驱除,这一段曾经的历史也就被大大简化了。而且即便是官方意识形态认可的"主流",在不同的历史时期也存在着定义的差别,比如在 1950 年代,一切"革命的""现实主义的""左翼"的都称作主流,但是当"文革"降临,随着文艺界领导人周扬的倒台,1930 年代的左翼却不再"主流";到了新时期,随着"思想解放"运动的开展,一些研究者才开始小心翼翼地发掘某些"支流",进而是作为"批判审视"之用的"逆流",文学史的面貌为之扩大。到今天,不仅左翼文学之外的自由主义文学声名显赫,当年作为"新文学"批判对象的"鸳鸯蝴蝶派文学"资料也得到了空前的整理和勘探,当然,还包括国民党右翼的文学思想与文学创作。

由此看来,"现代"与"民国"的复杂纠葛已经深深地影响了文学文献的意义,包括它的保存、整理和进一步的研究,如何在"中国现代文学"的框架中正视"民国"的丰富与复杂,是这一段文学文献能否得以完整呈现的关键。

"民国"首先是一个古老民族如何求得新生的历史,在这里,如何走出传统的专制社会,如何应对世界的巨大变化,如何在列强竞争当作生存发展,如何调整我们固有的文化与"闯入"的他者对话,都是一些十分棘手的问题,与这些现实的、关乎生存的问题比较,我们的历史遭遇可能有别于发达的资本主义世界,我们的文学并不单纯就是对"艺术"本身的痴迷和沉醉,作家、读者乃至整个社会、整个民族都对它寄予了太多的"文学之外"的期待,对于这些期待的优劣得失的判断是一回事,但是正视并以此为认知基准却必不可少,这样的研究,最后当然就是将"文学之内"与"文学之外"结合了起来,或者说将"文学"与"文学周边"连为一体,"大文学"的框架和认知在一个相当长的时间内都颇为有效。在这个意义上,我们所要面对的"史料"实则相当丰富,一系列的国家、社会的文献——包括政治、经济、外交、军事、法律、社团、教育等等都很可能改变我们对文学的理解和想象,重视文学的"周边"不仅必要,而且往往将带来诸多意想不到的启示。

二、"大文学"需要"大史料"

研究中国现代文学需要有"大文学"的视野,也就是说,能够成为"文学研究"关注的对象应该更为充分和广泛,甚至是更多的"文学之外"的色彩斑斓的各种文字现象。"大文学"现象需要的就是更广阔的史料,是为"大史料"。如何才能发现"文学"之"大",进而扩充我们的"史料"范围呢?这就需要还原现代文学的历史现场,在客观的"民国"空间中容纳各种现代、非现代的文学现象,这就叫作"在民国发现史料"。

对于现代文学学科而言，现代中国的系统的文献史料工作开始于1980年代以后，即所谓的"新时期"，没有当时思想领域的拨乱反正，就不会对大量现代文学现象的重新评价，就不会有对胡适等自由主义作家的"平反"，甚至也不会有对1930年代左翼文学的重新认识，中国社科院主持的"文学史史料汇编"工程更不复存在。①

在我们看来，能够引起文学史认知框架重要突破的原因就在于我们的现代文学史观正越来越回到对国家历史情态的尊重，同时解构过去那种以政党为中心的历史评价体系。最近10来年，现代文学研究出现了对"民国"的重视，"民国文学史""民国史视角""民国机制""民国性"等研究方法渐次提出，有力地推动了学术的发展。② 正是在这样的新的思想方法的启迪下，我们才真正突破了新中国/旧中国的对立认知，发现了现代文学的广阔天地——

民国时期的中国文学也是民国文化自然的组成部分，当文化的记忆被简化甚至删除，那么其中的文学的史料与文献也就屈指可数了。

在今天，在今后，现代文学文献史料的进一步发掘、整理，就有必要正视民国历史的丰富与复杂，在祛除意识形态干扰的前提下将历史交还给历史自己。

在这里，我要讲述一个故事，一家台湾的出版社如何专注于民国史料的搜集与出版。

作为历史记忆的自觉的记录人，花木兰文化出版社自2016年开始陆续推出了"民国文学珍稀文献集成"，这是一件具有特殊意义的出版事件。今天，我们至少可以作为两重见证人参与这一事件，一是作为是花木兰文化出版社一系列学术出版的见证人；二是作为是这些文学文献故事的见证人。

在一个商品消费的时代，任何文化产品首先只有成为能够行销的商品才获得了生存的理由。这是我们必须认可的现实法则。但是，现实法则如果将大家都鼓励成了利欲熏心、唯利是图的商人，那就是文明的悲剧，不幸的是，当今的人文学术似乎真的正在遭遇种种"不能为国家创造现实财富"的质疑，正在成为科技与商业冲击挤压下的弱小者，此种情形，在海峡两岸都发生着，可能也在全世界发生着。回头看，台湾花木兰文化出版社，看看杜总编、高社长他

---

① 该项目由中国社科院文学所主持，成果分"中国现代文学史料汇编"甲乙编连续出版，至1990年代基本结束，2010年以后，知识产权出版社将分散在各家的史料汇集编辑成为《中国文学史资料全编现代卷》再版，但基本都是旧著新印，新增的书目寥寥无几。

② 李怡：《中国现代文学史的叙述范式》，《中国社会科学》2014年1期。

们那样一份钟情于人文学术的热情，我们常常有一种由衷的感动。几年前，中国社科院一位专注于甲骨文研究的老先生，以一生之力组织编写了一套甲骨文研究著作，到处寻求出版被拒，因为读者稀少，而印刷成本奇高，这种"入不敷出"的事情没有一位商家愿意承担，老先生多番失望之余，郁郁而终。花木兰得闻此事之后，立即派人辗转找到先生家人，极力促成著作出版，让所有的作者都深感意外、惊讶，甚至一度怀疑是不是台湾骗子又变换手段找上门来。

我曾经就这样的学术行为与花木兰出版社探讨过：你们这样风险出版，如何保证利益最大化？出版社回答我说：我们当然也需要经营、策划，毕竟这不是做慈善。我理解，这是告诉我，出版的经营、策划对于产品的正常运行至关重要。不过，在今天，却肯定不是任何一位经营者都愿意担任这样的风险来为小众化的人文学术"埋单"，除了商业的营销策略，这里更有一种奉献于精神文化传播的理想和信仰！而且是需要相当的毅力才能坚持下去的理想和信仰！

严格说来，我们也是这些民国文献搜集整理的见证人。民国文献，是中华民族自古代转向现代的精神历程的最重要的记录，但是，岁月流逝，政治变动，都一再使这些珍贵的文献面临散失、淹没的命运，如何更及时地打捞、整理、出版这些珍贵的财富，越来越显得刻不容缓！15年前，我在重庆张天授老先生家读到大量的民国珍品，张先生是重庆复旦大学的毕业生，收藏多种抗战时期文学期刊和文学出版物。15年之后，张老先生已经不在人世，大量珍品不知所终；3年前，我和（台湾）政治大学的张堂锜教授一起拜访了（台湾）政治大学的名誉教授尉天聪先生，在他家翻阅整套的《赤光》杂志，《赤光》是中国共产党旅法支部的机关刊物，由周恩来与当时的领导人任卓宣负责，邓小平亲自刻印钢板，这几位参与者的大名已经足以说明《赤光》的历史价值了。3年后的今天，激情四溢的尉先生已经因为车祸失去了行动的能力，再也不能亲临研讨现场为大家展示他珍贵的收藏了。作为历史文物的见证人，更悲哀的可能还在于我们可能同时也会成为这些历史即将消失的见证人！如果我们这一代人还不能为这些文献的保存、出版做出切实的努力，那么，这段精神记录的文件就可能最后消失。为了搜求、保存现代文学文献集，还有许许多多的学人节衣缩食，竭尽所能，将自己原本狭小的蜗居改造成了历史的档案馆，文献史料在客厅、卧室甚至过道堆积如山，中国社科院文学所的刘福春教授是中国新诗收藏第一人，这"第一人"的位置却是他无数的付出才赢得的，其中充满了一位历史保存人的种种心酸：他每天都不得不在文献的过道中侧身穿行，他的家人，从大人到小孩，每一位都被书砸伤过，划伤过！民国历史文献不仅铭记在我们的思想中，也直接在我们的身体上留下了斑斑印痕！所以，我们今天读到的"民国珍稀文献"丛书,其中往往也留存着收藏人本人的"生命记忆"。

由此一来,好像更是证明了这些文献的珍贵性,证明了这些文献出版的特殊的意义。在我们看来,其中所包含的还是一代代文学的创造者、一代代文献的收藏人的诚挚和理想,在一个理想不断丧失的时代,让我们小心地呵护这些历史记忆,并使这样的记忆转化成我们自己的记忆,那就是文学之福音,也是历史之福音。

民国时期的中国文学是色彩、品种、形态都无比丰富的"大文学","大文学"就理所当然地需要"大史料"——无限宽阔的史料范围,没有禁区的文献收藏,这里既有观念的更新,也有来自社会多个阶层——学术界、出版界、读书界、收藏界的共同的理想和情怀。

第三章　百年中国新文学史料的保存、整理与研究

百年中国文学发展历程中的一切文学现象——作家作品、文学运动、思潮、论争之种种信息，乃至影响文学发展的各种社会法规、制度、文化流俗等等都可以被称作是不可或缺的"史料"。对百年中国文学发展历程的所有总结回顾，首先就得立足于对"史料"的勘定和梳理。史料与阐释，可以说是文学研究的两翼，前者是基础，后者则是我们的目标；而文学研究的兴起则大体上经历了这样的过程：先是对文学新作急切的介绍、解读和阐释，然后转入对周边史料文献的搜集、整理，试图借详细的史料来进一步解释文学的种种细节，再后来可能是进一步的文献辨析和作品解剖，至此便可能将学术研究推向了深入。

一、新文学史料工作的兴起

民国创立，这是中国新文学发生发展的最重要的时代，伴随着新文学影响的逐步扩大，除了宣示性推介或者批评性的阐释之外，作品的结集、特定文献的辑录也日显重要，这其实就是史料工作的开始。

史料意识的兴起，反映着一个时代的知识分子对其所遭遇历史的重视程度和估价敏感度。在这个意义上看，中国新文学的史料意识大约是在它出现之后的数年就已经显露，在十多年之后逐渐强化起来，反应速度也还是颇为可观的。

如果暂不考虑个人文集的出版，那么对特定主题或特定年代的文学作品的汇编则肯定已经体现了一种保存文献、收藏历史的"史料意识"。

1920年，在新文学创立的第四个年头，中国出版界就出现了对不同文学文体的总结性结集。

《新诗集》（第一编），由新诗社编辑部编辑，新诗社出版部1920年1月出版，收入胡适、刘半农、沈玄庐、康白情、周作人、俞平伯等人的初期白话新诗103首，分"写实""写景""写意""写情"四类编排。在序文《吾们为什么要印新诗集》中，编者阐述了编辑工作的四大目的：一、汇集几年试验的成绩，打消怀疑派的怀疑；二、提供一个写新诗的范本；三、编辑起来便于阅读新诗；四、便于对新诗进行批评。① 这样的目的已经体现出了清晰的史料意识。正如刘福春教授所指出的那样："这是我国出版的第一部新诗集。如果将发表在1918年1月15日《新青年》上胡适、沈尹默、刘半农的9首白话诗看作是第一次发表的新诗的话，至此诗集出版才两年的时间，不能不说编者确是很有眼光。""从诗集所注明的作品出处看，103首诗共录自20多种报刊，这些报刊除《新青年》《新潮》等影响较大的之外，有不少现今已很难见到，像《新空气》《黑潮》《女界钟》等。很多诗作因这本诗集不是'选'而得到了保存，使得我们今天重新回顾这段历史的时候，可以较真实、完整地看到新诗最初的足迹。"② 也在这一年，许德邻编《分类白话诗选》由上海崇文书局于1920年8月出版，收入初期白话新诗230多首，同样按"写景""写实""写情""写意"四类编排。

在散文方面则有《白话文苑》（第一册）与《白话文苑》（第二册），洪北平编，上海商务印书馆1920年5月出版，分别收入胡适、钱玄同、梁启超、蔡元培等人白话散文作品33篇和16篇；同年，《白话文趣》由苕溪孤雏编，群英书社1921年出版，收入蔡元培、陈独秀、钱玄同、梁启超、鲁迅等人白话的杂文、记叙文共17篇。

小说方面，止水编《小说》第一集由北京晨报社出版部1920年11月初版，编入止水、冰心、大悲、鲁迅、晨曦等人的白话短篇小说共25篇，1922年5月，"文学研究会丛书"推出《小说汇刊》，由上海商务印书馆出版。汇辑叶绍钧、朱自清、卢隐、许地山等人的短篇小说共16篇。

戏剧方面，1924年2月，凌梦痕编《绿湖第一集》由民智书局出版，收入凌梦痕、侯曜、尤福渭等人的独幕剧本6部；1925年3月，上海戏剧协社编《剧本汇刊第一集》在上海商务印书馆出版，收入欧阳予倩、汪仲贤、洪深等人的独幕剧共3部。

由以上的简述我们大体可以知道，随着新文学的传播，史料保存意识也迅

---

① 《吾们为什么要印新诗集？》，《新诗集》，上海新诗社出版部，1920年，第1页。
② 刘福春：《寻诗散录》，桂林：广西师范大学出版社，2008年，第5页。

速发展起来，无论是为了自我的宣传、讨论还是提供新文体的写作范本，各种文学样式的汇辑整理工作都很快展开了，从新文学诞生直到新中国的建立，这种依循时代发展而出现的各种文学年选、文体汇编持续不断，成为民国时期中国新文学史料保存的主要方式。与中华人民共和国成立以后日益发展起来的强烈的"著史"追求不同，民国时期的文学史料，常常保存在以鉴赏、批评为主要功能的文学选本之中：

以文体和时间归集的选本，例如1923年《中国创作小说选》（第一集），1924年《中国创作小说选》（第二集），1925年《弥洒社创作集》，1926年《恋歌（中国近代恋歌集）》，1928年《中国近代短篇小说杰作集》，1929年《中国近十年散文集》，1930年《现代中国散文选》，1931年《当代文粹》《新剧本》，1932年《当代小说读本》《现代中国小说选》，1933年《现代中国诗歌选》《初期白话诗稿》《现代小品文选》《现代散文选》《模范散文选注》，1935年《中华现代文学选》《现代青年杰作文库》《注释现代诗歌选》《注释现代戏剧选》，1936年《现代新诗选》《现代创作新诗选》《幽默小品文选》，1938年《时代剧选》，1939年《现代最佳剧选》，1944年《战前中国新诗选》，1947年《历史短剧》，1949年《独幕剧选》等等。

以作家性别结集的选本，例如1932年《现代中国女作家创作选》，1933年《女作家小品选》《女作家随笔选》，1934年《女作家诗歌选》《女作家戏剧选》，1935年《当代女作家小说》，1936年《现代女作家诗歌选》《现代女作家戏剧选》等。

抗战是民国时期最为重大的国家民族事件，我们也可以见到大量关于这一主题的文学选集，例如1932年《上海事变与报告文学》，1933年《抗日救国诗歌》《沪战文艺评选》，1937年《抗战颂》《战时诗歌选》，1938年《抗战诗选》《抗战诗歌集》《抗战独幕剧集》《抗战剧本选集》《国防话剧初选》《战时儿童独幕剧选》《街头剧创作集》，1939年《抗战文艺选》，1941年《抗建剧选》，等等。从中透露出了文学界与出版界强烈的时代意识和民族意识，或者也可以说，是特殊时代的民族情感强化人们对新文学的文献价值的认定。

就作家个人史料的整理出版方面，最值得一提的是鲁迅逝世引发的悼念潮与全集出版。早在鲁迅生前，就有回忆文字见诸报端（如1924年曾秋士《关于鲁迅先生》，[①] 1934年王森然撰写第一个鲁迅评传[②]），鲁迅逝世后，报纸杂

[①] 曾秋士：《关于鲁迅先生》，《晨报副刊》1924年1月12日，曾秋士即孙伏园。
[②] 王森然：《周树人先生评传》，收入《近代二十家评传》，北平杏岩书屋，1934年。

志上发表了大量历史回忆，亲朋旧友开始撰写出版纪念著作（如许广平、许寿裳、蔡元培、周作人、许钦文、孙伏园、郁达夫等），包括鲁迅先生纪念委员会编《鲁迅先生纪念集》等著述①汇成了新文学有史以来最大规模的个人史料，《鲁迅全集》在1938年的编辑出版（上海复社版），是鲁迅先生逝世之后，中国文学界一次前所未有的对当代作家文献的搜集汇编工程，编辑委员会由蔡元培、马裕藻、许寿裳、沈兼士、茅盾、周作人、许广平等组成，参与编辑的有近百人。胡愈之、张宗麟总揽全局并筹措经费，许广平与王任叔（巴人）为编校，参与校对的还包括金性尧、唐弢、柯灵、王任叔等一大批人，黄幼雄、胡仲持负责出版，徐鹤、吴阿盛、陈煦生分别联系排版、印刷与装订事宜，陈明负责发行。搜集、整理、编辑、出版乃至序跋、题签等由一代文化界精英承担，尽显新文学作为时代文化主流的强大力量。

到作家选集的编辑出版已经成为"常态"的今天，人们格外注意搜集选编的"史料"又包括了那些影响文学史整体发展的思潮、流派、论争的文字，其实，这方面的整理、呈现工作也始于民国时期，那些文学运动、文学论争的当事人和富有历史眼光的学人都十分在意这方面材料的保存。据我掌握的材料看，早在1921年1月，新文学运动的开展、白话新诗的倡导才刚刚三四年，胡怀琛就编辑出版了《尝试集的批评与讨论》②，到1920年代后期的"革命文学"论争之时，又有钱杏邨编辑的《现代中国文学作家》（上海泰东图书局，1928年），霁楼编辑的《革命文学论争集》（生路社，1928），它们都收录多位论争参与人的言论。以后，我们还可以读到各次的文学论争资料，包括李何麟编《中国文艺论战》（中国书店1929年），苏汶编《文艺自由论辩集》（现代书局1933年），吴原编《民族文艺论文集》（正中书局1934年）、胡怀琛编《诗学讨论集》，胡风编《民族形式讨论集》（华中图书公司1941）等。

1930年代，在新文学发展进入第二个十年之后，文学的历史意识也有所加强，"新文坛""新文学史"这样的历史概括也出现在了学者的笔下，值得注意的是，这些对"新文坛""新文学"的记录都努力保存各种文献史料。1933年，王哲甫编撰出版了《中国新文学运动史》（北平杰成印书局），除了对新文学运动的描述、评论外，著作还列有"新文学作家传略""作家图片""著作目录"等，皆有史论与史料汇编的双重功能。同年阮无名《中国新文坛秘录》（上海南强书局）出版，虽然"秘录"一语带有明显的商业意味，但全书

---

① 《鲁迅先生纪念集》，北新书局，1936年。
② 胡怀琛：《尝试集的批评与讨论》，上海泰东书局，1921年。

却体现了颇为严谨的文献意识，正如今人所评，该书"一方面为了保存历史的真实和完整，对资料不轻易摘引、节录；一方面更注意搜集容易被人忽略的零碎资料，前后加以串联，详细说明，使之条理分明，独成系统。虽然，他声明在组织这些材料时，尽量不加评论，当然在编辑过程中也无法掩饰自己的观点，只要暗示几笔也就够了"①。阮无名即阿英（钱杏邨），他是中国新文学史上最早具有自觉的史料文献意识的学人。1934年，阿英再编辑出版了《中国新文学运动史资料》（上海光明书局，署名张若英），这部著作虽然以新文学运动的发展为线索安排专题性的章节，但却不是编者之评论，而是在每一专题下收罗了相关的历史文献，可谓是新文学发展演变的史料大汇编。对读今日出版的新文学著作，我们不难见出，阿英这些最早的文献工作足以构建起了历史景观的主要骨架。

在民国时期，新文学史料整理工作最具规模也最具有影响力的成果是《中国新文学大系》的出版。

1935年，良友图书公司隆重推出赵家璧主编《中国新文学大系》10卷，其中"创作"的7卷，共收小说81家的153篇作品，散文33家的202篇作品，新诗59家的441首诗作，话剧18家的18个剧本，"理论"与"论争"两卷，"史料·索引"一卷，加以"创作"各卷的"导言"，收录的理论文章也有近200篇，可以说是全方位汇集、展示了新文学创立以来的全貌。从文学发展的角度来说，这是推动新文学作品"经典化"的重要努力，从新文学历史的梳理来说，则可以说是第一次文学文献的大汇辑。《史料·索引》由阿英主持，在编辑中，他注意到了新文学的版本流变问题，又将"史料"分作作家作品史料、理论论争史料、文学会社史料、官方关于文艺的公文、翻译作品史料、杂志目录等十一类，我们可以认为，这是中国新文学史料学的第一次自觉的建构。

二、民国时期新文学史料工作的特点

不过，即便良友图书公司和史家阿英有着这样自觉的史料学的追求与建构，在当时归根结底也属于民间的和学者个人的爱好与选择，而不是国家事业的组成部分，甚至也没有成为学科发展、学科建设的工作愿景。由此观之，我们可以发现，民国时期中国新文学史料的保存、整理与出版工作的显著特点。

---

① 姜德明：《书边草山》，杭州：浙江人民出版社，1982年，第176页。

就如同中国新文学本身在整体上属于作家个人、同人群体的创造活动一样，在整个民国时期，这些文献史料的搜集、保存和整理出版工作的主要动力还在民间的趣味和热情，在国家政府一方面，几乎就没有获得过太多的直接支持，当然，也就因为尚未被纳入国家大计而最终沦为国家政府意志的附庸。这样的现实有两个值得注意的结果：

其一，由于缺乏来自国家层面的顶层学科规划，新文学的文献史料工作的民间发展受到了种种物质和制度上的限制，长远的学科发展方略迟迟未能成型，文学史料工作在学术规范、学理探究、思想交流等方面建树不多。

其二，同样道理，由于国家政府放弃了对文史工作的强力介入，更由于新文学阵营本身对民国专制政府的从未停止的抵抗和斗争，各种类型的文学著作不断撕开书报检查的缝隙，持续为我们揭示历史的真相，因而，在总体上我们又可以认为，民国时期的文献史料是丰富和多样的，如果我们将所有的文学出版物都视作必不可少的"史料"，那么，这些风格各异、思想多元的民国文学——包括作家个人的文集、选集、全集以及各种思潮、流派、运动、论争的文字留存，共同构筑了新文学文献史料的巍峨大厦，足以为后世的研究提供源源不绝的资源和灵感。

三、新中国文献工作的国家制度化

作为国家层面的新文学文献史料的搜集整理工作始于中华人民共和国成立以后。

"十七年"间，作为新文学总结的各类作家文集、选集开始有计划地编辑出版。如在周扬主持下，由柯仲平、陈涌等编辑了《中国人民文艺丛书》。该工作始于1948年，1949年5月起由新华书店陆续出版。丛书收入收作家创作（包括集体创作）的作品170多篇，工农兵群众创作的作品50多篇，展现了解放区文学，特别是自《在延安文艺座谈会上的讲话》以来的文学成果，从此开启了国家政府层面肯定和总结新文学成绩的新方式。此外，开明书店、人民文学出版社等也先后编选了一些现代作家的选集、文集，通过对新文学"进步"力量的梳理昭示了新中国所认可的新文学遗产。

除了文学作品的选编，文学研究史料也开始被分类整理出版，如上海文艺出版社影印了二三十年代的革命文学期刊40多种，编辑了《鲁迅研究资料编目》《中国现代文学期刊目录》等专题资料，还创办了《中国现代文艺资料丛刊》；作为"内部读物"，上海图书馆在1961年编辑出版了《辛亥革命时期期刊总目录》。这样的基础性的史料工作在新文学的历史上，都还是第一次。第二年5月，在《中国现代文艺资料丛刊》的创刊号上，周天提出了对现代文学资料整理出版的具体设想，包括现代文学资料的分类法："一、调查、访问、回忆；二、专题文字资料的整理、选辑；三、编目；四、影印；五、考证。"①标志着中国新文学史料文献研究之理论探讨的起步。

作家个人的专题资料搜集、整理开始受到了重视，在"十七年"间，当然主要还是作为"新文学旗手"的鲁迅的相关资料。1936年鲁迅逝世后即有不少回忆问世，中华人民共和国成立后，又陆续出版了许广平、冯雪峰、周作人、周建人、唐弢等亲友所写的系列回忆，鲁迅作为个体作家的史料完善工作，继续成为新文学史料建设的主要引擎。

随着新中国学科规划的制定，中国新文学（现代文学）学科被纳入到国家教育文化事业的主要组成部分，对作为学科基础的文献工作的重视也就自然成了新中国教育和学术发展的必然。大约从1960年代开始，部分的高等院校和国家研究机构也组织学者队伍，投入到新文学史料的编辑整理之中。1960年，山东师范学院中文系薛绥之等先生主持编辑了"中国现代作家研究资料丛书"，名为内部发行，实则在高校学界传播较广，影响很大。丛书分作家作品研究十一种，包括《郭沫若研究资料汇编》《茅盾研究资料汇编》《巴金研究资料汇编》《老舍研究资料汇编》《曹禺研究资料汇编》《夏衍研究资料汇编》《赵树理研究资料汇编》《周立波研究资料汇编》《李季研究资料汇编》《杜鹏程研究资料汇编》《毛主席诗词研究资料汇编》等；目录索引两种，包括《中国现代作家著作目录》《中国现代作家研究资料索引》；传记一种，为《中国现代作家小传》；社团期刊资料两种，有《中国现代文学社团及期刊介绍》和《1937—1949主要文学期刊目录索引》。全套丛书共计三百余万字。以后，教研室还编辑了《鲁迅主编及参与或指导编辑的杂志》，收录了十七种期刊的简介、目录、发刊词、终刊词、复刊词等内容。这样的工作在当时可谓声势浩大，在整个新文学学术史上也是开创性的。另据樊骏先生所述，中国社会科学院文学研究所现代文学研究室在五十年代末也做过类似工作。②

当然，这些文献史料工作在奠定我们新文学学术基础的同时也构制了一种

---

① 周天：《关于现代文学资料整理、出版工作的一些看法》，载《中国现代文艺资料丛刊》第1辑，上海文艺出版社，1962年。

② 《这是一项宏大的系统工程——关于中国现代文学史料工作的总体考察》上，《新文学史料》1989年1期。

史料的"限制性机制",因为,按照当时的理解,只有"革命"的、"进步"的文献才拥有整理、开放的必要,在特定政治意识形态下,某些历史记叙和回忆可能出现有意无意的"修正""改编",例如许广平1959年"奉命"写作的《鲁迅回忆录》,1961年5月由作家出版社出版,周海婴先生后来告诉我们:"这本《鲁迅回忆录》母亲许广平写于五十年前的1959年8月,11月底完成,虽然不足十万字,但对于当时已六十高龄且又时时被高血压困扰的母亲来说,确是一件为了"献礼"而"遵命"的苦差事。看到她忍受高血压而泛红的面庞,写作中不时地拭擦额头的汗珠,我们家人虽心有不忍,却也不能拦阻。""确切地说许广平只是初稿执笔者,'何者应删,何者应加,使书的内容更加充实健康'是要经过集体讨论、上级拍板的。因此书中有些内容也是有悖作者原意的。"①

而所谓"反动"的、"落后"的、"消极"的文献现象则可能失去了及时整理出版的机会,以致到了时过境迁、心态开放的时代,再试图广泛保存和利用历史文献之时,可能已经造成了某些不可挽回的物理损失。

1950年代中期特别是"大跃进"以后,以研究者个人署名的文学史著作开始为集体署名的成果所取代,除了如复旦大学中文系、吉林大学、中国人民大学、北京大学师生先后集体编著出版的《中国现代文学史》外,以"参考资料"命名的著作还包括东北师范大学中文系中国现代文学教研室《中国现代文学参考资料》(1954)、北京师范大学中文系编《中国现代文学史参考资料》(高等教育出版社,1959)、吉林师范大学中文系现代文学教研室《中国现代文学参考资料》(1961)等,所谓"资料"其实是在明确的意识形态框架中对文艺思想斗争言论的选择和截取,东北师范大学中文系中国现代文学教研室《中国现代文学参考资料》在文学史的标题上汇编理论批评的片段,读者无法看到完整的论述,而其他保留了完整文章的"资料"也对原本丰富的历史作了大刀阔斧的删削,甚至还出现了樊骏先生所指出的现象:

> "大跃进"期间,采用群众运动方式编辑出版的一些"中国现代文学参考资料"书籍,有的不知是因为粗心大意,还是出于政治需要,所收史料中文字缺漏、删节、改动等,到了遍体鳞伤的地步,叫人惨不忍睹,更不敢轻易引用。理论上把坚持阶级性、党性原则和为无产阶级政治服务的

---

① 周海婴、马新云:《妈妈的心血》,见许广平:《鲁迅回忆录:手稿本》,武汉:长江文艺出版社,2010年,第1—2页。

要求简单化、绝对化了，又一再斥责史料工作中的客观主义、"非政治倾向"，也导致了人们忽略这个工作必不可少的客观性和科学性。①

不过，较之于后来的"文革"，中华人民共和国成立后的十七年间的文献工作还是值得充分肯定的，新文学的史料整理和出版在此期间的确在总体上获得了相当的发展，——虽然"大跃进"期间也出现过修正历史的史料书籍，不过，比起随之而来的十年"文革"则毕竟多有收获，在"文革"那浩劫的岁月，不仅大量的文学文献被人为地破坏，再难修复和寻觅，就是继续出版的种种"史料"竟也被理直气壮地加以增删修改，给后来的学术工作造成了根本性的干扰，正如樊骏痛心疾首的描述：

>"文化大革命"后期，有的高校所编的现代文学参考资料，竟然把胡适的《文学改良刍议》和陈独秀的《文学革命论》，与林纾等守旧文人反对新文学的文章一起作为附录。……不尊重史料，就是不尊重历史；改动史料，就是歪曲历史真相的第一步。这样的史料，除了将人们对于历史的认识引入歧途，还能有什么参考价值呢？
>……
>"文化大革命"期间，……这类出于政治原因、来自政治暴力的非正常破坏所造成的损失，更是不知多少倍于因为岁月消逝所带来的自然损耗。……②

至此，我们可以说，中国新文学的文献史料工作出现了中断。

四、新时期以来的新文学文献工作

中国新文学文献史料工作的再度复苏始于新时期。随着新时期改革开放的步伐，一些中断已久的文化事业工作陆续恢复和发展起来，中国新文学研究包括作为这一研究的基础性文献工作也重新得到了学界的重视。1980年，在中国现当代文学研究刚刚恢复之际，作为学科创始人的王瑶先生就提醒我们，

---

① 樊骏：《这是一项宏大的系统工程——关于中国现代文学史料工作的总体考察》上，《新文学史料》1989年1期。
② 同上。

"必须对史料进行严格的鉴别","在古典文学的研究中,我们有一套大家所熟知的整理和鉴别文献材料的学问,版本、目录、辨伪、辑佚,都是研究者必须掌握或进行的工作,其实这些工作在现代文学的研究中同样存在,不过还没有引起人们应有的重视罢了"①。

新时期的文献史料工作首先体现在一系列扎扎实实的编辑出版活动中。其中,值得一提的著作如下:

作为文献史料的最基础的部分——作家选集、文集、全集及社团流派为单位的作品集逐渐由各地出版社推出,人民文学出版社与各省级出版社在重编作家文集方面做了大量的工作,中国社会科学院文学研究所现代文学研究室主编的《中国现代文学创作选集》丛书,人民文学出版社编辑出版的《中国现代文学流派创作选》丛书,钱谷融主编的《中国新文学社团、流派丛书》等都成为学术研究的重要文献,大型丛书编撰更连续不断,如《延安文艺丛书》《上海抗战时期文学丛书》《抗战文艺丛书》《中国抗日战争时期大后方文学书系》《中国解放区文学研究丛书》《中国沦陷区文学大系》等,《中国新文学大系》的续编工作也有序展开。

北京鲁迅博物馆于1976年10月率先编辑出版不定期刊物《鲁迅研究资料》,人民文学出版社于1978年11月也创办了《新文学史料》季刊。稍后,各地纷纷推出各种专题的文学史料丛刊,包括《东北现代文学史料》②、《抗战文艺研究》③、《延安文艺研究》④、《晋察冀文艺研究》⑤等,创刊于60年代初期的《中国现代文艺资料丛刊》于70年代末期复刊⑥,创刊较早的《文教资

---

① 王瑶:《关于中国现代文学研究工作的随想》,载《中国现代文学研究丛刊》1980年第4期。

② 黑龙江、辽宁社会科学院文学研究所共同编印,不定期刊物,1980年3月出版第一辑。

③ 四川省社科院文学所与重庆中国抗战文艺研究会联合编辑,1981年底开始"内部发行",至1983年1期起公开发行,到1987年底共出版27期,1988年3月起改由四川省社科院出版社出版,重新编号出版了3期,1990年由成都出版社出版1期。

④ 陕西省社会科学院文学研究所和陕西延安文艺学会合办的《延安文艺研究》杂志,于1984年11月创刊。

⑤ 天津社科院文学所创办,最初作为"津门文艺论丛"增刊,1983年10月出版第一辑。

⑥ 上海文艺出版社1962年5月创刊,出版3辑后停刊,第4辑于1979年复刊。

料简报》也继续发行，并影响扩大。①

　　1979 年中国社会科学院文学研究所现代文学研究室发起编纂大型史料丛书《中国现代文学史资料汇编》，该丛书包括甲乙丙三大序列，甲种为"中国现代文学运动、论争、社团资料汇编"30 卷，乙种为"中国现代作家研究资料丛书"，先后囊括了 170 多位作家的研究专集或合集近 150 种，丙种为"中国现代文学期刊目录汇编""中国现代文学总书目"等大型工具书多种。甲乙丙三大序列总计划五六千万字，由 70 多所高校和科研机构的数百位研究人员参加编选，十几家出版社分担出版事务。这是自中国新文学诞生以来规模最大的一项文献整理出版工程。2010 年，知识产权出版社将已经面世的各种著作尽数搜集，在《中国文学史资料全编·现代卷》之名下再次隆重推出，全套凡 60 种 81 册逾 3000 万字，蔚为大观。

　　一些较大规模的专题性文学研究汇编本也陆续出版，有 1981—1986 年天津人民出版社出版的由薛绥之先生主编的《鲁迅生平史料汇编》，全书分五辑六册计三百余万字，是对于现存的鲁迅回忆录的一种摘录式的汇编。除外，先后上海社会科学院文学研究所主编的《上海"孤岛"时期文学资料丛书》、广西社会科学院主编的《抗战时期桂林文化运动史料丛书》、中国社会科学院文学研究所鲁迅研究室主编的《1923—1983 年鲁迅研究学术论著资料汇编》以及《中国人民解放军文艺史料丛书》《新文学史料丛书》《江苏革命根据地文艺资料汇编》等。

　　上述"文学史资料汇编"中涉及的著作、期刊目录可谓是文献史料工作的"基础之基础"，在这方面，也出现了大量的成果，除了唐沅等编辑的《中国现代文学期刊目录汇编》②外，引人注目的还有董健主编的《中国现代戏剧总目提要》③、贾植芳等主编的《中国现代文学总书》④、《中国现代作家著译书

---

① 最初是南京师范学院内部编印的资料性月刊，创办于 1972 年 12 月，1—15 期名为《文教动态简报》，从第 16 期（1974 年 3 月）起更名为《文教资料简报》，并沿用至 1985 年底。1986 年 1 月该刊改名《文教资料》，1987 年 1 月改为公开发行。
② 唐沅等编辑：《中国现代文学期刊目录汇编》上下册，天津：天津人民出版社，1988 年。
③ 董健主编：《中国现代戏剧总目提要》，南京：南京大学出版社，2003 年。
④ 贾植芳等主编：《中国现代文学总书》，福州：福建教育出版社，1993 年。

目》①、郭志刚等编《中国现代文学书目汇要》②、应国靖《现代文学期刊漫话》③，以及吴俊、李今、刘晓丽等编《中国现代文学期刊目录新编》④，等等。此外，来自图书馆系统的目录成果也为厘清文学的"家底"提供了帮助，如国家图书馆、上海图书馆编《1833—1949全国中文期刊联合目录》（补充本）⑤、《民国时期总书目》⑥等。

随着史料文献的陆续出版，文献工作的理论探索与学科建设工作也被提上了议事日程。

1990年代以来，学术界即不断有人发出建立"中国现代文学文献学"的呼吁。《中国现代文学研究丛刊》1985年第1期刊登了马良春《关于建立中国现代文学"史料学"的建议》，他提出了文献史料的七分法：专题性研究史料、工具性史料、叙事性史料、作品史料、传记性史料、文献史料和考辨性史料。《新文学史料》1989年第1、2、4期连续刊登了著名学者樊骏的八万字长文《这是一项宏大的系统工程——关于中国现代文学史料工作的总体考察》。樊骏先生富有战略性地指出："如果我们不把史料工作仅仅理解为拾遗补阙、剪刀糨糊之类的简单劳动，而承认它有自己的领域和职责、严密的方法和要求、特殊的品格和价值——不只在整个文学研究事业中占有不容忽视、无法替代的位置，而且它本身就是一项宏大的系统工程，一门独立的复杂的学问；那么就不难发现迄今所做的，无论就史料工作理应包罗的众多方面和广泛内容，还是史料工作必须达到的严谨程度和科学水平而言，都还存在许多不足。"

1986年北京语言学院出版社出版了朱金顺先生的《新文学资料引论》，这是关于中国现代文学史料学的第一部专著。

1989年，中华文学史料学学会成立，著名学者马良春任会长，徐迺翔任副

---

① 北京图书馆书目编辑组编：《中国现代作家著译书目》，书目文献出版社，1982年；《中国现代作家著译书目（续编）》，1985年。

② 郭志刚等编：《中国现代文学书目汇要》（小说卷、诗歌卷各一册），书目文献出版社，1994年。

③ 应国靖：《现代文学期刊漫话》，花城出版社，1986年。

④ 吴俊、李今、刘晓丽等编：《中国现代文学期刊目录新编》，上海：上海人民出版社出版，2010年。

⑤ 国家图书馆、上海图书馆编：《1833—1949全国中文期刊联合目录》（补充本），北京：中央民族大学出版社，2000年。

⑥ 北京图书馆编，书目文献出版社1986年—1997年陆续出版。它以北京图书馆、上海图书馆、重庆图书馆的馆藏为基础，收录了1911年至1949年9月间出版的中文图书124000多种，基本反映了民国时期出版的图书全貌。

会长，并编辑出版了会刊《中华文学史料》①，2007年，中华文学史料学会在聊城大学集会成立了中国近现代文学史料学分会，标志着新文学（现代文学）文献学学科的建设又上了一个台阶。

进入1990年代，从学术大环境来说，新文学研究的"学术性"被格外强调，"学术规范"问题获得了郑重的强调和肯定，应当说，文献史料工作的自觉推进获得了更加有利的条件。近20年来，我们的确看到有越来越多的学者自觉投入了文献收藏、整理与研究的领域，河南大学、清华大学、中国现代文学馆、重庆师范大学、长沙理工大学等都先后举办了现代文学文献史料研讨的专题会议。2004年至2007年，《学术与探索》《中国现代文学研究丛刊》《河南大学学报》《汕头大学学报》《现代中文学刊》等刊物辟专栏相继刊发了专题"笔谈"，《中国现代文学研究丛刊》还在2005年第6期策划了"文献史料专号"，《现代中国文化与文学》设立"文学档案"栏目，每期发表新文学史料或史料辨析论文。新文学文献史料的一系列新的课题得以深入展开，例如版本问题、手稿问题、副文本问题、目录、校勘、辑佚、辨伪等等，对文献史料作为独立学科的价值、意义及研究方法等多个方面都展开了前所未有的研讨。

陈子善先生及其主编的《现代中文学刊》特别值得一提。陈子善先生长期致力于中国现代文学史料研究，尤其对张爱玲佚文的搜集研究贡献良多。2009年8月，原《中文自学指导》改刊成为《现代中文学刊》，由陈子善先生主持。这份刊物除了对中国现代文学研究突出"问题意识"之外，最引人瞩目之处便是它为现代文学的史料文献研究提供了大量的篇幅，不仅有文献的考辨、佚文的再现，甚至还有新出版的文献书刊信息及作家故居图片，《现代中文学刊》的彩色封底、封二、封三几乎成为学人爱不释手的历史文献的橱窗。

刘增人等出版了100多万字的《中国现代文学期刊史论》，既有"中国现代文学期刊叙录"，又有"中国现代文学期刊研究资料目录"的史料汇编，从"史"的梳理和资料的呈现等方面作了扎实的积累。② 2015年12月，刘增人、刘泉、王今晖编著的《1872—1949文学期刊信息总汇》由青岛出版社推出，全书分四册，500万字，包括了2000幅图片，正文近4000页，涵盖了1872—1949年间中国文学期刊的基本信息。

一些著名学者都在新文学的文献学理论建设上贡献了的重要意见。杨义提出"文献还原与学理原创"的"八事"：（1）版本的鉴定和对这些鉴定的思

---

① 中华文学史料学学会编：《中华文学史料（一）》，上海：百家出版社，1990年。
② 刘增人纂著：《中国现代文学期刊史论》，北京：新华出版社，2005年。

考；（2）作家思想表述和当时其他材料印证；（3）文本真伪和对其风格的鉴赏；（4）文本的搜集阅读和文本之外的调查；（5）印刷文本和作者手稿，图书馆藏书和作家自留书版本之间的互补互勘；（6）文学材料和史学材料的互证；（7）现代材料和古代材料的借用、引申和旁出；（8）图和文互相阐释。①

徐鹏绪、逄锦波试图综合运用文献学、传播学、阐释学、接受美学等理论方法，对中国现代文学文献学的基本概念进行界定，尝试建构中国现代文学文献学理论体系的基本模式。②

2008年，谢泳发表论文《建立中国现代文学史料学的构想》，③ 先后出版《中国现代文学史料概述》（厦门大学出版社，2009年）、《中国现代文学史料的搜集与应用》（台北秀威信息科技股份有限公司，2010年）、《中国现代文学史研究法》（广西师范大学出版社，2010年），就"中国现代文学史料学"问题阐述了自己的详尽设想。

刘增杰集多年现代文学史料研究和研究生教学成果而成《中国现代文学史料学》④，此书被学者视为2012年现代文学史料考释与研究方面的"重大突破"。

最近20多年来，在新文学文献理论或实际整理方面做出了贡献的学者还有孙玉石、朱正、王得后、钱理群、杨义、刘福春、吴福辉、林贤次、方锡德、李今、解志熙、张桂兴、姜德明、龚明德、高恒文、王风、金宏宇、廖久明、李楠、魏建等。

随着中国文学传播与研究的国际化，境外出版机构也开始介入到文献史料的整理与出版活动，如香港牛津大学出版社出版萧军《延安日记》《东北日记》，台湾秀威资讯科技股份有限公司出版的谢泳整理现代文学史稀见资料，台湾花木兰文化出版社自2016年起推出刘福春、李怡主编《民国文学珍稀文献集成》大型系列丛书。

在中国现代文学的史料文献意识日益强化的同时，当代文学的史料文献问题也被有志之士提上了议事日程，洪子诚、陈思和、吴秀明、程光炜、李润霞

---

① 杨义：《文献还原与学理原创的互动》，《河南大学学报》2005年2期。
② 徐鹏绪、逄锦波：《中国现代文学文献学之建立》，《东方论坛》2007年1—3期。
③ 《文艺争鸣》2008年7期。
④ 刘增杰：《中国现代文学史料学》，上海：中西书局，2012年。

等都对此贡献良多①，关于当代文学史料如何祛除意识形态干扰，关于"潜在写作"的史料鉴别问题都有过深入的探讨，这无疑将大大地推动当代文学学科的文献研究，更为新文学的研究走向深入，为现代新文学传统的经典化进程加大力度，甚至有人据此断言中国新文学研究已经出现了现代文学研究的"文献学转向"②。

但是，与之同时，一个严峻的现实却也毫不留情地日益显现在了我们面前，这就是，作为新文学出版的物质基础——民国出版却已经逼近了它的生存界限，再没有系统、强大的编辑出版或刻不容缓的数字化工程，一切关于文献史料的议论都会最终流于纸上谈兵，对此，一直忧心忡忡的刘福春先生形象地说："历史正在消失"："第一，我们赖以生存的纸质书报刊已经临近阅读的极限；第二，历史的参与者和见证者现在很多都已经再没有发言的机会了。2005年，《人民日报》海外版的消息，国家图书馆民国文献，中度以上破坏已达90%。民国初期的文献已100%损坏。有相当数量的文献，一触即破，濒临毁灭。国家图书馆一位副馆长讲：若干年后，我们的后人也许能看到甲骨文，敦煌遗书，却看不到民国的书刊。而更严重的是，随着一批批老作家的故去，那些鲜活的历史就永远无法打捞了。"③

由此说来，中国新文学的文献史料工作不仅仅是任重道远的沉重感，而且另有它的刻不容缓的紧迫性。

---

① 参见洪子诚：《当代文学的史料问题》，《长沙理工大学学报》2016年第6期），吴秀明、章涛：《当代文学文献史料研究的历史与现状——基于现有成果的一种考察》，《文艺理论研究》2012年6期），吴秀明、章涛《当代文学文献史料研究的历史困境与主要问题》，《浙江大学学报》2013年3期，等等。
② 王贺：《现代文学研究的"文献学转向"》，《长沙理工大学学报》2016年第6期。
③ 刘福春：《寻求中国现代文学文献学学科的独立学术价值》，《长沙理工大学学报》2016年第6期。

第七编
"民国机制"再辨析

今天，我们对于"五四"特别是五四思想论争的讨论还常常与我们自身立场的"选边站"纠缠在一起，将对"五四"的褒贬定位在一种非此即彼的二元对立中。其实，"五四论争"的频繁与激烈并没有形成中国知识界在那个时代的撕裂，论争的双方都长期在各自的领域里参与现代文化的建设，五四新文化运动开创的现代文化为不同观念的思想派别所"共享"。还原五四的历史情境，触摸到了五四的脉搏，最需要我们理解的就是存在于当时、能够造就文化丰富性与多样性的"机制"。随着传统的帝国控制形式的松动，新的社会生活机制开始出现，"兼容并包""思想自由"的思想场域开始形成，这是我们在否定五四文化传统之后难以想象的事实。

第一章 "五四"的"选边站"与历史"机制"问题

"五四百年"的纪念已经过去，但百年来的历史却没有因此而沉淀平静下来，我们看到事实是，"五四"所提出和留下的许多话题包括最基本的民主、科学、自由、启蒙等等在今天依然莫衷一是，其分歧并不亚于"五四"的当时，甚至，连"五四"本身的意义和基本形象都还存在着莫大的争议。直到今天，围绕"五四"，我们几乎还在进行着一场没有硝烟的文化激战，或者说是更为严重的非此即彼的"选边站"，在这里，一个关键性的问题在于，今天的争议甚至激战究竟在多大的意义上立足于对历史事实的把握，战争的双方又是否具有了文化研讨所必需的思想认同的平台？本文试图重返在今天评价差异最大的五四时期的"思想论争"——姑且称之为"五四论争"，剖析这些思想的分歧在当时究竟有着怎样的表现，是否符合今天的想象与评述，历史究竟在这些论争、冲突的过程中是如何"行走"至今的？

一、五四时期的社会历史"机制"

围绕"五四"的"文化激战"之所以能够在今天持续展开，乃是因为"五四"一直是各种思想潮流（乃至各种党派、政治力量）谈论现代中国文化历史的起点，对所谓"五四"的理解和认识更是人们分析、评价和判断中国现当代社会文化问题——包括成就和局限的主要"根据"。左翼的政治革命家已经得出"五四运动是中国新民主主义革命开端"的结论，而如蒋介石这样的专制独裁者则批评"自由主义"的"五四"是背弃了"中国固有的文化精神"。到新时期，中国知识分子将思想文化"启蒙"的想象尽情交付给了这个时代，当然，随即引入的西方汉学（尤其美国汉学）又提醒人们反思其"激进"与"偏激"……刚刚过去的五四新文化运动百年纪念一点都不能减少当下围绕它的种种争论。问题是："五四"究竟是什么？它是怎样"构成"的？今天的人们是不是能够按照历史本身的理路来读解"五四"？"五四"当时的分歧与今日之评判是一回事吗？在众说纷纭的"五四"文化中，还有哪些因素被我们忽视了？而这些因素是否可以为我们今天的历史认知与文化建设提供有益的启发？

在今天，质疑、批判五四新文化的理由至少包括七个方面：

1. 少数知识分子的偏激导致了全民族文化的悲剧。
2. 彻底反传统、割裂民族文化传统。
3. 唯我独尊，充满了话语"霸权"。
4. 引入线性历史发展观、激进主义的文化态度，导致了现代中国一系列文化观念上的简陋甚至迷失。
5. 客观上应和了西方的文化殖民策略。
6. 开启了现代专制主义与特别是"文革"思维的源头。
7. 白话取代文言，破坏了中华民族的语言流脉。

以上可谓是"五四"的"七宗罪"。正是在"五四论争"之中，新文化知识分子将这样的偏激立场推向了极致，需要今天的人们加以反省和批判。但是，由论争中的激烈言辞所概括出来的"罪行"再多大的程度上反映了历史真实？五四新文化的立场与思想内涵是否就是由这些情绪性的言辞所体现？进一步说，我们今天反省和批判五四的根据是否充足，促使我们反省和批判的动力究竟是所谓的五四新文化的偏激还是我们自身立场的需要？在我看来，恰恰在这些根本性的问题上，呈现出了从历史知识到思维理路的等多方面的缠绕和混沌，今天的人们很容易假设：将近一百年前的历史早应该成了稳定的"故纸堆"中的材料，只等待我们的重读和阐释。然而，问题却远远没有这样的简单，分析近年来那些对五四新文化的批评，我们可以发现一个多少让人有些惊讶的现实，那就是一系列基本史实其实都还充满了迷雾，我们的不少批评性的判断竟然是建立在许多虚幻不实的"传说"的基础之上。我以为，以"传说"而不是事实为基础，正是五四新文化运动被任意涂抹的主要原因。

正是这样的缠绕和混沌，最终让我们以扭曲的方式将"五四"时代描述为一场想象中的似是而非的战斗，扭曲的想象让"五四"的意义变得有点暧昧不明了。

"五四"的历史，本身或许就是迷离混沌的，而今人的立场竟又是如此的非黑即白、阵线分明。关于"五四论争"的历史叙述，总是给人留下这样的印象：新文化在"你死我活"的斗争中发展，要么是如昨所述，新文化经过

"几个回合"的鏖战终于取得了最后的"胜利";要么就是如今的观点,新文化的独霸"摧毁"了"优秀的传统"。无论是如前者曾经的胜利者姿态还是如后者的讨伐者的痛心疾首,其实思维方式都是一致的:将"五四"的思想分歧认定为非此即彼的尖锐的"路线斗争",只不过有时我们站在这条路线,有时又站在另外一条路线而已。于是,由"五四争论"所引发的历史评价问题首先就成了我们自己的"选边站"问题,在这样的叙述中,最重要的是我们究竟属于"哪一边",肯定"五四"的"反传统"还是肯定被"五四""反"过的"传统",相反,这里并不存在一种超越两"边"的新的思想方式的可能。这样的"讲述"显然是以最大的省略、最大的一厢情愿来使用历史材料。

如此"非此即彼"的立场当然不是对历史的尊重而是对历史本身的切割,在20世纪下半叶,我们是完全按照政治斗争、阶级斗争的模式来解释一切的文化发展与文学活动,严格按照"政治正确"的方向来选择和剔除历史事实。在权威的文学史著作中,我们读到的都是类似的判断:

> 从"五四"文学革命开始,作为中国新民主主义革命的一条重要战线,现代文学就是随着时代的前进和革命的深入而得到发展的。……革命的首要问题是区分敌我,是对革命的对象和动力采取截然不同的立场和态度。①

> 文艺斗争是从属于政治斗争的。政治的分野决定着文艺的分野。……"五四"新文学在思想上不但和封建文学形成尖锐的对立,同时也远远高出于封建时代具有民主倾向的文学以及近代一般的资产阶级文学。②

1990年代以降,随着"国学"逐渐升温,"传统文化复兴"之声日渐高涨,这"斗争"模式又被倒置了过来,这一回,代表"政治正确"的方向又成了"传统文化",而受到抨击的则是五四新文化,虽然结论不同,但是非此即彼斗争方式却没有改变,历史本身的丰富复杂同样没有得到必要的尊重。

实际上,越来越多事实表明,"五四论争"的频繁与激烈并没有造成中国

---

① 王瑶:《中国新文学史稿》上册,上海:上海文艺出版社,1982年修订重版,第5页。

② 唐弢主编:《中国现代文学史》(一),北京:人民文学出版社,1979年,第15、55页。

知识界在那个时代的撕裂,论争的双方——无论是激进的陈独秀、胡适,还是保守的学衡派、甲寅派——都继续在各自的领域里参与现代文化的建设,五四新文化运动开创的现代文化为不同观念的思想派别所"共享",这是极端的"阶级斗争"思维难以想象的;不仅如此,在五四新文化健将那些激烈的情绪性的反传统主张之后,他们的文学实践与文化实践却坚实而理性,正如有学者指出的那样:"人们时常提到五四新文学运动发难者对传统文化的激烈的、甚至偏激的态度……然而,在发难者启导下站到新文学营垒里来的年轻的五四文学作者们,却并没有以那样强硬的、决绝的态度去批判传统文化。""近些年来研究者很注意探讨五四新文学与传统的'断裂'。应该说,与年轻一些的创作者相比,发难者们与传统文化的精神联系更为紧密。然而,'断裂'的愿望却更多地表现在发难者的宣言力,而在年轻的创作者们的创作追求中,我们既能够看到告别传统的努力,却也容易感受到现代意识与古代意识的糅合。"①

我认为,在今天,我们对"五四论争"的解读应该注意到作为现代知识分子群体在那个特殊历史时期的生存状态,他们各自的姿态及相互的联系,在那些关于"五四"的种种简明的定性之外,只有还原"五四"的历史情境,理解和体会"你死我活"的斗争之外的生存法则,才有可能触摸到了"五四"的脉搏。还原"五四"的历史,最需要我们理解的就是存在于当时能够造就文化丰富性与多样性的历史"机制"是什么,它究竟是如何运行的。

要理解这个历史"机制",最重要的就是将它置于特定的历史时空之中,不能根据我们后来的思维方式,用我们今天生存的经验与文化逻辑来解释先前的历史。不同历史时空具有不同的经验和生存方式,后来的逻辑在很大的程度上可能会改变和扭曲那些基本的历史事实。

回到"五四"的历史,这个值得我们注意的那些"机制"就是我提出的"民国机制"。对此,可能有学者不无疑惑:民国,包括北洋军阀统治时期的五四时期,各种现代法律、规则都不健全,是否存在一种统一的"机制"呢?其实,所谓"机制"既指政治、经济、法律等国家制度,也指社会发展(包括社会生活)过程中形成的某种行为方式的约定和规则,后者不一定具有某种强制性的制度规定,但是作为一种文化心态的自然表现或精神生态却依然对一个时代产生着重要的作用。在王纲解纽、法纪松弛的"乱世",在知识分子的精神生活圈内,首先应该重视的就是社会文化的氛围与知识者的行为准则,当然,由此进一步追问,我们也会发现,可能就是"乱世"中国家制度的松散

---

① 刘纳:《嬗变》,北京:中国社会科学,1998年,第382、383、384、385页。

性，参与了某种文化氛围的营造，这就是特定历史"机制"的意义。

二、帝国终结之后的几种机制

对于五四文化论争的认识，我觉得有以下几种"机制"的作用值得注意，它们都来源于传统的帝国控制形式的松动或者改变，适应着新兴的社会生活而逐步形成。

（一）作为论争承载者的报刊具有民间性质

介入五四思想论争的杂志都是以民营资本兴办的如商务印书馆的《东方杂志》《晨报副刊》《京报副刊》《中华新报》《小说月报》《新申报》等，或是部分民营资本支持下的同人杂志，如中华书局支持的《学衡》，或先有民营资本支持后转为同人杂志，如群益书社支持的《新青年》，或者就是同人刊物，如《新潮》《少年中国》《每周评论》《国故》，或主办人虽具有官方身份，但刊物本身并无官方名目，如《甲寅》周刊。总之，民间性质是其共同的特点。

众所周知，中国近现代意义上的出版业始于传教士，后来又出现了洋务运动时期的官办出版，但是进入20世纪之后，资本主义经济的发展、出版印刷技术的改进与国家的教育文化政策以及社会文化氛围的更新都有利于私营（民营）性质的出版传播机构的壮大：清末新政，《商部章程》《商人通例》《公司律》《公司注册试办章程》《破产律》《银行则例》《奖给商勋章程》《奖励华商公司章程》等陆续颁布，民营经济始受鼓励，数量和投资额度都成倍增长，辛亥革命进一步打破了传统的经济环境，《临时约法》中明文规定"人民有财产及营业之自由"，北洋政府的经济政策基本上也沿袭了孙中山的构想。"私营出版业的崛起导源于民族资本主义的振兴，而中国资本主义在晚清时获得一定的程度的发展，这为私营出版业的兴起奠定了物质基础"[①]。以"照相石印"所代表的新式出版技术在私人书局中获得运用，近代民营出版迅速崛起。从晚清到20世纪二三十年代，在政府主导的四次重大学制改革中，民营出版社都积极介入，通过各种教科书的编订出版为自己掘取了未来发展的"第一桶金"，商务印书馆、中华书局、世界书局这几大出版重镇都借近现代教育的发展而实现了快速发达。新的教育文化的发展又反过来造就了大批的读者，甚至介入出版业，促进了一系列出版观念和文化理想的更新，五四新文化运动在很大程度上与各种新式出版传播机构实现了良性互动，新文化生长传播的过程也就是现

---

① 来新夏：《中国近代图书事业史》，上海：上海人民出版社，2000年，第245页。

代出版传媒发展更新的过程。所以我们素来有近代出版业在"新文化的洗礼"中获得新生之说，民国五大书局，有两个开办于五四新文化运动后期，泰东图书局1915年创办，在1919年改出新文化书刊后面貌一新，商务印书馆以新文学人物沈雁冰取代王纯农主编《小说月报》，从此打造出新文学与新文化的高地，也是在五四新文化大潮裹挟下，创办于1897年的商务印书馆才全面转型为一家从技术、管理到文化理念的现代企业，创造了中国出版史和文化史的辉煌。因为"五四"的新文化热，不仅北京、上海，全国其他不少省市也都涌现了大量的报纸杂志。在另外一方面，在商业化、市场化秩序中发展起来的民营出版也孕育着不同于文化专制时代的文化理想，1915年1月，美国康奈尔大学的中国留学生酝酿出版宣传现代科学的《科学》杂志，此举得到了商务印书馆的支持，同年9月，群益书社"议定每月的编辑费和稿费二百元"，① 支持陈独秀编辑出版《青年杂志》（《新青年》），实现了民营资本对同人杂志的一次推动。所以孙中山当时就曾说道："新文化运动，在我国今日，诚思想界空前之大变动。推其原始，不过由于出版界之一二觉悟者从事提倡，遂致舆论大放异彩，学潮弥漫全国，人皆激发天良，誓死为爱国之运动。"②

由现代市场经济催生的民营出版传媒依托的是言论自由的公共空间，需要的正是从政治到思想的多元格局，这在本质上就与帝制时代的官方《邸报》大相径庭，民营的出版传媒本身就代表着非垄断性的多元共生的"民间精神"：刊发于这些民间期刊的思想论争再激烈，在本质上都不过是民间思想者的"一家之言"，不可能形成对别的不同意见者的实际威胁，因而对公共舆论空间的整体稳定和发展并无负面影响。知识分子个人思想主张当然可以借助某种民间期刊自由抒发，但其他期刊本身却无权压制期刊的不同意见，这些民间期刊背后的民营资本方也往往不是思想意见的直接参与者，更不是最后的裁判员，他们个人的不同意见必须服从市场与读者，剩余的异见可能只有靠对其他文化取向的运行支援来实现了，而后者其实不是破坏了而扩大了现代文化的发展格局。典型的例子如商务印书馆，它创办的《东方杂志》以保守的立场与《新青年》发生"东西方文化论战"，作为商务印书馆的经营者，张元济等虽然并不完全认同陈独秀等"新青年同仁"的"激进"，但也不得不面对麾下杂志如《东方杂志》等的销路减少的问题，不能无视《新青年》、北京大学这一批新

---

① 汪原放：《回忆亚东图书馆》，上海：学林出版社，1983年，第32页。
② 孙中山：《民国周年与海外国民党同志书》，胡汉民编：《总理全集》第3卷，上海：上海民智书局，1930年，第34页。

文化知识分子的巨大影响力,因此,他们一方面对外向陈独秀胡适伸出合作之手,对内适当调整馆办刊物的编辑,加强与新文化的沟通与协调,但另一方面,却也依然为其他思想文化倾向留下了空间——其背后当然也存在特定的作者空间与市场空间,最终,多种思想文化空间的存在就在这些民间资本的经营者那里成了理所当然的现实。对此,王中忱曾经有过生动的描述:

> 这种经营者的角色意识,决定他们在调整出版方针的时候,既考虑努力适应新兴的文化思潮,又始终注意和新思潮保持距离。这在他们处理该馆编辑出版的杂志上,表现得尤为明显。商务的领导人调整杂志主编人选,当然是希望藉此吸纳新资源,开拓新市场,但同时又不希望丢掉旧有的读者。因此,改革《东方杂志》,他们只是撤换了成为《新青年》批判目标的主编杜亚泉,阻止该刊与《新青年》的论战,此外内容并无太多刷新。至于《小说月报》,虽然交给年轻编辑沈雁冰联合文学研究会的新文学作家去改革,但后来很快又专门出版《小说世界》,给那些被冷落的旧派小说家(所谓鸳鸯蝴蝶派、礼拜六派)留一块园地。努力把多方面的资源吸纳到自己的经营轨道,这是商务领导人一以贯之的思路。①

民间资本的"经营者的角色意识"在客观上支撑着思想文化的多元格局,而这种民营经济的"角色意识"还超越了一般的文化商人,扩展渗透成为五四时代的普遍性的生存法则:在锋芒毕露的个性化言论之外,还存在一个更大的共同的舆论空间,而它的相对稳定的存在则是我们彼此沟通和对话的基础。1925年,章士钊以北洋政府的司法总长兼教育总长之身复刊《甲寅》,批判新文化运动的《甲寅》周刊曾被我们称为"反动"的保守势力,然而,《甲寅》周刊却不能标榜自己是教育部或司法部的"部刊",代表着是居高临下的"国家意志",它只能是甲寅周刊社的普通出版物,与《新青年》《新潮》《学衡》等聚合志同道合者的杂志并无二致。

(二)作为论者各方的相对单纯的知识分子身份

在历史发展的"代际"交替中,"五四"是一个承上启下的特殊刻度,往前,距晚清的维新变法也就是二三十年,那些推动中国现代变革的人们年届老境,但依然保持积极的思考能力,如康有为、梁启超;距离清末的排满革命二

---

① 王中忱:《五四新文化运动时期的商务印书馆》,《中国现代文学研究丛刊》1999年3期。

十来年，一批资深的革命人士或已经转入学界，或继续辗转于政界，但也自诩对中国问题颇多关怀和见识，如蔡元培、章士钊、刘师培、黄侃；20世纪初留学西洋的大批精英已经归来或即将归来，他们有着令人羡慕的社会地位，也有着不轻易苟同他人的思想坚持，如辜鸿铭、学衡派同人；也还在国外求学、于国内生存无甚根基因而对自己未来发展充满期待却不无焦虑的年轻一代，如郭沫若和创造社同人；有国内高等学府的在读学生，深受激进师长的教育和鼓励，迫切希望加入时代潮流的青年，如傅斯年、罗家伦等《新潮》同人，当然，更有历经种种求学和社会经验，对中国现实感受深切而试图有所作为的人们，如陈独秀、胡适、李大钊、鲁迅兄弟等《新青年》同人。五四新文化运动就是一个牵动了各方关注的影响深远的社会文化事件，置身论争行列、发表不同意见的人士囊括了自晚清以来的多方面的代表。"学历"上的前清进士、举人、秀才，留洋博士、在读大学生，职业上的作家、翻译家、学者、大学教授、中学教师、出版人、大学校长、政府高官，专业上既有人文社科学者，又有自然科学家，大家纷纷汇入，一时间众声喧哗。但是，无论这些介入者曾经或当时有着怎样复杂的身份，却都以学者或教师作为自己社会交往的基础。蔡元培既是前清进士，又是留学多国的现代学人，更身居民国多种要职，但显而易见，作为新文化运动的推动者，他既没有依仗前朝精英的资历，又没有炫耀当下的权柄，中华民国教育总长与北京大学的校长的官位并没有成为他在教育政策、文化推广上不可一世的理由，新文化运动遭遇质疑之时，他只能以学者之身勉力解释，以理服人；梁启超是近代政坛的风云人物，又一度担任北洋政府要职，能够与梁启超论战者大约不会顾忌这位资深政治家的"官威"，而梁启超本人也更愿意以学者、导师的姿态出现在思想界；曾经的革命者如刘师培、黄侃，包括对"五四"作"壁上观"的章太炎，无论观点如何，他们倨傲的并不是"革命前辈"的资历，而是对自身"学问"的自信，有趣的是，某些与时代潮流不甚合拍的人士往往以性格举止的独异甚至怪诞而闻名，独异和怪诞都说明他们其实生活在世俗的礼仪秩序之外，时常沉浸在个人精神的世界之中；长期活跃于出版传媒的人士如杜亚泉也没有"媒介批评"的讨巧和功利，所有值得讨论的问题都还是他学术思考的一部分；章士钊在当时的政治身份和政治态度颇为敏感，也引起了相当多的批评，但是，仅就五四新文化的论争而言，似乎倒与他的官方身份关系不大。正如朱寿桐所指出的那样："甲寅派虽然有掌握大权的章士钊挂帅，但它确实没有运用权力贯彻自己的保守主义文化策略，正相反，它倒是自处于时代潮流的边缘，以一种抗争的姿态向新文化和新文学提出了自己的制衡要求。章士钊虽然手握大权，但在那个比较开放

的时代,依然遭到胡适、吴稚晖、高一涵、成仿吾的猛烈批判,其中包括相当辛辣的嬉笑怒骂……①

这种对"知识"的看重甚至敬畏与科举结束之后中国读书人新的精神传统的逐步形成有关,但也得力于民国教育制度与教育文化在如蔡元培这样有识之士推动下的历史性改革,得力于这些文化更新所形成的新的氛围。作为中华民国第一任教育总长,蔡元培从根本上抛弃了"忠君、尊孔"的帝制时代的教育原则,认为"忠君与共和政体不合,尊孔与信仰自由相违。"前者"教育家循政府之方针以标准教育,常为纯粹之隶属政治者",而后者"教育家得立于人民之地位以定标准,乃得有超轶政治之教育"②。他主持召开的第一次全国教育临时会议,通过的教育议案具有划时代的意义,后来又着力对北京大学展开现代改造,其基本思路就是将大学从官僚养成所的转变为独立的"纯粹研究学问之机关",建现代大学为知识生产和传播的殿堂,这些努力都可以说是造就了一个时代,促进了与帝制时代深刻区分的"民国机制"的形成,对五四新文化运动时期知识人的自我定位与自我目标产生了重要的影响。

(三)论争作为语言交锋的激烈与论争者作为现实生存的稳定性并行不悖

"超轶政治"是蔡元培教育独立的重要目标,这一目标不仅让对"知识"的敬畏成为多个阶层的共识,更重要的则是避免了国家权力对知识人生存基础的威胁。帝制时代的中国,特别是秦制的大一统方式成为历代政治制度的基础之后,春秋战国式"百家争鸣"不再出现,这就是因为国家政治对人的控制已经渗透到了生存的各个方面,学术和思想一起不再具有独立的价值,学术的分歧、思想的差异直接与根本性的国家政治问题捆绑在一起,但凡与国家政治不相互符合的学术和思想都不再是单纯的学术问题与个人思想问题,而是政治态度的重要表现,因而其最终的结果并不是学术与思想的辩驳与完善,而是个人生存的危险。只有蔡元培理想中的"超轶政治"的实现,才会带来真正的与生存威胁无关的纯粹的学术争论与思想探讨。在"五四论争"时期的民国初年,因为军阀之间矛盾斗争重重,中央政府的权威相对弱小,"超轶政治"的愿望在客观上有了部分落实的可能,所以,我们能够清楚地看到,所有的思想交锋都止于语言和舆论场域的内部,几乎就没有对参与双方的现实生存构成太深的

---

① 朱寿桐:《中国现代社团文学史》,北京:人民文学出版社,2004年,第104、105页。

② 蔡元培:《对于新教育之意见》,《蔡元培全集》第2卷,杭州:浙江教育出版社,1997年,第177页。

负面影响，这些学者、教授、作家的就职单位并没有因为他们各自的思想倾向与言论方式而采取某种警戒或惩罚性的措施。蔡元培校长是北京大学新文化运动的策动者，但他亲自聘用了许多这一思潮的反对派；新文化派与杜亚泉等的"东方文化派"论战，但杜亚泉本人却是蔡元培的至交好友；因为新文化派影响日盛，为了适应形势，商务印书馆高层撤销了杜亚泉《东方杂志》主编之职，但并不影响他继续担任理化部主任，为出版事业发挥重要作用；1928年，南京政府通缉章士钊，这不是因为他曾经反对新文化运动，而是因为他是前执政府的高级官员，而反对新文化运动的章士钊却还在1927年为营救李大钊奔走，在1933年为狱中的陈独秀激情辩护，李、陈恰恰是章士钊所不能认同的新文化运动的倡导者，在这里，学术与政治清晰地切割开来。同样，尽管发生过种种的"五四论争"，但我们轻而易举就可以找出这些论争对手在私下相互尊重的诸多"故事"，诸如胡适与章士钊相互照片题诗，胡适、周作人对林纾的褒奖，鲁迅对刘师培学术贡献的肯定，等等。

凡此种种，在一定的程度上讲论争限制在了特定的范围——不是作为国家政治的一部分，也不是官方态度的晴雨表，甚至也不会对参与者个人生存形成威胁。这样的限制其实就是在相当的程度上降低了文化论争、思想分歧之于个人生存的紧张感，以及对于国家政治的正面冲击。于是，文化的争论归根结底就是知识圈内部的思想讨论，它对于国家政治的影响不是颠覆性的而是浸润性的，不是强制性而是说服性的，不是独占式的而是参与式的；又因为并不涉及论争者本人的现实生存，所以私人空间承受挤压的程度有限，"公义"的讨论难以统统转化为私人的恩怨，知识分子圈不是在论争中撕裂了而是彼此共生了，甚至在思想上是相互影响了。

三、"机制"的效应与人的精神状况

前述三种"机制"都主要与各种社会制度或社会环境有关，但"机制"的效应也源于人自己的思想状况。

就如同韦伯、齐美尔以及马克思对社会的观察分析都注意到了其中"冲突"的不可避免一样，对思想文化史的描述也理所当然地包括对其中那些从未停止过的思想分歧与思想论争的描述。思想的历史之所以能够不断贡献出有价值的成果，就在于：这些分歧和论争不是让人类社会变得更加的四分五裂而是在很大程度上促进了彼此的思想分享，在连续不断的交流、沟通与砥砺中声张了各自的发现，而差异性的思想表达不仅释放了各自的焦虑，还形成了一个富

有弹性的思想场域，并最终营造了思想界在整体上的共生共融关系。与20世纪下半叶所追求的思想高度统一有别，各种各样的战乱、矛盾造就了一个"破碎"的民国，从民国初年开始，其内部的思想分歧就从来没有被"统一"过，但问题却在于，就是这样一个破碎不堪的时代却一度形成了思想界的繁荣，从"五四"到1930年代，再到抗战，民国时代的思想文化在分歧、论争中发展着，成为现代中国的一笔宝贵精神财产，只有以"民国机制"的正面性而不是简单的"黑暗、混乱"来加以认定和理解，我们才能更深地理解五四新文化的价值，才能将这些历史现象从我们后来的极端的"阶级斗争"的框架中解脱出来，窥见出其中的珍贵来。

五四知识分子显而易见的思想分歧来自他们对当时社会生存的体验的差异性，沿着各自不同的现实体验，他们提出了不同的文化发展意见。

胡适、陈独秀、鲁迅兄弟这样的《新青年》同仁都对清末明初的生存现实有过痛彻的经验，也有着留学域外的新异感受，更多断指求生般的决绝，愿意将他国的文化当作自我比照基础，谋求中国文化的新机。痛彻的经验强化了他们面对现实的忧患与愤懑，清醒的问题意识造就了他们言辞的犀利和尖锐。他们的锐利的批判从根本上打破了沉闷的文化生态，推动了历史的有效行进，——他们是现代文化的"火车头"。不过，这些通常被称为"五四新文化派"的相对激进的人们也存在各自姿态与感受的差异，因而具体的文化观念也并不相同，不仅有具体问题的认知差异，也有中心与边缘之别，如胡适居于新兴学院派文化的高地，陈独秀把握了引领风骚的现代媒体，学院与传媒都属于新兴的文化的中心，他们满怀着开创新文化的豪迈与自信，作为这些前辈的弟子，《新潮》同仁更多一份年轻的激情与梦想；游走于体制与学院交界地带最终选择了自由撰稿人身份的鲁迅则一直自居边缘，对新文化主张既理解、同情、支持又保持了适当的距离，甚至早早地就将一个关于"铁屋子"疑问沉重地置放在世人的面前。

就"五四"的"文学革命"而言，也有首开风气的《新青年》同仁与迟到归国的创造社同仁的区隔，郭沫若在"文学革命回顾"中，刻意表达了对前期五四新文学成果的质疑，同时提出了"文学革命第二阶段"的设想，① 所谓的"第二阶段"，不仅意味着对那些文学成就贫乏前辈的超越，更意味着他们试图在决绝文学批判之外另辟蹊径，重新论述传统与现代、中国与西方的关系。例如在郭沫若那里，狂飙突进的气质与他对"三代以前"文化传统的赞美

---

① 郭沫若：《文学革命之回顾》，《郭沫若全集·文学编》第16卷，第98页。

又激荡共存。胡适虽有"中国文艺复兴之父"美誉，但他的"复兴"主要还是外来文化对中国的"激发"，郭沫若才可谓是古老文化传统"复兴"的最诚挚的阐述者，郭沫若不仅执着地探索了中国古代的文化传统，而且这种探索更直达了古代文化的最前端——三代以前，这就大大地超出了一般新文化知识分子的视线，与许多新文化人士的判然有别。

也有保守的知识分子群体，在相对稳定的人生际遇下，他们对现实的灾难性感受不及"五四新文化派"那么强烈，希望能够通过平和的方式推进现代文化的建设，一方面引进西方的优秀文化资源，另一方面也继续承继中国传统文化。包括"学衡派""东方文化派"等，他们长于对中外文化的知识性论述，弱于对当时中国切肤之痛的深入体察。当然，所谓的"保守"也是相对五四新文化派那样的态度峻急而言，其实不同的知识分子各自所要"保守"的内容与方式也并不相同，很难被我们的文学史简洁明了地概括为二元对立。以现代中西教育为基础的"学衡派""东方文化派"和传统教育＋域外游学的梁启超、章太炎自有差别，胸怀现实政治梦想的梁启超也与作为学者的章太炎大相径庭。

知识结构有异，人生体验有别，角色身份更多不同，作为"大时代"的五四汇集了如此形形色色的人们，思想的冲突，观念的论辩都是在所难免的，或者说，正因为有了论辩，才能够让他们各自体验的差异性、思想考量的独特完整地呈现了出来，无论当时论辩的双方是否或者在多大的程度上顾及到了对方的立场和思想，它们都已经构成了五四大文化的组成部分，并对未来中国的现代化格局产生各种形式的影响。那么，就思想本身来说，这种冲突中的容忍与结合究竟是如何实现的呢？

我曾经提出，五四知识分子并不是过去文学史书所描述的那样，就是《新青年》或者五四新文化派，前述种种思想倾向的人士都可以被称作是五四知识分子，"五四"，其实存在着更大的认知共容圈[①]，在这个"圈"里，存在着重要的思想沟通点和认同度，就是对相关问题上的"沟通"与"认同"维持着现代化发展的底线。这些底线就是不同思想相互容忍与结合的基本共识。

其底线之一就是对外来文化的基本接纳的态度。在当时，无论具体的主张如何，大概都不会反对引进外来文化的优秀资源，这是他们能够在某种国际视野中保持沟通和对话的前提。

其底线之二是对发展"现代文化"的这一基本的大方向的共识。无论他们

[①] 李怡：《"五四"与现代文学"民国机制"的形成》，《郑州大学学报》2009年4期。

具体的知识结构与现实判断有多大的差异，都几乎赞同中国社会的现代化方向，没有人试图通过五四的论争返回前清，恢复帝制时代的文化。即便是所谓"保守"派，他们也都是以作为现代知识分子的一员关注着民族文化的现代命运，都在现代世界的巨大背景上面对着"中国问题"，这就从根本的意义上将他们与前朝旧臣、乡村遗老严格区别开来，其观点的差异并不妨碍他们都一同站在了五四历史的起跑线上，绘制着现代文化的斑斓色彩。

从某种意义上讲，以思想自由、兼容并包原则致力教育部与北京大学管理的蔡元培就是五四文化能够如此黏合的象征性符号，他作为一个时代的思想代表也是五四式的时代"机制"能够有效运行的助推剂。

民国初年，蔡元培担任教育总长，废弃了"忠君""尊孔"的教育宗旨，小学废除读经，大学取消经科，从此开启了中国的现代教育与现代文化建设的新路。其后执掌北京大学，对这所充满衙门习气的最高学府进行了脱胎换骨般的改造，学术独立、教授治校的现代大学理念得以确立，五四新文化运动有了充分的制度基础与智力依托。但是，蔡元培本人却没有轻易成为哪一种时代思潮的完全服膺者，而是尽力保持最宽敞的文化姿态，成为中外古今各种思想资源的迎纳人与守护人。作为新文化的知识领袖，蔡元培继续重视传统文化的价值，"我们既然认旧的亦是文明，要在他里面寻出与现代科学精神不相冲突的，非不可能"①。他倡导"科学救国"，"果要发展新文化，尤不可不于科学的发展，特别注意啊！"② 是我国现代科学事业的奠基人之一，但他又不是陈独秀、胡适那样的"科学万能"的信奉者，他一方面充分肯定新文化运动的主流，另外一方面又对"科学主义"的流弊有所警惕，"要求知识以外，兼养感情"③。经历著名的"科玄大战"，"打玄学鬼"俨然成了时代的口号，作为现代科学发展的重要推手，蔡元培依然与"玄学方"的梁启超等进行合作，协助梁启超的编译活动与学术活动。他支持胡适的引进西方文化的意见，又肯定了青年学者梁漱溟关于东西文化各具优长的观点，并认为这"确是现今哲学界最重大的问题"④。他认同白话文运动，又同时指出："我敢断定白话派一定占优胜。但文言是否绝对的被排斥，尚是一个问题。照我的观察，将来应用文，一定全用

---

① 蔡元培：《杜威博士生日演说辞》，《蔡元培全集》第3卷，北京：中华书局，1984年，第350页。以下析出文献出自该版本的，只注明卷次和页码。
② 蔡元培：《三十五年来中国之新文化》，《蔡元培全集》第6卷，第91页。
③ 高平叔：《蔡元培年谱长编》，北京：人民教育出版社，1998年，第249页。
④ 蔡元培：《五十年来之中国哲学》《蔡元培全集》第4卷，第382页。

白话。但美术文，或者有一部分仍用文言。"蔡元培不仅从制度设计、人事管理、社会交往等实际活动中兼顾新旧，并容中西，更将这样的理念上升为一种深远的文化思想和学术观念，这就是自由、中和与择善而从。这并非一时的权宜之说，蔡元培将它们上溯到了中外思想的深厚传统。借着回答林琴南的质疑，他阐述了对"思想自由"的理解："对于学说，仿世界各著名大学之通例，取兼容并包主义，循'思想自由'原则……无论何种学派与流派只要它言之有理，并且持之有故，尚未达到自然淘汰之运命者，即是彼此相反，也完全听任其自由发展。"① 又论及"大学"之义："各国大学，哲学之唯心论与唯物论，文学、美术之理想派与写实派，计学之干涉论与放任论，伦理学之动机论与功利论，宇宙论之乐天派与厌世派，常樊然并峙于其中，此思想自由之通则，而大学之所以为大也。"② 这样的世界视野又与他对中国传统文化的回探相连接："中国民族，富有中和性。""中和的意义，是'执其两端，用其中'。就是不走任何一极端，而选取两端的长处，使互相调和。"③

这里所谓的"调和"不是无原则"和稀泥"，不是通过回避矛盾来达成表面的"和谐"，在另外一些重大的原则问题上，蔡元培继续着自己的坚持，固守着自己的立场，那就是他认定思想自由、学术自由的对立面并不是哪一种貌似偏激的理论本身，而是作为国家体制的压迫和封杀，专制才是思想自由、文化发展的大敌，"中国素无思想自由之习惯"④，"李斯之制，焚诗书百家语，欲习法令者，以吏为师。是个人职业教育之自由犹被限制也。"⑤ 将思想学术的发展从权力的控制中解放出来，在与国家权力对抗中坚守立场这才是推动现代文化发展的最大方向和根本目标。与他对各种学术思想的一再包容所不同的是，在对当权者的批评，对教育独立、学术独立权的竭力争取，在政府压迫中保护学生利益等问题上，他常常态度坚决，毫无妥协。这是一种有原则的思想宽容之道，他不是庸人的息事宁人、明哲保身，而是洞悉历史大势的坚毅的选择，它真正推动着现代思想文化向着自身目标坚实前进，凝聚起了现代知识分子群体的最大幅度的共识，为不同思想的自由生长创造了基本的生存环境。今天，我们讨论五四新文化运动的意义，都将大量的赞美之辞交付给了那些奋力

---

① 蔡元培：《〈致公言报〉函并答林琴南函》，《蔡元培全集》第 3 卷，第 271 页。
② 蔡元培：《北京大学月刊发刊词》，《蔡元培全集》第 3 卷，第 211 页。
③ 蔡元培：《三民主义的中和性》，《蔡元培全集》第 5 卷，第 282 页。
④ 蔡元培：《〈致公言报〉函并答林琴南函》，《蔡元培全集》第 3 卷，第 332 页。
⑤ 蔡元培：《教育之对待的发展》，《蔡元培全集》第 3 卷，第 260 页。

拉动历史火车头的激进的人们，这本来没有错，但是，火车头的飞驰前行其实也需要大量的基础性工作，有铁道工，有信号员，有能源的供给，有各种后勤的保障，如蔡元培这样努力通过自己的工作为新文化营造更大的自由思想的平台，为协调、催生和守护各种不同思想的存在殚精竭虑的知识领袖，思想文化才不至于因为论战而分裂，各种不同的意见才能最充分地表达而又最终形成历史的"黏合"，现代中国文化才在它的创生年代就联合成为一股生机勃勃的合力，蔡元培的价值怎么估价也不过分。

蔡元培以自己的力量搭建和推行着五四时期作为思想氛围的历史正面"机制"，体现了进入"民国"的中国如何在社会层面而不是国家层面酝酿新的历史动力的可能。

如马克思所指出的那样，在资本主义发展的时代，公民社会与政治国家在现实中分离了。"在生产、交换和消费发展的一定阶段上，就会有一定的社会制度，一定的家庭等级或阶级组织，一句话，就有一定的市民社会。"① 从一般的社会制度到特定时代形成的思想场域，这种"民国机制"的酝酿和运行都更属于现代历史的产物，在传统的君主专制时期，国家的运行在很大程度上依赖王权的各种严密的制度设计，以及这些国家层面的制度的执行，为了保证君主专制的强大，国家制度的形成和发展必然是以压制和削弱各种民间的社会本身的力量为前提的，因为只有这样，才能最大限度地巩固臣民对于王权的依附，将一切层面上的社会离心力消灭在萌芽状态。相反，在摧毁君主专制基础上建立起来的现代国家，则以限制政府权力、扩大民间的、社会本身的机能为目标，意图建立起一个平等自由的充满"社会自治"机能的文明。在这个意义上，现代文明的"机制"从根本上区别于传统帝制文明的"机制"，就在于它不再仅仅是国家政府的制度运行，而是充分发展起来了社会本身的各种规约与原则，也酝酿形成了人的思想在差异中生长（而不再径直上升为生死对抗）的可能，以宪政民主、自由平等为目标的"民国"虽然在国家层面的制度上千疮百孔，离人们理想中的"新中国"相去甚远，但却显然已经与任何一个君主专制的时代有了根本的区别，我们前面所叙述的社会制度意义五四特征，以及作为思想共享、思想认同平台的五四精神，就是这种历史新"机制"的重要表现。

对五四思想以及论争的再认识，必当自充分理解这一历史"机制"开始。

---

① 马克思：《致巴维尔·瓦西里也维奇·安年柯夫》，《马克思恩格斯全集》第27卷，北京：人民出版社，1972年，第477页。

第二章 中国现代文学史研究中的"民国文学"概念

一、与政治意识形态渊源深厚的文学学科

最近10多年来，中国现代文学研究逐渐失去了1980年代的那种"众声喧哗""万众瞩目"的热烈景象，进入某种沉静发展的状态，如果说，在这种沉静之中，有什么值得注意的现象的话，那就是"民国文学"概念的提出以及引发的某些讨论。

对于海外中国文学研究者而言，以"民国时期"来指称1949年以前的历史是一种比较自然的历史描述，作为文学史的概念，也似乎有理由各取所需地采用不同时间阶段的概念，这就如同两汉文学、唐代文学、宋代文学那样。这里思想的差异、或者说审美意识形态的分歧，但是基本不存在政治较量和冲突。站在海外汉学的立场上，人们难免困惑：现代文学也好，民国文学也罢，不过就是一种文学史的称谓而已，是不是有如此郑重其事地加以阐发、讨论的必要呢？

这里就涉及对中国现当代文学学科存在格局的认识。其实，严格的学科意义上的"中国现当代文学"并不是在1949年以前的民国时期建立的，尽管那时已经出现了"中国现代文学"的大学教育，也诞生了为数可观的"中国现代文学史"著作，但是主要还是讲授者（如朱自清）、著作者的个人选择，体系化的完整的知识格局和教育格局尚不完整。真正出现自觉的"学科建设"的意识是在1949年中华人民共和国成立以后，各学科教育大纲的编订、样板式教材的编写出版乃至"群策群力"的从思想到文字的检讨、审查，都意味着"中国现代文学"学科由此纳入到了政治意识形态的一体化架构之中，因此，讨论"中国现代文学"学科的任何问题——从内容、结构到语言、概念都是非

同小可的"国家大事",在此基础上的任何一次新的概念的设计和调整,都不得不包含着如何面对政治意识形态以及如何回答一系列"思想统一"的结论的问题,这里不仅需要学术思想创新的智慧,更需要政治突围的勇气和决心。

回头看中国大陆新时期以来的每一次文学史概念的提出,都兼有如此的"智慧"和"勇气":例如最有影响的概念——二十世纪中国文学。提出这一概念,其意义主要不是重新划分晚清—近代—现代—当代的文学史时间,不在于从过去的历史分段中寻找历史的共同性;而是为了从根本上跳脱政治化的"现代"概念对于文学的捆绑。

作为学科史意义的"中国现代文学"的"现代"概念,其实已经与它在五四文坛出现之初就有了巨大的差异,完全属于一种政治意识形态的产物。众所周知,最早的"现代"概念与"近代"概念一样都来自日本,最早用"近代"更多,到1930年代以后"现代"的使用频率则超过了"现代"——在那时,中国的"现代"基本上汇通着世界史学界的理解框架,将资本主义发展、传统世界自我封闭格局得以打破的"现时代"当作"现代";但是,1949年以后作为学科史意义的"中国现代文学"的"现代"概念却又不同,它更多地师法了苏联的历史观念:由斯大林亲自审查、联共(布)中央审定、联共(布)中央特设委员会编的《联共(布)党史简明教程》和由苏联史学家集体编著的多卷本的《世界通史》重新认定了历史的意义和分段方式①,马列主义的五种社会形态进化论成为划分历史的理论基础,1640年英国资产阶级革命由于"阶级局限性"属于不彻底的"现代",只能称作是"近代"的开始,而"现代"演进关键点是十月社会主义革命的重大胜利,中国的历史划分是对苏联思维的仿效:1840年的鸦片战争被当作"近代"的开端,而标志着"工人阶级登上历史舞台""马克思主义开始传播"的五四运动则被当作了"现代",后来考虑到"五四"之时,中国共产党尚未成立,无法认定其十月革命式的政治胜利,所以又在"现代"之外另辟1949年以后为"当代",以彰显社会主义与共产主义社会的到来,由此确定了中国文学近代/现代/当代的明确格局——这样的划分不仅时间分段上不再模糊,而且更具有明确的思想的内涵与历史文化质地:资产阶级文学(旧民主主义革命文学)、新民主主义革命文学与社会主义文学就是近代—现代—当代文学的历史转换。

---

① 《联共(布)党史简明教程》于1938年在苏联出版,人民出版社1975年正式出版中译本。《世界通史》于1955—1979年出版,全书共13卷。中译本《世界通史》(1—13卷)于1978—1987年分别由三联书店、吉林人民出版社和东方出版社出版。

"二十世纪中国文学"是中国文学研究界学术自觉,努力排除苏联"革命"史观影响、寻求文学自身规律的产物。正如论者当年意识到的那样:"以前的文学史分期是从社会政治史直接类比过来的。拿'近代文学史'来说,从一八四〇年鸦片战争到一八九八年戊戌变法,半个多世纪里,几乎没有什么文学,或者说文学没有什么根本的变化。""政治和文学的发展很不平衡。还是要从东西方文化的撞击,从文学的现代化,从中国人'出而参与世界的文艺之业',从文学本身的发展规律,从这样的一些角度来看文学史,才比较准确。""'二十世纪中国文学'这一概念首先意味着文学史从社会政治史的简单比附中独立出来,意味着把文学自身发生发展的阶段完整性作为研究的主要对象。"①

　　自"二十世纪中国文学"开启历史性的"重写文学史"以来,中国现代文学的研究一直是富有勇气地走在这一条"学术创新—政治突围"的道路上,力图让文学回归文学,历史还原给历史。可以说,"民国文学"也属于这样的努力,是"重写文学史"的一种方式。

二、可疑的"现代性"

　　当然,这种方式也体现出了对既往文学研究的一种反思。

　　"二十世纪中国文学"这一历史架构显然具有重大的学术价值,直到今天依然是影响最大的文学史理念。然而,在"民国文学"的视野之中,它也存在着需要克服的问题:"二十世纪中国文学"这一概念是否已经具备了学科的稳定性?例如,在"二十世纪"业已结束的今天,它是否能有效地参照当下文学的异质性?如果说,"二十世纪中国文学"曾经阐发过的诸多概念都依然适用于今天,如果"新世纪文学"的基本性质、使命、遭遇的问题等等几乎都与"旧世纪"无甚区别,那么这一概念本身的内涵和外延至少也是不够确定,需要我们重新推敲的了。对于"二十世纪中国文学"而言,其摆脱政治意识形态束缚的核心理念是文学的现代性(当时提出者称之为"现代化")追求。但是,随着1990年代中期以来,"现代性"话语逐渐演变成了我们文学研究的基本语汇,它内在的一系列矛盾困扰也日显突出了。

　　在新时期,"现代化"与"现代性"主要指代我们打破封闭、"走向世界"

---

　　① 黄子平、陈平原、钱理群:《二十世纪中国文学三人谈》,北京:人民文学出版社,1988年,第25、36页。

的强烈渴望,在那时,"现代"的道义光芒与情感力量要远远重于其知识性的合理与完整,或者说,呼唤文学的现代性就如同建设"四个现代化"一样天经地义,我们根本无暇追问这一概念的来源及知识学上的意义和限度,所以才会出现如汪晖所述的"现代"之问。在80年代,汪晖曾就何谓"现代"向唐弢先生质询,而作为学科泰斗的唐先生也只是回答说,这是一个"很复杂"的问题。① 到了90年代,中国学术界开始恶补"现代"课,从西方思想界直接输入了系统而丰富的"现代性知识",先是经过了短时间的"现代性终结"之论,接着便是在西方学术的鼓励之下,迅速举起"未完成的现代性"旗帜,对各种文化现象展开检视分析,我曾经借用目前收录最丰富、检索也最方便的中国期刊网CNKI对1979年以后中国学术论文上的一些关键词作数理统计,下面就是"现代性"一词在各年的出现情况:

时间(年)	79	80	81	82	83	84	85	86	87	88	89	90	91	92
按篇名统计	0	0	0	0	0	0	0	0	0	2	0	0	0	0
按关键词统计	0	0	0	0	0	0	0	0	0	0	0	0	0	0

时间(年)	93	94	95	96	97	98	99	00	01	02	03	04
按篇名统计	4	16	26	28	48	60	108	128	166	213	268	381
按关键词统计	0	0	5	11	11	20	69	109	165	225	287	443

表格说明:1. 统计单位为"篇"。2. 检索的学科涵盖"文史哲""经济政治与法律""教育与社会科学"。3. 自动检索中有极少数词语误植的情形,如"现代性爱小说""现代性"统计,另外个别长文(如高远东《未完成的现代性》)分上中下发表,被统计为三篇,为了保证检索统计的统一性,以上数据有意识忽略了这些情形。

研究一下以上的表格我们就可以知道,从1979年到1987年整整9年中,中国人文社科的学术论文中没有出现过一篇以"现代性"为题目的文章,1988年出现了两篇,但很快又消失了,直到1993年以后才连续出现了"现代性"论题。这些论文的代表作包括张颐武的《对"现代性"的追问——90年代文学的一个趋向》(《天津社会科学》1993年4期)、《"现代性"终结——一个无法回避的课题》(《战略与管理》1994年3期)、《重估"现代性"与汉语书

---

① 汪晖:《我们如何成为"现代"的?》,《中国现代文学研究丛刊》1996年1期。

面语论争——一个 90 年代文学的新命题》(《文学评论》1994 年 4 期)、韩毓海的《"现代性"与"现代化"》(《学术月刊》1994 年 6 期)、韩毓海与李旭渊的《第三世界的现代性痛苦与毛泽东思想的双重含义——兼说中国当代文学》(《战略与管理》1994 年 5 期)、汪晖的《传统与现代性》(《学术月刊》1994 年 6 期)、彭定安《20 世纪中国文学：寻找和创造现代性》(《社会科学辑刊》1994 年 5 期)、文征《后现代性与当代社会思潮》(《国外社会科学》1994 年 2 期)、赵敦华《前现代性、现代性与后现代性的循环关系》(《马克思主义与现实》1 年 4 期) 等。

对概念的提炼和重视反映的是一种学术目标的自觉。当然，按照中国学术期刊的学术规范，由作者列举"关键词"的惯例是 1992 年以后才逐渐推行开来的，整个 1980 年代的中国学术论文之前都不存在这样的标志性的"关键词"，这也给我们通过统计来显示中国学者概念的提炼制造了难度，不过即便如此，分析表格中作为"篇名"的"现代性"话题的增长与作为关键词的现代性概念的增长，我们也依然可以十分清晰地看出：随着 1993 年以后中国学者对"现代性"话题的越来越多的关注，"现代性"理念作为重点阐述的对象或立论的主要依托才逐渐堂皇地进入学术文本，构成其中的关键词语，大约在 1995 年以后开始"傲然挺立"起来。到新世纪第一个十年的中期，无论是作为论题还是语汇的"现代性"都达到了空前的规模，对西方文化意义的"现代性"含义的追溯和"考古"业已成了我们的学术"习惯"。同时，在中国文化范围之内（包括古代与现代）所进行的"现代性阐释"更层出不穷，几近成为现代中国文学与文化研究的基本语汇。到 2004 年，我们的统计已经可以见出历史的重要转变。可以说至此，"现代性批评话语"真的正在实现着对于 1980 年代一系列基本概念的置换。

这样的置换当然首先还是得力于同一时期西方文学理论与文化理论的引入，1990 年代中期以后，活跃在中国理论界的主流是后现代主义、解构主义、后殖民批判理论与西方马克思主义，而"现代性"则是这些理论的核心概念之一，正是借助于这些西方理论的输入，中国现代文学界可以说是获得了完整的"现代性知识"。在这个知识体系中，人们对现代、现代性、现代化、现代主义的辨析达到了前所未有的深入和细致，对文学的观照似乎也获得了令人激动不已的效果和不可估量的广阔前程，中国现代文学史至此有望成为名副其实的"现代性"或"现代学"意义的文学叙述。

应当承认，1990 年代对"现代"知识的重新认定的确是为我们的文学史研究找到了一个更具有整合能力的阐释平台，借助福轲式的知识考古，我们固有的种种"现代"概念和思想得到了清理，现代、现代性、现代化，这些或零散或随意或飘忽的认识都第一次被纳入到了一个完整清晰的系统当中，并且寻找到了在人类精神发展流程里的准确的位置。最近10年，"现代性"既是中国理论界所有译文的中心语汇，也几乎就是所有现当代文学史研究的话语支撑点。

但是，从另一方面来看，我们的"现代"史学之路却难以掩饰其中的尴尬。追溯"现代性"理论进入中国的历史，我们都会发现一个有趣的转折：在1990年代初期，恰恰也是其中的一些论断（后现代主义对社会现代性的批判）导致了我们对现代文学存在价值的怀疑和否定，而到了1990年代中后期，当外来的理论本身也发生分歧与冲突的时候（例如哈贝马斯对现代性的肯定），我们竟又神奇地获得了鼓励，重新"追随"西方理论挖掘中国文学的"现代性价值"——中国文学的意义竟然就是这样的脆弱和动摇，只能依靠西方的"现代"理论加以确定？！这足以提醒我们，中国学者对"现代性"理论的理解和运用在多大的程度上是以自身的文学体验为依据的？同样，在"现代性"视野下的中国现代文学研究当中，中国现代文学的种种现象也一再被纳入到全球资本主义时代的共同命题中，例如"两种现代性""民族国家理论""公共空间理论""第三世界文化理论"等等……跨越了历史境遇的巨大差异，东西方文学的需要是否就这么殊途同归了？他者的理论是否真让我们的文学阐释一劳永逸？中国文学的现代之路难道就没有自成一格的更丰富的细节？

较之于直接连通西方"现代性"阐释之路的言说，"民国文学"这一概念首先试图表达的就是摆脱先验的理论、返回历史朴素现场的努力。

1997年，陈福康借助史学界的概念，建议中国文学的现代/当代之名不妨"退休"，代之以中华民国文学/中华人民共和国文学之谓。后来，张福贵、汤溢泽、张中良、李怡等人都先后提出这一新的命名问题[①]，我将这样的命名方式称之为"还原"式，就是因为它所指示的国家社会的概念不是外来思想的借用——包括时间的借用与意义的借用——而是中国自己的特定生存阶段的真实

[①] 参看张福贵：《从意义概念返回到时间概念——关于中国现代文学的命名问题》，《文学世纪》（香港）2003年4期，汤溢泽、郭彦妮：《论开展"民国文学史"研究的必要性与可行性》，《当代教育理论与实践》2010年2卷3期，汤溢泽、廖广莉：《论开展"民国文学史"研究的迫切性》，《衡阳师范学院学报》2010年2期，赵步阳、曹千里等：《"现代文学"，还是"民国文学"？》，《金陵科技学院学报》2008年1期，张维亚、赵步阳等：《民国文学遗产旅游开发研究》，《商业经济》2008年9期，杨丹丹：《"现代文学史"命名的追问与反思》，《长春师范学院学报》2008年5期。

的称谓，借助这样具体的国家社会形态框架，我们的文学史叙述有可能展开为过去所忽略的历史细节，从而推动文学史研究的深入。

在多少年纷繁复杂的理论演绎之后，中国文学研究需要在一种相对朴素的历史描述中丰富起来，自我呈现起来。

三、"民国文学"研究的几种可能

当然，"民国文学"概念提出来以后，各方面也不无争论和质疑，这些争论和质疑的根本原因有二：长期以来"民国"概念的阴影不去，至今仍然以各种"成见"干扰着我们的思想，或者对我们的自由探索构成某种有形无形的压力；新概念的倡导者较长时间徘徊在概念本身的辨析之中，文学史的细节研究相对不足，暂时未能更充分地展示新研究的独特魅力，或者其他的同行业也未能从林林总总的研究中发现新思路的广阔空间。

关于"民国文学"研究，有这样几个方面的问题可以澄清和深发。

一、"民国文学"是民国时期的现代文学，可以涵盖绝大多数的现代文学现象。不仅可以对传统的新文学传统深入解释，而且可以将旧体文学、通俗文学等等"新文学"之外的文学现象有效纳入，在一个更高的精神性框架中理解古今中西的复杂对话关系；不仅可以包括从北洋政府到国民党政府控制区域的文学现象，而且也能有效解释红色苏区文学、抗战解放区文学，因为后两者也发生民国历史的总体进程当中，民国文学的概念不仅可以解释后者，甚至是扩大了后者研究的新思路，解放区文化不是靠拒绝"人民之国"（民国）的理想而生存，它恰恰是以民国理想真正的捍卫者自居，最终通过批判了国民党政权赢得了在"全民国"范围内的声誉；对于投降卖国的汪伪政权，它也不敢轻易放弃"民国"之号，在这里，民国的"名与实"之间存在一个值得认真分析的张力，并影响到南京伪政府统治下的写作方式；到华北、蒙疆特别是东北沦陷区，日本文化与伪满洲国文化大行其道，但是，我们能不能断定沦陷区文学就理所当然属于满洲国文学、蒙古文学或者日本文学呢？当然也不能，近几年的沦陷区文学研究，相当敏锐地发掘出了存在于这些殖民地的"中华情结"，而民国文化作为现代中华文化的一种形态，依然对人们的精神发挥着根深蒂固的作用——虽然不是名正言顺的"民国文学"，但是"民国文学"研究的诸多视角却依然有效。

二、"民国文学"本身不是一个政治性的概念，就如同"民国"本身既有政权性含义，但同时也有政权政治所不能涵盖的民族、社群等丰富的内涵一样，而作为精神文化组成部分的"民国文学"更具有超越政治的丰富的意义空间。我同意张中良先生的分析："民国作为一个国家，在政党、政府之外，还有军队、司法机关、民间社团等社会组织，除了政治之外，还有新闻出版、学校教育、宗教信仰、民族传统、地域文化、文学思潮、百姓生活等等，民国文学是在多种因素交织的社会文化背景下发生、发展起来的，因而其历史化研究的空间无比广阔。"① 事实在于，越是在一个现代的形态中，国家政权的强制力越有限，而作为社会文化本身的力量却越大，包含文学艺术在内的社会精神文化，恰恰努力在民国时期呈现出了自己的独立性和自主性。所以，"民国文学"并不等于就是国民党的文学，自由主义文学与左翼文学都是民国文学的主体，而且由左翼文学所体现的反抗、批判精神也可以说是民国文学主要的价值取向，"民国批判"恰恰是"民国文学"的基本主题。曾经有大陆学者担心"民国文学"研究会重新推动中国现代文学研究走入政治的死胡同，相反，也有台湾学者对大陆"民国文学"研究刻意切割文学与政权制度的关系有所不满②，我觉得这两方面的意见虽然有异，但都是出于对民国时期文学独立性、自主性的认知不足。民国文学本身就是知识分子追求政治自由的体现，对政治自由的向往当然是将我们的精神带离了专制政治的陷阱；而民国政权在文学政策上的某些让步和妥协从根本上讲并不来自统治者的恩赐，恰恰也是民国的社会力量、民间力量蓬勃发展、持续抗争的结果，现代国家出现之后，其文化发展最可宝贵的之处就是"明君"与"贤臣"文化的逐步消失（虽然政治家的开明和理性依然重要），同时社会性力量不断加强、民间力量日益发展，后者才是最值得我们注意和总结的文化传统，只有在后者被充分发掘的基础上，政治制度的种种历史特征才有可能获得真实的把握。

三、"民国文学"研究其实有别于隶属于大众文化、流行文化的"民国热"。作为对长期以来"民国史"的粗暴化处理的背弃，"民国热"已经在大陆中国流行有年，民国掌故、民国服饰、民国教育，还有所谓的"民国范儿"等等，这本身不难理解，而且我以为在"各领风骚三五年"的各种"热"当中，"民国热"依然保留了更多的自我反省的因素，因而相对的"健康性"是明显的。尽管如此，我认为，当代中国社会出现的"民国热"归根结底属于大众文化潮流，而"民国文学研究"则是中国学术多年探索发展的结果，是文学

---

① 张中良：《民国文学历史化的必要与空间》，《文艺争鸣》2016 年 6 期。
② 王力坚：《"民国文学"抑或"现代文学"？——评析当前两岸学界的观点交锋》，《二十一世纪》2015 年第 8 期。

研究"历史化"趋向的表现,两者具有根本的不同。其实,"民国文学"研究虽然与当今的"民国热"差不多出现,但中国学界本着实事求是的精神,努力救正"以论代史"的恶劣现象、尽可能尊重民国史实的努力却是由来已久了。在大陆中国,虽然因为政治原因,"民国"一词一度包含了某种政治禁忌,需要谨慎使用,但总体来看,除了"文化大革命"这样的极端的文化专制时期之外,对"民国史"的关注和研究一直有学人勉力进行。从新中国成立到1980年代初,"民国史"的考察、研究一直都得到来自国家层面的高度重视,并不断被纳入各种国家级的科研计划于出版计划。《中华民国史》的编修工作早于《剑桥中国史》的编写计划,"民国史"的研究也早在1956年就已经列为国家科学发展十二年规划,民国史的出版也在1971年就进入了国家出版规划。呼吁"民国史"研究的既包括董必武、吴玉章这样的"民国老人",又包括周恩来总理这样的党和国家领导人。"民国文学"的研究借概念之便,当更能够顺理成章地汲取"民国史"的研究成果,以大量丰富的历史材料为基础,对中国现代文学研究的"历史化"进程做出坚实的贡献。

当然,民国文学研究,一方面固然应当强调加强学术研究的自觉性,与大众文化的趣味相区分,但是,也不是要刻意区隔和拒绝那些来自社会民间的宝贵情怀,相反,有价值的研究总能从现实关怀中汲取力量,让学术事业拥有的丰沛的社会情怀,本身也是在健康和积极的方向上为中国的当代文化贡献自己的智慧和力量。

四、"民国文学"研究可以形成与华文文学研究诸多问题的有益对话。当"民国文学"这一概念的使用跨出中国大陆,尤其是与海峡对岸学界形成对话之时,可能就会遇到严重的困扰:在我们大陆学界的立场来看,它理所当然就是一个历史性的概念,"民国"在1949年已经结束,我们的"民国文学"研究如果不加特别说明,肯定是指1912民国建立到1949年中华人民共和国成立这一段历史时期的文学,使用"民国文学"概念,存在着一个严肃的政治的界限……吊诡的现实恰恰是,当代台湾学界似乎比我们离"民国"更远!在经过了日本殖民文化——国民党统治——解严后思想自由——政党轮替、"去中国化"思潮这样一系列复杂过程之后,在一个被称作"后民国"的时代氛围中,"民国"论述照样承受了"政治不正确"的压力,其矛盾暧昧之处,甚至也不是"一个民国,各自表述"就能够概括得了的。也就是说,在海峡两岸这最大的华人世界里,"民国文学"都存在相当的纠缠矛盾之处。如何解决这样的尴尬呢?如何在两岸学术界,建立起彼此都能够接受的论述呢?我觉得这里有两个可以展开的思路。

首先是集中研讨那些没有争议的时段。例如民国成立到 1949 年中华人民共和国成立这一历史时期，我称之为民国文学的典型时期。对台湾而言，1945年光复之后，特别是国民政府迁台之后，民国文化与文学当然也完成了移植与建构，不过解严以来，本土化倾向日益强化，与"典型时期"比较，情况已经大为不同，固有的"民国文化"发生了变异、转换与遮蔽，只有首先清理那些"典型"的民国文化，才最终有助于发掘现存的"民国性"。目前，对于研讨"民国文学典型时期"的设想，在两岸学界已经有了基本的共识。

其次是通过凸显"民国文学"研究方法的独特性与华文文学的其他学术动向形成有益的对话。所谓"民国文学"研究不过是一个笼统的称谓，指一切运用"民国文学"概念创新解释现代文学现象的尝试，它至少包括两个大的方向，一是对民国时期文学发展的种种问题进行新的梳理和阐述；二是通过对于"民国是中国的现代形态"这一思路的认定，生发出关于如何挖掘、描述中国知识分子"现代追求"的种种学术思路，进而对现代中国文化独创性问题做出令人信服的阐发，借助这一的阐发，"现代性"视野才不至于单纯流于西方的逻辑，而成为中国现代精神生产的一种独特形式，这些努力的背后，树立着发现现代中国精神主体性与学术主体性的深远目标，这可谓是"民国作为方法"的特殊价值。对于这种"文化主体性"的重视，我们同样可以从作为台湾学术主流的"台湾文学"以及史书美、王德威等人倡导的"华语语系文学"那里看到，彼此对话的空间值得开拓。

"台湾文学"一度有意识与中华文学相区隔，寻求自己的独立空间，然而身居"民国"却是写作者不能不面对的事实，"民国"与"台湾"在现实中相互纠缠，在历史中前后延续、渗透、转化、变异，无论从哪一个方向来看，离开"民国文学"的历史与现实，都无法清晰道出现代"台湾文学"的脉络与底蕴，这一理念，似乎已经为越来越多的台湾学者所认可，台湾文学研究者如陈芳明、黄美娥都多次出席两岸举办的"民国文学研讨会"，发表了梳理民国文学与台湾文学关系的重要论文。

"华语语系文学"（Sinophone literature）是当今华文文学界的最有代表性的命题。尽管其倡导者史书美、王德威、石静远等人的具体观念尚有不少的差异，但是突破华文文学的"中国中心"立场，在类似于英语语系、法语语系、西班牙语系的多样化格局中建立各华人世界的文化独立性和主体性，确实是他们的共同追求："中国内地各种讨论海外华文文学的组织、会议、出版，其实存在着一个不可摒除的最后界限，即要归纳在一个大中国的传承之下，成为四海归心的一个象征。很多海外学者会觉得这种做法是过去的、老派的、传统的帝国主义的延伸,于是提出华语语系文学,使之成为对立面的说法。"① 摆脱"西方中心主义"的谈论"全球文学",去"中心"、解"权力话语",不再将华语文学当作某种"中国"本质的"离散",而是始终在流动性、在地化、变异与重构中生成,这是"华语语系文学"的基本追求。应当说,"民国文学"的研究理念刚好可以与之构成有趣的对话:作为文化主体性与学术主体性的建构,两者显然有着共同的意愿,不过,在不断表述摆脱西方理论模式束缚的同时,"华语语系文学"却将主要的批判矛头对准了"中国性"与"中国文化",史书美甚至为了执着地对抗"中国",将中国文学排除在"华语语系文学"之外。这里就产生了一个需要认真探讨的问题:阻挠现代华语世界精神主体性建构的力量是否就主要来自"中国",而非实力更为强大的欧美?或者说,在普遍由欧美文化主导的"现代性"格局中,各种现代中华文化形态的经验更缺少相互启迪、相互借鉴与相互支撑的可能?如果考虑到"现代性"的言说模式迄今基本还是为欧美强势文化所垄断,"大华文区域"依然共同承受着这些文化压力之时。以"在地"华文世界各自的经验独特性构制各自的"主体性"固然重要,在华文世界与其他世界的比照中寻找我们共同的经验、重建华文文学本身的认同和主体价值,同样不可或缺。而"民国文学"的经验梳理,也就是华文世界的"现代认同"的基础,也是华文文学主体性的主要根据,"作为方法的民国"需要在这样共同的文化经验的基础上加以提炼:

这里具有中华文化的共同传统与民族记忆,又都在不同的条件下融入了全球现代化的过程。文学发展的背景同样经历了农业文明到工业文明、后工业文明的历史过程,同样遭遇了从威权专制到现代民主的转变。

就文学本身而言,同样具备了中国古典文学的修养和基础的积淀,同样进入到现代白话文学的时代,虽然因为政治意识形态的介入,中国新文学传统的理解和继承方式有别,彼此有过对新文学传统的不同的认识——大陆以左翼文学为正统,台湾等区域可能更认同以胡适为代表的自由主义,但是作为大的现代文学经验依然具有相当的同一性。②

对主体性的任何形式的寻找最终都不是为了将自身的族群从周遭的世界中分裂出来,而是为了更深刻地认识自我,发现自我的价值,最终也可以与"他

---

① 李凤亮:《"华语语系文学"的概念及其操作—王德威教授访谈录》,载《花城》2008年第5期。

② 李怡:《命运共同体的文学表述——两岸华文文学视野中的"民国文学"》,《社会科学研究》2013年6期。

者"更好地沟通与共存。大陆"中国中心"意识值得警惕和批判，但是与其径直将大陆中国的华文文化视作对立的"他者"，毋宁将其当作既挑战自我又激发自我的"他者"，而且这样的"他者"也不能取代我们从欧美强势文化的"他者"中承受的压力，换句话说，大陆中国的华文世界并不是包括台湾在内的华文世界的唯一的压力，各区域华文文学的成长同时也不断感受着来自其他文化力量的持续不断的挤压和挑战。如果我们能够面对这样的事实，那么，就会发现，华文文学世界的"共同经验"的分享依然有效，依然重要，依然值得进一步挖掘和发扬，而在民国——这样一个由华人所建立的现代意义的文化形态中，存在着值得我们共同珍惜的精神遗产。正如王德威所意识到的那样："在我看来，将海外与中国内地相对立，是另一种划地自限的做法……如果只强调海外的声音这一面，就跟大陆海外华文文学各种各样的做法没有什么两样，只不过站在反面而已。""对于分离主义者来说，我觉得华语语系文学这个概念也适用……如果你不知道中国是什么样子的话，你有什么样的能量和自信来声明你自己的一个独立自主的自为的状态不论是政治或是文学的状态呢"[①]

[①] 李凤亮：《"华语语系文学"的概念及其操作—王德威教授访谈录》，载《花城》2008年第5期。

附 录

"民国机制"与"大文学"视野

——李怡教授访谈

李俊杰

一、"文学的民国机制"的提出

李俊杰:自 2009 年,您在考察"五四文化圈"① 及相关研究的过程中,提炼出中国现代文学"民国机制"这一问题,到现在已有 5 年时间,这 5 年,可以说是您的学术历程的一个新阶段。这一历程从现代新诗与古典诗歌传统的研究、鲁迅研究,到巴蜀文化与中国现代文学,再到对"现代性"问题的反思,直至当下的"文学的民国机制"研究框架的提出。这个概念的提出和您既有的学术思路有什么样的关系呢?

李怡:你刚才提到近 5 年来我把一部分的精力投入到"民国文学"研究,但是其实我自己关于中国现代文学的研究的思考,时间不止这么多年。我自己是在更长的时间之内,通过逐步的摸索逐渐地走到这个方向来上的。我的学术研究还是从文学作品的阅读开始的,我过去也在其他文章里说过,在 1980 年代中期,因为受到王富仁老师《〈呐喊〉〈彷徨〉综论》的启发激励②,自己开始阅读鲁迅和中国现代文学的一些作家作品,我最早的文章就是关于鲁迅

---

① 李怡:《谁的五四?——论"五四文化圈"》,《中国现代文学研究丛刊》2009 年第 3 期。

② 李怡:《日本体验与中国现代文学的发生》,北京:北京大学出版社,2009 年,第 222 页。

《伤逝》的评论,发表在《名作欣赏》杂志①。这不是偶然的,从某种意义上这也代表了我自己学术研究的起点,就是从对文学的鉴赏、阐释出发,逐渐地走入了所谓"学术研究"的殿堂。正是通过这样一个学术过程,我比较重视对于中国现代文学"独特性"的发掘。但是众所周知,我们现代文学的研究很快就迈过了文学鉴赏和文学阐释的时期,后来学术的发展更加关注的是国外学术理论动向,我们似乎自觉不自觉地走上了"与国际接轨"的这样一条道路。这条道路一方面的确是在很大程度上开启了我们的思维,打开了我们的视野,给我们带来了很多新鲜的话题,也可以说,推动了我们的学术发展;但另外一方面,我们也在学术实践的过程中逐步感觉到其中也出现了很多我们无法完全解决的问题,外来的学术思潮与我们自身的学术实事之间并不完全能够构成某种吻合,甚至在某种意义上会改变甚至扭曲我们文化和学术的实际,这个主要集中体现在1990年代的关于"现代性"话语的引入上。

"现代性"话语的引入,在一开始是在反省西方文化对中国"误导"的意义上提出来的,它与1980年代的所谓的"现代化"的取向并不一样。所以说"现代性"话语进入中国学术,是在宣判"现代性"已经"终结"了的提前下展开的,在当时,人们认为现代中国文学是西方文化殖民的产物,"现代性"的追求本身就是"西方"向"东方"进行文化殖民的结果,宣布"现代性终结"就意味着可以摆脱"西方"对我们的文化控制。这大大地影响了1990年代初中国学术的动向,当然也直接地冲击到了我们的现当代文学研究。但有趣的是,到了1990年代中期以后中国学术又发生了一次改变:随着更多的西方学术思想的进入,我们发现,在"现代性"问题上西方学术界本身也是众说纷纭的,包括如哈贝马斯这样的大家再次提出的"未完成的现代性"。由此,我们也逐渐能够在一个比较开阔的视野里来重新看待"现代性"问题,从1990年代中期以后中国学术界又开始大谈"现代性"了,并且把"现代性"直接引用到对中国文学的各种解释当中。这样前后的变化在今天看来恰恰表明了中国学术的一种尴尬的命运,无论是对"现代性"的否认,宣布它的"终结",还是转而借助于"现代性"话语的视角和资源来研究中国文学,其实在很大意义上都不是中国学术尊重自身的结果,恰恰是中国学术主体失落的表现。就是这样一种现实促使我转而思考中国学术自身的问题,在这个过程当中我开始探中国新诗的问题,考察中国新诗在它的发生和演变过程中与中国自身的文化的逻辑联系,这种考察并不是为了主张中国诗歌应该走"回到传统"的道路,在

---

① 李怡:《〈伤逝〉与现代世界的悲哀》,《名作欣赏》1988年第2期。

我自己看来，更重要的还是一个中性的、关于"事实"的研究，以此来分析中国诗歌的内在思维方式究竟是什么。此后我还做过关于中国现代文学与区域文化关系的研究，比如说中国现代文学与巴蜀文化关系的研究，我想这也是为了对现代文学的与我们自身传统的关系看得更清楚一点。以这样一些研究为基础，我逐渐开始思考影响我们1990年代的学术动态的方法论问题，后来出版了《现代性：批判的批判》①，这本书主要是反思性的，建构性的内容并不是它主要的方向，它主要是对1990年代以后中国学术在现代性视野下存在的一些问题的反思。我想，通过这个反思，使我更加明确了我们中国学术的发展。中国现当代文学学术的发展，应该努力地探寻自己的学术方向和学术道路，应该建立我们自己的学术范式，这是我越来越明确的目标和努力的方向。

到了新世纪以后，顺着这个方向和思路，我和一些学术同人开展过对于中国近、现、当代文学研究的学术术语的勘察和梳理②。今天在我们学术界有很多无根的语言在飘忽，甚至同样一个概念和范畴在不同的历史时期都引起了争论，争论也无法使得这些问题得以解决，过一段时间同样的争论又开始出现了。这说明我们整个学术思路是值得清理的，比较切实的办法首先就是对学术概念和学术术语的清扫。于是便聚合了一些学术同人，开始对中国现代文学批评概念的加以梳理，包括四大文体——小说、诗歌、散文、戏剧，也包括一些基本概念诸如文学性、大众、人民等等，在这一过程中，我逐渐感受到了中国现代文学自我生长的脉络和轨迹，于是更加深了我们要回到中国现代文学自身的历史场景的愿望。你刚才说的关于民国文学的研究就是在这样一个脉络的基础上提出来的。我大概是在2009年前后介入这一工作的。民国文学的概念不是我首先提出来的，它最早可以追溯到1999年前后陈福康老师对现代文学史料工作的一次命名，到了2003年前后，吉林大学的张福贵老师第一次从文学史和学术发展的角度完整地提出了"民国文学"的意义。到了2009年前后我逐步地体会到应该进一步探讨这个概念的意义，不仅是在文学史的表述当中，更重要的是把它作为一种自觉的视野和方法纳入到学术研究中去，"民国机制"的概念就是在这样一个背景下提出来的。在今天来看，提出"民国文学"就是为了尊重现代文学在民国时期发展的实情，探讨"民国机制"就是为了回到中国自身的问题，解释中国文学自身发展现象。

---

① 李怡：《现代性：批判的批判》，北京：人民文学出版社，2006年。
② 李怡主编：《词语的历史与思想的嬗变——追问中国现代文学的批评概念》，成都：巴蜀书社，2013年。

二、"民国热"与"民国机制"

李俊杰：就您刚刚所描绘的学术脉络和学术思路来看，"民国机制"所强调的一种学术研究方法，它能够获得学界的关注和认同，原因就在这里。不过我们也发现，在您提出"民国机制"这个概念的前后，由于某种"历史的巧合"，在大众传媒也兴起了一股所谓的"民国热"，从影视艺术到服饰器物，都有这样的潮流存在，大众文化和学术研究似乎都因"民国"这个关键词的出现而产生，您认为这样的一种"民国热"和我们倡导的学术研究的"民国机制"构成了一种怎么样的关系，又应该怎么样看待我们学术研究的方向和大众文化舆论宣导的方向呢？

李怡：这是一个非常重要的问题。的确，在进入新世纪以后，逐渐在我们的一些电影、电视甚至流行文化当中悄然兴起了一股所谓的"民国热"。大家谈论民国时期的事物，穿民国时期的服装，有的高校在毕业典礼和拍毕业照的时候流行一种民国的服饰，也有学者撰文探讨民国时期种种浪漫的、令人神往的故事，由此形成了所谓的"民国热"。我觉得这个现实必须要正视的，也是值得研究的。但是我想首先要说明的一点是，作为社会文化或者大众文化中出现的"民国热"与我们学术研究当中倡导"民国文学"研究，完全是两个不同的脉络，它们各有不同的渊源。就学术研究而言，我们对"民国"的关注，主要体现了一种比较深远的历史意识，如果从这个角度来说，这样一种学术研究并不是新世纪以后的产物，甚至也不是新时期以来的产物，它可以追述溯到更遥远的时间，大概可以一直追溯到 1950 年代中期，那时候在党和国家的规划之下，在周恩来总理亲自的部署和关怀之下，以中国社会科学院等单位为核心，逐渐地开始了"中华民国史"的研究，这一研究后来形成了北京的中国社科院与南京的南京大学两个中心，南京大学的"中华民国史"研究中心到后来还成了教育部的重点研究基地。可以说，史学界以"民国"为基本的概念展开对近现代史的研究由来已久，它代表了我们史学界对一段具体的中国历史事实的深切的关注，也建构了一种独特的学术范式。相对于史学界而言，文学界自觉的提出"民国"概念却还是最近一些年的事情，从某种意义上，文学界提出这一个概念我认为主要还是来自于从史学界获得的启示。因为历史学界对于中华民国史的研究显然比一般性的普泛意义上的近现代史研究更加注意民国时期的一些具体的国家历史的情景，对民国的一些具体问题的探讨也更为深入，事实上他们的一些学术成果包括他们的学术思路对我们中国现代文学研究有很大的启示和促进。

当然从时间上来说，当我们文学界从史学界汲取一种学术方法展开我们自身的学术研究的时候，刚好也与大众文化上的"民国热"从时间点上重合了，但这种时间上的重合从根本上来说也仅仅就是某种时间的巧合，它们各自具有不同的文化指向。所以，我觉得在今天来看，越是在社会大众文化当中出现各种"热"的时候，学术研究更应该及时的展开自己的力量，因为学术研究究竟是更理性、更科学的，从某种意义上也可以引导我们时代的思潮。今天的大众文化的"民国热"中间充满了人们的想象，也充满了人们对民国时期一些状况的误读，甚至夸大其词，也包括某些"美化"的现象存在，这的确是这一大众思潮客观上存在的事实。不过，我倒觉得不必过分担心这些事实，因为大众文化作为流行文化本身就是潮起潮落，瞬息万变的，就像在"民国热"的同时也有大量的"国学热"，如果说"民国热"当中不乏夸张溢美之词，那么今天对"国学"的倡导当中同样也不乏夸张溢美之词，并且同样也有种种商业性的考虑。当然，越是在大众文化有可能扭曲历史事实的时候，我们的学术研究一定要及时跟上，只有通过学术的研究我们才能科学和理性的方式对历史的秘密进行认真的勘探和解释，这样才能有利于社会文化的健康发展。

李俊杰：作为"民国热"的大众文化和我们学术研究中提倡的"民国机制"都是这个复杂多元的文化组成，然而学术研究可以在社会文化发展中保持其温度和立场，提倡理性的方法和态度，能够给大众文化以指引和启迪，我认为这就是学术研究之于大众文化的意义。您刚刚也提到了这是"术语飘忽"的问题，我们也可以进一步清理相关的学术的概念，包括"民国机制"这一概念本身。在您的学术表达当中，"文学的民国机制""民国的文学机制""民国机制""国家历史情境"这几组概念，都在同时使用，各有指涉，您是怎样看待"民国机制"这一概念的学术指向呢？

李怡："民国机制"这个概念，对我自己来说，也是在学术研究的经验上逐步形成、发展起来的，也许还在进一步完善之中。它在一开始并不是一个本质性的概念，在很大的意义上它体现了我自己对于学术的一种感受和体验。最初，我倾向于用这个概念来指民国时期出现的一系列推动和促进文学发展的元素。这些元素首先是在民国时期出现的，第二它是最终有利于文学发展的，所以最为准确和完整的表述应该是"文学的民国机制"或者叫作"民国文学机制"，这两个说法在我最初的使用上是没有根本区别的，是一致的。在后面的一些文章当中，为了表述的简便起见，往往也把它们简化为"民国机制"，但后来我又感受到，这样的简化也可能造成一些误解，正如有的学者指出的那样，严格地推敲起来说，好像"民国机制"就已经超出了文学的范围，代表了整个民国时期，属于社会文化发展的某些规律性的东西。在这里，我想说明一点，即在我的最初的设想中，"民国机制"主要是对"文学的民国机制"的简称，而不是指向更复杂的内容，因为如果指向更复杂的内容，我想就已经超出我作为一个文学研究工作者的知识范围，它会涉及对民国整个社会文化历史的全方位的考察，在这样一个历史阶段里存在哪些规律性的东西，哪些值得我们探讨的东西，这就可能需要更多的补课，所以在我的设计当中，不敢妄论"民国机制"能够概括民国时期国家、历史方方面面的情境，它主要就是对"文学的民国机制"的一个简称。

当然，最近我也发现了另外一个问题，就是在与一些学者的探讨中，他们提出一个疑问，说我提出"民国机制"，是不是就是找到一两个不变的规律把整个"民国文学"统摄起来？我这里稍稍作点说明，我提出这个概念时就没有这个意图。我认为"民国机制"是多方面的，它甚至在民国不同的领域里面，甚至不同的具体历史时期，都有不同的表现。比如它在经济领域中它直接的影响与作用在文学上的因素，在它的法律形态当中，也有作用和影响文学的因素，在其他社会领域里面，我们都可以找到这样的因素，所以"民国机制"说白了还是一个需要我们在不同的社会空间、社会领域，甚至在不同的历史时期去具体发现的一些影响、推动文学发展的"因素"，而不是一两个可以简单概括的"规律"。我也认为任何一个国家、任何一个时代很难找到一两个可以概括文学发展的"规律"。所以，提出"民国文学机制"，我的最根本的目的，还是为了从具体的"国家历史情态"出发研究现代文学，是为我们的研究提供一些视野和思路，而不是以此来确立写作一部"民国文学史"所需要的一以贯之的理论架构。

李俊杰：所以可不可以这样理解，"民国机制"只作为学术研究的一种方法存在，是为了解决具体文学问题的，而不是作为一种得到普遍规律的命名，至少提出概念本身不包含这个目的。

李怡：对，在一开始我就出于对民国时期作用于文学的种种因素——包括经济、政治、法律、教育等等各方面的情况充满好奇和兴趣，为了方便地将它们描述出来，就姑且提出这样一个概念。

三、作为研究视角的"文学的民国机制"及其成果

李俊杰："文学的民国机制"作为研究方法，已经在一定程度和范围中影响了许多学人的研究，您是怎样看待现在这方面研究的实际状况呢？对于现在这一阶段取得的研究成果，您有什么评价。

李怡："民国文学"研究在最近的一些实质上的成果都是在并不喧嚣的情境下默默取得的。比如说，我最近考察了一下，仅以《文学评论》杂志为例，发表我们及有关同人的专门从民国社会历史出发来研究民国文学的文章大概就有十数篇，除此之外，像《文艺争鸣》《社会科学辑刊》《社会科学研究》《学术月刊》等刊物，还发表有大量的文章，这些文章的共同特点是，他们有时候并没有标举起"民国文学"的旗帜，但都是在对一些具体的问题进行了研究，比如说有对"左翼文学"和"右翼文学"相互关系的研究，有对"延安文学"的重新思考，有对茅盾和三十年代经济危机与中国现代文学相互关系的思考，这些研究共同的特点是回到了民国时期各种具体的社会元素当中，通过对这些元素与文学的关系的深入挖掘，展开了许多过去的研究忽略的内容，我觉得这些研究都是扎扎实实的，它们推进了我们的学术发展，这也是我们最希望看到的。

同时值得一提的是，国内的一些高校已经逐步形成了相关的学术群体，每个学术群体都有一批年轻学人投入其中，通过自己的学位论文和平时的学术实践，非常扎实的推进着我们的学术研究，比如说四川大学的学术群体，以及围绕四川大学形成的西川论坛的学术群体，北京师范大学的部分学人。还有过去在社科院现在上海交通大学工作的张中良教授的周围，围绕吉林大学张福贵教授周围形成的这些学术群体，都是在不同的意义上各自推进着对民国文学的研究，这些青年学人的研究，在我看来内容越来越丰富，视野越来越开阔，成果也越来越扎实。

还值得一提的是，这种研究方法也吸引了一些海外学人的加入，比如台湾政治大学的张堂锜教授，还有台湾大学的黄美娥教授，以及澳大利亚、新西兰的一些学者，他们逐渐对我们的研究也产生了兴趣，并且有意识地把我们研究的一些概念和方法引入他们所在的地区或国家的中国现代文学研究中。比如台湾地区过去长期以来研究的多是以"台湾文学"为主要概念和范围，受到我们

的影响以后,他们也意识到了"民国文学"概念的特殊意义,逐步出现了关于"民国文学"研究的论文,据我所知,台湾的《国文天地》杂志已经推出了"民国文学"研究的专辑,即将出版《中国现代文学》杂志也会推出另一期的专辑,台湾政治大学的张堂锜教授也将创刊《民国历史文化与文学》的学术丛刊。海峡两岸在这样一个问题上有了共通的对话基础,也有了共通的话题,也可以说是共同推进了中华地区文学研究的发展,让海峡两岸的学者共同在对话中逐步探讨什么是适合我们中国的真正的学术发展的方法和方向,这些都是非常有意义的。当然台湾的出版社也积极参与,比如台湾的花木兰文化出版社,已经连续推出了共四辑大约六七十册的"民国文化与文学论丛",这些丛书最大规模地展示了海峡两岸学者在"民国文学"研究主题方面的成果。

李俊杰:目前,我们的确可以看到,这一研究已经拥有了广泛的学者的基础,也有了相当规模的研究成果。那么,在这个基础上是不是也可以考虑写作出版一部相关的《民国文学史》著作呢?

李怡:这个问题在一开始就有学者提出来,可以说"民国文学"的研究在一开始就是以建构一个"民国文学史"著作为目标的。我个人也是同意这样一个追求的,但在我看来,目前我们对民国文学的整体研究还不够成熟,学术成果还不够丰富,所以说对于建构一部文学史而言,我个人倒觉得不必仓促上马,因为"民国文学史"之所以不同于我们现在学术体制之内的另外一个概念"中国现代文学史",就是因为它应该对于历史的细节和文学的内容都应该有一些更加具体的发现,一方面是社会历史背景的重新发现,另一方面也是对作家作品的重新勘定,只有这些方方面面的工作被我们进一步地落实之后,我们才有底气和基础来构建一部全新的文学史。而就目前的情况来看,我觉得在这方面我们的准备还相当的不足,实质上如果在这样一个对历史细节缺乏研究的基础上展开文学史的写作也会是很困难的,而且因为现阶段"现代文学史"写作的非常丰富和发达,在它的引导下,所谓的"民国文学史"很可能无法真正凸显自己。因为,我们传统的"中国现代文学"的知识系统在多年的发展中已经相当稳定,在准备不足的情况下写文学史,必然会陷入对过去那套知识的重复当中。其实我们也有过这样一部文学史,这就是1990年代中期《中国全史》丛书出过一本《中国民国文学史》(人民出版社),这怪怪的题目也体现了当时历史的某种禁忌。该书除了在对文学的叙述中增加了几年之外,其他内容阐述的框架、作家作品的认定与我们中国现代文学史没有任何区别。

我想，我们理想当中的"民国文学史"不应该是这样，它应该是对中国现代文学史曾经忽略的某一些东西的展现和挖掘，这是我们应该追求的。因此，我觉得目前最重要的任务还是加强对民国文学现象的研究，从不同的角度和方面发掘出曾被我们忽略的文学现象，发掘出一些重要的作品、作家，我觉得这是我们目前的当务之急。

李俊杰：为了夯实的文学史写作的扎实基础，您认为需要进一步展开对民国文学的具体有效的研究，换句话说，研究方法的意义更为重大。在这个基础上，是不是有可能对"文学的民国机制"这个概念和方法进行拓展，从而对当代文学也有一个关照呢？

李怡：这是其中的应有之意。其实提出"文学的民国机制"并不意味着我们只做1949年前属于"中华民国"这个时期的文学现象研究，作为一种方法的有效性它应该是在更大的意义上对我们整个中国文学研究都产生启发。在"文学的民国机制"背后就是我提到的另外一个概念就是"国家历史情态"，所谓"国家历史情态"就是强调文学的发展应该立足于中国自身的更加具体的一些经济、政治等方方面面的历史事实的基础上，从这些历史的细节探讨它们和文学之间的相互关系，从而找到一些新的角度重新来阐释文学、理解文学，如果说对"国家历史情态"有一个特别的尊重，那么我们将会逐渐总结我们真正的中国经验，归纳我们真正的中国学术的方法，当然这样的经验和方法就不会仅仅适用于"民国"这个具体历史时期，也将适用于以后历史、文学发展的其他阶段。比如1949年以后我们过去称为"当代文学"的时期，如果我们回到"国家历史情态"，所谓的"当代文学"当然也可以对应称之为"人民共和国"历史时期的文学。在民国文学的研究开展的同时，我身边的一些朋友、同人，也开始自觉地在"人民共和国"的视野下来研究中国的当代文学，这方面已经陆续有成果出现。令人高兴的是，包括海峡对岸的学术界和出版界，也比较关注这方面的动向，比如前面提到的台湾花木兰出版社不仅出版了"民国文化与文学"论丛，从今年开始他们也推出了另一套丛书，这就是"人民共和国文化与文学"，第一辑的丛书一共17种，都是从中华人民共和国不同的历史现象出发，探讨它们如何影响文学，文学在其中有什么值得注意的特点，这套丛书刚出版，我想会逐渐引起学术界的重视，这样一来，所谓的"民国"和"人民共和国"时期，也就是过去所说的"现代"和"当代"时期，学术就贯通了，这个贯通的基本原则就是尊重中国在具体历史时期的国家、社会、历史的各种情形，把文学作为整个社会文化发展的一个环节，从中来探讨它的一些规律。我想这一思路作为方法和视野上的价值，可能对整个中国文学的研究都会有启示性的作用。

李俊杰：是不是可以这样看，这样一种研究范式可以为接下来的工作开启一个崭新的视野，许多学人也倾向于以这一种"文史互证"的思路作为努力的方向，在您"阐释优先、史著缓行"①的思路之下，是怎么看待这个方法的，对下一阶段的工作还有什么样的期待和设计呢？

李怡：随着最近一些年对"民国文学""人民共和国文学"的研究，我们逐渐发现一个值得注意的学术倾向，这个学术倾向一方面是我在实践中逐渐自觉运用的，但在另外一方面其实又是近一些年来中国现当代文学研究的许多学者都自觉不自觉地在探索的，这就是强调文学和历史在相互对话。在过去，我们当然也强调文学研究注重社会历史背景，但是那个社会历史背景往往出于特殊的意识形态的需要，已经固定了一套现成的解释。到后来西方"文化研究"又引入了，这也极大开阔了我们的视野，但是我们现在慢慢意识到，文化研究的许多概念、方法和术语的提出，有时候与我们中国自身的历史情景存在一种似是而非的关系，就是说它不一定能够更为准确地反映我们中国的经验。在这个意义上我们回头来看，我们中国学术自有"文史互证"的传统，就是强调通过对历史的了解来加深对文学的认识，同时我们也注意到中国文学很多的追求本身也包含着中国作家和知识分子自觉的历史意识，所以说文与史相互连接不仅是学术研究方法，更是中国作家和知识分子自觉追求的一种精神创造的方式。如果我们把这一点自觉地纳入我们的文学研究当中，就会形成一些对过去研究的突破，这就是所谓的"文史互证"。

四、"大文学"的研究视野

李俊杰：如果说"文史互证"作为一种研究思路对学术的发展产生了积极的意义，那么我们曾经在20世纪80年代兴起的所谓"回到文学自身"，包括

---

① 李怡：《民国文学：阐释优先，史著缓行》，《学术月刊》2014年第3期。

您在 90 年代初曾经提倡过"回到新诗本体"①，这样一些研究范式，对所谓"文史互证"的思路，有没有什么补充的意义？

李怡：这是一个非常好的问题，实质上我们今天看到，文与史的互证在 20 世纪 90 年代以后逐渐为相当的学者所注意。其实这里面呈现出的是两种倾向，也是"文史互证"最后的落脚点在何处的问题，一种可能是"文史互证"的倾向最终是落实到文学，但是我们不得不指出的一点是，所谓"文史互证"在最近 20 年我们的学术研究中往往也走到了另外一个方向，就是"文史互证"最后证的是史。我们从事文学工作的人兴趣今天也变得很广泛，除了对文学加以解释之外，好像已经不能满足于在这个狭小的范围内探讨问题，关注的是更为广大的中国历史、中国经济与中国社会发展的问题。于是很多的学者就顺着这样一个思路以文学为例子，最后得到的是历史、政治或其他领域研究的结论，这似乎也是一种"文史互证"，但是我觉得这样一种"文史互证"中存在有一个潜在的危险性：一旦我们的学科完成了这种跨越，应该如何尊重和适应别的学科自身的学术规范？比如一个研究文学的人，他进入到一个纯粹的近现代史的研究当中，在政治史、经济史的解释过程当中如何保持我们自身知识的有效性？这是一个非常严肃的问题。我们不能够为"文史互证"而"文史互证"，为了追求"跨界"而"跨界"，当我们跨出文学的"界别"直接进入到其他的社会文化领域发言的时候，我们如何保证我们发言的科学性和准确性，如何让我们的发言经得起其他学科的检验。正是出于这样一种疑问，我觉得我心目当中理解的和倡导的"文史互证"是要以文学为基础，换言之无论我们怎么"跨界"，最终"跨界"的目的是为了让我们文学内部的精神素质得到更细微的、更真切的解释，我们是为了解释文学，而不是为了解释文学之外的其他社会历史。当然我们可以自觉地运用文学之外的其他学科的知识来帮助我们认识文学、理解文学，但是这不意味着我们的研究对象发生了改变，我觉得无论我们跨界跨得多远，都应当回到"文学本身"。但是这里我提出一个概念，这里的"文学本身"不是"纯文学"本身，而是已经包含了相当丰富的社会历史内容的"大文学"的本身。在 80 年代我们曾经有过"回到文学本身"之说，我自己提过"回到新诗本体"的说法，当时提出这些概念的主要的意义是为了反对政治意识形态对文学的干扰，是为了提醒我们学者更多地从文学问题

---

① 李怡：《中国现代新诗与古典诗歌传统》，重庆：西南师范大学出版社，1994 年，第 7 页。

出发来完成我们的工作,把我们的工作重新定位为对文学本身的研究,其历史意义主要在这里。随着最近一二十年来学术研究的发展,我们同样需要提出另外一个问题,这就是对"纯文学"保持适度的警惕性,因为中国二十世纪文学的诸多追求都不是纯粹文学艺术的追求能概括的,它远远超出对纯粹"文学性"的追求,进入到了一个更为广大的社会历史空间中,并且我们自觉地把社会历史空间的思想追求纳入和凝结到我们对文学关怀之中。在今天,要更好的理解文学就不要局限在对文学"纯艺术性"的探讨当中,应该把文学与外面的世界更自觉地结合在一起。

李俊杰:为了避免文学研究成为其他研究的"材料",也为了突出文学自身的丰富性和复杂性,从具体历史情境出发对文学进行研究工作,我们可以看到从"民国机制"这个概念中所凸显的方法论的意义。那么是不是可以将这种"融历史文化的关怀入文学"的"大文学"视野①看作是您探索的一个新的方向呢?

李怡:正是强调回到"民国"和"人民共和国"的历史情态中,我逐渐地形成了对"大文学"概念的重视,中国现代文学史家最早提出大文学概念是1918年谢无量的《中国大文学史》②,这本书并没有对"大文学"的概念进行明确的定义,但从他实际的描述来说,我们可以看到其"大文学"是为了把中国古代的更为广泛的文学品种都纳入其中。大家知道在中国古代,文学的概念是一个"杂文学"的概念,今天我们形成的如此规范的以"四大文体"为基础的"纯文学"的概念是受西方近现代文学观念的影响,这个在"五四"时期曾经也成为我们追求过的一个旗帜,但是从后来中国文学发展的实际来看,连标举着这个旗帜的中国作家也没有把自己局限在这样一个"纯文学"的范围之内,这一方面表现在中国文学体现出了较多的文体驳杂的情形,就是说除了"四大文体"之外我们还有更为丰富的文学品种得到了保留发展,作家也愿意在其中寄予自己的思想,表达自己的情怀,这就包括书信、日记、序言等,有的学者也把这些叫作副文本③的现象。另外一方面,中国相当多的文学家也没

---

① 李怡:《回到"大文学"本身》,《名作欣赏》2014年第4期。
② 谢无量:《中国大文学史》。
③ 金宏宇:《文本周边——中国现代文学副文本研究》,武汉:武汉大学出版社,2014年。

有把现代文学的追求当作是"纯文学"追求的一部分，他们更愿意在这种所谓"文学"的形式当中包含着他们对现实人生、对历史的非常深切的关怀，比如说鲁迅的杂文。鲁迅的杂文历来存在很大的争议，如果按照西方的"纯文学"概念，我们可以轻而易举的判定它不是"文学"，今天许多海外汉学家也仍然持着这样的立场对鲁迅杂文进行质疑或否定，但是问题在于包括鲁迅本人恰恰越来越对他自己的杂文形式表达出一种自信心，直接用杂文概念与所谓文学家的"艺术之宫"相对抗。通过鲁迅的描述，我们可以看到在这样的现代大家那里，已经生发出一种与中国经验、中国的人生感受更为贴合的也更加能够自我表达的文体形式，这样的文体形式又有什么理由排除在"文学"之外呢？反过来，我们又如何描绘这种文学追求呢？我觉得在这个时候我们恰恰可以启用"大文学"这个概念。"大文学"的概念一方面可以吸引我们注意到中国作家自身对文学的一种特殊的关注形式，就是他们不仅关心文学在艺术上和语言上的发展，他们同时把文学纳入到更为广大的社会、文化、人生的综合性关怀的范围之内，并且以后者为他们更为自觉的追求；与此同时，中国的文学也没有受西方四大文体形态的约束，它们生发出更为丰富的一些文学的品种和样式。如果我们充分地自觉地考虑了这一点，我觉得我们一方面可以大大地拓宽文学研究的领域，同时我们也会更自觉地让我们的文学与中国社会的历史事实完成深切的对话，在对话中挖掘百年来中国文学最不应该被人忽略的那部分内容。

重新发现文学研究的复杂与张力

——李怡教授学术访谈录

教鹤然

一、"荒芜"中的文学启蒙

教鹤然（以下简称教）：李老师，您对于文学和文字的热情与敏感想必始于童年时期，能否请您先谈一谈家庭环境和童年经历对您的影响呢？

李怡（以下简称李）：我曾经在某次访谈中粗略谈到过家庭环境的影响问题，其实我们这一代人与中国现代文学作家相比有很大的区别。那个时候，很多作家有深厚的家学渊源，或者多少也有着相当的文学基础。而我们这一代人，我将其称为"荒芜的一代"。由于经历过"文革"，出现了文化的断层，因而如民国时期文人学者们代代相传的文化传承方式就不复存在了。在那个文化禁锢的年代，除了部分高干子女，能够看到当时出版的富有鲜明的时代特色的"黄皮书""灰皮书"等以外，普通老百姓基本上难以有接触到经典的文学艺术或社会科学著作的机会。这也就是我所谓的"荒芜"感受的原因。

我的父母都是机械工程师，与文学毫无关系。现在回想起来，如果说我的文学热情和爱好与家庭环境有什么关系的话，那么可能主要来自于两个方面：一个是我的舅舅。他是一位优秀的中学数学教师，逻辑性和表达力可以说十分出色，能把复杂而枯燥的数学问题用生动形象的方式讲授给学生。同时我的舅舅也是文学爱好者，他的小说阅读量很丰富。在我的童年时期，他经常向我讲述中国古典小说中的故事片段，比如《三国演义》《西游记》等等。可以说，我的文学启蒙和文学兴趣，就是在听舅舅讲故事的过程中被培养起来的。等我成长到自己可以独立阅读书籍的年龄，最初引起我兴趣的是"连环画"或者

"小人书"。家人将小人书作为对我的奖励，我自己也把平时买冰棍的零用钱和过年时的压岁钱攒起来，每月能够购买一两本新的小人书。由于当时这种书的价格便宜，大概几分钱到一角钱，也就是攒两根冰棍的零钱就能买一本，这为我童年时期的大量阅读提供了可能，比如我最初对于《三国演义》的阅读就来源于一整套小人书。我对小人书的阅读习惯一直保持到中学阶段。70年代初期，由于当时掀起了"评《水浒》批宋江"的热潮，出版了一批供批判用的古典白话小说《水浒全传》，这是我最早接触的真正的文学名著原本。另外一个因素，就是学校与家庭为我亲近自然创造了机会。当时学校的课业并不繁重，有大量时间可以参加学校组织的劳动，比如割青草、积肥来支援农村建设。当然，一方面这是一种强制性的劳动，但是另一方面，这些田间活动包括捕鱼、拾柴等，也给了当时的孩子们亲近大自然的机会，培养出了一种生活趣味和对于生命的理解。我们的童年时代并没有动漫和电视，但这种"与自然共生"的状态，经历时间的沉淀之后就能慢慢体现出对一个人成长至关重要的作用，这可能是当下青少年成长过程中稀缺的部分。

过了很多年以后，我才知道我的祖父一辈曾是民国时期武汉大学和中山大学两校的中文系毕业生，也曾经从事文学研究并著书立说，他撰写的专著中还包括中国诗歌史，这与我的文学研究似乎存在着某种共鸣与交集。后来，我还曾在胡风办的《七月》杂志上看到祖父所著的书的广告。如果据此追溯，可以认为我选择文学在某种程度上也有着潜在的遗传基因。不过我的祖父在1948年前后就迁至台湾，而将我的父亲、祖母等留在了大陆，从此断了音讯，我获悉他的这些信息，也是在我走上文学研究道路以后的事情了。所以，这种"遗传"的追溯更近于是一种自我想象或说精神上的自我连接吧！

教：您在大学阶段以文学为专业，最终又从事文学教学与研究，那么，请问您步入学院前的启蒙教育情况对您的人生选择有着怎样的影响？

李：大概到新时期70年代后期，我进入到初中学习阶段，当时的文化发展反映到文学上，就是集中出现了一批科幻文学的作品，比如郑文光的《飞向人马座》，以及早期的科幻杂志《科幻海洋》等。科幻文学的优势在于通过建立在自然科学基础上的对宇宙、自然的想象，极大地打开人们的想象力。科幻文学归根结底属于大众文化，因此它与一般意义上的经典名著对我们视野的开拓是有所区别的。但是对于在当时并没有太多书籍可供阅读的孩童来说，这种关于未来的天马行空的幻想，对自我发展有着至关重要的意义。因此，到现在我仍然非常珍视从科幻文学中汲取的财富，并始终保持着对于科幻的兴趣。除了中国现当代文学学科研究中涉及的文学著作与理论著作以外，目前我的阅读构成中很重要的一部分就是科幻文学,包括科幻小说、杂志和科幻电影等。科幻作为我个人的兴趣爱好,影响与丰富着我的生活,也许未来有合适的契机我会将这些"科幻体验"写出来。

二、代际经历与"文学梦"的转移

教:您出生于1960年代,离开四川来到北京求学,您的同辈人常常对1980年代的大学生活有着极富青春浪漫色彩的回忆和描述,那么您是怎样看待作为这一代人集体记忆的大学时代呢?

李:区别于更年轻的一代,我们1960年代出生的时代经历可以说非常重要。现在回想起来,"代际"给我带来的最重要的财富,就是我们"睁眼看世界"的过程伴随着国家社会的改革开放进程。换言之,整个国家民族的发展与成熟基本上与个人的生命展开及理解世界的过程同步。今天,新的社会秩序已经建立,发展得较为成熟的社会结构给我们提供了一个看得见的未来,但当时与今日不同,当时并没有一个已经建设好的世界等待我们享受,这样可能会带来一些问题,比如我们对于周遭环境的感觉并不会那么敏锐,对于事物的理解也不会那么深入。但是,我们却有着与国家共同探索的可能。国家在探索怎么从"文革"的内乱中走出来,怎么带给新一代人美好的人生,民族的未来应该走向何方,乃至于重新定位什么是自我,什么是个人的权利,什么是国家的义务,这一切都在被重新定义中。换句话说,"1980年代"是一个启蒙的时代,也是一个成长的时代,更是一个探索的时代。很多东西处于未定的状态,国家、社会、知识分子都处在探索之中,而我个人也被带动着进行探索。我个人的成长,也就被卷入时代浪潮之中。倘若我们像今天的青少年一样,在成长过程中享受到优越的条件和保护,也许我也就会丧失了探索的"童心"。

我接受的中学教育是由一种相对僵化、呆板的思维模式所主导的。1984年,我高中毕业步入大学阶段,这是我这人生的转变期,从高中时少年的懵懂混沌状态转变为自觉认识世界,认识自我的状态,基本的价值观与人生观也逐渐形成。到了大学以后正遭遇思想启蒙,老师的课堂教育,学校的校园文化,开始潜移默化地解答我们关于时代和自我的困惑,关于人的自由、权力、道德、理想等的认识,在课堂学习的过程中被重新建立和定位。而对这些东西的理解与探索又伴随着文学专业知识的学习,比如说中国现代文学。在这种状态下,我就很容易回到晚清到"五四"的历史情境中,与那一代知识分子的探索历程进行对话。好像我们正要解决的和需要解决的问题,正好与那一个时代知识分子曾经探索过的东西产生某种契合与共鸣，因此我就有种强烈的对于"五四"以及近代知识分子探索过程的认同感。我的学习对象与个人的成长经历有着高度呼应关系，而不是外在于自己的僵化的学习任务。因此，大学时代对于我后来走上文学研究道路是至关重要的。

教：据我所知，您在北京师范大学读本科的阶段，也曾经参加过诗歌社团和学生组织，并且也进行过诗歌和其他体裁的文学创作，那么是什么促使您从文学创作转而走向文学批评和研究的道路呢？

李：从创作转向批评与研究对我来说是一个自然的过程。当时基本上所有在大学念中文系的人都怀有着文学梦，或者说，我们是带着这个文学梦进入中文系的。进入中文专业学习的第一目标就是要当一个作家。因此，我在大学阶段的文学创作，无论是新诗、散文、小说还是话剧的创作，都是沿着这个梦在前进。但是，当你真正进入文学领域后就会慢慢发现自己的所长和所短，尽管每个人都可以从事写作，但并不是每个人在这条道路上都走得一样快、一样稳健、一样充满希望，甚至在你沿着这条路走的时候，会在沿途发现一些别的可能性。对于我个人而言，这个转捩点就是在我真正接触到王富仁老师讲授的中国现当代文学史课程以后，真正认识到除了创作以外还有别的东西可以吸引我，那就是，我们可以通过阅读作家的作品来探索一个作家创作的秘密，更深入地理解作家思想的来源与去向，以及作家思想情感的构成。这时候，我已经开始慢慢从一个写作者转向为研究者和阐释者。这两者的相通点在于，都抱有一种强烈的想理解文学与了解文学的愿望，但是前者带有一种创造的趣味，后者更带有一种探究的趣味。自从在大学课堂上接受了老师在现当代文学史课程上传授给我的探究的快乐以后，我逐渐发现自己对于探究文学史秘密的趣味变得愈来愈浓，也就因此而逐渐完成了文学梦的内部转移。

教：您早期的学术研究方向主要集中在鲁迅研究与现代新诗研究两方面。在您逐渐摸索和抉择的过程中，以这两个方面作为您学术道路的开始，是否存在着一些对您影响重大的人和特殊的事件呢？

李：前面我提到了大学本科阶段的中国现当代文学史课程，这个课程当时是由王富仁老师讲授的。这是王老师在北京师范大学博士毕业后第一次给本科生上课，大概也是他在北师大唯一一次完整讲授现当代文学史课程，以后主要讲授鲁迅和其他的选修课。这一段听课学习的经历对于当时作为大学本科生的我来说非常重要，老师在一个学生的成长过程中起着至关重要的作用，因为倘若没有这位老师，文学对于我们来说就是"荒原"，你不知道道路在哪里，也不知道前方有什么。只有当老师以他的学术的魅力和人格魅力给你展示了一种可能性的时候，你才会自觉不自觉地有一种沿着他的方向前进的冲动，很多人的学术道路都是在这样的过程中成长起来的。王富仁老师不仅影响了我对鲁迅研究的兴趣，而且教会了我一种学习的方法，怎么进入现代文化史以及如何介入到知识分子心灵去理解他们的人生曲折和文学探索的过程，这种方法我一生都受用无穷。我的第一篇学术论文就是在王老师的推荐下由《名作欣赏》杂志发表的，内容是重新解读鲁迅《伤逝》的文章，题名为《〈伤逝〉与现代世界的悲哀》。

另外一个对我影响很大的老师就是非常有才华，非常诗意，也非常感性的蓝棣之老师。蓝老师当时在北京师范大学主要担任新诗研究课程的讲授，由于我最初也进行新诗创作，又幸运地遇到了新诗研究做得很好的蓝棣之老师，也就自然而然地对新诗研究产生了兴趣。因此，我在大学本科阶段，除了前面提到的研究鲁迅的文章以外，还写作了三篇关于中国新诗的论文，第一篇是关于李金发的新诗研究，起因是讲文学史的老师告诉我们，李金发是谁都读不懂的诗人，谁如果把李金发读懂了，那就能非常深刻地理解中国现代新诗的发展，这句话直接激励我在课下读了很多李金发的作品，也的确颇有收获，后来写出了《李金发片论——一个中西比较的视角》。说到这篇文章的投稿和发表，也有一个有趣的故事。我当时自己投稿到《中国现代文学研究丛刊》杂志，投稿后并没有得到通知和反馈，一直到 1988 年，偶然在中国书店里面看到一本 1988 年第 2 期的丛刊，打开后发现上面竟然有我的文章，感到既惊讶又兴奋，原来自己的这篇文章已经被《中国现代文学研究丛刊》发表了。多年以后，我才知道当时发表这篇文章的是钱理群老师，现在回想起来，这段经历也可以说是一桩佳话。我写的第二篇与新诗有关的论文是我的本科毕业论文，这篇文章是关于穆旦研究的，名为《黄昏里那道夺目的闪电——论穆旦对中国现代新诗的贡献》，在王富仁老师编辑《中国现代文学研究丛刊》时期，发表在 1989 年第 4 期杂志上。第三篇关于中国新诗发展的宏观研究的论文《中国现代新诗的进程》，在王富仁和蓝棣之两位老师的意见下反复修改，后来在老师的推荐下送到当时较权威的文学研究杂志——《文学评论》的资深编辑王信老师手中，在 1990 年发表。这对于当时还是年轻研究者的我来说，是一个非常大的鼓励，直到现在我仍然对当时给予我帮助的老师们怀有特殊的感激之情。

三、文学与历史的深度对话："民国文学"的内涵与外延

教：自 2009 年，您在中国现代文学研究领域提出"民国机制"这一概念，

至今已经将近 8 个年头，期间吸引了众多学者围绕民国文学问题进行讨论与研究。能否分享一下您对于民国文学的概念以及其研究现状有怎样的看法？

李："民国文学"的概念最早由陈福康老师提出，但影响效果相对有限。新世纪以后，吉林大学的张福贵教授在重庆的一次学术会议上提出了"民国文学"的概念，后来这篇论文发表在香港的《文学世纪》杂志上。说实话，张老师最初提出这个概念的时候很多学者并不认同，其中也包括我本人，我自己对于"民国文学"概念的认识和接受存在着一个逐渐加深的过程。因为我们是受到中国现代文学的"现代"框架的教育下成长起来的，我们更愿意强调现代文学的现代性，认为这是解开中国文学从晚清走向"五四"的许多秘密的钥匙。我带着这样的知识结构和文学框架从事文学研究，猛然听到从国别角度提出的文学史概念，一时间还不能接受。随着现代文学研究逐渐走向深入，我渐渐发现"现代"与"现代性"的概念都很深地根植于西方知识体系中，而一旦纳入西方知识体系中，我们就会面临新的问题，也就是关于"中国的现代性"是什么的追问。中国的现代性从理论上讲并不是完全照搬西方的舶来品，但我们又很难清晰地概括出来它究竟是什么。我绝不是说这种概括是没有意义的，以后我们还会进一步推进这方面的研究，但是这种概括的失效至少提醒我们，学术界在这个问题上遇到了一点困难。我们是否能够从另一个更具有中国特色的角度，更符合中国历史发展情境的角度，来提出一些新的文学研究的可能性呢？在 2009 年前后，我开始意识到当年连我自己都保持怀疑态度的"民国文学"有它不可替代的意义，即这一概念强调了中国历史非常具体化的经验。现代性强调世界性的宏观进程，而民国强调中国历史自身衍变的具体阶段，我开始意识到引入这样一个概念可以拓宽中国现代文学研究的许多领域，可以推动文学研究的重要发展。在这种观念下，文学和历史可以形成一种连接，把中国现代文学研究置放在中国现代历史的深厚背景之上，这样可以让我们的文学研究更扎实而丰富，并且可以派生出许多新鲜话题。我提出了"民国文学机制"或者说是"文学的民国机制"，这个概念就是提醒我们注意在民国这样的特定时空环境下，文学有其具体的特点和规律。我们的现代文学研究也应该有意识地阐释和凸显在特定时空环境下中国文学的特定规律，我所提出的概念可以达到和实现对这种特点的某种概括。

多年来，相继介入民国文学研究领域的学者越来越多，除了陈福康老师和张福贵老师之外，还包括丁帆老师、张中良老师以及台湾的张堂锜老师等。在今天来看，这样的思维和视角的意义就是可以推进中国文学走得更扎实，更具体，更能切合中国历史特点的研究思路，当然，民国文学也不应该是中国文学研究的唯一角度和唯一方法，包括中国现代文学的"现代"角度在目前仍然是有效的研究角度，而且应该和"民国"的国家历史角度形成相互补充、相互对应形成更大的研究格局。中国现代文学研究应该有丰富的视角和多元的方法，民国文学只是其中之一，既不能代替其他的研究方法，也有其他研究方法所不能替代的优长之处。

教：在民国文学研究范式下，您着力实践以史立论的研究方法，许多同辈学人也在沿着这个方向努力，但您也曾说过，这种研究方法也有潜在的危险性，那么，您如何看待这种文史研究方法在文学研究中的运用？

李：这个研究方法最值得注意的就是我们的基点是什么呢？我们应该追问：作为中文系的学者最终的落脚点是研究文学还是研究历史？在这个问题上我们一定要有一个理性而清醒的把握。所谓文史对话或文史互证的方法，可能存在两种研究倾向，一种是以文证史，比如学者陈寅恪，他的研究是以文学的材料来补充史学材料的不足；而另一种倾向是用历史来说明文学，我们应该对自己的学术目标有自觉把握，也就是我们最终要达到的是对文学现象，特别是对文学作品，有一种与众不同的解释。因此我们引入历史材料，最终的目的是为了说明文学而不是为了说明历史。值得注意的是，文史对话作为一种笼统的研究方法概括，可能也会把研究者引入其他方向。比如有些学者通过文学史与思想史、社会史的对话，实现了自己工作方向和研究方向的缓慢转移。这些学者开始尝试去回答一些别的历史领域的研究者要回答的问题，如关于中国革命史及关于中国现代史的评价问题等，这些问题都可以构成我们文学研究的重要参考和思想基础。但是，我们同时也应该看到，每个学科有每个学科的学术规范和知识准备要求，对于纯粹文学出身的人来说，想要回答这些历史问题，仍然存在很多知识上的不足。

因此，我所强调的文史对话最终是为了解决文学问题，是为我们理解文学提供新的角度和新的思维，而不是仅凭借阅读文学作品获得的感悟和体验就能够回答一切我们想要回答的历史问题。换言之，对于任何一种研究方法来说，我们只有知道了它的局限性和有限性，才能反过来更好地运用它。

教：在目前学界，仍然鲜见民国文学史著作。您曾经对于民国文学研究"著史"与"论史"的问题有过这样的表述："目前最需要开展的工作还不是撰写一部体大虑深的文学史著，而是努力从不同的角度深入勘探、考察，对这一段历史提出新的解释"，近年来，对于民国文学的研究和方法的讨论可以说是百家争鸣，在这样的学术气氛中，您对于民国文学的"著史"工作是否有了新的理解？

李：目前，我仍然认为民国文学的著史工作还需要我们对历史细节做进一步地研究与理解才能得以展开。到现在为止，学界也出现过几本民国文学史著或相近题目的著作，最早的应是中国社会科学院编写的文学史书系中的一本《中国民国文学史》（人民出版社，1994），这本书把中国现代文学三十年向前延伸到民国成立，也就是将中国现代文学的上限从1917年向前推进到1912年，但是其文学史的阐释方式并没有太大改变。如果仅仅将文学史的名称从"现代"调整为"民国"，而著史的阐释方式并没有改变，那么这种纯粹的名称调整的意义就是有限的。其后，也出现过带有民国文学编年性质的著作，比如湖南学者汤溢泽于2011年由吉林大学出版社出版的《民国文学史研究》，但是这本书呈现出的是一种大事记或编年史的样态而没有形成文学史的框架与细节，仍然处于民国文学材料的初步梳理阶段，还有待进一步完善。最近出版的带有民国文学史著特点的专著是中国人民大学孙郁老师的《民国文学十五讲》，这本书于2015年由山西人民出版社出版，这是目前为止我看到的最优秀的一本最接近民国文学史的著作。这本书展示了民国文学史与现代文学史的区别，其中包含了多种题材和多重风格，比如新文学和旧体文学，精英文学与通俗文学，基本上体现了所谓民国框架下的文学史与现代框架下的文学史的差异性。当然，这本书的成书也依赖于一个讲座的形式，相对而言其厚度和长度还是有限的。未来，我们也许可以在民国的框架下重新梳理我们的材料，奉献给大家一本全新的文学史的写作。但是，就我自己而言，还没有做好这个准备。因为这个全新的框架不仅是概念运用的不同，更重要的是我们对于文学史的历史细节的掌握应该与过去产生区别，在这一方面，我觉得自己的材料储备和掌握还不够，将来也许才能更有把握地完成这个工作。

四、文学研究的新格局："大文学"的方法论意义

教：1980年代曾经兴起"回到文学本身"，与注重文学内部研究的思想潮流，您曾经在重新思考中国现当代文学研究规范问题的时候，提出过"回到大文学本身"的理念，您曾将这种理念解释为"我们的中国现当代文学研究应该把对'文学'的关注融入社会历史的总体发展格局之中"。那么，您认为这种大文学研究的视野对于当下中国现当代文学研究来说，有着怎样的具体意义？

李："大文学"的概念事实上是在民国文学研究的基础上产生的构想，在某种意义上，它体现出了研究民国文学的方法论的意义。民国文学本身的框架与现代的框架有什么不一样，就在于它要完成对于过去被我们忽略的文学现象

的重新阐释,比如说,文学史中既有新文学也有旧文学,不能完全以新文学的进步、进化作为文学史书写的根据,而是要更全面、更细致地把一代人的喜怒哀乐体现出来。这些喜怒哀乐既有指向历史进步的一面,可能也有指向历史复杂情感的一面,比如说所谓的晚清遗民文学。晚晴的遗老遗少在进入民国的时候,带有把民国视为敌国的情绪,而他们的特殊而幽微的心态,就可以作为现代知识分子当中被忽略的一面而重新加以认识。再比如所谓的沦陷区文学,沦陷区作家一方面处于被异族占领的屈辱当中,另一方面又极力通过各种隐秘方式来表达他们对于母国既有文化的情感认同,这种认同又要取得被异族统治的写作合法性,这就构成了他们在认同中华文化、表达中华文化中间的复杂心理,这在最近的沦陷区文学研究中已经引起了部分学者的注意。由此,我觉得民国文学史的写作就应该扩大到对知识分子心灵史的书写的意义上,在这样一个意义上,不仅我们关注的内容变得更细致、更丰富,关注的文体更多元,而且在客观上完成了对固有的文学研究框架的突破。相对于固有的文学框架而言,我们的文学研究就是一个更"大"的研究:范围更大、内容更大、文体更多,甚至过去被忽略的一些文体,比如说书信、日记、纪实性报告都有可能被纳入到新的文学研究之内,较之于过去一味强调文学的纯粹性和文学性的"小"而言,这样的文学研究就是更"大"的文学研究。

  同时,"大文学研究"的"大"还包含第二层含义,它代表的是中国传统的一种特殊的对于"文"和"文学"的理解。我们知道,现在通行的文学的概念主要来自西方,同时带有西方明显的"纯文学"追求的意义,而中国古代带有我们自己对于"文"的理解,这个文指的不是"纯文学"的"文",而是"文章"的"文"。因此,放在"文章"的意义上去理解,这个文学的概念就成为一种"大文学"的概念。很多在西方的"纯文学"范畴内看来不是"文"的,在中国古代都属于"文"的范围。这种"文"的理解进入近现代以来面临着一种变化,我们也会融入和接受许多西方的文学观念,但是否代表着中国古代的"文"的观念消失殆尽,不再对现代知识分子的写作发生影响了呢?显然不是。实际上,中国现代的"文"的观念,就是中国古代的"文"的观念和西方文学观念相互融合的产物,在过去的文学研究中,我们更多强调的是西方意义和向度上的文学观念,相对忽略了中国固有的"文"的概念仍然对现代知识分子产生着影响,今天我们提出"大文学"的概念,就是有意识地把过去长期以来被我们忽略的影响凸显和挖掘出来,这就是我所谓的方法论的意义。可以说,这种"大文学"的研究视野,不仅对我们的现代文学研究有意义,对于古代以及当代等其他时段的文学研究同样产生意义。当然,古代文学中早就有学者在强调研究的"大文学"视野,只不过在我们的现当代文学研究中,这种方法和视野的运用,目前还不够自觉。

教:"大文学"视野需要将传统文学研究的眼界拓宽,这就需要进行文学研究时运用的史料也同步扩充,也就是您所说的"大文学"需要"大史料"。那么,今天我们在进行文献发掘与整理工作的时候,需要怎样的方法作为指导呢?

李: 所谓"大文学"需要"大史料",这个史料既包含文学本身的史料,当然也务必包括文学文本,这是文学研究最基本的史料,同时还有文本周边的与作家及作家活动密切相关的一系列史料。但是这些史料加起来也都还是文学范畴的史料,所谓"大史料"的"大",我认为应该有意识地引入社会史、出版史、经济史、政治史等历史范畴的史料。当然,所有引入的史料最终都是为了反过来帮助我们进一步认识文学是在怎样的情境下产生的,这些范围很广泛的材料被纳入进来之后,可以大大加深我们对于文学生长及发展背景的理解,所以从宏观的角度来说,就是借着史料的"大",来看我们文学的"小"。当然,不可忽视的是,我们进行史料整理和文学研究的最终落脚点是在文学的文本,也就是我所说的"小"的落脚点,但是,"以小观小"观不出"小"的深刻和内部结构的复杂,只有"以大观小"才能帮助我们把"小"阐释透彻,这就是我所谓的"大史料",引入了这样的史料观,才能在文学研究中真正实现"大文学"的方法。

学术与历史：我们今天如何阅读王富仁？
——从"大文学"的立场看

李 怡

今天好多同学都从不同的角度谈了认识，特别好的就是能够结合个人的经验与感受。我注意到，几乎每个同学都谈到了自己的生活感受，通过生活感受来进入王富仁老师，我觉得这可能就是王老师的著作所给予我们的一种特殊引导。在通常情况下，我们读书还是"就书论书"，从文字入手，但是面对王老师的书时，却似乎有了不同，我们一下子就从这里带出那么多生活的问题、人生的问题，这本身就是一个值得注意的现象，其中暗含着关于书与人的特别的真实。

……

我以为，王富仁老师给予我们的是一种总体的冲击。这种总体的冲击怎么理解呢？我想到了王老师去世的当天晚上，大概到了晚上9点、10点，整个微信圈都在传这个消息。我从中日友好医院回到北师大，大概已经是凌晨一点多了。中间不断有电话打来，我都没办法接，微信也没办法看。一到家，我看有好多微信，看到姜飞老师发来的微信。姜飞是四川大学文学与新文学院的才子，恃才傲物，说话都是看着半空的，他眼里没几个他佩服的人。虽然严格来说姜飞跟我不是一代人，他是70后，我是60后，但有一种东西是相通的。你看他谈论王老师是什么角度，那是基于一种深刻精神信仰层面的认同：

王先生的研究重在现代性。王先生的研究有卓越的成就却从未完成。王先生的研究从未完成是因为他生命不息而反思未已，持续反思的王先生持续进步，他的进步源于对鲁迅思想的深刻领略，源于对中国的黑暗与中国人的黑暗愈加深刻的体验，然而更重要的是，源于王先生与生俱来的正义热情和战士品格。

王先生的研究，所谓反封建的镜子，所谓"五四"的四个关键词，所谓新批评，新国学，以及各种随机的表达，非无可商之处，然而他的真诚、坚实和他的深刻、锐利为他赢得尊敬，在我们的时代，他是真正的学者。王先生的研究，是以学术的方式抒写他的正义热情和未来期许，王先生的学问不是学问而是诗，激于血性和良知的愤怒让王先生成为诗人，王先生是不写诗的大诗人，是无情的战车未能碾碎的抗议者，是无形的刺刀不能刺杀的英雄人物。

我对王先生的记忆是风范和温暖，是演讲中的慷慨激越和无所畏惧，是那句'你不要跟我说组织，我就认定是你，我绝不放过你'，是眯眼享受红塔山的表情，却又似享受似嘲讽。

只要有一个人深刻记得，王先生就没有死。我有证据表明王先生未死。其实，我相信王先生有千万人深刻地记得，因此，我相信王先生依然是沛然勃然的伟大生命。

……姜飞在悼念王老师的文字中，他的每一句话都掷地有声，充满了切实的内容。我当时看了就非常激动，当即就给他回了短信，那个时候已经深夜两点钟了。

我还特别有感于姜飞文字中的一段话，从中能看出我们这一代人与70后、80后在代际上的细微差异。姜飞说，王老师提出了好多概念，这些概念未必就是没有可商榷的地方。也就是说，对我们，这些存在的可商榷之处其实都是不重要。商榷也好，不商榷也好，准确也好，不准确也好，都不要紧。为什么呢？这里边有一个东西更值得我们思考：什么样的力量让王富仁老师这样谈论鲁迅，这样思考中国现代文学？是什么样的人生遭遇让他这样说话？对于一位真正的思想者而言，某些具体观点的表达其实并不是最重要的，重要的是他的精神的高度、境界和思想方式。

在这里，我们最能够感知到的是一种东西：生命的力量。这个词好长时间我们几乎都被忘了，特别是进入1990年代以后，学术成为更加技术化的操作，几乎把这个东西忘了。但是这个东西是非常切实的，曾经是一代人的追求，后来却被逐渐放弃了。但是放弃却是一个时代并不正常的结果。这里我给大家讲一个故事。就是我们这一代人是怎么经过80年代的，怎么懂得所谓的"学术"，又怎样开始自我成长的。

我们这一代人，从小就没有太多自己的思想，当然也没有意识到需要"思想"，我们是无条件地将学校老师的正面教育作为我们的思想，或者说是把别人的思想当作我们的思想。……那个时候我们的班主任常常召开主题班会，……老师都会告诉我们，……我们应该端正自己的学习态度——为了祖国的强大而学习，为了四个现代化而学习。连论据都差不多：如伟人那样从小发誓为中华之崛起而读书。那个时候每个人都熟悉这句话，以此为榜样，这就是我们思想实际被塑造的真实过程。我没有任何理由拒绝它，但久而久之，我也没有办法分析它，更没有可能质疑它，因为，它就在我们最基本的言语当中，构成了我们这代人的基本伦理……至少那时，我认为我只能这样想，除此之外我不知道还能怎样想。在结论固定化的教育之下，我们这代人的一大特点是几乎没有关于"人"的概念。关于人生，关于自我，关于生命，这些概念通通没有。我们也没有听说过，学校也不会给我们进行这种属于个人的"成长"教育。说我们怎么度过人生啊，怎么面对困难啊——只要提到困难就会说困难都是暂时的，只要想到我们国家的未来，想到无数的革命先烈，想到那些仁人志士，这点困难算什么呢？……

　　……我第一次听到关于"人生"的道理，或者说从自我人生的角度来谈论问题、设想未来，还是我上大学的前一天。那个时候我要从重庆到北京去上学，火车得走两天两夜，不像现在有高铁一天就到了。那时觉得这趟旅行是个很大很大的事情，整个家庭为此做了一个星期的准备。……那个时候我父母都忙，就让我的外祖父把我送到火车站。就在我即将登上火车的一瞬间，我外祖父拉着我的手说了一段话我现在都记忆犹新的话。他说："从今天开始，你就一个人走上你的人生了，你就记住我一句话。"我好奇他要说什么话，结果他说的是："你以后的生活当中，如果碰到有同学对你好，你要警惕，你不要轻易相信他。""如果有同学对你好，你要看看他对别人好不好。如果这个人对别人也好，那这个人就是一个可以交往的人。如果相反，这个人他只对你好，对别人就很一般，或者不怎么好，说明这个人有求于你，你就要警惕他。"我当时听了非常震撼！……为什么呢？就是因为多少年来我承受的教育当中，从来没有人从自我，从个人的人生成长，从我面临的非常实际的问题等等这些方面来告诉我人生该怎么办。他们告诉我的人生都是很宏大的叙事，都是关于国家、民族的道理，我不可能怀疑这种叙事，但也不能说这种道理就完全解决了我遇到的问题。

　　这就是我们那一代人的思想基础。我们是带着这样的思想基础进入80年代的大学课堂的。这就整个构成了我们读王老师的书的"前理解"，我们的知识准备和我们的思想基础。换句话说，我们没有自我，也不知道从自我的角度来想人生，真的是这样。

我记得是 1985 年一个秋天的晚上,我在北京师范大学的图书馆里面看到很多杂志,……其中有一本杂志叫《文学评论》,它放在比较方便拿取的地方,我就拿来翻,打开第一页,是《〈呐喊〉〈彷徨〉综论》的上下连载,就是你们今天看到的王老师博士论文《反封建思想革命的一面镜子》的核心部分。打开一读,几行字就跳过来了,一下就凸显在了我的眼前,那几句话,到现在我几乎可以背下来。他说自鲁迅去世以后,围绕着以毛泽东的论述为中心,逐渐形成了一整套的对鲁迅的理解。但是,半个世纪过去了,我们今天重新来看这样的政治革命的论述,会发现它和鲁迅本身存在着一个严重的偏离角。所以从政治革命的角度没有办法和我们读鲁迅小说所获得的体验结合起来,今天我们有必要对鲁迅做出一个全新的解释。王老师提出一个口号叫"回到鲁迅那里去"。

这几句话,就像一阵大风把封闭已久的窗户吹开了一样,我真有一种莫名的悸动,几乎是不可遏制地往下读着。就在一瞬间,你会发现你的人生和你的学业追求,一下就对接起来了。为什么呢?我们曾经知道的鲁迅,其实就是以政治革命的论述、以这个偏离角来理解的,这不就是多少年来我们的思想基础吗?原来,我们并没有真正读懂鲁迅,更重要的是,我们自己的理想教育也不是这样的吗?那个时候除了围绕统一的论述之外,我们有过自己独立思想吗?没有。我们的思想已经被教育的结论替代了。在那一瞬间,我发现,有人还以"回到鲁迅那里去"作为口号,作为一个冲破思想束缚的口号,真是格外的振奋,特别的激动!

所以我当时就拿着笔记本来抄,抄这篇论文,抄了厚厚一大本。连续抄了两个晚上。每晚上待到图书馆关门,第二天晚上又接着去抄。许多年后我回头来想,这抄的行为该怎么解释呢?如果我需要那篇文章的观点,应该去复印啊!为什么要花那么多时间拿着笔来抄它呢?后来我把我这样的行为解释清楚了:我为什么要抄它,抄的目的何在,抄和复印的区别在哪里?我想抄它表明了不仅仅是我要知道它写的是什么,更重要的就是潜在地想拥有这种思想的冲动,我想把这些思想转化为我自己的。

工作以后,我接触到了和我差不多年龄的人,有现代文学专业的,非现代文学专业的,甚至学文艺学的,我们分享了我们 80 年代读书的感觉。我发现好几个人,谈到了他们当年读王老师的《〈呐喊〉〈彷徨〉综论》的经历,它们都大同小异——抄了一大本!我们那代人就这样忽然间都有了思想震惊的时刻。……

就这样,我们都有了一个忽然"打开了"的感觉,因为在以前我们完全不是这样一个思维，我们甚至说没有自己的思维。这里关键的不是怎么做学问，不是怎么做学术的问题。那时所谓的"学术"，就是我们的人生，我们为什么要走进学术，因为它带给了我们全新的人生，让我们明白了我们自己的人生、自我与生命。我觉得从此以后我可以换一个脑袋想问题了，这不仅是为了弄清楚鲁迅，在弄清楚鲁迅的背后是在想我自己。王富仁老师的"突破"也把我们从他人的"灌输教育"中走出来，把我的人生打开了。

如果说对鲁迅的解读不再遵从过去政治革命框架，那应该怎么理解呢？他提出了一个概念："立人"。是为了人，为了人的自我的实现，为了我们人更好地生活在现代世界的中国。这些东西给我们的冲击就很大。王老师给我们讲现代文学课，第一讲就是鲁迅的"立人"思想。下课后，我就跑到讲台前给王老师提了一个问题，……我说："王老师，我从小受的教育是我们来到这个世界的目的，学习的目的，人生的目的就是为了共产主义的实现，成为大公无私的人，这与您讲鲁迅以'立人'为目标，有矛盾的吗？"……因为我们真的需要一种能够说服自己的人生哲学。我清楚地记得，当时王老师一笑，说："我认为这两者之间没有矛盾。什么是共产主义？当共产主义实现的那一天，就是人性得到了全面的发展，个性得到了全面的伸张的一天。"我一下受到了猛烈的撞击，……这一下真的就觉得天地如此宽广。

然后，王老师说你要想把这个问题弄清楚，你就去看一下马克思的《1844年经济学—哲学手稿》。这本书是80年代学术界最重要的发现。我当天下午就看了，发现那几年都在讨论这个问题。在过去，我们的理论根据就只有马克思主义的阶级斗争学说，别的思想都是反动的，那么这是怎么转换过来的呢？当然经过了很多复杂的过程，其中一个非常重要的因素就是来自马克思，这就是《1844年经济学—哲学手稿》被重新发现和重视。在这里面，马克思提出了一个区别于斗争学说的论述。什么是共产主义呢？共产主义的实现就是为了人性的全面的发展，自由的发展。这样，马克思谈论的东西和我们从启蒙运动以来的这些为人的解放，为人的个性解放等思想整个就连接起来了，它不再是一个否定的关系，而是一个连接的关系。我顿时觉得豁然开朗了，鲁迅格外有魅力了，王老师对鲁迅的解释充满了吸引力。

从此，学习和学术研究不再是压制我的个性的东西。在过去我们觉得不仅是学术研究，就是整个学习都是在压制我们的个性，是让我们不断地去除私心，不断地化私为公，不断地把小我融到大我之中，谁融得最快，这个人思想就是最正确的。这个时候你不能反驳它，你也不能完全接受它。但是，大家都这么说，你也得跟着这么说。同时你能感到这个说法本身对你的自我构成一种压力，因为它是以挤压你的方式，挤压你追求生存空间的方式来完成一个理论的建构。在此之前，我们那代人没有"我"，没有自己的思想，是王老师的思想整个打开了我们，让我们知道了学术研究其实就是自我展开的过程。因为我的生命借助这个方式展开了，这个学术研究不是要我对抗我的生命，不是让我变得渺小，不是让我变成奴隶，而是让我自己成为自己的主人，让我呼唤出了我自己的独立性，呼唤出了我自己的尊严感，呼唤出了我生命的意义。

1980 年代的学术在今天看为什么还值得留恋呢？尽管它还很粗糙，你说它没有注释也好，没有详细的史料信息也好，通通都不过是对这些技术性的细节而言。什么是最重要的？一个人知道了自己不再是奴隶，而是主人，一个人知道了我也有思考的权利，而不是以某个领袖人物的思想代替了我的思想，一个人知道了自己对人性的追求可以得到也应该得到别人的尊重：它不是一个可耻的事情，而是一个非常光荣的事情。而且我可以通过挖掘光荣的人性，来解释世界上的文学现象和文化现象，我可以与世界上一流的文学家和思想家直接展开对话。你觉得你的人生多么的灿烂和有意思。这才是翻天覆地的大事啊！

我决定以后一定要从事现代文学研究，从事鲁迅研究。为什么？因为我的人生在这个地方找到了价值。我不再压抑了，我觉得我不再盲从那些灌输给我的大道理了，我的学业上充满的是与我生命有关的道理。就像有的老师所说的那样——我们与鲁迅之间也许还有距离，我可能永远都不会成为像鲁迅那样思考和表达情感的人，但是，鲁迅不是与我无关，我再"游离"，也是与我有关的。他的所有表述都跟我的生命有关，这一刻，你的研究对象就不再是一个僵死的了。他是一个生命体，一个活生生的生命体，不断地跟你发生对话。你接触他一次，不是说你就有了研究能力，这些是多么等而下之的问题，你想想。最大的问题是，你接近了他，你的生命在蓬勃开展了，你被点燃了，你的生命被重新燃烧起来了。他就是一个火种，他为你添薪加油了，你一下就觉得人生有意思了。

与生命被点燃这样的宇宙当中令人惊叹的事情相比，什么学术，学术规范，哪个观点正确哪个观点不正确，重要吗？不重要了。首先是你的人生的道路被打开了，你自己可以走你的人生之路了。当然你的人生可能跟鲁迅的人生不一样，跟王富仁不一样，但谁也不会责备你，因为你找到了独立的自我。你也拥有了和另一个独立的自我对话的权利，你也可以与王老师对话了。

我自己写的第一篇文章，似乎预示着一种自我的觉醒。我发现王老师对《伤逝》的论述不能完全说服我，所以我尝试着写了一篇文章，就是关于《伤逝》的，我拿给王老师看。有一天王老师找人传话给我，说你到我家来一趟。

我怀着惴惴不安的心情去老师家里——我的观点跟老师的不一样,明显是与老师有商榷的。王老师那天好像很激动,他对我说:"自从我的博士论文发表以后,有很多不同的意见,但是到目前为止,只有两个人的意见打中了我的要害。第一个是汪晖,他提出了从生命的角度出发,不能完全是从反封建的角度来看鲁迅,应该进一步透视他的内在生命。"他说我不是没有意识到,而是我必须要首先以这样的方式完成对政治革命说的反驳,反驳之后才能进入了汪晖的时代。"第二个从具体的角度跟我提出商榷,我觉得也打中了我的要害,那就是你这篇。但是我也要告诉你,不是我没有想到,而是在这篇文章里我要完成逻辑上的自洽。虽然我这样写出来了,但不完全代表我对《伤逝》的全部感觉,所以你这篇文章我同意。"

然后他说这样吧,你回去再读一遍,把有些文字啊,字词句再疏通一下赶快给我,我替你投到《名作欣赏》杂志去。后来我做了些调整,真的就把它(《〈伤逝〉与现代世界的悲哀》)投到《名作欣赏》杂志去了,在1988年第2期上发表了。那是我第一篇正式发表的学术论文。

我举这个例子想说明什么,就是王老师本人他对这些细节啊什么有过自己的考虑,而我从来也没认为我推翻过他的思想,恰恰相反,我能够想到对《伤逝》的不同的研究,是因为我的思考之门是被他打开的。是他的著作将我这样一个不懂得思考的人带进了一个全新的思考的境界。从此以后,我也慢慢知道了学术是什么,学术究竟有多大的魅力。我立志从事的事业可以表达自我,可以直接与我的生命对话,它绝不是一个沉重的负担。

我始终认为我们的学术基础是薄弱的,我们这代人,外语未必好,古典文学的基础也不扎实,有诸多的先天缺陷。但是,我觉得唯一一个让人觉得踏实的地方就是"我为什么需要学术"的这种基础是可靠的,这种思想基础简直是无比的牢固。牢固在我觉得它跟我的生命连接在一起,它是我生命的展开,不是我为了完成的任务,不是为了获得学位,不是为了获得老师的一个表扬,不是为了发表一篇CSSCI或核心期刊,那些都是不重要的。它使我的生命展开了,这是多么有意思的一件事。这个思想到现在对我影响很深。包括我现在看到我的学生里面有的在抱怨学术过程很艰苦啊,也不能带来很多实惠啊……

凡是我听到这样说的,我的心里都大不以为然。……学术,尤其是文学的学术,……给你更多的是无形的精神的滋养,人生的启迪,当然,也只有你自己需要的时候,这些滋养才有价值。

庆幸的是,经过了理想荒芜时代的空虚,我们可能更加珍惜这来之不易的足以"立人"的学术,至少我觉得自己的人生是因为这个过程完全展开了,所以我从来没有后悔过选择这个专业，它破解人生，给我们好多答案。人来到这个世上，除了物质财富之外，还有一个快乐就是活得明白。我再不能为别人所欺骗，再不为别人的一句话所轻易带动，我得有我自己的头脑，我得有自己的思想。通过学文学，你与有智慧的人在一块。你买书就是把他请到你家里面去了，你书架上那么多书，相当于你同时请进了千万个文学大师，千万个有智慧的人，你翻阅它们，就是跟他们在一起，在一起喝茶聊天。跟他们在一起，充实了你自己，你不觉得人生很快乐吗？另外的人追求财富，追求高的社会地位，不也是想最后获得踏实感吗？我们也许没有这些财富地位，但坐拥书城和这些丰富的人类思想不也觉得很踏实吗？这样来观察，你就觉得80年代王老师他们这代人所给予我们的最大启发还在人生的境界上，而这是非常非常重要的。

……

我们这代人成长，总觉得社会不断地在挤压我们，它让我们没有思想。所以我们读鲁迅，读王老师的书觉得找到了理想了。找到了理想，是文学给我们的一种恩惠，感恩文学，文学让我们感到很亲切。今天我发现很多研究生他们畏惧文学，厌倦文学，读的是文学专业研究生，却厌倦文学。你不觉得很奇怪吗？他觉得这给了他压力，压力在哪里，他要完成论文，发表论文，还要完成毕业答辩，还要讲学术规范。觉得这些都是压力，处处是压力，觉得人生没意思，生活本来是很自由的，反而给他不自由了。这跟我们当年的感受是完全相反的。我们是生活给了我们很多压力，我们在文学里面找到了自由感。今天好像是只要离开文学，怎么玩都是很好玩的，进入文学当中就是不好玩的，这是非常荒谬的，其实文学这东西才是给我们真正的自由的。你以为外部世界给了你自由，那完全是一种假象。

我问一个学生，你觉得自由是什么？他说今天不是很自由自在吗？我想到北门就到北门，想到东门就到东门，没人拦着我啊。我说你认为这样就是自由吗？你就这样轻率地使用"自由"这个词语吗？这个词语在多少人那里，是用血写出来的。就像姜飞描述王老师那样——他是什么什么样的抗议者，他是什么什么样的英雄——你知道这两句话背后的分量吗？这一代一代人为了思想的自由，为了争取人的权利，他们付出了多少，你只看到表面所构成的东西。

其实很多东西王老师那一代人也远远没有完成，但可怕的是你已经感受不到了，你生活在一个幻觉的自由当中，你生活在一个抽象的自由当中，你觉得文学不再是你生活的必需品，我觉得这是1990年代以后最可悲的一点。觉得我们可以自由地谈论很多问题，其实你关心的与你生命真的不是那么有关系，你经常抱着好多无用的东西，你抱着芝麻，你把芝麻当作西瓜。这就是我觉得近二三十年来中国文化最大的一个失落。

包括今天国学的泛滥，我觉得没有比国学泛滥对中国传统文化破坏更大的了。许多人把国学当作实用主义来利用，当作心灵的鸡汤来施舍，把孔子当作压迫人、打击人的工具。谁想过了，孔子如李零老师写的，惶惶如丧家之犬的感觉。孔子没人理他啊，他有一腔的政治抱负和理想，周游列国，没人理他，他承受了多大的孤独，承受了多大的不理解。今天谈国学，有多少是从这样一个生命的角度来谈孔子的？都说中国文化失落了，失落在哪里，失落在"五四"，失落在反传统身上，这完全是胡说八道。没有"五四"，就没有今天，"五四"不是破坏了国学，"五四"是重新拯救了中国文化。没有他们重新激活了对生命的关怀，哪有今天的人从容地研究中国传统文化。

王老师说的新国学，其实就是一个简单而重要的判断：任何学术，必须跟当下的生命有关。与当下生命无关的学术不是学术，没必要看它。古代文化到今天还值得我们研究，是因为它与我们的生命有关，如果它无关，它早就死了。所以说这是一种非常宏阔的建构，直接指向了我们的生命，连通了我们的心灵、内在的精神和追求。但是后来更多东西破坏了它，我们的胃口被败坏掉了，欣赏趣味没有了，所以很麻木地在看待这个世界，他不知道王老师他们这代人做了多么重要的事情。而事实上，这个事情没有完成。今天这一切，有关人的自由、权利、理想与信仰的问题到今天并不是一个理所当然的问题，还有很多问题需要进一步解决，而我们恰恰没有意识到，我们以为我们可以纯粹地搞学问，可以理所当然地享受这"为学术而学术"的环境了，其实很可能不是这样。

我记得有一次王富仁老师到某大学去做讲座，据说当时海报上写的是7点钟开始，但是王老师并不知道，我们陪他的人也并不知道。……提问环节的时候，站起来一个学生，……说，……鲁迅先生说，浪费别人的时间无异于谋财害命，我今天7点赶来听讲座，你们7点30分才来，我的半个小时的生命就被你浪费了。这是什么意思呢？就是要"讨说法"！接着提出了他的问题，说你刚说了那么多中国传统文化，说它的不好，说它的缺点，生活在中国，怎么能这样说自己的祖国呢？怎么能这样说自己的传统文化呢？对自己的国家和民族还有没有感情呢？就提出了这样一些尖锐的问题。

不是说他的这些问题提得不对，而是我坐在下边听到学生提的这些问题，觉得很悲哀。第一个悲哀之处是他以自己为中心，他不试图去想如果别人迟到了，有没有什么原因。而且……这是一个公益讲座，是自由的，你觉得等不及了，你还有别的事情，你完全可以随时离去。没有人说进了我这个讲座大门，门一关,谁都不准走,没有啊。没有人强迫地把你钉到这个地方让你听。这也是为人的一个原则。你觉得时间耽搁不起,你是自由的,你可以走。你自己愿意待在这个地方,也不询问一下为什么,就以自我为中心。

第二个我感到很悲哀的是两代人之间的隔膜。……其实姜飞跟王老师之间并没有私下的太多的接触,在王老师去世之后的第二天早上,5点钟的时候我把他写的追悼转到了一个群里面,姜飞看见了,马上就回了我一条。我说,凌晨两点我们还在对话,今天5点钟你就回我了,姜飞说,哪里睡得着啊!其实你想想,这两个素昧平生的人,没有太多私交的人,就是给他写了一个序,那他为什么睡不着呢?其实就是背后有一个超越私人的激于公义的东西,离不开一个"公"字,就是今晚离开我们的这个人身上承担了中国文化及中国人很多宝贵的东西。这个人的离去是我们共同的一种理想的失落,一种伤逝,他是在哀叹自己的生命。只有到达这一步的时候,你的情绪的抒发才能像他那个文章那样写得那么真挚动人。如果你考虑到这一层,你想这一批知识分子怎么会没有对我们国家和民族怀着无比深切的关怀呢?

王老师论证的是为了个人的全面发展,他可能不会用"为中华之崛起而读书"这样一种表述方式了,但是,你会看到,在对"个性主义"如此维护的背后依然是一种非常广博的人道主义的情怀和对公共性事物的关怀。如果你多一份这样的理解,你就不会觉得他在不负责任地抨击中国文化的缺点。

为什么新一代会得出这种结论?这中间夹杂着一种无言的隔膜。大家能体会我的意思吗?就是两代人之间思考问题的方式发生错位了。当然,每代人都有自己不同的思维方式,有自己不同的结论,可能这也是人类文明的常态。但是我说的悲哀在什么地方呢?我们今天产生的错位却是与1990年代以后历史的某种扭曲为前提的,甚至是以"80年代"那种尊重自我的启蒙文化传统的丧失为前提的,以破坏"80年代"最宝贵的信仰认同为前提的。消费主义的时代到来了,其实这个时代不再是增长了对自我的追问和思考,实际上增长的是一种自私自利。大家一定记住,自私自利和启蒙运动的"自我"观念是两回事。我们是在一个自私自利的时代无所顾忌地举着"自我"和"个性"的旗帜,这才是很悲哀的。

到这个时候,我们已经不太分得清什么是个性和自我了,80年代稍稍展开了一点"什么是自我""什么是个性"这样的思考,但这个思潮很快就被淹没了,在历史的大潮当中淹没了。今天读王老师的著作,可以看到他那种持续不衰的反省力、批评力,他启发我们,必须对我们所处的时代和自己保持批判和反省。只有在这样的过程当中,我觉得我们才能真正地有收获,有成长。

参考文献

（按作品发表及图书出版时间先后排序）

1. 普通图书

[1] 谢无量. 中国大文学史 [M]. 北京：中华书局，1918.
[2] 侯厚培. 中国近代经济发展史 [M]. 上海：上海大东书局，1929.
[3] 王哲甫. 中国新文学运动史 [M]. 北平：杰成印书局，1933.
[4] 黎锦熙. 国语运动史纲 [M]. 上海：商务印书馆，1935.
[5] 王瑶. 中国新文学史稿 [M]. 上海：开明书店，1951.
[6] 张立丹，王忍之. 辛亥革命前十年间时论选集 [M]. 北京：三联书店，1960.
[7] 陈顾远. 中国文化与中华法系 [M]. 台北：三民书局，1969.
[8] 张允侯. 《五四时期的社团》 [M]. 北京：三联书店，1979.
[9] 唐弢，严家炎. 中国现代文学史 [M]. 北京：人民文学出版社，1980.
[10] 魏绍昌. 鸳鸯蝴蝶派研究资料 [M]. 北京：三联书店，1980.
[11] 方汉奇. 中国近代报刊史 [M]. 太原：山西人民出版社，1981.
[12] 秦孝仪. 中华民国经济发展史 [M]. 台北：近代中国出版社，1983.
[13] 赵遐秋，曾庆瑞. 中国现代小说史 [M]. 北京：中国人民大学出版社，1985.

［14］钱基博. 现代中国文学史［M］. 长沙：岳麓书社，1986.

［15］陈白尘，董健. 中国现代戏剧史稿［M］. 北京：中国戏剧出版社，1989.

［16］陆仰渊，方庆秋. 民国社会经济史［M］. 北京：中国经济出版社，1991.

［17］叶孝信. 中国民法史［M］. 上海：上海人民出版社，1993.

［18］王先明. 近代绅士一个封建阶层的历史命运［M］. 天津：天津人民出版社，1997.

［19］余英时. 中国知识分子论［M］. 郑州：河南人民出版社，1997.

［20］闵杰. 近代中国社会文化变迁录［M］. 杭州：浙江人民出版社，1998.

［21］陶希圣. 中国社会之史的分析［M］. 沈阳：辽宁教育出版社，1998.

［22］杨义. 中国现代小说史［M］. 北京：人民出版社，1998.

［23］蔡鸿源. 民国法规集成［M］. 合肥：黄山书社，1999.

［24］洪子诚. 中国当代文学史［M］. 北京：北京大学出版社，1999.

［25］朱勇. 中国法制通史［M］. 北京：法律出版社，1999.

［26］宋原放. 中国出版史料［M］. 济南：山东教育出版社，2001.

［27］闾小波. 中国近代政治发展史［M］. 北京：高等教育出版社，2003.

［28］张静庐. 中国现代出版史料［M］. 上海：上海书店出版社，2004.

［29］范伯群. 中国现代通俗文学史［M］. 北京：北京大学出版社，2007.

［30］许涤新，吴承明. 中国资本主义发展史［M］. 北京：社会科学文献出版社，2007.

［31］朱栋霖，朱晓进，龙泉明. 中国现代文学史［M］. 北京：北京大学出版社，2012.

［32］. 钱理群. 中国现代文学编年史［M］. 北京：北京大学出版社，2013.

2. 译著

［1］韩丁. 翻身——中国一个村庄的革命纪实［M］. 北京：北京出版

社，1980.

［2］费正清，刘广京. 剑桥中国晚清史［M］. 北京：中国社会科学出版社，1985.

［3］海伦·斯诺. 旅华岁月——海伦·斯诺回忆录［M］. 北京：世界知识出版社，1985.

［4］费正清. 剑桥中华民国史［M］. 北京：中国社会科学出版社，1994.

［5］夏志清. 中国现代小说史［M］. 香港：香港中文大学出版社，2001.

［6］孟昭毅，李载道. 中国翻译文学史［M］. 北京：北京大学出版社，2005.

3. 全集、文集、资料汇编

［1］孙中山. 总理全集［M］. 胡汉民，上海：上海民智书局，1930.

［2］赵家璧. 中国新大学大系（1917—1927）［M］. 上海：良友图书公司，1935.

［3］陈独秀. 独秀文存［M］. 合肥：安徽人民出版社，1987.

［4］梁启超. 饮冰室合集［M］. 北京：中华书局，1989.

［5］毛泽东. 毛泽东文集［M］. 北京：人民出版社，1996.

［6］鲁迅. 鲁迅全集［M］. 北京：人民文学出版社，2005.

［7］孙中山. 孙中山全集［M］. 北京：中华书局，2006.

［8］王燕来. 民国教育统计资料汇编［G］. 北京：国家图书馆出版社，2010.

［9］中国第二历史档案馆. 中华民国档案资料汇编［A］. 南京：江苏古籍出版社，2010.

3. 期刊论文

［1］黄子平，陈平原，钱理群. 论"二十世纪中国文学"［J］. 文学评论，1985（5）：23—30.

［2］汪晖. 九十年代中国大陆文化研究与文化批评［J］. 电影艺术，1995（1）：34—42.

［3］张旭东. 重返80年代［J］. 读书，1998（2）：134—146.

［4］解志熙. "古典化"与"平常心"——关于中国现代文学研究的若干断想［J］. 中国现代文学研究丛刊，1997（1）：46—55.

［5］温儒敏. 谈谈困扰现代文学研究的几个问题［J］. 文学评论，2007（2）：19—29.

［6］杨义. 以大文学观重开中国现代文学史写作的新局［J］. 湖北大学学报，2013（3）：56—68.

［7］李怡. 中国现代文学史的叙述范式［J］. 中国社会科学，2014（1）：65—72.

后 记

《现代性：批判的批判》一书写作前后，我开始自觉地思考中国现代文学的方法论问题，到《作为方法的民国》就可以有更多的比较成熟的想法，后来意犹未尽，于是就有了这本《文史对话与大文学史观》。

感谢张瑛与花城出版社，这几年，她用自己极具个性的方式在催促我的学术工作，付出种种，我们都心知肚明。这不是简单的"感谢"二字就可以表达的。

收入本书的《大众传媒与新诗的生成》及《大文学视野下的巴金》两部分系分别与研究生苏雪莲、张雨童合著，虽是合作，却都出自我自己的思考，属于我思想的一部分，由我对这些观点负责，在此，也对苏雪莲、张雨童表达谢意。

李怡

2018 年 8 月 8 日于峨眉